柳村传奇

张月 作品

中国文联出版社

图书在版编目（CIP）数据

柳村传奇 / 张月著 . - 北京：中国文联出版社，2014.1

ISBN 978 - 7 - 5059 - 8512 - 4

Ⅰ．①柳… Ⅱ．①张… Ⅲ．①长篇小说 - 中国 - 当代

Ⅳ．①I247.5

中国版本图书馆 CIP 数据核字(2013)第 320258 号

柳村传奇

著　　者：张 月

出 版 人：朱 庆

终 审 人：朱辉军 冯善雅　　复 审 人：邓友女

责任编辑：胡 笋　　责任校对：潘传兵

封面设计：范金龙　　责任印制：刘秋月

出版发行：中国文联出版社

地　　址：北京市朝阳区农展馆南里 10 号，100125

电　　话：010-65389152（咨询）65067803（发行）65389150（邮购）

传　　真：010-65933115（总编室），010-65033859（发行部）

网　　址：http://www.clapnet.cn

E - mail：clap@clapnet.cn　　hus@clapnet.cn

印　　刷：北京京华虎彩印刷有限公司

装　　订：北京京华虎彩印刷有限公司

法律顾问：北京市天驰洪范律师事务所徐波律师

本书如有破损、缺页、装订错误，请与本社联系调换

开　　本：700×1000　1/16

字　　数：250 千字　　印 张：21.25

版　　次：2014 年 2 月第 1 版　　印 次：2014 年 2 月第 1 次印刷

书　　号：ISBN 978-7-5059-8512-4

定　　价：30.00 元

张耀，笔名张月，作家，北京市人。作品有：《灰脸儿》（中篇小说集）、《拼命》（长篇小说）、《蠢斗》（长篇小说）、《我在来生的路上等你》（长篇）、《初恋》（长篇）。

目录

第一章

一　老佛爷来了

张三爷刚从外面办事回来，还没有进村，家里的仆人便飞跑着来报，说慈禧老佛爷要来游高水湖了！赶快迎接懿驾。

张三爷不敢怠慢，坐着轿子，从村边穿过去，直奔北山坡。

下了轿子，站在土山顶上，张三爷望见那彩色龙舟果然从青龙镇方向慢悠悠地朝高水湖行驶过来。秋天，湖水荡漾，烟波浩淼，过午的太阳斜照在湖面上，映衬出五彩斑斓的颜色。湖的东北岸是青龙镇，正北是翠山，南岸是脚下的土山；远处，颐和园高耸的围墙隐约可见，佛香阁的金色阁顶闪烁出刺眼的霞光。

老佛爷，您真的来了，哪阵仙风把您吹来了？圣体一向可好？您从陕西回京已有数月，怎么忽然想起我们这不起眼的高水湖来？

龙舟在湖面上时而停留，老佛爷似在观赏沿岸的景色。再近一些，便可看清船上侍女们那随风飘舞的衣裙彩带，还可听到莺歌燕舞般的说笑声。

张三爷不敢再坐轿，撩起长袍，在仆人的跟随下沿着土山坡下的小路徒步向西。慈禧老佛爷当然是要在涌和楼歇一歇脚了。

涌和楼，依山傍水。水便是这高水湖，山便是这土山。此楼乾隆年间修建，其意在于镇水，即喝令百流莫争，要相互融合，更不可逞威发水，贻害当地百姓。

涌和楼原本是两层，但一年前被好几国的七八个洋鬼子在顶层饮酒作乐一番之后又放了一把火，幸亏点着了火他们扬长而去，也幸亏村里人救得及时，那火才没有殃及到楼的底层。现在，底层基本完好，上面用四根柱子重新支起了一个顶，“涌和楼”三个字的牌匾也依旧端端正正地悬挂在顶檐下。只是，楼不再像个楼，而像个两层的大亭子。

披红戴绿的龙舟已经到了涌和楼的台阶下了。张三爷意料得准确，老佛爷果然是在涌和楼歇脚。只见老佛爷下了船，左是李莲英，右是宫女，搀扶着老佛爷一步一步上了楼的台阶。

此时张三爷早已在涌和楼的屋地上躬腰低头、垂手侍立等候着。平时负责看管涌和楼的人也早把水果点心之类预备在八仙桌子上。

抬头看一眼，高水湖北岸、翠山围墙下的那条路上，有人驻了足，向南观望着。南面的土山上也有人，男人、女人，很多；男人的辫子耷拉在脖前，女人梳的两把儿头在秋日的阳光下闪着亮。所有人都双膝跪倒，静候着老佛爷驾临。土山上还有骆驼，秋凉了，骆驼刚从蒙古草原回来。骆驼却不肯安静，咴咴地朝天打着响鼻，像凄厉的长啸。

当老佛爷上到最后一层台阶、脚还没有迈入楼的门槛，张三爷赶忙上前一步，匍匐在地，虔诚得声音有些颤抖:“叩见老佛爷。老佛爷万岁、万岁、万万岁。”

老佛爷坐下了，笑着说：“喊我万岁，皇上往哪儿摆呀？”

“奴才该死。老佛爷万寿无疆，万寿无疆。”张三爷马上改了口，改成了“万寿无疆”。

“还是一样。不过这也就行啦。”老佛爷摆了摆手，又回过头，朝山上看了看，命令李莲英，“小李子，让他们全起来吧。”

李莲英让身边的人向山上喊道：“老佛爷让你们全起来哪！还不快谢老佛爷恩！”

传来一片山呼：“谢老佛爷恩。老佛爷万寿无疆！”

老佛爷站起身，也朝山上招手。然后，老佛爷指着匍匐在地的张三爷，问李莲英：“他是谁呀？”

李莲英回答：“老佛爷，您不知道？他就是咱这京西八十三村总办，叫张金明。”

“哦。”老佛爷点头，“总办，都总办什么呀？”

李莲英说：“老佛爷，这京西多大呀，一年的钱粮有多少呵！总得有人管不是？老佛爷，就连宫里烧的煤，老佛爷您喝的水，也是由他这儿供着哪。老佛爷，全聚德的烤鸭好吃不好吃？那鸭子也是他这儿养的。”

老佛爷笑：“你这嘴，全聚德一天得耗费多少只鸭子呵，全由他这供？”

李莲英赔笑：“我这么一说您这么一听。老佛爷，反正他这儿势谱不小。”

老佛爷让张三爷抬起头来，问：“你叫什么？张金明？”

张三爷不敢抬头：“回老佛爷话。奴才是叫张金明。”

“你真有那么大势谱？”

张三爷谦卑地笑：“李大总管拿老奴耍戏。老奴只不过一心一意为宫里效劳罢了。”

“倒知道腼腆。”老佛爷说，“今年多大岁数了？”

“回老佛爷，老奴今年五十九了。”

“五十九了，也算老？你比我小六岁呢。”老佛爷指了指，“坐下说话吧。”

自有人搬过椅子，张三爷远远地、靠柱子边坐下了。

“我走了七八个月，你们这儿还好吧？”老佛爷问，显得那么亲切。

张三爷感动得几乎要掉下泪来：“老佛爷，您受苦了，您受苦了……”

“我还好，没死在陕西，也没死在路上。”老佛爷叹着气。

张三爷站起来，离开椅子，重又跪下了：“老佛爷，奴才们护国无能，保家不利，洋鬼子把这涌和楼烧了，就剩下底下一层。您看，这底下也大敞窑开，委屈了老佛爷。”

老佛爷又长长叹了口气：“也怪不得你们。你想，八国呀，但凡一国两国，咱们也不怕他，包管把他打得离咱们远远儿的。可是，八国呀……”

“老佛爷，您别难受……”张三爷终于掉下泪来。

老佛爷用手绢搌了搌眼角：“你庄户上的人还好吧？”

张三爷抱拳："托老佛爷的福，都还好。只是长河边上的树让洋鬼子毁了不少，庄上有几个人被打伤了。"

老佛爷脸上现出哀伤的神色："这个我知道。唉，当初那长河边儿上又是山桃树又是垂杨柳，多好看哪……"

张三爷真想亲自去给老佛爷擦眼泪，但是他不敢。

老佛爷转头，凄然地对李莲英说："小李子，回去的时候不坐船了，还走园子东门吧。我寒心……"

老佛爷说"我寒心"，张三爷的心也要碎了。

张三爷就那么看着，老佛爷脸上的神色一点点变好。然后，老佛爷喝了口茶，望着眼前的高水湖："荷花倒是开得挺艳，就是苇子，乱七八糟的草太多。"

张三爷说："老佛爷，等冬天冻了冰，奴才立马让人把苇子打了，草也除了。老佛爷您下次再到高水湖来，保证豁豁亮亮、一马平川，绝没有一丁点儿障眼的。"

李莲英问老佛爷："老佛爷，您知道咱们多少年没到这儿来了？"

老佛爷说："记不清了，大概有年头了吧。"

"还是跟日本人开战那年……"

老佛爷朝李莲英啐了一口："你这臭嘴，恶心哪事提哪事！"

李莲英赶忙抽了自己嘴巴："该死，奴才该死。"

老佛爷手指湖面："那一根一根的小棒棒是什么？远看跟糖葫芦似的。"

李莲英告诉老佛爷，说那叫蒲棒。过了秋天，蒲棒瓤子满世界飞，穷人家还用它絮棉袄呢。

老佛爷问："比棉花暖和？"

李莲英笑着回答："老佛爷，您想，要是比棉花暖和，谁还种棉花呀？"

"倒也是。"老佛爷说。

有人端来了洗脸水，又有人沏来了茶，老佛爷不吃也不喝，只擦了把脸。然后老佛爷说不早了，该回去了。

张三爷要去搀老佛爷，但李莲英和宫女去搀了。老佛爷下了台阶，回到了船上。

此时，土山顶上仍然站了不少人。他们不肯走，见老佛爷上了船，便又齐刷刷跪倒，山呼万岁。

轿子虽然跟了来，但张三爷哪敢坐轿子？他依旧沿着山坡小道，一路小跑，追随着老佛爷往东去的游船。游船快张三爷也快，游船慢他也慢，一直到游船没了影、驶进了三源闸。老佛爷回颐和园里去了。

老佛爷走后，张三爷感到对不起老佛爷。老佛爷以前从颐和园回宫总走水路，那水路出园子的南门，过罗锅桥，再经广源闸到高亮桥，一面观赏着长河两岸的景色。现在长河两岸被八国联军的鬼子们毁了，许多的树，烧的烧，砍的砍，绿柳花红、桃李枣杏，全然不见，老佛爷怎能不伤心？

不过，老佛爷请您相信我，我张金明不管费多大劲、花多少钱，也一定把长河两岸恢复到以前的样子，下次再来，保让您赏心悦目，心满意足。求您了，老佛爷，好好保重您的身子骨；您结结实实、硬硬朗朗的，才是我们所有百姓的福分。

二　张三爷

距慈禧老佛爷此次游历高水湖大约一百多年前，有一伙人推着几辆独轮车，沿蛮荒古道，来到了北京地面。他们又沿护城河边，一直向北、向北，再向西；独轮车吱吱吅吅地响，在地面上咕咕噔噔地颠簸。

推车的是几个山东汉子。车上装的是破破烂烂的行李和破破烂烂的锅碗瓢盆儿之类，车上还坐着孩子以及连路也走不动的老人。山东发了大水，人们向四方逃难，逃往哪儿的都有。

这伙人过了高亮桥、出了北下关，天黑下来的时候，无论向西还是向北，一眼望去，灰沉沉、雾茫茫一片，除了苇塘、乱葬岗，旷野荒郊，看不见一点灯亮，也不见一个人影。推车的汉子和地上一直跟着走的媳妇们都失望地垂下了头。

但他们鼓起勇气、振作起精神，在一片迷茫中分辨着方向，寻找着但凡可以走的路。

他们终于来到了一个岔路口，这个岔路口虽然掩在荒草丛中，但分明有着人迹、有人脚踏过的脚印。然而也就在这个岔路口，山东来的这几户人家分开了，也可叫分道扬镳。他们有的继续向南，有的折向东去；还有一家，个别另样，竟然折向西去。往西，黑咕隆咚，再看不见路。

没人知道这户人家究竟为什么往西去，也许神仙指使，也许鬼魂引路，也许他们胆子大，不怕强人出没，不怕劫道的劫了他们的东西，再把他们宰了。总之他们就那样执拗地一直往西。

这家一共五口。除了推车的汉子、地上走着的媳妇，另外，媳妇还抱着一个孩子，车上又坐了两个孩子。他们摸着黑，深一脚浅一脚，露水湿了鞋、湿了裤子；月亮升起的时候，他们看见前面有一处地方，那是个什么地方？黑黢黢、影绰绰，似梦似幻、似真似假。

可不可歇一歇脚？

走近了，他们欣喜不已，原来这里是一座坟，坟边有树，还有一道土围子，围住了那坟。很好，有了那土围子，便可以挡风，便可以歇，便可以好好歇一宿。

那汉子围着那坟看了一圈。坟很高，尖塔型，也很新，似刚完不久。再看四周的树，全是松树，却很矮，证明树也刚栽种不久。但是鬼节过了；鬼节是七月初七，于是坟前摆了供品。

他们饿急了，便吃了那供品。然后，一家五口躺在了土围子的阳面，呼呼睡了一夜。

第二天，他们没有继续向西，而是向北走去了。因为在茫茫渺渺的北方上空，他们忽然发现了一道土山；是土山，不是土岗，更不是土围子，那土山由西面绵延向东，大约到了三里远的地方又向南拐了一个弯，在南端形成一个终止的山头。再往高处看，土山后面又露出一个塔尖的轮廓。那山是什么山？那塔是什么塔？有山必有柴，有塔也许有庙、有僧，还可能有人家。走了六七天，荒坡野岗，古道深沟，人烟稀少，而城里，密如蜂窝，连个立脚的地方也没有。他们想，无论如何，此处定能活命了。

他们向北走了约二里，到了土山脚下。然后这家的汉子手拉两个孩子，媳妇怀里抱着最小的孩子，慢慢爬上了这道土山的山顶。放眼望去，呵，眼前竟然是一个大湖。那湖真的很大、很宽广，西边有岸，但看不清楚，因为它隐藏在芦苇丛中；东面呢，灏灏淼淼，一眼望不到边。再看那湖水，在清晨的霞光中闪闪发亮，像鱼儿晒着背，像鱼鳞返着光。那塔，不知叫什么塔，昨天只露出塔尖，今天便看到它的全貌，那是一座半粉色半黄色的塔，坐落在湖的北岸、坐落在同样像塔似的一座石头山上。此山也不知叫什么山，但有围墙，把塔和石头山全部圈到了围墙里。

他们看惯了黄河的混浊与暴怒，经受了黄水带来的灾难。此地有山，山上有树；此地有水，这水舒缓而清澈，水鸟在湖面上飞舞，捕食着鱼儿和虫儿。他们知足了，就决定在这里安顿下来。

于是那汉子在土山的前面、朝阳的地方，用从山上砍下来的树枝，用土山上的黄土脱出的土坯，很快搭起了一个简单的棚屋。

汉子又自制了鱼叉、自制了树枝绑成的木筏子，便开始每天在山后的湖面上划着木筏子，两眼睁大，寻觅水里的鱼；叉回鱼来，便放在锅里煮吃或干脆架火烧吃、烤吃。如此粗陋的生活，如此艰难度日，盼的是孩子快快长大；孩子长大了，日子便会好过些，那时再重新盖房，盖新房，打算就在此处生生不息、繁衍下去。

转眼到了来年春天。

正当那山东汉子要在房前屋后撒上些籽种、以图能收获几垅小麦的时候，南面二里之遥的那个塔式坟墓的家主，在清明节这天祭拜完了亡灵，忽然向北走来了。因为他们发现北面的土山下有人，并且有炊烟。

他们找了那汉子，问："愿不愿意去看坟？"交换条件是，为这一家盖两间像样的房子。房子就盖在坟地旁边，守着那坟。

汉子征求媳妇的意见，媳妇点头答应，汉子也点头答应了。

坟主说话算话，不多日以后坟地边真的出现了两间像样的房子。那汉子带领全家便真的搬了进去，从此，为人家看坟。人们通常把看坟的叫"坟奴"，但坟奴有什么不好？吃喝穿，自然来、自然到手，不费一刀一枪、不费周折，坟主必须供养……此时，这家人也才知道，葬在塔式坟墓里的人原来是个太监，也便是通常所说的"老公"。

接下来，汉子和媳妇在坟地的四周又种了柳树。已有松树，为什么还种柳树？汉子有汉子的想法，种柳树不光为了那坟，更为了遮掩；柳树比松树长得快，天长日久，远远看去，人们只会看到柳树，看不到松树，更看不到坟。于是蒙混了盗墓者，盗墓者也就不来光顾。

这家人一共三个孩子，最小的孩子长到四岁的时候，坟地主人又向他们提出了一个建议，说不妨让这个四岁的孩子净了身，也就是把小鸡鸡割掉，去当太监。

叫太监也好叫老公也好，此生可以吃喝不愁。如果命运得济，或者有本事，还能混到宫里去呢。到宫里去，便不可以再叫老公，而一定叫太监，或者叫“公公”。况且，他们有三个儿子，废掉一个倒也不算什么大事。

既然同意，坟地的主人便为他们找了一个净身师，然后把孩子带走了。净身师，是个特殊而又混淆不清的职业，通常是劁猪的、骟马的、或者杀猪宰羊集于一身。净身师在给人净身以前还要与这家签一份文书，文书规定，活儿做好了，被净身的人将来有了出息，升官或发了财，要报答净身师父；活儿没做好，出了意外，或者人死了，一切与净身师无关。因为你是自愿来净身的。

活儿做得很好，没出意外。然而那孩子裆里空空、没了那小鸡鸡以后却仍然待在家里，没有进宫，更没有成为真正的太监去吃什么俸禄。他依旧是这个“坟奴”家的孩子，依旧在这个家里慢慢长大。后来才知道，坟地主人原只想符合祖训、符合人间常理，即，只有太监才能守太监，只有“老公”才能看守“老公”。

这孩子长到十七八岁，父母死了，他的两个哥哥也先后娶妻生子，并搬离了这里。坟地边的两间房还在，柳树也已成荫，但这里只有他一个人住了，真的成了“老公”看守太监。

他到了三十多岁的时候，自己不得不抱养了一个孩子。为的是减少孤独寂寞，也为了以后能给他养老送终。

抱养的这个孩子也一天天长大，并长得虎头虎脑，淘气而又聪明。没了雄性器官的父亲十分看重、十分疼爱这个养子。养子长到七岁的时候，养父便与他手拉手，一同翻过北面的那道土山，然后，养父把他擎在肩上，也就是北京话所讲的“黑儿罗”；一步步趟过齐腰深的湖水，把他送到对岸，让他去青龙镇读书。

青龙镇此时只有两家大车店较为有名。但青龙镇临河，那河便是长河。河上有一座桥，就叫青龙桥，正好坐落在青龙镇的镇中心。桥畔有一户人家，姓齐，回民，哥俩，大爷烙得一手好烧饼、燉得一手好羊肉，二爷却专攻于书，据说有一肚子的好学问。二爷开了一家私塾，被人家称为书堂，便是青龙镇上可与两家大车店齐名的齐二爷书堂。

养父把养子送到齐二爷书堂读书。齐先生这里学生不少，因为从青龙镇往东便开始有了人家、有了商铺；往北呢，便连续有了村庄、有了种田人，他们就近，把孩子送来了。齐先生每月收几斤小米或棒子面，要么收一吊半吊钱，作为他教书育人的报酬。

孩子们在这里学念“人之初，性本善”，学念《千字文》、《百家姓》，也念《六言杂字》。从高水湖南岸，从那个坟地里来的学生姓张，叫张金瓶。后来齐先生认为这个“瓶”字不好，“金瓶”？谁家有金瓶？谁见过用金子做的瓶子？便为他改了一个字，叫张金明。张金明，便是又过了若干年后的张三爷，京西八十三村的张总办。

张金明每天放学的时候养父都在青龙镇的河边等他。然后把他“黑儿罗”起，趟过高水湖回家。冬天结了冰，养父做了一个“冰船儿”，张金明坐在上面，养父拉着冰船儿在冰上走。

过了几年有了船坞，张金明花一个铜子便可让船家送他一个来回。父亲不在河边等了，却每天站在高水湖对岸望着他。

张金明念到十六七岁，便自行决定，不再念书了。他觉得父亲太辛苦，因为只凭了坟地主人年底赏赐的几个小钱，只凭了父亲在坟地边上开了几垄地，种点粮食。他不想念书还有一个更重要的原因，便是看到了从桥往南、从三源闸往北，慢慢出现的一个集市，那集市约有一里地长，从早晨到正午吆喝声不断，有买的有卖的；卖粮食，卖菜，卖鱼也卖家禽和蛋类。于是有人赚了钱，有的生意越做越大，张金明已经十六七岁，他知道应该怎样挣钱了，也确实应该学会挣钱了，他要尽早尽快地回报，进而赡养这个视他如亲子又眼看老去的父亲。

于是张金明撂下了书包，着起青衣小帽，把自己打扮成一副少年老成的样子。他的发辫也梳得溜光顺滑，脚下的骆驼鞍式飒鞋更是轻便利索。他整日泡在青龙镇集市，集市绵延一里，看准了行情，便北边买来南边卖，或南边买来北边卖，从中赚取了差价。这叫平地抠饼，也叫空手套白狼，糊弄和欺骗的，俱是些平时不出门、不晓行情的穷苦而又老实的庄户人。

后来张金明索性让自己肩上落一只画眉鸟，辫子绕在脖子上，头顶的小黑帽盔也换了，换成了一顶带檐的黑色丝绸帽，帽子上绣了挂色的蝎子、蜈蚣。此时，他走路的姿势也变得一摇一摆，俨然街面上一个老资格混混儿爷。别看张金明外表做出这副样子，其实内里是颇讲些信义的。他从来说话算数，绝不食言，骗你，蒙你，是你笨，你糊涂，你不懂，怪不得别人；若是同行或者道上的朋友，张金明双拳一抱，道声“请”，绝对让你先过得去，也不会挑出他半点毛病。如此时间一长，远近都知道有个张金明张三爷，虽年纪轻轻，却讲面子，伶牙俐齿、能说会道，在青龙镇很吃得开。吃得开，便不好惹，同时也可以利用，于是有那一时手里缺钱的，或者手里的东西一时卖不出去的，都纷纷来找张三爷；集市上若出了什么乱子，也来找张三爷端个平正。

张三爷姓张无疑。但为什么是“三”爷？而不是“二”爷或“大”爷？难道生下他的时候就排行老三？所有这些没人知道，也没人打听。反正都这么叫他，“张三爷”。

一八六〇年英法联军攻入北京，烧了圆明园，恭亲王躲在万寿寺不敢出来。此时负责看管清漪园（那时还不叫颐和园）的郎中正奉命疏浚长河河道，张金明托人，走门子，也包揽了一段疏浚的工程；郎中见洋鬼子来了，惊惶失措，不知往哪儿跑，是张金明带领手下人一路保护着郎中，往西，到船坞，乘小船划过高水湖，再绕道四岗子、老营子，到了清漪园的东墙下，张金明命人先跳进去，他自己则弯腰塌背，让郎中踩着他，把他当垫脚石；待郎中够到大墙的墙檐儿，张金明再用力托郎中的屁股，墙里有人接，总算平安无事、虚惊一场，郎中回到了清漪园。

有恩就会有报，有功就会有赏。慈禧娘娘从热河回来以后，又命重新清理长河河道，并在两岸栽种红桃绿柳、金杏白杨。张金明在那位郎中的推荐下自然捷足先登，承揽了全部清理工程；那工程多大呵！从西直门外的高亮桥一直到清漪园南门外，绵延二十多里的河道与河岸。

从此，慈禧又可以荡舟于长河之上，欣赏着两岸的风光。张金明更不放过任何钻营、奉承的机会，每每在岸边伺候、迎来送往。也就在这时间里，他结识了大太监李莲英。

与李莲英的接触十分神秘，银子，宅子，喜欢的细软，不用说了。李莲英虽是太监主管，是慈禧面前的红人，但宫中有宫中的规矩，俸银也毕竟有限，李莲英对张金明所呈的一切均悉数笑纳。

再后来，整修广源闸，修缮万寿寺以及清理护城河淤泥，张金明都参与其中了。银子流向自己腰包里，拿出相当一部分，送给应该送的人。说“相当一部分”，便不是小数目，但张金明十分懂得，舍不得钱，便挣不到钱，舍不得小钱便挣不到大钱。没有上面那些人，便没有他今天的财富。

让张金明接连兴旺发达下去的，是因为高水湖北面那座山、那座塔。那山叫翠山，那塔便叫翠塔，山的四周有围墙。张金明揽到那工程了，把围墙推倒重建。原来的围墙本已不矮，三米高，一尺厚，现在要废掉，偏要废掉，偏要重新修；修改成四米高、二尺厚，想想看，那又是个多大的工程？张三爷偷着乐。

重修围墙还没有完成，接着，墙外的路也要修。墙外的路原来有的地方铺了石头，有的地方没有铺，现在，要完全铺上石头。至于为什么，你别管，也别问；管也管不了，问了也没人告诉你，反正就是要修！翠山围墙曲曲弯弯已然十几里，墙外的路，从西直门外北下关一直到西山脚下，又三十多里;这三十多里全铺石头，其工程比重修围墙又大了几倍。张三爷最后赚得盆满钵满。

人们只知道张三爷赚了钱，而他是怎样当上京西八十三村总办的，却鲜有人知。张三爷自己也从未向人透露过。总之，在他四十五岁那年，开始掌管京西八十三个村子的钱粮收缴、兵员招募、劳役分派等等事宜。出了西直门，过了北下关，或者直接往西，过了广源闸，此时此地若再提起张金明张三爷，恐怕谁也要抖一抖、颤一颤。

此时张三爷早已占据了土山前面很宽广的一片土地，这里也逐渐形成了一个村落，有漂泊来的，有直接投奔张三爷来的。

那块坟地还在，但经年久远，那个太监的坟先是坍塌、荒废，后踪迹全无，人们后来根本无法知道那里曾经埋过一个太监，只知道那是张三爷家的一块坟地。张三爷的养父也早死了，只剩下了柳树和松树，但柳树长得蓬勃、茂盛，已把松树欺得一天天枯槁，于是人们从东面来的时候向北一望，只看到柳树、看不见松树，人们也就约定俗成，把远远看去、掩映在柳树下的这个村落叫做柳村。

这个叫柳村的村落基本属于张三爷，后来不叫村落，叫庄村。张三爷的庄村一开始整整齐齐，成长方形。他自己靠北、居中，在那道土山前盖起了一片青砖灰瓦、磨棱对缝的宅院。门前有石狮子，门上有镀金门环，两侧的宅院是为他的儿孙们准备的，再往东、往西，是他的家丁、仆人们的住房。张三爷这一排青堂瓦舍的前面和后面，住的全是四面八方逃难来的贫苦百姓，其中大部分是山东人，他们有的在张三爷家当了长工，有的租种了张三爷的地，每年为张三爷拿租子。于是张三爷的家门口也逐渐形成了一条胡同、一条十分宽敞的胡同。

张三爷交际甚广且八面灵通，慢慢的，又在村里修了一座庙，以昭示自己心怀佛善。于是这柳村更显得融洽、协调，外观上也更显方方正正，煞是好看。然而，不久后，这种方方正正被打破了，因为张三爷挣钱没够，又拴了骆驼，又养了鸭子。骆驼有味儿，风吹来，裹挟着一种腥臊气，因此，张三爷不得不把雇来拉骆驼的人安排在村子的西南角，西南角多出了一块，但符合规矩，大凡有味儿的，比如茅厕，都放在院子的西南角。

鸭子也有味儿，但鸭子离不开水，于是张三爷命喂养鸭子的人住在了土山的后面，临高水湖。

骆驼从门头沟驮煤，首先满足宫里的需要，然后大户人家，但凡烧得起煤的，都送了去。鸭子比煤用得广泛，全聚德要用，宫里有时也用；即使全不用，进了城，鸭子放到集市上很快也能卖完。

北面的翠山是座好山，是个仙山。山下有洞，从洞里流出来的水清凉透底，人喝了它，健脾和胃，清肝醒脑。用它煮饭、熬粥，米粒一个是一个，米汤清澌澌不带一点黏稠。张三爷广开财路，因此又拴了毛驴车，车上装了木制水罐，赶车人起黑早，从翠山的东门进去，灌了那山泉水，然后一路小颠，送到东华门外，那里有人再把水接进宫里去。太后老佛爷、皇上和娘娘们，每天都要喝这翠山的山泉水。

张三爷做着八十三村总办，便享受着丰厚的饷银。他又经营着大片的土地，还有骆驼，鸭子，山泉水，这些同样为他带来可观的利润。真是苍天有眼，总算不负他这一生的孜孜以求和劳心费力了。

但是，苍天有眼吗？真的有眼吗？若有眼，他早早为儿孙们预备下的宅院、田产，就应该尽早地有儿孙来继承、来发扬。却不是，苍天没眼！他的大太太不生养，从进了门就不生养，吃了许多的药，也拜了许多处的佛、烧了无数次的香，就是不生养。八九年过去，大太太才终于为他生下一个儿子，但又不知得罪了哪处神仙，生下的这个儿子不会说话；两三岁不会说话，三四岁不会说话，到了五六岁仍不会说话。张三爷最后不得不承认，大太太好不容易给他生下的这个儿子天生是个哑巴！哑巴，天生，根本无法治愈。

广种薄收吧，广种薄收……张三爷不得不娶了三房小，并且一个连一个。他就不信，枪打得多了，就打不下一只像样的鸟来？

终是苍天没眼！第一房小生了，是个女儿，第二房小生了，是个女儿，余下来的一个生的依旧是女儿！张三爷有时望着土山，有时望着高水湖，不禁潸然泪下……女儿没用，只有男儿才能继承他的香火，那么他辉煌的人生、鼎盛的事业，难道要就此中断了吗？此时距老佛爷游历高水湖已过去了二年，他是个六十出头的人了。

三　买了一个媳妇

张三爷拼了老命，又娶了一房小，便是第四房小，然而这第四房小生下的还是女儿。这不是拼命，简直要了命！

张三爷虽在儿女上彻底灰了心，但他依然忙碌着，依然在干着大大小小的工程。比如，高水湖北岸、翠山的围墙外，那里垫出了一块空地，要盖一个饭店，叫做六国饭店分店。因为城里的长安大街有一个六国饭店，这里盖的饭店规模要小得很多很多，也只能算是六国饭店的分店。当然，你叫它旅馆也可以，因为从这里能去西山游玩，来往客商及政要也能在此住宿。

一个晴朗的初冬，张三爷正在工地上，忽然传来一个消息，说皇上驾崩了！

接着又一个消息，与皇上驾崩只隔了一天，慈禧老佛爷殁了！

如此噩耗对张三爷来说无异于晴天霹雳。他昏昏沉沉，上了轿子，想去城里探个究竟……他不相信这是真的，倒相信是新派们制造的谣言，老佛爷，皇上驾崩也就罢了，您怎么能殁了呢？您殁了，江山怎么办？社稷怎么办？黎民百姓怎么办？再说，高水湖我早已为您整修一新，长河两岸也恢复了以前的花红柳绿，五六年过去，老佛爷，您可再没来过……

张三爷的轿子沿翠山墙外的路过了青龙镇，又经过“大柳树”，快到西直门了，便看到街上有人哭，也有的戴了孝；他们跪倒在地，对天嚎啕，老佛爷，您就那么狠心，抛下我们不管了吗？这惹得张三爷在轿子里也大哭起来。

完了，完了，一切都证实、一切都说明，慈禧老佛爷真的殁了，真的殁了……张三爷命轿子调头回去。到了家，张三爷扑倒在床上，一病不起。

管家姓包，叫包魁，是个五十岁的人，跟随张三爷已多年。张三爷既然卧病在床，经过了一个冬天又不见好转，管家包魁便拿出了当家做主、当仁不让的气势。张家，虽然家大业大，但除了女人就是孩子，要么就是哑巴，他包魁不管谁管？他不做主谁做主？到了春耕时节，他跑到田里去，对长工和佃户们说：“别以为老爷病了就没人管你们了。告诉你们，该怎么干还怎么干！要不，就全给我滚！”

他又到了养骆驼人家，劈头盖脸训斥：“窑上去了没有？该驮还得驮！今年别老早去草原，听见吗？”

养鸭子的只一户，却喂养着百十只鸭子。管家包魁站在高水湖岸上，对正划只小船轰赶鸭子的人说：“鸭子一年四季都得用。若死一只，叫你赔一只，死两只，让你赔两只，若卖不上个好价钱，你就别干了！”

养鸭子的是很老实巴交的一家，在湖面赶着鸭子的，是个三十岁左右的壮汉。壮汉回身，不断地向管家包魁点头，老老实实答应。

包魁对赶毛驴车往宫里送水的人倒比较和气，因为那人年纪大，胡子已然白了。包魁说："皇上、太后没有了，可娘娘还在不是？小皇上也快登基了，老齐头，这水该怎么送还怎么送。"

送水的齐老头儿高而且瘦，大约读过些书的原因，说话带些文诌诌，也显得有些萎缩。他一个劲儿朝包魁作揖打拱。

包管家对那个所谓六国饭店或可叫旅馆的工程同时监管着。张三爷病后一年，工程结束。又过了几个月，张三爷终于抵不过一生的辛苦劳累，更无法补偿一房正、四房小精气神的长期耗损，同样在一个晴朗的冬日，张三爷一命呜呼了，享年六十七岁。

管家包魁和大太太把张三爷的丧事办得很大。官府来了人，京西许多商贾和绅士也来了，八十三村各村的掌管，带来了不少的份子，本村人，或多或少也出了份子钱。白棚搭满了胡同，一直搭到胡同外向南拐了弯。出殡那天，和尚、鼓乐以及披麻戴孝的，排出了二里地远，好生热闹了七天。

但柳村人谁也想不到，待一切过去，恢复了往日的平静以后，张家大太太却突然做出了一项惊人之举。怎样的惊人之举？便是把张三爷遗下的四个小老婆命人用一根绳子统统拴了，拴在一块儿、拴成一串，拉出去，卖了。

本就是买的，怎么买来，还怎么卖出去。四个小老婆最大的不到四十岁，最小的才二十出头。她们各有一个女儿，无论三岁的、五岁的、十岁的，和母亲一起，统统被拴了。她们睁大着眼睛，茫茫然不知所措。第一房小老婆和第二房小老婆一开始还哭哭闹闹，但终抗不过大太太的淫威，更抗不过包魁包管家鼎力相助，他们喝令家丁，对小老婆们动用了拳脚。

柳村里没一个敢要张三爷遗下的老婆。村里纵然有许多光棍儿、有许多人娶不上媳妇，但除了张家的长工便是张家的佃户，不但不敢要，钱也拿不出，不过看个热闹罢了。

于是大太太和包魁把四个小老婆以及她们的孩子一同装上了一辆马车，包管家亲自跟了，蹓蹓地，拉出了村外。

养鸭子、卖鸭子的人家姓康，他们的儿子叫康栓，也就是那个壮汉。他今年三十岁，这天正巧，康栓挑着鸭笼刚从城里卖鸭子回来，走到老营子附近，忽看见一辆马车上坐着女人，一共四个，还有孩子。康栓不认识那几个女人，但他认识赶马车的，更认识管家包魁，于是停住了脚步，开始打量马车、打量车上的女人。康栓觉得这些女人和孩子很可怜，便问赶马车的："干吗？往哪儿拉？"

包魁搭了腔，问康栓："怎么？你想要？"

康栓脸一红，不知该怎么说，但他还是说了："是不是……卖？"

"你买不买吧，不买走你的，甭瞎耽误工夫。"包魁的口气很硬。

这个三十岁的康栓，此时想，既然是卖，我便豁出去，你能怎样？于是他朝包魁点了点头，表示愿意买。

"好，你胆子大！"包魁称赞地竖起大拇指，"要哪一个？随你挑。"

康栓又仔细看了看，他当然要最小的；那最小的，看去二十出头，身边的孩子最多三岁。

"你可真买得起？"包魁又怀疑地笑了笑，然后朝康栓伸出手指头，"四十两银子。"

康栓小心地问："先少给一点儿，过后再慢慢给齐。"

"行！"包魁很痛快，"谁让你是咱们家自己人呢！不过，你说话要算话。"

康栓再一次点头，表示了绝对守信用。于是包魁让那最小的女人抱着她的孩子从车上下来。康栓挑起他的鸭笼，开始在前面走，那女人便在后面跟了。

马车载着剩余的女人和孩子朝城里的方向去。

康栓挑着鸭笼往家走，路上问了他买下的那个女人几句话，方才知道，是张三爷的小老婆，而且是最小的小老婆。康栓惊吓之余，想，买了也就买了，这女人臊貌答答，一副可怜样；买了，也如同救了这娘俩，否则不知要卖给一个什么样的人。当前最主要的是把钱还清。

康栓从女人手里接过孩子，稍稍瞄了一眼，哦，是个女孩儿。女孩儿也很好，没费吹灰之力，孩子已长到三岁。

这康家，原本哥三个，康栓的父亲排行老三。几十年前，这三家也是从山东一路推着小车子逃荒来到北京的，后来大爷，也就是父亲的大哥，去了口外，据说在张家口附近谋生。二爷和三爷，也就是父亲的二哥和父亲自己，便在张金明张三爷这里落了脚；一个为张三爷拉骆驼，一个为张三爷养鸭子、卖鸭子。如今大爷混得怎样不知道，二大爷却是儿孙满堂，有了三男两女，头大的是个儿子，四十岁了，和两个弟弟一起拉骆驼。康栓的父亲呢，只生了康栓一个，从此不再生，也不知是母亲的原因还是父亲的原因。但别人说，可能与养鸭子、离不开水、经常受凉有关系。

康栓回到家里，父亲和母亲见他带回来一个年轻女人，还有孩子，高兴异常。儿子已经三十岁，穷，说不上媳妇，如今也不管是谁家的小，总之你卖、我买，人家又愿意跟着来，媳妇总算有了。

康栓先是把家里好不容易攒下的几两银子交给了管家包魁。然后，他又去了二伯即二大爷家，求二伯帮忙。但二伯太老了，做不得主，况且二伯家人口众多，三个儿子拉骆驼，养着三个家。

但是四十岁的叔伯哥哥心疼他这个叔伯弟弟，仍然很高兴地为他拿出了几两银子。余下的，康栓又东淘西借，一年多之后，终于把买媳妇的钱还清。

四　养鸭人家

康栓买来的这个媳妇时年二十一岁，京东人，但是京东哪个县、哪个村，媳妇自己全然记不清了。她四五岁的时候就随母亲一起出来，母亲给人当老妈子。后来，母亲把她卖掉，买主便是张三爷。

媳妇带来的孩子整整三岁，白白净净，张三爷的种。拉骆驼的康家与养鸭子康家原本是一家，是亲叔伯关系，这个家虽然穷，但人口众多，因此从人口上讲也可算柳村的一个大户。而且康家生的儿子特别多，女孩儿特别少，三十岁的康栓便对这个非自己所生的三岁女儿十分稀罕和喜爱，视如亲生。康栓的父母则把这个孙女儿重新梳洗打扮了一番，从阔家的娇娇女打扮成一个水边长大的养鸭人的女儿。并取名玲子，叫康玲子。

虽花了好大一笔钱，但毕竟有了媳妇，也有了女儿。康栓打心眼里高兴，浑身充满了劲头。

父亲和母亲放鸭子、喂鸭子，屋门口就是湖，划一条小船，不用轰不用赶，鸭子自动跳进水里，在湖面上自由自在地游，扑扑棱棱逮鱼虾吃。父亲用钩子顺便也把水下的荇草和湖边上的莲蓬勾上来。莲蓬，人可以吃；荇草，再掺些杂粮，晚上便由媳妇把鸭子填饱。这叫填鸭，很值钱的。

不到四更，天还很黑，康栓便爬起来，把那够斤两的、肥肥实实的鸭子装进鸭笼里。一根扁担挑两个鸭笼，每个鸭笼装八只，每只鸭子都在六七斤左右，因此一副挑子足有一百二三十斤。康栓再把干粮掖在腰上，再把辫子盘在脑后；干粮无非是窝头、贴饼子或是母亲用榆皮面与棒子面混合做成的烙饼，辫子油光水滑，扑棱棱打着卷儿，盘在脑后特别精神。他挑起鸭笼，过了土山，向南再向东，一路小跑，出了柳村便沿着四岗子、老营子旁边的土道，或干脆漫荒过去，但总是一路小跑，为的是在西直门开城门之前赶到。

路上有推排子车卖菜的，有挑担子去卖粮食的，也有起黑早进城去拾荒和要饭的，康栓见一个撵一个、见一个超一个，同时与他们打着招呼："走呵！城门快开了！"

"今儿个多重呵？"人们也招呼他。

"一百二三十斤吧。"康栓回答。

"你是铁脚康！比不了。"人们说。

"城门口放粥，晚了没！"康栓边说边超了过去。

西直门城门口许多年前放过粥，又许多年不放了。康栓只不过打趣、开着玩笑。

康栓从十六七岁就挑鸭笼，从挑鸭笼那天开始就没穿过鞋。石头子硌脚，不怕；葛针或蒺藜狗儿扎了，也不怕，康栓只把脚在地上搓那么几下，便完了，便没那么回事，便继续赶路。因此，人们说康栓有一双铁脚，也就经常叫他"铁脚康"。

西直门城门一开，大家蜂拥着进去，然后卖菜的去卖菜，卖粮的去卖粮，康栓则挑着鸭笼先奔全聚德，待全聚德的师傅把鸭子选完了，剩多剩少，再挑到集市上去。

夏天，干粮容易馊，于是在路上、或在城门口等开城门的时候便把干粮吃了。冬天，须等卖完了鸭子，然后进一个饭铺，坐下，向掌柜的要一碗汤，那时再把干粮吃掉；这个时候吃了干粮，回去的路上便不会再饿。

卖完了鸭子，回去先要把卖得的钱交到张三爷的柜上，到月底再由柜上给你开银子。向来如此，年年月月如此，无论拉骆驼的二大伯家，还是往宫里送水的齐老头儿，均如此。这乃早已立下的规矩。

而张三爷已死，眼下是管家包魁掌柜了。包魁这个人奸滑得很，手段也极为巧妙，除了八十三村总办这个差使他没有弄到手，其余，里里外外、大大小小的事，已全由他一人掌控在手，他几乎成了张三爷留下的这片家业正经八百的主人。那个寡妇老太太，带着个哑巴儿子，每天茶来伸手、饭来张口，倒也图个省心。

干活吃饭，挣钱养家，康栓现在既有媳妇又有女儿，完完整整一个家。媳妇也是个好媳妇，老实巴交，不多言不多语，也极少出门，不轻易到村里去。然而媳妇却分担了许多家里的活儿，省下了父亲和母亲不少的时间和精力，于是父亲到山上砍柴了，抓了鱼，也到青龙镇去卖了；母亲每天哄着三岁的孙女儿，一面玩耍一面讲笑话儿。日子没说的，定是一年比一年好。

就这样过，一年，二年，三年，到了第五个年头，媳妇已为康栓生下了两个孩子。女儿玲子，也长到了八岁。而媳妇生下的两个孩子不再是女儿，是儿子，两个全是儿子。

多么好，康家本来人丁兴旺，现在又添了两个儿子。但是，七八月里的一场大雨，却带来了空前的灾难，这个灾难是个灭顶之灾！

那天，康栓卖鸭子回来，半路下起了雨，雨下得也比平常大。康栓到家以后，母亲便打发媳妇去了村里的小铺，打回半斤酒，为的是让康栓和父亲爷儿两个喝上两盅。康栓和父亲就着虾米小鱼，喝完了酒，雨还在下，这时天也完全黑了。鸭子喂过了没有？喂过了。圈好了没有？也圈好了。家里所有的活儿都规整得利利落落，于是歇息，早些歇息，明天一早还要赶西直门卖鸭子。

未料想，一家人睡到半夜，猛听轰隆轰隆响，康栓以为是打雷；后再听，那响声更大、更近，康栓又以为是起风了；既然刮起了风，雨也就应该停了。

又忽听见："快起！快起！水来了！"

这是隔了土坯墙父亲传过来的声音。

康栓一激凌，又一轱辘，从炕上爬起了身，接着他喊醒了身边的妻子，又抱起了身边的孩子……但是已经晚了，"轰隆隆"的响声已到了身边，但不是风，也不是雷，而是水，是像城墙一样高的洪水劈天盖地朝他们倾倒过来。立时间，房子塌了，孩子被浪头卷走，妻子叫喊着，孩子哭喊着，隔屋的父母也叫喊着，鸭子疯了一般乱飞……

已经被康栓抓到手里的是女儿，女儿紧紧抱着他的头。康栓再从水里捞起一个，接着，又捞起一个，是两个儿子。当然孩子最要紧，康栓一手抱一个儿子，女儿则骑在他的肩上；康栓拼尽全身力气，抵抗着水浪的冲涌，和大水搏斗，一步一步，终于把三个孩子弄到了土山的山坡上，又让玲子拉着弟弟赶快往山顶上跑。

然而妻子呢？父亲和母亲呢？此时在哪里？轰隆隆响着的洪水，白晃晃向东涌去的波浪，妻子的求救声在黑暗的上空飘忽着，一声比一声小、一声比一声微弱；父亲和母亲也不见了，他们的喊声、求救声，康栓却连听也没有再听到。此时，康栓已经扑进水里了，一面喊叫着父亲和母亲、喊叫着妻子的名字，水已经没过了康栓的胸口，到了湖的中间，本有些水性的他也被浪头打得沉了下去。

康栓从水下翻上来，看到鸭子是白色的，正无声地顺流而下，但哪还顾得了鸭子？他张开四肢，在水中胡乱摸索，同时不停地喊叫……但水太猛了，水流太急了，无论他怎样挣扎、拼命，也同样避免不了顺流而下。

快到长河了，康栓看到东边天际隐约露出了长河岸边树的尖顶，再往远处看，黑糊糊颐和园的高墙只剩了半截，但半截墙也挡住了洪水，洪水向南拐了弯。

康栓攀上了一棵树，骑在树的枝顶，望，望，人呢？一个也不见，更别提什么鸭子。

康栓的嗓子已经喊哑，四肢也没了力气，只剩下了哭，骑在树上呜呜地哭。

雨停了，天也亮了，大水也不再那么凶猛、慢慢变得疏缓而平静。但人呢？人呢？人呢！

康栓不肯罢休，从树上下来，时而趟水，时而泅水，一直到罗锅儿桥，一直到四岗子、老营子，即使天亮，即使看到了水上的漂浮物，然而却没有看到父亲、母亲，也没有看到媳妇……即使死了、淹死了，总应该看到尸体吧？但漂浮着的，都是些乱七八糟的柴草、树棍、木板之类，人，不知被冲到哪儿去了。

老营子那里的人们说，以前也发过洪水，却没有这次大。今年可能雨水太勤的缘故，才引发了西山下来了水，致使高水湖的水猛增猛涨。

他们又说，倘这水持续到晌午，颐和园里就要打开东面的二龙闸，那样，四岗子、老营子也要被淹，东八县也会成一片汪洋。

康栓灰心了，绝望了。他不得不回去、往回走；回到了土山上，坐在南山头，望着山下静静浮动着的水，又开始呜呜地哭。

父亲没了，母亲没了，妻子也没了……哪怕找到尸体也好，然而尸体也无处寻，漫漫京西，茫茫大地……

康栓沿着土山山顶往西走，回到了孩子们的身边。但他只看到两个儿子在一起蜷缩着，却未看到女儿玲子。

大儿子已经三岁。康栓问："你姐呢？你姐去哪儿了？"

儿子先是摇头，后以一种迷茫的眼神望着山下，用手指："我姐下去，找吃的……"

山下的柳村，因为有一道土山阻隔着，只从每天经过的地方溢进了一些水。但康栓不信，不信女儿玲子下山去找吃的，因为村里即便没有水，却也满是泥泞，再说，女儿到谁家找吃的？去二大伯家吗？女儿并不认识二大伯家。

他再问小儿子，可小儿子刚刚一岁，什么还不懂，此时正抠着泥巴玩儿，是尿泥。

康栓又想，女儿八岁了，难道她去了原来她的那个"家"？不会。女儿离开那个家的时候才三岁，五年过后，她能记得什么？并且，从来也没听女儿说过那个"家"，那根本就不是她的家，但凡是，也不会把她卖掉。

但康栓打了一个激凌，女儿怎么回事？是不是走了？已失去三个亲人，难道还要失去一个？

康栓不顾劳累得像一摊泥，急火火跑下了山，进到村里，见人便打听："看见我家玲子了吗？看见我家玲子了吗？"

人们在忙着自己被冲刷的房屋，都朝康栓摇头，说没看见他家玲子。

康栓在村里乱转，喊着："玲子！玲子！爸叫你呢，听见没有？"

没有回音，只有狗在街上觅食。

康栓进了那条胡同，敲开了那个本属于张三爷家的朱红色大门。

管事的出来，说什么玲子！倒有个小丫头……轰走了。

"那就是我家玲子！"康栓喊道。

"那你找去。"管事的关上了大门。

"她去哪儿了？她去哪儿了？"康栓捶门。但门再也不开。

康栓似乎看到了一线希望，又急慌慌一直向南，不知是追，还是找。然而，当他站到了村子的南口，望着前面的一片水；那里叫南大洼，水虽不深，却也望不到头。玲子怎么会往水里去呢？怎么可能往南去呢？

康栓又向西，过了一个大车道，直追到旷野荒郊，也未见一个人影子。

不知不觉太阳压山了。这灾难的一天，杀人的一天，又到了傍晚。

女儿是个懂事的孩子，也不可能向东去。因为东面直到现在仍是很深的水，而且还有长河；长河在水下，稍不留神一脚踏进去，定会淹死。

女儿究竟去了哪里呢？朝哪个方向去了？她为什么要走？为什么要下山，离开？难道做爸爸的对她不够疼爱？抑或有偏心眼？对她不好，只对两个儿子好？不，不，康栓扪心自问，他是公平的，无论对自己生的、还是媳妇带过来的女儿，他都一律看待、一律疼爱，甚至对玲子的疼爱胜过对儿子的疼爱。

那么，八岁的女儿就忍心抛下他，抛下她的两个弟弟，全然不管不顾了？康栓想不清楚，想不懂，便不再去想。他只盼望着，天黑了，女儿会害怕，也会很饿很饿，于是女儿便会自动回来，回到他身边，回到她两个弟弟身边。

康栓重新回到了山上。两个儿子却是又冷又饿，正瑟瑟发抖。

叔伯哥哥来了，给他们拿来了吃的，也拿来了两件衣服。康栓向叔伯哥哥讲述了这场水，哭诉了这一天发生的所有不幸。

叔伯哥哥大康栓许多，但也没有更好的办法。安慰了康栓一番以后，叔伯哥哥便和康栓一起，用砍下来的树枝和从上面漂下来、淤积到湖边的一些木棍、木板之类，在山上搭起一个临时小棚。康栓和两个儿子便暂睡在小棚里。

康栓对父亲、母亲以及妻子的存活不再抱希望，但他不能就这么再没了一个女儿，对女儿仍然怀着很大的希望，希望不定哪天她能回来。然而，一天，两天，三天……玲子并没有回来，连个人影子也仍然未见。

康栓再一次绝望，再一次灰心和伤心，他始终不明白女儿为什么要离开他、离开这里，又究竟到哪儿去了？那么女儿现在是活着？还是已经死了，像已失去的三个亲人那样……玲子，不看我，也应该看在你的两个弟弟身上，你们虽不是一个爹，却是一个娘。

也死吗？不可能，日子还得过下去，两个儿子小老虎一般，无论怎样还要打起精神、挺直腰板。

但往后的日子究竟怎么过下去呢？鸭子没有了，船没有了，所有的一切全没了，只剩下三张嘴。

叔伯哥哥替康栓想出了主意，说养了、卖了几十年的鸭子，为谁？为柜上，为柜上赚了许多的钱，如今遭难了，活不了命，该找谁呢？当然要找柜上。除了柜上无路可走。

康栓很听话地点了点头，对，找柜上！

五　拉骆驼

如今的柜上，早已不是管家包魁的柜上。时隔五年，张三爷的这个家，又换了新的主人，谁呢？账房先生，简子云。

简子云掌管着账房、账目。他对包魁的贪得无厌、欺上瞒下以及肆意横行早就看在眼里、记在心里了。

包魁要在那庙的前面竖两根旗杆。旗杆要老黄松木，三丈高，紫铜顶；顶上还要各挂铃铛，风一吹，铃叮铛锒响。

包魁又要在庙门两边的墙上镶进四块琉璃做的大方块字。那字必须与佛、与善有关。

做这样两件事，其目的在于显示本村一片太平、祥和之景象。但要花一笔不小的钱。

于是包魁向全村摊派，无论你是长工、佃户，也无论你是家丁、伙计或管事的，有一算一，必须出钱。

长工若不交，便辞了你；佃户不交，便减少你租种的地；家丁、管事的不交，从你的工钱里扣除，或也把你辞了，另换别人。

谁敢不交呢？手里有的，一次交清了。手里没有的，分两次、三次、四次交清。钱，断断续续，一共交了一年多时间。

交到包魁手里的，包魁转给账房。交到账房的，简子云登记造册。然而简子云十分清楚，包魁不会把钱都交给账房，肯定会从中克扣。

简子云也克扣。但简子云把克扣下来的钱并没有收入他自己的腰包，而是把钱暗暗地塞给了他身边的几个人。他预谋良久，早已在拉拢这些人。

一年多过去，包魁说，够了，钱足够了，去买老黄松，旗杆应该立起来了。又说，去城里琉璃厂，订四块琉璃方字，让他们把字一并刻好，再拉回来。

简子云却说：不够，不够，差老鼻子呐！

包魁瞪起眼珠子：明明够了。怎么说不够？

简子云笑：怎么不够，你心里最清楚。

包魁当即扇了简子云一个嘴巴。

简子云早做好了准备，他把两个儿子叫来了，那几个收了他钱的伙计也来了。于是他们一边倒，拉偏架，只护着简子云和他的两个儿子。于是包魁被狠狠揍了一顿。

包魁也有两个儿子。当包魁把两个儿子也找来以后，便开始了一场群殴或者叫一场火并。人大都这样：张三在台上当家主事，便会对张三产生许多的不满，挑中他许多的毛病，于是积攒了怨气甚至仇恨，希望张三滚蛋换一个李四上台，同时寄极大的希望于李四，希望李四改弦更张，于是便可从李四重新的权力运行中得到以前没有得到过的好处。这样的想法使得人们爱憎分明，即把爱和希望给了简家，把憎恨与摒弃给了包家，结果，包魁的大儿子被当场打死，包魁的小儿子和他本人也受了重伤。

包魁五十多岁了，经不住这场暴打，更经不住后来伤痛的折磨以及气恨交加，十几天后便见阎王。

包魁的小儿子才十八岁，叫包镇祥。他虽然也被打得鼻青脸肿，但他不声不语，把仇恨铭记于心。他把哥哥埋了，又亲手埋葬了父亲，从此他不见了，不知去了哪里。反正柳村人再没见过他的身影。

人们后来说，包镇祥当兵去了。

包魁想在那庙上做的文章没有做成，简子云也真的改弦更张，把人们交上来的钱如数退了回去，人们也就觉得做对了、不出所料，新的主人的确给大家带来了好处。从此，简子云不但顺利接替了包魁、成了张家的新管家，也同时受到了大家拥护和爱戴。

但这事发生在二年以前。二年过去，平平静静，而柳村的人们又开始后悔、又开始厌弃简子云，觉得简子云还不如包魁。

这天，康栓来到柜上，见到了简子云。

简子云的势谱果然不逊色当年的包魁，稳坐在厅堂上，手里托着水烟袋，两边有丫环、使唤人伺候。稍显不同的是，简子云多了几分文气，辫子没了，头上戴着一顶小黑帽盔。

康栓把自己的灾难向简子云一五一十地说了。

简子云说："连涌和楼都冲没了，谁不知道？不过，康栓呵，你怎么还留着辫子？钱现在都花'袁大头'，就不应该再留辫子。"

康栓哪里顾得上什么辫子，眼下活命要紧，快些寻个生计要紧。况且，村里许多人还留着辫子。

简子云吹了口火纸，点上一袋水烟，忽然说："康栓哪，你今天既然来了，就正正经经和你说个事。"

接着，简子云说下去："船，鸭子，全没了，我也不再追究你的过错。可是，这鸭子往后咱也不养了。"

康栓当然知道鸭子养不成，便说："怎么都行。让我租几亩地，或是当长工，都行。"

简子云却使劲摇了头："不，都不行。从现在跟你谈的是，你们都自谋生路吧。"

康栓一下子急了眼："逮鱼也得有把鱼叉、也得有个网、有条船。简先生，我现在什么都没有，叫我怎么活？拿什么当生路？"

"不用说你！"简先生不耐烦了，放下水烟袋，站起身，"往宫里送水的齐老头又怎样？也和他说了，让他自己找生路。"

"齐老头儿……"康栓说，"他年纪那么大了。"

"年纪大了又怎么办？难哪……"简子云一脸的苦相，"你把水送去了，宫里拿不出钱，你还怎么送？再送也是白填海眼。"

康栓问："不是皇上还是皇上？娘娘还是娘娘？"

"你不懂。"简先生说，"别看娘娘和小皇上还在宫里，实际过得也一天比一天难。"

康栓想了想，万般无奈，又说鸭子："简先生，置备点东西，鸭子还能养……"

"能养也不养了。"简先生下了决心，"你往全聚德送，全聚德生意也不好。你往宫里送，宫里照样不给你钱。"

康栓实实地没了主意，他从十七岁挑鸭笼、卖鸭子，从来没碰到过这么大的难处。忽然，他想起了骆驼，想起叔伯哥哥，便问简先生："骆驼呢？骆驼也不要了吗？不驮煤了吗？"

"骆驼嘛，还要。照常驮煤。"简先生坐下，捻着胡须，"不过，也不往宫里头送了。你想，既然拿不出钱来，我凭什么还给你送煤？再说，你这宫里上上下下还能熬几天？"

康栓想好了，便说出了他的想法："我能不能和我叔伯哥哥他们一起，也去拉骆驼？"

"那我不管，是你们哥们之间的事。"简先生翘起二郎腿，脚尖在地面哆嗦着，"反正骆驼有数，一共三把儿，每把儿六头。谁拉，都驮什么，往哪儿送，都你们自己做主。开春把钱交到柜上就行。"

好啦，简先生允许了。但正说话间，赶车送水的齐老头儿忽然来了。

他进门就跪倒，管简子云叫简老爷："简老爷，您再纳磨纳磨吧！不让我送水，我可干什么去？可吃什么呢？我什么都不会干啊！"

齐老头儿流下了眼泪。

"水钱你给？车钱、牲口钱你也拿？"简先生拍了一下桌子，对五十多岁的齐老头儿毫不客气。

齐老头儿磕头如捣蒜。

简先生又说："你那个十五岁的儿子干什么去？难道是龙生凤养？你老了，他就不能干点什么养活你？"

齐老头细长的辫子耷拉在地上，带着哭音央求道："简老爷开恩。我四十岁才有了这个儿子，生了他，他妈又死了。我该死，认可我养得娇。"

"好吧，那你就娇去吧。"简先生鄙夷地朝齐老头儿看了两眼，"村里有多少十三四岁的孩子就下地干活去了？你眼大无珠，看不见怎地？"

"造孽呟造孽……"齐老头儿哭诉道，"我也是把他惯坏了，这会子您让他干什么他也不干，整天就知道玩儿。"

"十五了不是？给你出个主意。"简先生说，似笑非笑，"干脆，拉根棍儿要饭去。"

"别，别……"齐老头慌忙直起身，望着简先生，也说出了他的一个想法，"简老爷，要不我赶毛驴车给您柜上送水吧。"

"给柜上送水？"简先生不屑地笑了笑，"柜上用不着送水，庙后头那眼井比翠山的水一点不差劲。"

齐老头开始哞哞哭了起来："那我可怎么好呢？眼看饿死啊……"

简先生说了他下一步的决定，命令齐老头儿："把毛驴车，还有水罐，都拉到柜上来！毛驴我宰了吃肉，车我卖了，水罐我留着养王八！"

简先生说完，迈着方步，吹着火纸，回后面去了。

康栓可怜齐老头儿。他把齐老头从地上搀起来，又扶着他，一同走出了张家的大门……是张家吗？还是简家？抑或是包家？

大门外，齐老头抹着眼泪，向东去，回家。康栓走出胡同，向南，去找叔伯哥哥。

康栓边走边想，难怪了，这简先生确实比包管家厉害十倍。

叔伯哥哥正在鼓捣他的那几间房。那房也是土房，虽未遭到大水冲，却也被雨水浇塌了房角。

康栓向叔伯哥哥说了简子云的决定。叔伯哥哥听后，便也欣然允诺，让康栓随他们一起拉骆驼。

但此时，两个叔伯弟弟拉着他们的骆驼还在蒙古草原。需天凉了，才回来。

接着，康栓把两个儿子送来叔伯哥哥家，并住下。他自己，则先帮叔伯哥哥把房修整了，再去河沟、去湖边，打骆驼草。骆驼回来要吃许多的草，秋天的草是最肥美的草。

二大伯一共三个儿子两个女儿。两个女儿早已出嫁，三个儿子全拉骆驼。叔伯哥哥近几年不拉骆驼了，他拉不了骆驼了，他的两个肩膀开始往上端，喉咙里有了杂音，那是喘的征兆。二大伯就因为喘，不久前去世。

为什么喘？因为“努伤”，因为饥饱劳碌的缘故。试想，三百斤重的煤口袋、短短不到五尺的煤杠子，两人说声“起！”煤口袋便要搭在骆驼背上，你若稍稍慢一点或气力不佳，刹那间便会被切倒在地，也可能吐口鲜血、剩个半拉身子骨，这便是努伤。饥饱劳碌就更为普遍，凡赶大车的、拉骆驼的，赶上饭便吃，赶不上饭便不吃，三十里、二十里，乃至一整天，吃不上饭是常事，也就因此得了毛病。那毛病大多是喘。

康栓不经常到叔伯哥哥家来，来了以后才发现，不光自己身上有疤，叔伯哥哥和侄儿们的身上也有疤。养鸭子脏、腥、臭，养骆驼也脏、腥、臭；养鸭子的脏腥臭来自与鸭子整年整日的厮守，鸭子吃得，人也吃得。养骆驼的脏腥臭来自门口那眼井，井里的水骆驼喝，人也喝。而那井里，平时有蛤蟆、长虫以及破鞋烂袜子之类，到了夏天，只要猫腰伸胳膊，便可把混混的井水舀上来。骆驼有个习惯，喝完水以后会调过屁股，哗哗一泡尿，那一泡尿黄黄的，像一股溪流，流到别处，也流到井里去了。这样的水能喝吗？能喝，不能喝也得喝，不能喝也得照样地喝！谁又有本事进到翠山的围墙里？去喝翠山的山泉水？虽然拉着骆驼，驮了煤，谁又敢烧煤？把水烧开了再喝？烧得起吗？喝这井水后，不拉稀，便起包；包化了脓，便成了脓包，脓包好了，就落了疤。叔伯哥哥的三个儿子，以及两个叔伯弟弟和他们的儿子，身上都有疤，只形状不同，有的椭圆，有的扁长，有的奇形怪状，但都滑溜溜、闪着亮光。

喘就喘，疤就疤，骆驼康记，反正人丁兴旺，男人又特别多。

到了十月下旬，骆驼从草原上回来了。于是叔伯哥哥做主，把三把儿骆驼中的三头，让给了康栓。叔伯哥哥说，别忙，等生了小骆驼，就变成四头，五头，六头，越来越多，就像康记的人。

康栓有了骆驼，燃起了博大的、新生的希望。同时，两个儿子在叔伯哥哥家里也很好，很让康栓放心。他们吃饭和侄儿们一起吃，睡和侄儿们一起睡。二大伯没了，二大娘还活着，二大娘和叔伯嫂子像疼自己孩子那样疼康栓的儿子。康栓自己，回来之后有饭吃，再有个躺的地方也就知足。

康栓开始和两个叔伯弟弟一同去门头沟驮煤，先往大家主送，比如城里，比如青龙镇和老营子，那里都有大家主。宫里不能送了，正如简子云所说，送了去也给不出钱。但柜上要送，每年都要送，并且送足，而给柜上送又不能要钱，这是文书上规定好了的。

康栓拉着骆驼，学两个叔伯弟弟的样子，用骆驼毛绳捻成了腰带，腰带就耷拉在裆前，身子再微微后倾，头便紧挨着骆驼的脖子。驼驼脖子上的铃铛响，丁零当啷，迈出潇洒的步子，乍看去，康栓全然一个拉骆驼的行家。

第二年又到天热，康栓和叔伯弟弟一起到蒙古草原上去了。那里有草，有水，不用花一文钱，骆驼可以随便吃，很轻松、很容易便可度过一个炎热的夏天。

康栓在草原上和牧民同住一个帐包。住帐包也不花钱，牧民们还让他白喝马奶子酒，让他用手抓大盆的羊肉吃。夜晚，康栓聆听那忧伤的然而又很美妙的歌声和马头琴声，这时，他禁不住会想起那一场大水，想起父亲、母亲，以及善良、勤劳又不多言不多语的妻子；还有，那个聪明又可爱的女儿，她叫玲子……

康栓有时真想什么都不干，也不出门，就坐在村后那道土山上，望高水湖，望东面遥远的天际……两年过去了，父亲、母亲、妻子，早已没了指望，但他的女儿玲子不应该死，因为他明明把女儿和两个儿子救到了山上，两个儿子在山上待得好好的，而女儿却突然不知去向。不知去向也不应该死，应该还活着，而活着，又在哪里呢？又流落到何方？也许他想着想着、望着望着，女儿会从天而降，然后像只燕子、像只蝴蝶，飘飘悠悠落到了他的面前，并朝他叫道："爸爸！我是迷路了，迷路了！"然后抱着他的脖子，父亲和女儿彼此伤心地诉说。

然而这只是想象、只是妄想，康栓默默流眼泪。

也许是"拍花的"吧，是"拍花的"把玲子拍走了。

也许兵荒马乱，现在死个人就如同死个蚂蚁、死个虫子。

兵荒马乱……今天是李大帅，明天是张大帅，后天又是王大帅，康栓拉着骆驼无论去草原的路上，还是从草原回来，碰到了数不清的、一拨一拨的兵，也不知是谁的兵，更不知谁在打谁。那炮声、枪声、天上的飞机，胡乱地、整天地响，把人快震昏了，震得耳朵发麻。

二大伯家的三叔伯弟弟便碰上了一拨当兵的，遭了难，骆驼被大兵抢走，去驮枪炮子弹。三叔伯弟弟号啕大哭，但也只好空手回家。

一天晚上，康栓住进了一个大车店。这个大车店里同时住着兵，是些伤兵，或者说是残兵败将。但夜里，康栓听见他们在唱歌：

直奉，战争，不忍说。
兵发山海关，大炮响连天，
当兵的人，最可怜，死在半山坡。
尸骨堆成山，血水流成河，
不如两兵休战各回各营盘……

这歌，让康栓听得心酸。

康栓在拉骆驼第三个年头上，从草原带回来一个女人，因为这个女人看上了他。康栓三十八岁，那女人三十岁，整比康栓小了八岁，但这女人铁了心，非跟定了他不可，于是康栓便在蒙古包里和这个女人结了婚。从此康栓又有媳妇了，一个蒙古媳妇。

康栓逐渐相信了一句话，即，好人必有好报。因为那女不但实心实意和他过日子，又接连地为康栓生下了三个孩子。这三个孩子除一个是女孩外，另两个又是儿子！而且这女人同样地吃苦耐劳，同样去河边打骆驼草，她生孩子的时候只觉肚子一疼、一坠，于是蹲下，咕咚一声，孩子便生在了水里。两个儿子便是这样生下的，都活得很好、结结实实，与康栓的前两个儿子没什么两样，加在一起，康栓有四个儿子了，骆驼康记便也增添了四个男丁。

一晃十年过去，康栓拉骆驼整整十年了。

这年春天，康栓最后一趟去门头沟驮煤，然后又要去草原度过夏天。就在这次驮煤回来的路上，康栓看到了一拨奇异的队伍，那是一溜长蛇阵般送葬的队伍，有悲壮之气，有悲鸣之声；他们戴着黑色孝箍，浩浩荡荡，在往西山进发。

康栓不知道这是些什么人，也不知道他们在给谁送葬，或者棺椁里躺着的是怎样一位名人、阔人、哪位大官、哪位大帅？怎就有那般的势谱、那般的威风呢？又怎会那般的仁义呢？惹得那么多人在为他淌眼泪。

康栓不由得向人打听了一下，才知道，这个逝去的人叫孙中山。

第二章

六　玲子

当康栓这个父亲，让玲子骑在他的肩膀上、把玲子的两个弟弟夹在腋下；他们被救到了土山坡上的时候，玲子不停地哭叫着："妈妈！妈妈！"当父亲放下他们，让他们赶快上到山顶，父亲又回到山下再次扑进水里以后，玲子仍在叫喊，父亲也在叫喊。

当父亲像条大鱼，顺流而下，又好长好长时间没有回来，玲子站在山顶，望着滔滔洪水，她预感到，妈妈怕是回不来了，被大水冲走了，淹死了。回不来的，自然还有爷爷和奶奶……

雨停了，天亮了，一直到洪水变得缓慢了些，一直到中午，高水湖上露出了苇子的尖顶，父亲仍然没有回来。

玲子不再哭，已经哭不出来。三岁的弟弟一直哭，一岁的弟弟也哭，但一岁的弟弟不知道发生了什么，只是被吓坏了。

等呵，等，等呵等，像等了几天，像等了一年，看不见太阳，天阴得像个大水盆，也不知是下午，还是天要黑，只不见父亲回来。

露出了太阳，一点点儿，像贼似的偷看。但父亲呢？怎么不来看？父亲不回来便听不到母亲的消息，母亲还活着吗？被大水真的冲走了吗？冲到哪儿去了？

他们又冷、又饿、又害怕。玲子喝斥弟弟，不许哭！哭有什么用？

能当吃当喝？哭妈、哭爷爷哭奶奶，就能哭回来？

玲子这样训斥弟弟，她自己心里有数，这便是一种绝望。因为她知道，父亲所以不回来，定是没有找到妈妈，连爷爷、奶奶也没有找到。也就是说，妈妈回不来了，被大水冲走的一切全回不来了，再等也是白等；再等下去，恐怕等回来的也只能是死尸。而死尸，也只能惹得哭一场。

于是，玲子产生了要离开这里的念头。没有了妈妈，她不知道怎样活；挨冻受饿，没地方住，没衣服穿，今后该是多么苦、多么难，她刚刚八岁，难道就在这样的苦难里一天一天、一年一年地熬吗？

她又想，母亲是亲母亲，两个弟弟也是亲弟弟，但父亲，是亲生父亲吗？爷爷、奶奶是亲爷爷、亲奶奶吗？不是，都不是。她只不过和母亲一起被卖到了这户人家，在这户人家里从三岁长到了八岁。她又忽然记起，在自己六七岁的时候就去村里的小铺买盐、买油，那小铺里的人便说过，她似乎不是这养鸭子人家的亲生女儿，而属村里另一户人家，那家应该姓张。张家很有钱，是村里的大户，而这个张家大户又住在村里的什么地方呢？她不知道。

以前没想过，现在想了，以前记不起来，现在记起来了。真不明白自己以前糊里糊涂怎么就长到了八岁。

玲子下了决心，也算下了狠心。她必须离开，不能等着挨饿，不能等着穷死、饿死，于是她摸了一下一岁弟弟的头，对三岁的弟弟说了声：我下山找吃的。

下山的路并不好走，湿滑，不小心就要跌倒。玲子攀住树枝和枣棵子，一步一步，好不容易下到半山腰。这时，她朝山上望了望，见两个弟弟也在望着她，玲子朝他们挥手；弟弟不懂，玲子懂，她是在朝两个弟弟告别。

进到村里，村里静悄悄不见一个人。大雨过后，家家户户顾不上街面，只顾屋里漏了多少雨，淋了多少东西。

山上的鸟飞下来觅食吃了。野狗也饿得可以，瞪着血红的眼睛，仿佛要吃玲子。

玲子在一条水沟旁看见了一块被水冲着的莴瓜，她伸手抓住，在雨水中洗了洗，抠去里面的瓤子，就那样生吃了。

那户姓张的人家住在哪里呢？玲子向东，绕过一座庙，然后又向西，向北；终于，她看见了一条很宽敞又很阔气的胡同，于是走进那胡同。

到了胡同里玲子才发现，胡同北面的房很高、很阔气，南面的房却一点不阔气，而且又低又矮又破旧。她自然选了北面的、门口有石狮子的一家，拍响了那家朱红色的大门。

拍了六七下，一个穿了绸缎衫、看去二十多岁的人从里面出来，一连问玲子两声："干吗？干吗？"

玲子乍起胆子，理直气壮："我找姓张的。我原本就姓张。"

"这儿不姓张！"那人像是这家的少主人，很不耐烦地说话。

"不姓张……"玲子咕哝道，有些气馁。但她又很快用她一个小姑娘的娇嫩声音问，"大哥，这村哪家姓张呢？"

"谁是你大哥，滚！"

说完，大门咕咚关上了。

又出来一个，像是管事的，回头对那个二十多岁的人说："要饭的太多，到哪儿哪儿要。"

"我不是要饭的，我原本姓张，是张家的人。"玲子大声为自己申辩。

"这儿不姓张，姓简。明白了吧？"管事的再一次关上了大门。

玲子站在那里发愣，不敢再拍门，怕惹恼了，人家出来打她、骂她。

她只好走开。

这儿不姓张，还有哪家姓张呢？即使再找到一家姓张的，就会是她要寻找的那个张家吗？也许，小铺里的人是瞎说的，也许，她没有听准，错把别人家的事听成了自己的事。而那家小铺又早已关了张，她还到哪里去找，还到哪里去问呢？即便有一家姓张，也许不在柳村，不在柳村便与自己没一点儿关系。

玲子感到灰心丧气。她甚至有些后悔，不应该下山，不应该离开两个弟弟，此时，她应该回到山上，她说去找吃的，弟弟在等她。说不定，父亲已回来了，也在等着她。父亲虽不是亲父亲，但父亲疼她，就像疼亲生的一样……

然而玲子想到这儿，不知怎么，她的一颗幼小的心又突显出一种出奇的坚硬，既然出来，离开了，就绝不能再回去，回去有什么好？父亲疼她，难道就不受穷、不挨饿了？以后就有了住的地方、有衣裳穿了吗？还不照样死路一条？自己原来没有想错，离开是对的。

忽然想起，她应该进城，进北京城里去！

曾不止一次听姓康的父亲说过，北京城里有许多许多的人家，许多许多的房，还有大大小小的买卖和许多家饭馆。城里的人家都很有钱，他们吃得好，穿得也好。

北京城里是最好的去处。到了城里，无论怎样都可以活命了。

拿定了主意，玲子便走出村子。

她站在村边，又不知去城里怎样走，有多远，是先向东还是向西？还是一直朝南走？

不管多远，也不管向东、向西还是向南，反正走下去就是了。可以边走边打听。

玲子朝东望，白亮亮一片水，分不清哪里是长河，哪里是路，父亲所说的四岗子、老营子有多远？她朝南望，那叫南大洼，也是望不到头的水。但玲子大胆向南走了一段，水一步比一步深，没过膝盖的时候，她害怕了，又返了回来。

玲子只好朝西走去了。

玲子身上的衣服已经半干。她趟着泥泞，泥泞覆盖了脚面。她沿着田边的一条小路一直向西，向西，前面出现了一片玉米地；玉米已经熟了，她拧下一个棒子，扯掉皮，里面的粒很嫩，她啃了那粒儿；一连啃了两个棒子。

玲子来到了一条大车道的岔路口。这个岔路口，可以往南，也可以继续往西或往北，但玲子不能往北，如果往北，走不多远又到村边了，等于回到了村里。那么继续向西呢，又再也找不到路，只有庄稼地，一眼望不到头的庄稼地，还有远处的山。那山真远呵，好像和天边连着。

玲子决定了，从这个岔路口向南去。

她走着，觉得自己走对了，因为那路越来越宽，泥和水也越来越少，越来越干松，不似田间路，是一条正经的路。

她向南走出了大约四五里，看见了一个村子。这村子也与柳村不一样，村边的道很宽，很正经，村里的房看上去也比较整齐。玲子又看见一辆马车，停在村口一户人家的街门前，马车上还装有一个布篷子，布篷子半圆形；她突然想，布篷里可以坐人！

玲子已经走了两个钟头，又累又饿，太阳也压山了，玲子便毫不犹豫地爬上马车，钻进了布篷子。篷子里空而且黑，从外面看里面什么也看不见，从里面往外看却看得很清楚。玲子坐在篷子里的一块蒲垫儿上，感觉很舒服，真想睡他一觉。

玲子哪敢睡？就在想睡未睡的时候，从村口这户人家走出了一个人，似乎就是这辆马车的主人，似乎来这家串门儿或是有事，这家有人出来送，和这人打招呼，说客气话。玲子屏声敛气，听着外面的动静。

出来的那个人竟然也没到布篷边看一看，便撤掉了支车辕的棍子，然后吆动牲口。牲口竟也十分听话，玲子只觉车身摇动了一下，便随着向前走了。

玲子闭上眼睛，一动不动。她想，随便拉到哪里吧，只要有饭吃，只要活命就行。

玲子凭感觉，这马车是朝东走的。她睁开眼睛，看见路的两边多了不少人家，还有，走着的人，这些人家和走着的人都和柳村不一样，房子要好得多，人穿得也好得多。她想，是不是快到城里了？

天完全黑下来，马车停了。赶马车的咳嗽了一声，把玲子吓了一跳。但她很快觉得马车的车辕子又被支起，接着看见，赶车人卸掉了牲口，然后牵着那牲口进到一家院门里去了。

无疑，这是那赶车人的家。马车走到这儿算为止。

玲子跳下马车，向东跑去，向她认为的城里的方向跑去。

七　在北京城里

玲子真的跑到了西直门。她到西直门城门口的时候已经是半夜。

幸亏是七八月份，还不算冷，玲子在城墙根下蜷缩着，一直到天明。

第二天，玲子便开始在城里流浪，开始讨生活。

正如姓康的父亲所说，玲子在城里真的看到了许多的房，许多的人，路也数不清有多少条，条条都那么宽敞，而且没有泥、没有土，全是平展展的石板、要么就是照样很平的碎石。城里的人穿着打扮也很特殊，长袍，细腰，女的头上都有首饰，男的没辫子，有辫子的也不是辫子，而是像鸭子尾巴似的，露出那样一个小根根，而玲子只有去村里的小铺买东西的时候那小铺掌柜的脑后才露出那样的小根根。还有，这里的女人小脚少，大脚多，玲子记得，村子里的女人全是小脚，母亲，再也见不到的母亲，便是小脚，就连那个奶奶也是小脚。玲子很庆幸自己逃了出来，否则，叫康栓的父亲怕也让自己裹小脚吧。裹小脚不好，很疼，而且走路非常不方便。

玲子流浪着讨生活，每天面临的当然是吃饭问题。

玲子随便走进一家饭铺，站到桌子边，等人家吃完了，剩下什么，她便吃什么。城里人有钱，经常剩，有时还剩下不少，玲子连汤带饭吃下去，有时把碟子也舔得干干净净。

城里人还经常把吃剩的、或者嫌脏、或隔了夜不想再吃的东西倒掉。玲子看见，如获至宝，捡拾起来，痛痛快快地吃……对玲子来说，这些东西也总比在家里吃的那些东西强。

当然，哪里都有善心人，也有实在看不下去的，这些人主动拿出饭食给玲子吃，其中包括饭铺伙计和掌柜的，也包括过路人和做小买卖的。

如果一天找不到吃的，玲子便到垃圾堆上去了。她翻捣那些扫地土、煤渣和煤灰、菜帮子和树叶，说不定就看见了吃的东西。这时候，玲子把翻找到的半块馒头、一牙儿烙饼或一疙瘩米饭在袖子或衣襟上擦一擦、蹭一蹭，就那样吃下去，依然觉得很香。在柳村的家里，她只吃过窝头、饼子，从来没尝过白面和米饭是什么滋味儿。

也有时，因为饿，因为实在找不到吃的，玲子便乘路边食摊上的主人不备，猛然拿起一块炸糕、枣饼或者油条馒头之类，边跑边吃。那食摊的主人倒也不撒开了追，因为不过一个八九岁的小丫头、不过那么点儿吃的，拿了就拿了，吃了就吃了，骂几句祖宗八代也就罢休。只是他们提高了警惕，玲子别想在同一食摊上重复她的伎俩。

玲子不后悔，越来越不后悔。因为她觉得城里实实在在比乡下好，那白面馍，那炸糕和大米饭，那别人剩下的、飘着一层油的菜和菜汤，乡下人谁吃过？而且她在城里看到了那么多好看的，看到了那么多人，还有那么多在乡下没人穿过的花花绿绿的衣裳。玲子经常叹气，自己兜里一文钱也没有。

晚上睡在哪里呢？玲子有办法，找个墙角、旯旮，或者在一家店铺的房檐下，躺下来，身上盖了随便捡来的麻包片子之类，就那样睡着了。玲子想不到，乡下有狗城里也有狗，所以住家户的门洞不能去，不但不能去，只稍一靠近，那狗便叫了。狗一叫，主人出来，不但会把她从门洞里撵走，还有可能把她送到巡警那儿，叫她去坐班房。玲子想钻进柴草垛，柴草垛里安全又舒适，但城里没有柴草垛，只有劈柴和煤。

不管怎么说，还是逃出来好。若不逃出来，她，两个弟弟，都只能睡在那个土山上。土山上有什么？没有砖没有瓦，没有墙角旯旮，连一点遮风避雨的地方也没有。到了冬天怎么办？真真的不饿死也会被冻死。没有了母亲，姓康的父亲，两手空空，能有什么办法……

玲子不知不觉度过了秋天，冬天来了。

春、夏、秋都好打发。冬天难了，睡在哪里，便成了和吃同等重要的问题。

城里人讲究晒衣服，天气好、日头足的时候便把衣服、被褥拿出来晒。玲子慢慢的，已经学会了偷……乘人不注意，四周又没有人，她便从绳子上扯下一件，在腋下夹着，若无其事地走开。有一次她夹了一件偷来的衣服到了一个僻静地方，打开那件衣服，竟发现是一件里面带毛毛的、看去特别暖和的阔家主衣服。只是，那衣服的脖领太高，穿在身上也显太长，像打锣的，也像个小大人儿。不过很好，知足，自当有了棉裤，这长长的、带毛毛的大衣服把屁股蛋子也盖住了。

鞋呢？街边，住家户门口，垃圾堆，总可以看见一双或一只鞋，不管是棉的还是单的，只要能穿就行。两只鞋不一样，一样一只也行。人说一样一只死舅舅，玲子没有舅舅，也不信那一套。柳村那个家里有什么样的鞋？还不是开了胶或露了脚指头的鞋？姓康的父亲根本没鞋，始终光脚去卖鸭子！

住的地方，玲子有了新发现。

她初到的那天晚上，在西直门城门口，在城墙边就那样住了一宿，如今这里热闹了，聚集了不少的人。这些人不知从哪儿弄来的东西，依靠着城墙，搭起了一间又一间十分简单的棚子。玲子估计，他们大约也和自己一样，白天找吃的或是讨饭，晚上便住到这城墙根下。冬天了，日头夕照，城墙被烤得发热，这时钻进靠墙的棚子里，一点也不觉得冷。

于是玲子也学这些人，花几天时间找、或者偷、或捡拾，于是木棍有了，板条有了，顶上的破布烂毡和捆绑的绳子也有了，玲子便同样有了一间小小的、简陋的小棚。她钻进去，摸摸城墙，果然很热，果然很暖和。出了棚子便是护城河，可以用护城河里的水洗脸、洗脚，涤衣服，也可以用来梳头。玲子把头发盘上去，梳成一个抓鬏，找根细绳，再把抓鬏系紧了，不要它散下来。玲子渴的时候，便喝护城河里的水。

就这样，一年复一年，一月复一月。玲子白天去讨生活，晚上，便住在城墙根下的小棚子里，也等于有了永久的住处。随着拾到的东西越来越多，小棚子也逐渐加牢、加固。夏天到来，试一试，那小棚子竟然没漏多少雨。

一晃过去了五年。玲子长大了，从八岁长到了十三岁。

这五年，城里似乎发生了不少的事，比如，有人排队、游行，有人放鞭炮、庆祝，也有人放枪、抓人，被抓的人到处躲、到处藏，但究竟发生了什么，谁和谁是一起儿的，谁又和谁敌对，玲子不知道，也不关心。

忽然有一天，玲子正在城门口转游，一个穿得很阔气、留着两撇小胡子的中年男人悄没声儿地站在了她的面前。玲子看他的时候，那男人也正盯着玲子看。

玲子害怕了，怕这人不是好人，怕突然把她带走。这人要么就是“拍花的”，把她拍走，卖到别处去。玲子在家里的时候便听爷爷和奶奶说过“拍花的”，而且这之前，在城里已经有两次，也是穿得很讲究的人，把她和她的几个同是讨生活的伙伴一起带走了，带到一个黑糊糊的房子里。不过，那不是拍花的，是巡警，饿了一天又把她们放了。

但眼前这人挺和气，脸上有笑容，看着看着便开口问她：“小姑娘，你的父母呢？”

玲子愣着神，不说话。

那人又问："你的父母是没了？还是你从家里跑出来的？"

玲子仍不说话。此时她只想逃，又恐怕逃不掉。

不知怎么回事，那人忽然牵起玲子的手，那手劲儿可真大，玲子挣脱，却没能挣开，便只好随着那人；那人牵着她，像牵着一只羊羔。

十三岁的玲子已大约能辨出那人的年纪。那人起码有四十岁了。然而拉她干什么？去哪里？

那人一只手提了一个皮包，另一只手牵着玲子，牵得越来越紧，生怕她跑掉。

玲子看那人根本没辫子，也没有鸭子尾巴似的缀根儿。那人戴了一顶圆圆的、白色的、带檐儿的帽子，脸和手很白，也很细，两撇小胡子整整齐齐。

"不用害怕。"那人拉着玲子一面往城门里走，一面说，"我们先去吃饭。吃完了饭，给你买身衣服，然后再带你去洗个澡。怎么样？好不好呢？"

玲子哪里知道好还是不好呢？哪里知道这究竟是个好人还是坏人呢？所以仍然一句话不说。

"我姓吴，叫吴开基。"那人自报了姓名，又问玲子，"你叫什么？有没有名字？"

玲子吞吞吐吐说了一句："我叫玲子。"

"姓什么呢？"

玲子打了一个愣。她想说姓康，但她根本不姓康；她想说姓张，但后来不姓张了，也没有找到所谓张家。玲子猛然想起她住过的村子，叫柳村，于是她顺口说出："姓柳。"

"柳林子。这名字不错。"那人说，笑了。这位姓吴叫吴什么基的先生笑得很好看，却有些口音，他把"玲"子说成了"林"子。玲子在城里已待了五年，能够分出什么是北京口音以及那口音正还是不正。

但玲子没有想到，这位吴先生说话算话，拉着她，真的把她带到了一家饭馆。这家饭馆临街，不大，然而玲子还从来没进过什么饭馆，如果说进过，也只是进去舔碟子，吃别人的残羹剩饭。

吴先生让她坐下。然后要了两个菜和两个白白的馒头。

玲子暂且不管那一套，只大口大口地吃。吴先生坐在一旁，饶有兴味地看着她吃。

吃完了，吴先生又真的带她到了一个卖衣服的地方。那地方也临街，卖新衣服，也卖旧衣服。

吴先生说这里的旧衣服叫估衣，咱们不买，买新的。结果，吴先生从上至下给玲子买了一身崭新的衣服，还买了一双鞋。那衣服，玲子不可能脱下身上的旧衣服当场换，只贴身比了比，挺合身。鞋子却可以当场扔掉，换上了一双新鞋。

玲子弄不懂，这位吴先生为什么对她这么好，为什么说话算数。说让她吃饭便让她吃饭，说给她买衣服便真的给她买了衣服。她根本不认识他，他也第一次看见她；她又不过是个十三岁的孩子，而他，是个四十岁左右的男人。

接着，吴先生又领她去洗澡。

澡堂子，玲子不要说进去洗，连听说也没听说过。即使在街面上看到了，她不识字，也不知那就是澡堂子。

但他们确实去找澡堂子了，走了很远的路才找到一家有女人洗的澡堂子。吴先生对玲子说："将来的澡堂子，都要开设女部。"

进了澡堂子，吴先生向澡堂伙计说了几句，澡堂伙计就那样恭顺地将玲子领到了最后面。在这里，玲子生平第一次看到，一间屋的水池子里竟然泡了七八个女人，又全赤条条一丝不挂。

玲子惶惑、惶恐，还没洗，便羞得满脸通红。但玲子毕竟生性胆大，终于脱下了自己的衣服，是她的那一身又脏又破的旧衣服。澡堂自有女伙计，将玲子的旧衣服拿到了外面，把她的新衣服预备到她的身边。

玲子学那几个女人的样子，她们怎样洗，她也怎样洗。

呵，热热的水，温温的毛巾和肥皂，还有光滑的、干净的水池以及弥漫着水珠的满屋子的湿润空气。水珠一个一个从棚顶滴答下来，落在玲子身上，滋润着她的心田。

玲子敞开快要擀毡的头发。那头发多日不洗；即便洗过，也是用护城河的水洗，闻一闻，已有些馊味。玲子把系头发的绳儿扔掉，在头发上打很多的胰子，洗呀洗，洗呀洗……

然后，女伙计走过来，不容分说，让她躺下，给她搓澡。这又让玲子吃惊，因为又是她从未享受过的。

当玲子换上了那一身吴先生给她买的新衣服以后，也学别人那样，趿拉着木板鞋，走出女人洗澡的屋子。此时，吴先生正在澡堂外间的座位上等着她。

外间的墙上有一面镜子，玲子看见其他女人在照，她也过去，照一照自己。

玲子突然发现自己变了，镜子里的自己，变成了另外一个人。这个人自己几乎不认识……瘦长的瓜子脸，白白净净的脸蛋，嘴那么小，唇那么红，自己原来还有那么长的睫毛，那睫毛真的很长，比其他女人的睫毛要长许多；还有那一双眼睛，原来那么大，忽闪忽闪，整个人像个精灵……玲子不禁扑哧一笑。

这时，玲子又突然发现镜子里出现了另外一个人，是吴先生。吴先生笑着，那笑是微笑，是满意的笑。他在端详她，仔细打量她，然后伸出手，拢住她的头发，把她的头发拢到了脑后，又亲手拿过梳子，轻轻缓缓地梳那头发，于是那头发便如水帘一样垂挂下来，在玲子的肩上打了一个好看的卷。

“换鞋。”吴先生说。

玲子换了，一双新鞋。

“走吧。”吴先生说。

玲子随吴先生走出了澡堂。

来到了街上，吴先生重又牵住了玲子的手。玲子问：“还去哪儿？”

吴先生说：“跟我回家。”

玲子又问：“你家在哪儿？”

吴先生用那只提皮包的手朝远处指了指，说前面拐个弯儿，没多远就到了。

吴先生穿的衣服不但整洁、笔挺，兜儿也特别多。玲子还没见过有这么多兜儿的衣服，她瞟了一眼，只见上面两个，下面两个，一共四个兜儿，衣服里面有没有兜儿还不知道。

走到半路，突然遇上一个坐轿子的人。那人与吴先生完全不同，穿的是长袍马褂，梳着辫子，年纪也比吴先生不知大了多少。吴先生站住，便与那人说话。说话间，吴先生不经意地松开了玲子的手。

玲子站在那儿不动。两个人还在说，说的什么玲子不去听，也听不懂。但又在不经意间，吴先生把手里的皮包递到玲子手上，当然是让玲子暂时替他提。

吴先生已经很够派头了，又和那样一个更有派头、更老、更有身份的人说话，若提着个皮包，便不像个样子，大约也显得不恭敬，玲子这样想。但这样想的同时，她也突生一念……何不就此跑了？跑也不能白跑，要带走点什么。于是，玲子开始慢慢后退，一步步、悄无声息、毫不惹眼、退到了吴先生的身后，接着，玲子抠开了吴先生的皮包扣，里面果然有钱！而且是成沓的票子，非常好拿、一拿一准；玲子用两个手指轻轻一夹，一沓钞票立时落入了玲子的衣兜里。

玲子又若无其事地站到了吴先生旁边。吴先生与那位长袍马褂的老头儿还在说，且越说越热火。玲子碰了一下吴先生的手，顺便把皮包又交到了吴先生手上，吴先生不经意，也就接在了手里。

路的对面有做小买卖的，也有个吹糖人儿和吹“叶叶噔儿”的。什么叫叶叶噔儿？就是把烧过的玻璃吹鼓了，吹成你所要买的随便哪种形状。玲子装作好奇，朝吹叶叶噔的走过去，站在观看的人群中。

当玲子确信吴先生没有注意她，只专心与那人说话，她便从观看的人群中又慢慢后退、后退，脱离了人群，她便迅速钻入了一条胡同，再撒开丫子，朝胡同深处跑去。

这条胡同的尽头，是另一条大街。玲子消失在另一条大街庞杂的人群中了。

八　沁香楼

从吴先生皮包里偷的一沓钱让玲子很享受了一段时间。她首先改变了住处，跑到另一个城门口的城墙边，同样搭了一个小棚子，目的是不让吴先生再到原来的地方找她，进而把她找到。然后，玲子开始在食摊上买，而不是偷；买烧饼、买炸糕和油条，也买豌豆黄儿和糖三角。玲子还吃过好几回灌肠;那灌肠太好吃了，蘸着醋蒜和酱油，用一根竹签儿，一片一片地扎，送进嘴里，那滋味简直说不出来。

钱花完了，怎么办？玲子只得重复从前，又去饭馆，又站在一旁等吃人家的残羹剩饭，甚至舔碟子；又去住户门口用她稚嫩的声音朝门里讨要；玲子也仍然偷，有机会便偷一点，如此这般，吴先生给买的一身衣服和鞋两三个月以后便脏得没了模样。

又过了一年。秋天，玲子正在一户人家的门口求施舍，却迟迟不见人出来。玲子以为这家没有人、暂时没有人，便大起胆子进了院。玲子不敢进屋，只看见这家院里的窗台上正晒着的柿子，她便偷了两个，边往出走边吃。但没有想到，这时候回来了人，与玲子撞个迎头，便一把将她拽住。

从外面回来的是个三十多岁的大婶。玲子原想，她没偷什么贵重的东西，不过是柿子，抓住了，骂几句，打几下，也就完了。但那位大婶没骂也没打，却也没有放过她，等这家又回来了人，他们竟然把她捆了起来，到了晚上，竟然又给了她饭吃。这时候，又来了一位大婶，这位大婶比原来这家的大婶年轻多了，也漂亮多了，眉了眼儿的也都描过、画过，还叼着香烟，“两把儿头”梳得更锃光刮亮。这位大婶和玲子说话，玲子感到一股好闻的脂粉香气直扑到脸上、钻入了鼻孔。她闻到过这种香气吗？闻到过，比如在前门大街，比如在大商铺的柜台前，她不是买，而是瞎转游，那时，吴先生给买的一身衣服还很新。

这位说是大婶但又比大婶年轻许多的漂亮女人把玲子带走了，带回了这个女人的住处。

这住处也有些特别，在很深很深的一个胡同里，院子也很深，房子也大，玲子进门的时候还听到了丝弦伴着弹唱的声音，就像在街头她听到过的那样。不过这声音要细得多、柔弱得多，听了让人心里有些难受。

年轻大婶把她领进这间大房子。果然，房子里有如她一般年龄的八九个女孩儿，是她们在弹，在唱，也只有她们才能有这种声音。

年轻大婶告诉玲子，她姓万，叫万金珠。但今后不许叫她大婶儿，要叫“姐姐”，或者叫“金珠姐姐”；又说，“你今后就在这儿了，和她们一起。”

接着，“金珠姐姐”瞪起了眼睛：“说你哪，听见没有？”

玲子赶快点头：“听见了。”

“记住了没有？”

“记住了。”

玲子从十三岁长到十四岁，在城里已经混过了六年。她什么不懂？什么不明白？她知道自己来到了一个专门卖唱的地方。在天桥，在隆福寺，都有这种营生。

但这里又不一样。这里有深院高墙，大门也永远是锁着的，而且有两个粗粗壮壮的男人总在院里晃游。玲子想跑，像贼一样地溜，根本不可能。

玲子洗了澡，换了衣服，这是玲子跑到城里来第二次洗澡、第二次换衣服。然后玲子发现自己和那八九个女孩儿完全一样了，变成了一个娇嫩的、像女学生那般的体面。然而玲子不甘心，暗自打算，得了机会她还是要跑。别看她平时讨要、捡拾，甚至偷，假如让她干那些男人随便摸、由性占便宜的营生，她是绝不干的。

一段时间以后，玲子又发现自己错了。这里原来并不招惹男人，原来并不“卖”；这里只是学，学唱、学拉弦儿、学弹琵琶，只等学好练成了，才去一个叫“沁香楼”的地方。据说那地方也不“卖”，只是让你凭藉所学到的唱和弹拉的本事挣钱。所挣到的钱，交予万金珠姐姐，再由万金珠姐姐给你钱。

万金珠姐姐也不整天待在这里。白天的时候，她只回来看一看，而且，你若听话，认真学，她不打也不骂。这里的小姑娘加上玲子整好十个了，彼此相处得也很好。她们穿的俱是整齐、干净的衣服，梳着一样的头，脖领下挂着的手帕也一样。吃的呢，有时是米有时是面；米是细米，面是白面，但米大多时候是粥，白面大多时候是嘎个儿汤，万姐姐说少吃干的，多吃稀的，干的吃多了人会胖；一胖，就没人待见了。但也有小姐妹私下里这样说：怕你换过肚来，素肚变成了肥肚，你就要生事、胆子就大，胆子一大你就想跑！

每天来教她们唱曲儿、弹弦儿的是个瞎子，但也是这间大房子里唯一的男人。还有一个头发花白了的老女人，也教她们唱曲儿但主要是教弹琵琶。老女人教的曲儿都很柔软、细声细气，那眉呵眼呵也随着动。瞎男人教的曲儿却很有力量，并且时常带了比划；比划那刀枪剑戟斧钺钩叉。不知为什么，玲子喜欢瞎子教的曲儿，但又不喜欢弹弦儿，而喜欢老女人教的琵琶。

在老女人教的曲儿中，有一支曲儿，玲子很感兴趣。那支曲儿叫《叹长河》。

曲中唱道：

桃叶儿尖上尖，柳叶儿碧满天，
列位明公细听我来言。京西哎，
出了一宗新鲜事，有一家那个姓王的，
名字就叫王老三。
提起那王老三，两口子泪涟涟，
一辈子无有儿，生了一个女婵娟，
莲香哎，二九那一十八岁哎……

曲儿里讲述了一个故事，说王家这个叫莲香的姑娘爱上了给她家做活儿的长工，长工年纪小，才十九岁，所以叫小做活儿的。他和东家的女儿偷偷相好，好得不要命，但东家老两口也拼了命地阻挠，其中有一句唱词是:“不要脸的丫头哎,你败坏了我的门风。”那莲香姑娘生性刚烈，到最后把心一横，跳进了长河，死了。那个小长工也上吊寻了短见。

玲子的琵琶弹得好，唱得也很有感情，只是，她不知道这曲儿里所唱的“长河”是否就是她家乡的那条长河，即柳村东面的那条长河，也不知这“京西哎”，是否指的就是北京西边的乡下。这京西发生的故事，准确地说是在哪里呢？发生在哪个村哪个店儿呢？

比较起来，玲子在这些姐妹中见多识广，再加上她的聪明，弹得好、唱得好，平时便不苟言笑，便有些矜持，便常常做出一副师姐的派头。但万金珠很喜欢她，特别喜欢她弹唱的时候脸上那丰富的表情，还有那婀娜多姿的身段，于是，万金珠坚决为她改了名字，不让她再姓康，更不能叫玲子，而让她姓冷，名字就叫冷艳姣。冷艳姣的意思是既“冷”，又“艳”，还要“姣”。万金珠看着她，满意地笑，说：“看把你养的，红里透白，可又像冰。这名字对你再合适不过。”

玲子不再想跑了，从此便改叫了“冷艳姣”。她在这里过了一年多，学会了不少曲儿，琵琶弹得也比一般人好。在这一年多时间里，有的姐妹离开，去了沁香楼，也有的来了，做了补充。这时候的玲子便理所当然地成了师姐。

但总要轮到她。二年以后，冷艳姣与万金珠同坐一辆三轮车，来到了沁香楼。冷艳姣此时仍然感到忐忑不安，因为毕竟只是听说，实际还不知那是怎样的一个地方、怎样的一种生活，不知会遇到什么样的客人。

沁香楼，分上下两层。上层是她们，归万金珠经营，卖唱，卖笑，只是不卖身，若有那一心来嫖的，对不起，走错了地方，请到下层。

下层是夫妻两口子，管着几十个年龄不等的女人。那些女人都穷，长得也寒碜，但她们涂脂抹粉，打扮得和妖精没两样。这里专门招揽蹬三轮的，赶大车的，小商人，和一般的苦力。

冷艳姣唱《叹长河》，唱《西厢记》，也唱《怨女思春》和《长坂坡救阿斗》。琵琶，再加上她那细细的、柔柔的嗓音，不但迷倒了许多来客，同时也让不少同行怀了艳羡和妒忌。

说只卖唱、不卖身，但就没有一眼看上了她、想把她带走，或者迷着迷着便想嫖她的人吗？有，当然有。然而要分两种情况，一种是光有钱不行，还需有势；倘没有势，万金珠姐姐便会开出天价，只那天价，便把那人吓得落荒而逃。另一种情况是有钱也有势；势便是权势，有了权势便有了一切，钱自然也有了。但冷艳姣来沁香楼时间尚短，她十六岁到这里，只过去了半年，还不曾遇到既有钱有势又想把她带走、或者不自量力非要嫖她的人。

再说，万金珠也实在舍不得冷艳姣，不想让她那么早就破身。

一天，来了一位客人，那客人看去倒像个官儿。官嘛，就会既有钱也有势。

万金珠姐陪着那客人逐屋地串。姐妹们有的有客人，有的没客人；

没客人的都在自己屋里歇，有客人的自顾应酬自己的客人。冷艳姣这时正好没客人，站在她自己的屋门口发呆。

“艳姣，见吴先生。”万金珠说，领着那客人朝冷艳姣走过来。

“哎！”冷艳姣娇滴滴地答应，并习惯地朝客人请了个蹲儿安，“先生发财。”

然而，这位客人愣住了，在盯着冷艳姣看。

瞬时间里，冷艳姣看着这位先生，也愣了。她辨认着，回忆着，腿在发颤，两手也不知往哪儿放。

是呵，是呵，高高的个头，四十多岁，还有那两撇小胡子和那四个兜的衣裳……曾请她洗过澡，吃过饭，给他买过衣服和鞋，但是她跑了，还偷了人家的钱。远吗？不远，只不过三年前的事。

冷艳姣的脸一会儿红、一会儿白，她想跑，但怎么跑？往哪儿跑？也真是，老天爷不长眼，偏偏又遇上他！

“还发什么愣？”万金珠朝她瞪了瞪眼，然后推着吴先生，率先进了冷艳姣的屋。

冷艳姣平时是用不着嘱咐的。她知道怎样迎接客人，怎样招客人欢心。她的曲儿唱得好，琵琶弹得也好，那模样和身段，更无可挑剔。万金珠替她关上了屋门，放心地走了。

吴先生和冷艳姣，两人站着，依旧在相互看。

但冷艳姣心存侥幸，装作浑然不知。她开始进入自己的角色，让吴先生坐在靠椅上，接着端来了瓜子、糖，还有山楂糕。

“吴先生想听哪支曲儿呢？”冷艳姣朝吴先生嫣然一笑。

吴先生也笑，但只是笑，并不回答。

“我给您唱段儿《长坂坡》吧。”冷艳姣说着，便拿起琵琶。

“林子，别在我面前装模作样。我早认出了你，你也认出了我。”

吴先生忽然说了这样的话。他依旧把“玲子”说成“林子”。

冷艳姣又愣在那里，继而低下了头。

但吴先生没有责怪她，更没有提及以前的事。吴先生反而很轻松很随便地告诉她：“最近心里不痛快，从沁香楼门口过，就进来了，想散散心。没料到，在这儿看见了你。”

冷艳姣呢，不知该说什么好。

“我很奇怪，你怎么跑到这地方来了？”吴先生探过身，用手提了一下冷艳姣的下巴。

冷艳姣抬起了头，开始说实话：“吴先生，真对不起您。那时候我小，不懂事，如果是现在，说什么我也不跑，更不会偷……”

吴先生却爽朗地说：“算啦，三年前的事，既往不咎！”

冷艳姣红着脸辩白：“我不是不敢认您，是开头的时候认不出。您戴一个白色的、有檐儿的帽子，今天没戴。”

“哈哈哈……”吴先生大笑，显然不认可她的辩解，“你打扮得像个洋学生，我怎么一眼认出了你？嗯？柳林子……”

吴先生一面说笑，一面两眼不离开冷艳姣的全身。

冷艳姣早已习惯被别人看，怎么看都行。

“跟我走吧。”吴先生忽然说。

冷艳姣躲避了吴先生的目光，看着窗外，这时她记起了三年前，三年前她就曾问“去哪儿”，现在她仍然不得不这样问：“去哪儿？”

“跟我回家。”是的，吴先生三年前就这样说，三年后依然这样说。

就在冷艳姣不知如何是好的时候，吴先生站起身，走了出去。

冷艳姣掀开帘子一角，见吴先生去了万金珠的房间。

她想了一会儿，忽然意识到，吴先生去和万金珠姐姐谈一笔生意了。

这笔生意，若谈成了，预示着什么？她要不要跟吴先生走？三年前，十三岁的她就曾为此犹豫、为此忐忑不安，最后选择了逃跑，今天若跟吴先生走了，算是开始一种新的生活？是一条新的出路？还是只换个地方，把她从这里换到那里，依旧弹琵琶唱曲儿，依旧靠卖唱卖笑过生活？真的和吴先生回了家，那么吴先生是把她当佣人、下人呢，还是把她当个干女儿？让她上学……而那又是怎样的一个家？家里都有什么人？所有这一切，仍如迷雾一般笼罩在眼前。

只一样是清楚的，万金珠姐姐绝不会轻易让她离开沁香楼。

冷艳姣坐在屋里七上八下，心里不停地打鼓，等待着命运下一步的安排。

时间好长，等得人心焦，等得身上出了汗。

快掌灯了，过去了两个钟头，吴先生才和万金珠姐一前一后走进了冷艳姣的房间。

万金珠姐说："艳姣，今儿晚上收拾收拾。如果吴先生明天来了，你就跟吴先生走。吴先生如果明天不来，这码子事就如同没说。"

"这码子事",说明他们谈了,也大约谈妥了。如果吴先生明天真的来，就等于来接冷艳姣，这不但说明吴先生讲信用、说话算数，更说明他们确实谈妥了，自己也就必须跟吴先生走。

说收拾，没什么可收拾的，只有几件衣服，再有便是这半年来出手阔绰的客人所赏赐的几件首饰。那么，今晚则是她冷艳姣在沁香楼住的最后一夜。如果吴先生明天真来了的话。

这一夜很难熬，辗转反侧，不知前方等着她的是怎样一种情景，怎样的一种生活。

吴先生果然说话算话。只不过不是上午，是下午，吴先生真的来了。而且，他坐了一辆汽车，那汽车，便停在了沁香楼的门口。

冷艳姣与姐妹们道别，向万金珠辞别。万金珠眼眶湿润，姐妹们则有的掉眼泪，有的哭哭啼啼。

这汽车是辆轿车，也叫卧车。有一个专门开车的，叫司机，是个看去比冷艳姣年龄稍大一些的小伙儿。

冷艳姣还是第一次坐汽车。无论汽车还是"轿车"还是"卧车"，以前她连见也很少见。好吧，吴先生说"开车，回家。"开车就开车，回家就回家，听天由命就是了。

吴先生同冷艳姣一起坐在车的后排。吴先生似乎看不够她，车开了，两眼仍停留在她的脸上，一会儿又在她身上打转。吴先生突然下了一个决定："从今天起，不要再叫什么艳姣、艳姣，很不好听。也不要姓冷。"

"那我姓什么？"冷艳姣问，故意问得有些撒娇。

"你还姓你以前那'柳'，叫柳林子。"

冷艳姣嗤嗤笑起来，说："不是林子，是玲子。"

"玲——子，玲——子……"吴先生拉长了声音，像鹦鹉学舌，一连学了好几遍。

"柳玲子……"冷艳姣默默重复。她已经改了两次名字，加上这次三次，感到一种说不出的心酸。

车走了一段，吴先生又突然说："这个老鸨子！开口和我要了七百块大洋。"

这价钱，也让冷艳姣吃了一惊。就是说，她值那么多钱，也证明吴先生确实有钱，更证明吴先生看重她，舍得花那么多钱。

但管万金珠叫老鸨子，冷艳姣有点不高兴。因为楼下才有老鸨子，楼上只有"姐姐"，而万金珠姐从来没有打过她、骂过她，因为玲子不但长得好，也聪明伶俐，平时又会来事。

然而，这一切的一切均与玲子没任何关系了。她只知道，从今以后她是吴先生的人了。

九　吴先生

这是什么地方？玲子说不清，总之汽车一直开进了一条玲子从未见过的、两边全是洋房的很宽阔的大街，继而在一个灰色的大门前停下。司机为她和吴先生开了车门。

玲子提着个小包袱，跟在吴先生身后。吴先生现在不再牵着玲子的手。

院子也同样宽敞，同样阔气。有树，有鱼缸，有假山。房子高高大大，门窗上雕刻着好看的花纹。

进到房里，玲子愈加觉得新鲜，觉得扎眼。她见过最好的屋只有沁香楼，而沁香楼的屋里也只有软椅、躺椅和姐妹们弹唱时可以坐的元宝凳，这里却有长长的、厚厚的、靠背又很高的椅子。吴先生告诉她，那不叫椅子，叫沙发；玲子坐上去，果然绵绵软软，比坐椅子要舒服得多了。玲子又看到了灯，很大很好看的灯，从顶棚上垂挂下来。沙发旁边的矮桌上也有灯；墙壁上不但有灯，还有字画，是真正的字画，而不似在沁香楼、姐妹们往墙上贴的那种香烟盒上的美人或者口红、香粉之类的招贴画。

吴先生的家果然是个有钱人的家。

万金珠姐说过，有钱不一定有势，但有势必定有钱。吴先生有钱，有没有势呢？暂且不知道。

吴先生雇着一个人，是个看去五十岁左右的老妈子。吴先生让老妈子为玲子单独收拾了一个房间，玲子便住进去了。玲子的房间同样有沙发、有灯，只不过沙发较小，床也是单人床。玲子好奇，把那沙发垫和床垫都稍稍打开一点儿，见里面有一排一排的弹簧，所以才颤巍巍、绵绵软软，更让玲子感到满意和知足的，是屋里还有洗脸池、澡盆，随时都可以洗脸或洗澡。

吴先生说，你就踏踏实实住下吧。每天有人做饭给你吃，想穿什么衣服，告诉他，如果他实在没有工夫，也可以告诉司机，让司机开车直接带你去买。如果你闷得慌了，就到院子里转一转，看看鱼，看看花儿。那棵树是石榴树，等石榴熟了，摘下来，可以一面遛达一面抠那石榴籽吃。

玲子听吴先生的话，就这么安心住了下来。

玲子在沁香楼没化过妆、没涂脂抹粉。她不愿化妆，万金珠也不让她化妆，说只你这个人，只你这个年纪，往那儿一站或一坐、一弹唱，就已足够，如果化了妆、涂脂抹粉，倒把你这个人糟蹋了。那么在吴先生这里，玲子觉得更无需化妆，只消把自己料理得干干净净、整整齐齐就很好。玲子还有几件衣服和首饰，她感谢万金珠，从沁香楼带出这些衣服和首饰的时候万金珠没有拦挡她，因此玲子也觉得暂时没必要买衣服和置首饰。老妈子做好饭，玲子便去吃，吃完了一抹嘴，什么都不干，什么都不管。到了季节，石榴熟了，玲子一面在院里遛达，看花儿，看鱼，一面真的一粒一粒吃那石榴里面的籽。

时间一长，玲子觉得闷得慌。因为这个家里除了老妈子只剩玲子一个人，而吴先生又不许她出去，吴先生又总不在家。吴先生不在，司机自然也不在，玲子与一个五十岁的老妈子有什么可说的呢？吴先生卧室的门总是锁着的，他不在的时候玲子想进吴先生的房间看看什么样儿，但进不去。而吴先生在的时候又从不邀玲子进他的房间，玲子感到吴先生很神秘。

吴先生每天外出，偶尔不出去便是家里来了客人，或者，吴先生主动约了人来。家里有客人的时候玲子便老老实实在自己房里待着，她不敢大声说话，更不敢随便进进出出。因为在玲子看来，吴先生的客人都非同一般，他们有的穿着军装，有的长袍马褂，有的虽然不穿军装，穿的是如吴先生那样四个兜的或者绸啊缎的衣裳，但有的腰里竟然别着盒子枪。

玲子时常想，不管怎样，自己的命是好的，吴先生这人是好的。玲子再也不用卖唱、卖笑；虽说不卖身，但有客人看痴了、听迷了，难免摸你一把、捏你一把，你能怎地？能翻脸？能摔琵琶走掉？倘真怠慢了客人，就要挨骂挨打了，所以总还是离开沁香楼的好。但玲子又想，怎么回事呢？是不是在做梦？怎么就忽然让她过上了这么舒服的日子？茶来伸手，饭来张口，自己什么都不用干。吴先生又究竟想干吗呢？是把她养肥了、养大了，再重新把她卖掉？还是准备拿她，拿她做小？

做小就做小。只要明媒正娶，就比在沁香楼强。

然而玲子又很奇怪，若做小，家里应该有个大太太呵，来了这么长时间了，却不见吴先生有什么大太太二太太。玲子又注意到，除了客人，这个家连亲戚、亲人也没有，比如父母，比如兄弟姐妹，比如儿女，一个也未见来过。难道这个家只有个老妈子和一个年轻的司机？再说，若做小，就应该有个拿她做小的样子，然而玲子看出，吴先生并未对她眼馋，从外面回来，也只到她的房间看一看，问个寒啊暖的，只对她好，关心她，而又尊重、体贴她而已，没有半点过分、或非礼之处。

有一天，吴先生回来得早些，走进玲子的房间，很痛快地说："还没听你唱过曲儿，今天听你唱一段！"

大出玲子意外，也有些受宠若惊，吴先生竟然想听曲儿了。

但唱哪段儿呢？已半年多不唱，哪段还能记得清楚？只有《叹长河》。可是没有琵琶，琵琶留在了沁香楼，玲子只好用那身段、用那手指，干唱了一段《叹长河》。

其实吴先生并没有认真听所唱的是什么，只是在看……把玲子看得像身上爬了虫，很不自在。

唱完了，玲子坐下来。吴先生仍然看着她。

玲子找到了话题，便开口问吴先生，她叫他“大叔”。

吴先生立刻拦住她："怎么叫大叔？原来叫什么还叫什么。"

玲子说："我整天白吃白喝，什么也不干，怎好意思再叫您吴先生？"

"咱们是平等的。"吴先生说，"若叫大叔，差了辈分，就不平等了。"

玲子也就认可，又问："吴先生，您家里的其他人呢？怎一个也不见？"

吴先生叹口气："没喽，早就没喽。打仗的时候我父母被炸死了。"

"您打过仗？"玲子有些吃惊。

"何止打过……"吴先生笑笑，朝玲子摆手，"不说这些，年头远了，说了你也不懂。"

玲子不罢休，接着问："您连兄弟姐妹也没有？"

"没有。只我一个。"

"您的儿女呢？"

"我没结过婚，哪来的儿女？"

"四十多岁了，没结过婚？"玲子真是胆大。

吴先生摇头，说真的没结过婚，说完就走出去了。吴先生总是很忙。

这是玲子在吴先生家住了半年多以来第一次与吴先生单独待了这么长时间，也是第一次与吴先生说了这么多的话。玲子对吴先生也算有了初步的了解。

奇怪的是，吴先生从来不问玲子一些问题，比如你是北京什么地方人？为什么从家里逃出来，从小读过哪怕一天书没有？或者去沁香楼之前她们教你识些字没有，等等。吴先生不问或没时间问，玲子自然也就无需主动说自己。

但玲子明白，吴先生心里肯定有数。用不着问，玲子也用不着说，吴先生推测也推测出八九不离十。

后来，吴先生对玲子说："教你读书识字吧。我有时间我教你，我没时间就让司机小季教你。小季虽然也没念过多少书，但教你是完全可以的。"

玲子一听，非常高兴。她要学文化了。

吴先生虽然说到做到，但他自己极少有时间。于是许多情况下吴先生不再让小季开车同他一起出去，他自己坐三轮车，把腾出的时间给小季，让小季来教玲子读书识字。

小季叫季宝来，比玲子大三岁，人很老实，平时不爱说话。但教玲子读书识字是吴先生安排给他的工作，他便耐心地、仔细地教，玲子也耐心、认真地学。他们有时在客厅，有时在玲子的房间里，小季教玲子"人、口、牛、刀"、"工人做工、农民种地"，教"一个人有两只手，劳动最光荣"和"民主"、"平等"之类，而不是教《三字经》、《百家姓》或《女儿经》。

玲子已经十七岁半。在这一年的时光里，吴先生不断地给玲子钱，玲子手里便一直很阔绰。现在，玲子觉得应该置些新的衣服、新的首饰了，便由司机季宝来开车，玲子坐在上面，去瑞福祥，去内联升，买来了高等布料、高等鞋，又到裁缝铺去量身订做；耳环和项链也是纯金的，还有口红、香水、两把儿头专用发卡等等。因为吴先生实在抽不出时间，玲子也就成了乍眼看去北京城里极少有汽车的女人。玲子也不辜负连自己也说不清楚的身份，只把自己重新地、好好地打扮了一番，打扮成了一个既漂亮又时髦的城市现代女性。

玲子和季宝来只差三岁，基本算同龄人，因此他们有许多可以说得到一起的地方。季宝来以前很少说话，现在开车拉玲子出去的时候，在家里教玲子读书识字的时候，季宝来的话比以前多了。玲子善于观察，她观察到季宝来很爱看书，曾经看过不少的书，虽然吴先生说他没正式念过几年书。季宝来也给玲子看他曾经看过的那些书，还给玲子讲那些书中的故事，以及包含了怎样的道理。故事，玲子能听懂；道理，听得似懂非懂。无论懂不懂，玲子喜欢。因为那是文化。

吴先生忙，忙，整天忙，玲子摸不清吴先生在外面忙的是什么。家里来了客人，玲子同样不知道这些客人在一起议论的、争辩的，究竟是什么，又时常从争论变成了争吵，以至争得粗脖红筋、面红耳赤、不欢而散。问季宝来，季宝来也说不清。

就这样，又过去了一年，玲子十八岁多了。在文化上她已能基本看懂报纸上一篇半篇简单的文章，也能默写出一些普通的字。同时，玲子也更成熟了，更鲜艳了，真真的像一朵白里透红、娇艳欲滴、正盛开着的桃花。玲子的言谈举止也发生了很大的变化，变得在任何人面前不再恐惧，反而会说、会笑，通情达理。街上的人投来了目光，家里来的客人投来了目光，目光里满含了惊羡和一种醋意。

吴先生便也不失时机地让玲子抛头露面了。在家里，吴先生把玲子从房间叫出来，向客人郑重介绍，说是自己的干女儿，后又说是请来的秘书，人们哪里肯信？于是笑，笑而不说破，笑完也就完了。在外面，玲子随吴先生开始参加一些社交活动，譬如饭局、舞会、某位富商巨贾或政界要人的生日以及婚丧嫁娶等等。玲子不会跳舞，没学过，沁香楼那时也不时兴跳舞，但玲子会喝一点酒，也会抽一点烟，这点本事也是在沁香楼陪客人的时候客人几乎是强令她学会的。但玲子很美，又年轻，她的年轻貌美完全弥补了在跳舞、在烟和酒上的不足。玲子又很聪敏，并处处表现得大方得体、善解人意，吴先生带着她，对外仍称她是自己的秘书，人们也就十分喜欢和敬重吴先生的这位秘书。吴先生也以玲子为骄傲，想办的许多事因玲子在其中周旋而办得比较成功。

但吴先生坚持自己的原则。那原则便是不允许玲子与客人过分接触，更不允许单独接触。玲子不会跳舞，吴先生也不主张玲子再去学；玲子会唱曲儿、会弹琵琶，吴先生却从不让玲子有稍稍的显露，若显露了，便无异于显露了玲子以前的身份甚至她的身世。吴先生喜爱玲子，但世俗人的眼光往往把身份、身世看得比人本身还重要。

日子过得好快。在沁香楼，在街头流浪，管它何年何月，然而在吴先生这里，转眼便又是一年，玲子十九岁了。

这年春天，吴先生兴致很浓，定要带玲子出城去到西山去踏青、游玩。

出城？十年了，玲子从来没出过城，只在城门口和城墙边住过、转游过。那么西山呢？哪里的西山？是小时候站在土山上望去那远远的西山吗？

清晨，他们出发了。

汽车过高亮桥，出北下关，沿大柳树那条咯噔咯噔响的紫石板路，再经过青龙镇，便到了翠山脚下。春日的翠山郁郁葱葱，翠塔巍峨耸立，此时的玲子无法知道，翠山的围墙，乃是几十年前张三爷张总办承揽、包修过的围墙，围墙边上的路也是当年张三爷包修过的路，那时，玲子还未出生呢。

沿围墙向西走，便看见了好大一片湖水。湖水灏灏淼淼、白白亮亮，向西一直延伸到芦苇丛生、人眼看不见的地方。水的南岸，是一道土山，那山不知从西面何处起，却一直向东，又向南拐了一个弯……

猛然，玲子打了一个哆嗦……她不是回家来了吗？

没错，她回来了，那水、那湖，那道土山……大雨之夜，山下的两间土坯房，在咆哮的洪水中刹时不见，淹死并冲走了她的母亲，还有姓康的爷爷、奶奶。如今，两个同母异父的弟弟怎样了？他们还活着吗？姓康的父亲又怎样了？在不在人世？十年过去了，那一场大水呵，她就是从那里下了山，然后出村，逃向了城里。现在望去，那土山顶上，仿佛还残留着三个小小的人影，其中便有她，玲子。

吴先生和玲子都坐在车的后排。吴先生问："怎么，不舒服？"

玲子摇头，又把头重新扭向窗外，同时抹去了眼角上的一滴泪水。

汽车忽然停下了。吴先生说："你累了。咱们就在这儿休息一会儿。"

他们下了车，眼前是一处房，不像住户，也不像买卖人家，因为房子很多，也很大，比玲子记忆中的乡下房子大了许多许多。这处房子就坐落在围墙路边的一块空地上。

玲子问这是哪里？

吴先生说是六国饭店。

"六国饭店不是在城里吗？不是在东单排楼那边吗？"玲子闹不明白。

"这是分店，也叫旅馆。"吴先生告诉她。

玲子搜寻记忆，怎么也想不起来这里曾经有个六国饭店或者叫旅馆。也许，她根本没到这里来过，那时候她可能太小。

再看，茫茫湖水，隔断了土山与翠山，那之间本没有路……但玲子突然发现，湖面上出现了一条路；那似乎是条土路，只比湖面高出一点点，从湖的南岸，也就是从土山向北的出口处，那路就和一条线儿似的、在水面漂浮着一样，直往翠山围墙下延伸过来。

玲子记得，土山与翠山之间确没有路。当年村里人若想来翠山脚下，需走长河边，再到青龙镇口，然后再向西，否则就只能划船或坐船。玲子没离开家的时候就曾坐着姓康的爷爷划的船，到过这座湖的对岸，那么此时湖上的这条路是谁修的呢？而这路又分明是用土堆起来的，要费好大的劲，费好多的人工，把土一筐一筐倒进湖里，一寸一寸、一尺一尺地向前垫。

不管怎样，有了这路，便不用再划船或坐船了。这湖，玲子记得叫高水湖，然而现在还叫不叫高水湖？土山的南边，是不是还叫柳村呢？

吴先生见玲子望着眼前的湖发愣，神情又有些恍惚，便问她“为什么”，“心里想着什么事”。然后，吴先生竟像搀个老人似的搀扶着玲子，坐到了路边上，一同休息。

这时，玲子觉得不能不向吴先生说了，如果不说，吴先生也会追问。玲子同时也有了一种非倾诉不可的欲望。

于是就在这路边，在这所谓六国饭店墙外，玲子向吴先生讲起了她的老家；说这里就是她曾经的家，那山，那湖，那一场大雨和洪水，她死去的母亲、爷爷和奶奶；她从这里奔向城里……但玲子没有说两个弟弟和姓康的父亲，只说家里没人了，全淹死了，因为只剩了她一个人，所以她才去了城里。

进城以后的事，吴先生已经知晓，玲子也就不必再说。

“水，水……”吴先生听完了，默默叨念道。然后吴先生站起来，望着眼前的湖水，凝神，静思……玲子常常看到吴先生在考虑某项重大事情的时候便出现这样的神情。但不知吴先生又在考虑什么重大事情。

吴先生突然说：“小季，照顾好玲子。”

说完，吴先生抛下玲子和小季，沿路边向西走去了。

玲子和小季都不知吴先生为什么往西去。但小季很听话，要照顾玲子，便走过来坐到了玲子身边。于是玲子又把和吴先生说过的话和小季重复了一遍。因为小季刚才离得远，没有听得很清楚。

大约过了半个小时，吴先生从西边回来，不吭声，只站在那里依旧看；看湖，看水，看对面的山和身后的翠山围墙。玲子问吴先生，吴先生不回答，司机小季也莫名其妙地看着吴先生。

过了一会儿，吴先生又朝东面大步走去了。

吴先生再回来的时候，脸上则洋溢着一种快乐，显露出一种豪情。面对玲子，一个快五十岁的人，却年轻小伙儿般地挥舞起手臂，果断地说：“这里应该修一条河汊，把西山下来的水引入长河，同时也就把翠山的泉水引入长河。玲子，这样做，附近的老百姓就不会遭受水患了。”

哦……吴先生是记挂着那场大水，为避免那场大水再次发生，在想着办法。于是玲子点头，为吴先生的好心点头，为吴先生的雄心壮志点头。但玲子还不知吴先生这些办法究竟该怎样“做”。

吴先生说：“工程不小，所需用的资金也肯定多。不知道上面是批，还是不批。”

司机小季说：“积德行善的事，上面怎会不批？再说，您有那么多朋友，还有不少政界要人。”

“你哪里知道……”吴先生皱了皱眉，“市政当局，财政也很困难，各部门、军队，都哭着喊着要钱。”

“您会有办法的，相信您一定有办法的。”玲子高兴，像个男人似的抱拳，给吴先生作了一个揖。

“这个湖叫什么湖？”吴先生问。

玲子说她记得叫高水湖。

“好，高、水、湖。这名字多好！”吴先生兴奋地用手指着湖，“河汊修成了，高水湖的水也进入河汊。以后呢，高水湖还可以进行开挖，把它开成稻田，种稻子！你说好不好？”

玲子问：“可是，怎样修河汊呢？西边的水怎样引入长河呢？”

吴先生摸了一下玲子的头：“这要有充分的时间，仔细给你说你才懂。”

玲子高兴得跳起脚来：“您知道，我们这里的人还从来没吃过大米呢！谢谢您，吴先生，这是我的老家，我生在这儿长在这儿，一直长到八岁。”

“我的这个想法，先要和有关方面说清楚，还要专门打个报告上去。”吴先生说了他的第一个步骤。

“您天生就是干大事的人。凡您想干的，还没见干不成。”这句话几乎是玲子和小季同时说的。

吴先生拍了玲子的肩，又拍了小季的肩：“别夸，事情还没有办，要办的也好多好多。比如要请专人来考察、测量，还要画图，施工的时候需要大批民工，等等等等，没你们想的那么简单。”

他们边说边上了汽车。

在车上，吴先生继续谈论着这个工程，并且，几次让小季停下车，继续站在路边看。吴先生说，他要仔细看好地形、地貌和沿路的民居民房等等，以给上面一个全面、细致的报告。

三个人说着笑着，到了西山风景区，已是中午。他们在来的路上共耽搁了三个多小时。

简单地吃了午饭。然后他们去卧佛寺，看了令人惊异不已的大卧佛。看完了卧佛，他们又去碧云寺。

然而到了碧云寺，那里却戒严，不许任何人靠近，只许远远地看。他们觉得扫兴，只好下山。

下山的时候，他们碰上一伙人正迎头上山。那伙人臂上缠着黑色孝箍，簇拥着一具棺材。有人在哭，有人在组织、维持着秩序。

玲子不解地问吴先生，是给谁送葬？为什么将棺材往山上抬？难道葬到寺里去吗？

“葬到寺里去。”吴先生回答。

“什么人呢？”玲子问棺材里的是什么人。

吴先生说：“孙中山。”

孙中山？玲子虽然不能准确、具体地说清孙中山是谁，但她知道，银元上有一个人的头像，那头像是孙中山。

而吴先生说出“孙中山”这三个字的时候看不出是什么表情。吴先生似乎不喜，也不悲，从口吻上只显出一丝遗憾。

“完了……”吴先生默默叹息一声，“只听说他有病。病了，没想到他会死。”

吴先生接连叹气，接连说了几次“完了”。玲子也不知吴先生说“完了”到底是什么意思。

小季追着去看送葬队伍，好半天才回来。玲子看见小季捶胸顿足。

太阳快要落山了，他们应该回去了。

回去的路上，自然又经过那个六国饭店或者叫旅馆。此时太阳真的跑到了山的后面。

吴先生提议就在这个六国饭店住一宿。明天上午再回城。

玲子点头同意。

吴先生今天真的兴致很浓，然而又真的很沉稳。他吩咐，司机小季一个房间，他和玲子一个房间。

玲子也点头同意，但是心里咯噔一下，意识到，早晚会发生的事，将要发生了，很可能就在今天晚上发生！否则，谁憨了、傻了、糊涂了，世上哪有这种人？平白无故把她从沁香楼赎出来，又平白无故养着她，让她吃得好穿得好，把她变成了一个体体面面、漂漂亮亮的女人，即便吴先生，难道真的什么也不图？

玲子又想，她已经十九岁了。这之前，吴先生只是喜欢她，却从来没有“找”过她，连她的身体也不曾正正经经碰一下，更没有让玲子进过吴先生的房间。今晚同住一室，若真发生了那事，算不算吴先生欺负她呢？不能算。不但不能算，反而证明吴先生把目光放得远，证明吴先生讲道德、讲文明，要等玲子长到十九岁、成了年。至于玲子以前所猜测的，把她转手卖了，拿她当干女儿等等全是瞎掰！做小也不是，因为吴先生没结过婚，没有太太，怎能说小？若说做，玲子毫无疑问地要做一个堂堂正正且年轻漂亮的吴夫人。

果然不出玲子所料……

只是，吴先生很内行。其实玲子并不内行，所谓内行不内行也是玲子在沁香楼时有意无意听别人所说。吴先生，先是给玲子脱鞋，摸她的脚，又慢慢往上，摸她的腿，后来才轻轻摸她的脸蛋，亲吻她。玲子是个痛快人，既然一切心知肚明，自己又心甘情愿，何必费那许多事呢？她索性将自己脱光了，赤条条横在床铺上。于是，该发生的便那样发生了。

然而，玲子还是掉下了眼泪。因为她破了身，终于破了身。沁香楼的万金珠姐舍不得让她破身，说绝不允许她轻易破身，但现在不是“轻易”，是吴先生付出了许多代价。

玲子总而言之感到满意。因为从此以后她有了正经的归宿，也才真真正正成了吴先生的人，即吴夫人。而吴先生疼她、爱她、宠她；吴先生有钱，有身份、有地位；吴先生个子很高，五官端正，相貌堂堂。玲子不但感到满意，更觉得应该感谢吴先生，虽然吴先生比她大了三十岁。

十 暗杀

吴先生既然说了，要在高水湖上修一条河汊，治理高水湖，他便立刻开始行动，开始奔走、忙碌起来。因此，玲子不但为自己的命运满足，也由衷地欣赏、佩服吴先生，因为吴先生有胆识、有魄力，且说到做到、说做就做。

但吴先生在外面是怎样做的，去找什么人，与什么人通融、接洽，玲子不知道也不打听。吴先生也不再让她出面，只让她和以前一样老实在家待着，享受一个女主人的幸福。

吴先生的这个家，当然属于玲子自己的家，当然把被褥搬进了吴先生的房间，从此与吴先生睡在一起。

过了些日子，玲子发现自己怀了孕，小腹一天比一天鼓胀起来。

他们应该正式结婚、举行婚礼。但吴先生没有时间，因为修河汊的工程确定下来了，吴先生比以前更忙、在家的时间比以前更少。吴先生要组织人力、物力，要与多方接洽、通融，还要反复去长河边、去高水湖、去翠山脚下，考察、测量、制作图纸，等等等等。虽然紧张忙碌，但一切进行得基本顺利。到了夏天，修河汊的工程款项，上面也批下来了。

夏末秋初的时候，玲子坐了汽车，第二次来到了翠山脚下、高水湖边。她看到了，看到了成百上千的民工分布在翠山围墙的路边，即在高水湖的北岸上。这些民工在开挖河道；那河道，便是吴先生所说的河汊。那河汊自高水湖西边草木丛生的地方起，途经高水湖和翠山外面一个叫五孔闸的水闸，一直向东，与长河相连。连接的地方，再修一个水闸，自这个水闸，将河汊一分为二，一条注入长河，流经广源闸，到高亮桥，一条进入颐和园的昆明湖，在昆明湖里贮存。

吴先生说，西面那草木丛生的地方原本叫水簸箕。水簸箕，顾名思义，夏天水涨，水到了这里便像簸箕一样向东倾泻。因此，怎不闹灾呢？

怎不造成水患呢？那么现在，吴先生将要达到他所设想的目的了，河汊修成以后，西面的山水只能先进入河汊，高水湖的水以及翠山的山泉水，也同样只能先进入河汊。这汇合到河汊里的水便滚滚向前，再到与长河相连处的那个最后的水闸分成两股，一股进长河，一股进昆明湖。就是说，高水湖从此再也不会涨水，再也不会变成几丈深的汪洋；西面山水不会再变成汹涌波涛，只能进入河汊，也不会再与翠山的山泉水汇合，变得更加汹涌，淹没和冲垮了房屋、庄稼，淹死了人。昆明湖，按吴先生的话说，也不会因不堪重负而泄水，让四岗子、老营子一带变成泽国，更不会让东八县受到威胁。

那是八九里地长的一条河汊呵，再加上中途的水闸，多么耗时费力的一项工程！

从秋天到来年春末，雇用了民工一千五百多，历经九个月，总算修成了。

玲子和老妈子一起每天都为吴先生做了好吃的。吴先生每天都回来得很晚，但玲子也奇怪，吴先生回来的时候怎么带回来那么多的钱？又把这些钱交给玲子，玲子手里从来没缺过钱，却也着实惊异忽然增加了这么多！那都是白花花的银元呵，还有部分纸币，那纸币也俱是百元一张，成叠成摞，吴先生让玲子好生保管。

玲子聪明，又已和吴先生相处了几年，觉得其中必有蹊跷和奥妙。但玲子不说也不问，只把钱细密地存在了自己的名下。她若问，吴先生也不会把丝毫的秘密透露给她。

玲子突然醒悟，人大约贪……凡干事的人难免贪。她又想，若没得可干、或什么都不干，贪什么呢？什么都贪不到。这乃人间常理。

这年春末，河汊修完的时候玲子也正好怀胎十月，接着为吴先生生下了一个孩子，是个女孩儿。

两月以后他们在一个大饭店举行了婚礼。婚礼上，宾客云集，杯斛交错，各色人等疯了似的跳舞，疯了似的喝酒。生育后的玲子，容光焕发，亭亭玉立，她恢复、保养得非常好，在众人面前一举一动、一颦一笑，依旧保持着她十八九岁时的风采。

吴先生却没有沉溺玲子所给予他的情色之中，也没有止于他初步取得的成绩。他要开始他下一步计划，实施他下一个抱负，那便是，开挖高水湖，把高水湖开垦成稻田。他这样说过的，亲口对玲子说的，就要这样去做。

玲子随吴先生又到高水湖去了。经过治理，高水湖里的水比以前少了许多许多，因为大部分水已从西面源头流进了新修的河汊。玲子是穷苦出身，有着不怕苦并胆子大的本性，于是她当着众人，脱掉鞋，下到了湖里，再用脚使劲往下踩……她这样试了试，结果连淤泥带水还没有没过髁膝盖，证明治理成功，高水湖的水只剩了一尺多深，完全可以种稻子了。而高水湖水下的泥全是黑色的，满含了长年累月的各种腐植质；同来的专家说，这种水与翠山的山泉水一样，含有丰富的营养成分，宜于水稻生长，几年之内不用施肥，便能产出优质的稻米。

水位是下降了，可以种水稻，但偌大一个湖，湖面上杂草丛生，苇子、茭白、水葫芦以及其他许多叫不出名字的植物，就那样遍布着，在水下则盘根错节，似在展示它们顽强的生命力，也似在向世人宣告，这是我们的地盘，任何人别想侵入！知情人士说，可不是？好多好多年，高水湖没人问津，更没人整理，原因是好多年没有人再到这里乘船游玩了。

现在突然把高水湖变成稻田，种稻子，谈何容易。这一项工程怕要比修河汊艰难得多，清理湖面，把所有的茭白、苇子等等植物和杂草连根拔除就要费不知多少人力、费不知多少时间。

吴先生呢，却一点不气馁，不把这看成是了不起的困难。他充满了自豪与自信，先去了老营子；老营子那里有当地的官府，吴先生和官府里的人谈好了：开垦高水湖、种稻子，成功以后按收成、按比例，给老营子官府交租。

接下来要做的是，去高水湖对面的村子，也就是柳村。吴先生首先要去拜会一下这附近的大户人家，以求得配合与相应的照顾。

那条玲子曾经看到的、在高水湖湖面上像浮着的、用土堆成的土路，此时升高了，显出了它的全身。那确是一条土路，现在不但变高了，也变宽了，不再是窄窄的一条，司机小季便把车开上去，慢慢的，一点儿一点儿往前开。没了湖水的浸泡，又经风吹日晒，这条土路变得坚硬，汽车开了过去。

路的尽头便是土山，爬上了土山坡，便看见了村子。进了村子，玲子从车窗朝外看，她断定，她记忆起来了，这就是柳村，这就是她的老家！玲子又回头看，看那土山，看汽车刚刚爬过的山坡的低矮处；这低矮处，是村子从北面的进口，也是北面的出口，她去小铺买油、买盐，走过多少次呵！姓康的父亲卖鸭子，一去一回，又走过多少次呵！而这一年多来她只不过隔湖观望、隔山观望，今天，她终于来了。不，应该说她回来了，回到了柳村，她的老家。

当然，吴先生早已经来过了，知道哪一户才是大户人家，以及这家大户住在村子的什么地方。于是汽车便径直开进了一条宽敞的胡同，在一个朱红色大门前停下。

吴先生让玲子在车里等，又嘱咐小季，可以陪玲子转一转，但不许远去。说完，吴先生便进到这家的大门里去了。

玲子下了车，没有在车里等。

秋风瑟瑟，墙上的茅草在秋风中颤抖，并不时有尘沙刮过来，灌进了脖子。小季从车里取出大衣，替玲子披上。

玲子望去……也许是她在城里住惯了的缘故，这四周怎那样荒凉？这村子怎那样破旧？她记忆中的柳村似乎不是这样的，似乎比这要好一些，起码房子比现在要高一些，但眼前，看那土坯房要多矮有多矮，房顶上长出的蒿草要多高有多高；再看那墙，东倒西歪，有的地方塌了，往下掉着尘土……这是柳村吗？果真是柳村吗？再问，她的两个同母异父的弟弟就住在这样一个村里？而他们又住在村子的什么地方？姓康的父亲，还在不在？后来是不是又养了鸭子？他们的身体怎样？是不是都活着？活得好不好？

玲子又转身，看着那大户人家的门；那门本应该是朱红色，但已看不出是朱红色，门的表面斑驳得不成样子，门环也少了一个，另一个则掉了钉，耷拉下来，像钟表的摆，在微风中轻轻晃悠。玲子断定，她来过这里，就站在这家的大门前，就在那样一个洪水过后的傍晚，她敲开了朱红色大门……然而这里不姓张，姓简，继而她下定决心，逃向了城里。

现在呢，这个大户人家却显出了意想不到的一副破败相，无论墙上的砖，房上的瓦，均东一块西一块地缺损，而缺损又不去补，更不修理，从房檐上冲下来一条一条的泥道子，还有大片被雨水洇湿的痕迹，都不去管，都任其破败着。

玲子迟疑了一会儿，移动脚步……

司机小季跟着她。跟到半路，玲子让他回去，去看车，免得因村里的孩子感到新鲜而有可能让汽车遭受损害。

玲子走出胡同以后，不知该再往哪里走。她所惦记的那一家人，住在哪里呢？两个弟弟，是否和他们小的时候一样，仍和姓康的父亲住在一起？

玲子向一个过路人打听："劳驾请问，姓康的是哪一家？"

"骆驼康记一大户。"那人说，"你问的是哪家？"

玲子说："从前养过鸭子的，姓康。"

那人"哦"了一声说："康栓呵。"朝村子的西南方向指了指。

康栓……玲子记起来，姓康的父亲是叫康栓，她的继父是叫康栓。玲子这么想着，朝村子的西南方向走去。

怎那样静？除了刚才碰到一个过路的，再碰不到第二个人。玲子走到村子的南头，向西拐了弯，便到了村子的西南角。这时，她在一户人家门口，看到了一个孩子。

那孩子是个男孩儿，正在玩耍，看去十岁左右。玲子问："小弟弟，知道哪家姓康吗？"

未料，那孩子回答："我们家就姓康。"

玲子心里立刻扑通一下。但她又强调："我说的是养过鸭子的。"

"我们家就养过鸭子。"男孩儿不抬头，却带着骄傲的口气。

玲子不得不进一步问了："你今年多大？叫什么名字？"

"我十二岁了！"那男孩似乎为他的十二岁感到自豪。但叫什么名字，他没有回答，也许回答不出，于是男孩儿自玩儿他的，不再理玲子。

玲子看出来，或者说她琢磨出来，眼前这个男孩儿便有可能是她的一个同母异父的弟弟，哪一个弟弟呢？当然是小的。她走的时候，大弟弟三岁，小弟弟一岁，十一年过去，小弟可不是十二岁了？再看那男孩儿长的模样，鼻梁很直，颧骨有些突出，在玲子的印象中这长相与母亲极为相近。

玲子正在出神、发呆，从这家的院子里又走出一个人。那是个看去四十多岁的男人，玲子忽然又打了一个机灵，这是不是姓康的父亲？应该是了。但继父有这么老吗？玲子的记忆中继父是个很壮的、腰杆挺直的年轻汉子，而眼前这个人腰有些向后仰，两脚也向外撇，像是八字脚；怎会是八字脚呢？

“老人家，您好呵！”玲子拿出热情，主动打招呼。

“哎，好，好……您进来坐一会吧。”不管是不是继父，反正那人态度和蔼，又显得有些谦卑，只这样说，其他的大约说不出。

玲子也很谦和，说“不坐了”，又问，“刚才那个小弟弟，他说他还有个哥哥。”

“他说他还有个哥哥”，其实是玲子无中生有，“小弟弟”并没有说过这样的话。玲子只是想验证一下，这个家是否就是她要寻找的那个“家”。如果是，那么“小弟弟”就应该还有个哥哥。

“有，有。”这位暂且认做继父的叫康栓的半老不老的男人依旧那么谦和，“他哥拉骆驼。这会儿在北边草原，快回来了。”

“他哥今年有多大年龄？”玲子又问。

“十五岁，十五岁了。”“继父”的谦和让人感到亲切，感到温暖。

无需再问，大弟弟应该是十五岁了，那么这一家便毫无疑问地是她要寻找的那个康家。此时玲子不光感到亲切和温暖，更升腾起一股热流，这股热流直冲她的喉咙，让她想喊出来，想喊一声“爸”，再喊一声“弟弟”。

但玲子没有喊，连声也没有出，因为她控制住了自己。她想，何必呢？她认出了他们，认出了继父，而他们却没有认出她。因为他们根本想不到她会来，想不到她还活着，更想不到此时她就站在他们面前，而站在他们面前的竟又是个珠光宝气的贵妇人，他们哪里认得出呢？认不出是好事，还是坏事？也许是好事。

这时候，从院里又出来一个女人。女人的后面一连跟着三个孩子，女人个大腰粗，肤色黑红，系着一条紫底带花的头巾。三个孩子一个比一个高，最大的孩子看去不过六七岁，最小的看去两三岁。三个当中两个是男孩儿，一个是女孩儿，但无论男孩儿女孩儿都光着屁股，秋天，他们不怕冷。

玲子又断定了，这是继父后娶的女人；三个孩子是继父与那女人后来生的。

他们都看着她，连一开始时的小男孩也返回来看她。他们大约都奇怪，因为村子里还从未出现过这么阔气又这么漂亮的女人。

玲子却不再看他们，只朝那院子和院子的深处望去。院子的深处有几间房，但那房子与玲子沿路看到的房子同样的低矮和破旧，房顶同样长着高高的蒿草，墙壁有的地方同样歪歪斜斜。不过前面的院子很大，很宽绰，院门是枣棵子、荆条棍扎成的，像个粗制滥造的牌坊。忽然，随着一阵风，从院里飘出一股腥骚味儿，玲子闻到了，感到恶心、要吐。按道理这不应该是骆驼的味道，因为“继父”明明说骆驼“在北边草原”，还没有回来，难道秋天仍残留着骆驼的气味儿吗？

玲子想走，想离开这里。她不想认这个亲了，谁都不想认，连一句话也不想再说。来的时候本就有些三心二意。

试想，倘若她真的认了，哪怕认一个，便等于认了这一家。而这又是怎样的一家？大大小小那么多口人，便需要那么多的怜悯和照顾。她又怎么怜悯、怎么照顾得过来？再说，骆驼康记；什么叫骆驼康记？是好大的一大户吗？是不是人口更多？是不是全拉骆驼？倘若认了，这骆驼康记岂不全成了她的亲戚？啊呀，这是万万使不得的。她醒悟了很好，幸亏她醒悟了，同时，他们没有认出她的确是好事。

弟弟，继父，你们好自为之吧。玲子走了，只能和你们说“再见”。

玲子真的转身走了，快步回到了汽车旁边。司机小季正焦虑地等着她，继而埋怨她：“你走了这么长时间，吴先生如果办完了事出来，见不到你，连你带我全要受责怪。”

玲子向小季道了歉，说碰到了熟人，原是乡里乡亲，难免说话长一些。

又等了一会儿，吴先生从大门里出来了。上车的时候，吴先生豪迈地说了一句：“这真是无心插柳柳成荫！”

这一路，吴先生累了，闭目养神。回到家以后，吴先生才向玲子讲起了他这次办事的经过，也即所谓无心插柳柳成荫。

原来，这户大户人家一开始的确姓张，只是后来不姓张了，姓包；再后来又不姓包了，姓了简。眼下这家的主人叫简子云。

当玲子听到这家当初姓张的时候，心中一动。但她听吴先生讲下去，并没有把她想说的话向吴先生说。

这家是怎样地演变，怎样从姓张姓了包，又怎样从姓包姓了简，老朽的简子云一带而过。吴先生也没有深问，吴先生忙，况且那样的陈谷子烂芝麻与吴先生当前要谈的大事没任何关系。

吴先生说，这简子云确是个老朽，确是个不争气的货色。满清的遗老遗少大约都这样，坐吃山空，越吃越穷，最后穷酸潦倒，就成了眼前这样子。简子云五十岁抽起了大烟，继而娶了小，身体一天不如一天，原本一个大户，也一天比一天败落。

简子云有两个儿子，大儿子叫简苗，二儿子叫简生。大儿子还可以，虽然长了一副凶相，但还懂得操劳，勉强支撑着家业。二儿子却完全不行，吃喝嫖赌抽，样样齐全，尤以嫖最为厉害。家境也就败落得愈加迅速。

现在，佃户们你观着我，我观着你，你少交租，我也少交租，你不交，我也不交。长工们呢，整天讧事，不干活儿……简子云没有精力催讨租子，二儿子根本不管家里的事，大儿子简苗倒逞强，但却与长工或佃户吵骂，然后大打出手，那样的结果常常是空手而归，反落了仇恨。简子云把骆驼全归了拉骆驼的本人，骆驼康记个个不是好惹的，到了年底，也只收上不多的“份儿”钱。前几年又大旱，闹蝗灾，于是全村的日子都一天比一天不好过。

玲子对吴先生说：“看没看？他那宅子也破得可以。”

吴先生说：“所以他想把房子卖了。”

“卖了？”玲子一惊。

吴先生接着说：“我问简子云，你卖了房子，今后怎打算呢？他说房子卖给你，地也卖给你。我老了，操不了这份心了。”

玲子又一惊：“都想卖给你？房子？地？”

吴先生点头。

玲子问：“他要卖多少钱？”

吴先生伸出手指头：“他要一万五千大洋。”

玲子不懂，不知道那宅子、那地值不值这么多钱。她只能问：“你还的什么价儿？”

吴先生说："笑话！我们来之前都看了，你那房子，还有地，根本不值一万五千大洋。"

玲子笑；对吴先生不再称"您"，早就称了"你"，说："你真会蒙，我们哪儿看过呵？有多少地也不知道。"

吴先生说："最后以八千五百个大洋成交。我说成就成，不成就算！再者，我们也不是为来买你的房买你地的，是来找你谈开挖高水湖种稻子的事，求你关照。"

"他怎么说？"

"他说吴先生，别求我关照，今后还求吴先生多关照了。"

"他卖了房子，去哪儿住呢？"玲子问。

"他说随便找个窝窝儿……只这一辈子，管不了下辈子。"

玲子说："实实的赖赖巴巴，活一天算一天！"

简子云也提出了一个条件，即，让他的大儿子简苗归属吴先生，给吴先生做管事，高水湖一旦开挖，简苗便有了一份营生。

吴先生答应了他的这个条件。

简子云的小儿子简生，简子云说管不了，便不去管，随他去吧。

这真是无心插柳柳成荫，意外的收获！玲子打心眼里高兴，她即将有了那房子，有了那地。命不亏人，所有这些本就应该属于她的。

不过玲子也奇怪，她手里有钱，存着许多许多的钱，而吴先生不用她的钱，连一分也没动，便以八千五百块大洋把那宅子和地全部买下了。吴先生本事真大，不知又从哪里弄来了那么多钱，抑或，吴先生另外有钱。

接着，吴先生不断地到柳村去。许多事等着他。

简子云从这宅子里搬出去了，他家的所有人都搬出去了。吴先生雇了专业人员，给这气派却已陈旧得不成样子的偌大宅院进行一次修整和装饰。

玲子等着，等着搬入新居，搬进柳村，搬进一个新的地方。当又一年春天降临的时候，她来了，带着整整一岁的女儿，来到了柳村，因为那宅子已整修完毕，这也是玲子第二次进入柳村。

玲子走进那宅子，以前想、盼，却从没有进来过。现在进来了，玲子看到了一个三进式院落，有第一道门，第二道门，进了第二道门，便是最里面的院子，也才是主人住的地方。玲子同时看到了四梁八柱，看到了雕刻着的花鸟和古代仕女，还有假山、鱼缸，也有一棵树；不过那树不是石榴树，而是一棵家槐，很老了。

玲子觉得自己像做梦，真的拥有了这样一处宅子吗？除了城里那个家，在乡下，在一个叫柳村的村里，她又有了另外的房子？而这房子比城里的那房子气派、阔绰，也显出了古色古香，像是一座老式的别墅。而这里更方便，只要走过高水湖上的那条路，便可以进城；也可以往西，去西山逛风景。同时，玲子想住在城里便住城里，想住在这儿便住在这儿。

玲子又想起了那地，一共有多少地？都属于她吗？从此以后她也有了那许多的佃户、许多的长工了？

吴先生说，高水湖上的那条土路要重新修一修，起码要修成石渣路。因为那路的下面毕竟有水，到了春天和夏天，人可以走，但汽车走上去，会变得绵绵软软，容易把车陷住。重修那条路的时候要一直修进胡同里，修到这个新家的大门口。

司机小季也说，无论进城去还是从城里来，只能走这条路。若走老营子、四岗子是不行的，因为那个方向目前只有小路、土路，走人、走马车可以，汽车却无法走。

玲子感谢吴先生、佩服吴先生，是吴先生带给了她这一切，是吴先生在她二十岁的时候让她回到了本就应该属于她的这个家。她虽然不说，但她应该就是这里的主人，所有的一切应该由她来继承。

这时，玲子忽然想起了她的名字……一定要改一改，以免连带起许多是非，许多麻烦。怎样改呢？那么就不要与“康”姓有关，更不能叫什么“玲子”，如果真的搬来住，哪怕偶尔来住，“康玲子”，简直不敢想象。她忽然想起了“冷艳姣”，在沁香楼用过的，这名字挺好，很适合女人用。从此以后就叫冷艳姣。

至于沁香楼，乡下人都不知道，连听说也没听说过。有的知道、有的听说，但他们知道、听说的是西直门外“黄土坑”，以及往南二十里的“沙窝儿”，那叫下处，下等人嫖的地方，与沁香楼完全两码事。

玲子这么想，这么在宅子里打量，高水湖的开挖工程此时开始了。

吴先生真的启用了简子云的大儿子简苗，让他来做这项工程的监工。

这项工程所雇用的大批劳力，也多数是柳村人。

吴先生向大家颁布了这样的制度：你每开地一分，所得银币两角；每开地一亩，所得银币两元；以此类推。

当然，如果你不想要银币，要纸币，也可以。但前提是，你必须开得多，起码开到五十亩，可得百元一张钞票。因为时下不时兴银币，而时兴纸币，所以纸币奇缺，也只有百元一张的面值。

另外，你若只开垦、只干活儿，不想要钱，而想要地，那么你所开出来的地亩数便可以归你，由你来亲自种植水稻。于是你也就成了一名佃户，每年要向我交租子。谁都要交租子！我们也要交租子，交给老营子官府。

租子，可以是钱，也可以是粮食。等价折换。

玲子雇了保姆。保姆抱着孩子，与玲子一起从城里坐了小季的车，到高水湖来观看。

人真多，比修河汊时多了几倍，密密麻麻分布在浅浅的高水湖湖面上。这些劳力抡动着硕大的四齿，狠命地往泥水里捉，泥和水喷溅起来，溅得他们满身满脸。四齿把儿很粗，不粗不成，不粗用力的时候很容易折断，四齿的齿又很长，不长够不到那些苇子、茭白的根；四齿嘎吱吱地响，那些根哧啦啦从泥水的深处被拉上来，带出了大块的泥坨，再把泥坨连同杂草一齐翻压到泥里，用脚再深深地往下踩，这样才平了。也有的正用镰刀，把苇子、茭白割矮了，只剩下茬，四齿才能捉下去。泥水没过了他们的膝盖，身上是泥点、水点，还有汗，一个个简直看不出个人模样。他们渴了，便猫下腰，喝那脚下的水……甚至，玲子看到，还有女人，也干着同样的活儿。

那个叫简苗的，在岸边走动着，不时喝斥、不时破口大骂。他是监工，但玲子觉得他凶神恶煞一般厉害，太过分了。

玲子怎么能不对吴先生感恩呢？开垦高水湖，种稻子，这又是吴先生的一大功绩。柳村人以后能吃到大米了。

开挖稻田不似修水汊，不需要测量、画图，无需讲什么技术，那只是个力气活儿，只需干，只需要有力气，又能吃得苦、受得罪，就可以了。

吴先生颁布了那样严谨的规章制度，于是人们的劲头很高，每天按时下地，天不黑不收工。一切都很正常，进行得很顺利，吴先生放心了，便不总到高水湖去了。况且，无论怎样还有简苗在那里监管着。

吴先生去高水湖的时候，晚了，便住在“六国饭店”;不晚，便回家。他想住在柳村的新宅子里，但玲子不让他住，因为宅子虽已整修好，但还没有雇用人，没人照顾、伺候吴先生。

吴先生后来不去高水湖的时候，又去了哪里？又去做什么？和以前一样，玲子不知道，也不打听。但玲子有个大概的推测，吴先生当然又投入他的政界、去结交许许多多的朋友、谋求许多的事，家里也就重新不断有客人来。

一天，吴先生又去了高水湖，很晚很晚没有回来。吴先生当然又住在了“六国饭店”。

但玲子万万想不到，就在这天夜里，忽然出了事。

什么事？半夜时分，司机小季捶响了玲子的房门，告诉她，吴先生被人杀了！

杀了？怎么会杀了？玲子慌忙起身，坐车赶了去。

“六国饭店”有十二间客房，一个餐厅，一个舞厅，其次是门房和服务室。在其中的一间客房里，吴先生直挺挺倒在床上，早已断了气。吴先生的身下是血泊，太阳穴部位有一个弹孔，还在往下滴血，枕头和被褥染红了一片。是枪杀！是暗杀，而且一枪毙命！

谁干的？谁干的？看来吴先生睡得正酣，毫无戒备，连一点感觉也没有，然后连一点挣扎的时间也没留给他……吴先生，你得罪了什么人呵？与什么人结下了如此的深仇大恨？

巡警来了。饭店里还有另外几个客人，他们与饭店的服务人员一起都站在一旁观看。警察问，但他们谁也说不出一点线索，说不出是谁杀的，更不知道为什么杀吴先生，以及那刺客是怎样进入饭店，又怎样进入吴先生的房间的。

警察又询问季宝来。季宝来没有和吴先生住一起，而住另一个房间。季宝来只听到了枪声，当他与服务人员同时从屋里跑出来的时候，并未见到一个人；当他们一同跑进吴先生房里的时候，吴先生已经倒在了血泊中了。

现场唯一留下的痕迹，是院墙上被蹬掉的一块砖。

究竟为什么要刺杀吴先生？若是图财害命，吴先生那天并没带钱，口袋里也就那几张百元纸币，检查的结果，就连那几张百元纸币也原封未动。若是图财害命也应该去找玲子；玲子那里有钱，有很多的钱，既有现金，又有银行存单。

吴先生，吴开基，玲子的丈夫，死了，被人刺杀了。吴先生对玲子好，一直非常好，玲子痛哭失声，眼泪流个不止。

说来也真奇妙得很，恰在此时，城里长安大街上那家真正的六国饭店也死了人，并且也是用枪刺杀。因此究竟是哪一个六国饭店死了人，死没死，是谣传还是真的，京城里喧哗一时，谁也说不准确，说不出个所以然。

城里那个六国饭店的凶杀案后来侦破没侦破不知道，这里的“六国饭店”的凶手虽然也经过调查、追踪，却一直没有逮到，时间长了，也就不了了之。

此时的玲子，已完全变成一个弱女子，孤独一人带着一个孩子，每天黯然神伤、以泪洗面。

然而吴先生的被杀，玲子在悲痛中也慢慢琢磨，让她琢磨出了一些道理。这道理虽似是而非，但怎么想怎么觉得是个道理。譬如，吴先生爱干事，干起事来风风火火；譬如，吴先生爱钱，曾经赚了不少的钱；譬如，吴先生投身政界，政界宗派林立，团伙多多……吴先生一直这样，大概从年轻时候就这样。

干事越多错越多，贡献越大错越大；什么都不干的，平安无事；若能干事，贡献也大，同时又用行动保证自己不出错、不出事，那才是最好的。但世上有几人呢？

无论是过去还是现在，玲子觉得，吴先生总之是个谜。从今以后，吴先生，你永远是个谜了。

十一　高水湖

玲子埋葬了吴先生。

埋在哪里呢？吴先生是南方人，老家远在南方，但吴先生说老家早已经没了亲人。柳村南面，有一块坟地，坟地里柳树成荫，据说这村子便因这柳树而叫柳村。吴先生既然买了原属张家的所有的地，那么这块坟地自然也就属于玲子。玲子便决定把吴先生埋在这里。

下葬那天来了不少的人，有穿官衣的，有穿便衣的，也有挎着盒子枪和穿长袍马褂的；他们俱在吴先生的墓坑前静立默哀，是谁暗杀了吴先生？谁？说不定就是你们当中的某一个！

埋葬了吴先生以后玲子不想住在城里了。她害怕，她必须搬到柳村去，她必须远远地躲开那些穿官衣、穿便衣、穿长袍马褂及挎盒子枪的家伙们，也因为高水湖正在开挖，工程远远没有结束，那个简苗，不但狷獗，据说暗中还克扣了工饷，玲子必须像吴先生那样，以一个主人的姿态，亲自去照应、去管理。

玲子卖掉了城里的房子，也辞了保姆，只带着一岁多的女儿，还有司机小季，搬入了柳村那处宅子。

这回是真的住下了，永远住下了。原来的仆人早已散去，玲子重新雇来了仆人。也就在这时候，正房的西耳房里忽然出来一个看去四十多岁的男人，不知他是谁，但看出他是个哑巴。一个年龄较大的仆人说，这哑巴是想当初张三爷留下的唯一的儿子，他的母亲早死了，如果不死，怕已九十多岁年纪。

玲子猛然省悟，是了，是了，他应该是自己的哥哥，真正的哥哥，只不过与自己不是同一个母亲，而父亲是同一个，这位父亲便是想当初威震一方的张三爷！玲子验证了一下，果然，这个哥哥不会说话，只用手蘸着唾沫在桌子上写了一个字，是个“张”字。

玲子也觉得奇妙，村里有两个同母异父的弟弟，家里又一个同父异母的哥哥。但他们又很不同，一个是张家的根，那两个却是康家的根。

玲子依旧让哑巴哥哥住在正房的西耳房，并让人把屋子重新收拾了，又为哑巴哥哥置换了新衣新帽，吃饭则和他们一起吃，坐同一张桌子。除此之外，玲子什么也没有告诉哑巴哥哥，只让一岁的女儿管哑巴叫舅舅。

现在有了充分的时间，玲子便开始翻捣，诸如箱子、柜子、凡简子云没搬走的一些东西，想从这些东西中寻找到某些当年的蛛丝马迹。最后，她在一个角落里看见了一只破旧的樟木箱子，在箱子的最底层，她发现了一张已经发黄了的照片；照片上是个白胡子瘦高老头儿，身着青衣小帽，透出一种慈祥、一种和善，没错了，这便是“张三爷”，便是玲子的亲生父亲！

玲子又拿出了吴先生的照片以及她和吴先生的结婚照，和自己的亲生父亲的照片放在了一起，收起来，依旧收进樟木箱子的底层。从此就让它成为永远的秘密，不公诸世人，不让任何人知道。她，玲子，康玲子，从今天起下定决心，更名改姓，就叫冷艳姣。因为那凄凉、凄惨、卑微又卑贱的过去不堪回首，在柳村也将让她抬不起头，由名字可能引来的麻烦是最大的麻烦，是今天的冷艳姣最忌讳也是最应该提防的事。

高水湖上的开垦照常进行着。从春天到第二年春天，中间隔了一个冬季，冬季结了冰、上了冻，工程暂停。但到了春天的五月份，整整用了一年的时间，终于开垦完毕。正如吴先生所预想的，向东一望，足足开出了近两千亩！有那不图挣钱只图要地的，便早早地在自家所开的地上堆起了田埂，高水湖水好、泥好，用不着再施肥，他们开始下种了。在季宝来的帮助下，冷艳姣也命人把稻种早早备好，只比佃户们晚了一两天，也下了种。

高水湖虽然没有完全变成稻田，但有三分之二已变成了稻田，她冷艳姣即成了这片稻田的主人。旱地，也有六百亩左右，种了玉米、小麦、谷子，冷艳姣同样是这片旱地的主人。

季宝来比冷艳姣大三岁，他们基本每天在一起，相处得很好，季宝来在文化上又对冷艳姣有很大帮助，于是，在这年的春末夏初，两个人结婚了。女财主冷艳姣，嫁给了她的司机季宝来。

也该到处理简苗的时候了。听说，简苗竟然又干出了一件非常缺德、非常残忍的事，他有媳妇，但他虐待媳妇，又打又骂；简苗同时姘上了别村的一个女人，那女人有丈夫，只是那丈夫过于老实，简苗便伙同那女人乘那男人睡着的时候，用白灰把那男人的眼睛揉瞎了。恨只恨没人管，官府也不管，但这样的人连禽兽不如，不辞掉他，换别人，简直天理难容！

辞掉简苗也并非易事。简苗本就长了一副凶相，实际也穷凶极恶。他张手向冷艳姣索要未来两年的雇用钱，冷艳姣不给，他便破口大骂，多亏了季宝来，命了众人将简苗好一顿揍，揍得口鼻出血，简苗只好逃了，钱也从此不敢再要。

一切平平安安，顺顺利利。又到了新一年的春天，冷艳姣生下了季宝来的孩子，居然又是个女儿。

冷艳姣的大女儿已经三岁，随了她的姓，取名冷梅。二女儿刚出生，也随她的姓，取名冷竹。梅和竹，都姓冷，一个亲爹是吴先生，一个亲爹是季宝来。

给二女儿办满月那天，老营子官府也来了人。

老营子那里叫乡，管辖着方园十里左右的几个村子。乡上有乡董、乡佐，还有几个专门跑腿、办具体事的。从乡上来的人看去有三十几岁，却跛着一条腿。季宝来首先上前搭讪："请问，您是乡上的哪位？"

跛腿人落了坐："鄙人姓包，叫包镇祥。"

与这人同来的还有两个，说："不认识？这是新调来的包乡佐嘛。"

乡佐，顾名思义，辅佐乡董，在乡董的领导之下。属于一种副职。

于是喝酒吃饭。谈话间才知道，原来这包乡佐当过兵，后又参加了北伐军，打仗的时候伤了一条腿，便退伍了，把他分到了老营子，以排长的职衔做了一名乡佐。

"炮弹不长眼睛……"包乡佐喝过几杯以后，望着众人，"打到河南，一颗炮弹炸死了十多个弟兄，我是那命大的。"

"有功，有功。"季宝来说。

"你猜怎？"包乡佐托着酒杯，"我就是这柳村人。我的根在这儿。"

“您是柳村人？”冷艳姣插话。她才二十二岁，不知道的事情很多。

“当然了。”包乡佐很自豪，“十五年前我从柳村出去，脑袋别在裤腰带上，东讨西杀。”

“不过，怎才当了个排长呢？”季宝来问。

“咱没上过黄埔，又是北方人，孤零零一个。”提起“升官”，包乡佐的口气又很自卑。

“现在是民国十七年……”季宝来掐着手指头，“如果北伐顺利，早应该打到北京了，全国也早应该统一了。”

“统一个屁！”包乡佐出口不逊，露出一副兵痞相，“你想，蒋总司令能容下共产党吗？共产党能不怀有二心吗？”

“所以就杀，杀，把共产党赶尽杀绝？”季宝来大约也多喝了两杯的缘故，眼睛红红的。

“不杀怎地？不杀，中国就又出了一个苏俄！”包乡佐声音很大。

“杀吧，杀吧，最后就剩一个国民党！”季宝来的声音也大起来。

“打天下就得靠国民党。”包乡佐梗起脖子。

“这种打出来的天下……”季宝来忽然捶桌子，“必又是满清那样的专制统治！”

两人喝着酒，本来好好的，季宝来说完竟离开饭桌、抛下客人，带着一种愤怒，回自己屋去了。

冷艳姣对国家的事一点也不懂，但从中打了圆场，又坐下来陪包乡佐说了不少客气话。

喝完了、吃完了，冷艳姣又特意封了三个红包，分别送给乡上来的这三个人。红包当然是包乡佐的最大，比他出的份子钱多出几倍。

办完了满月，冷艳姣想，家里不会再有别的事，乡上的人也不会来了，因为季宝来和包乡佐拌了嘴、闹了生分。

却未料，包乡佐自那以后不断地来，并没有把拌嘴的事放在心里，而且来了便不肯轻易走。季宝来不愿见包乡佐，包乡佐也不愿见季宝来。

包乡佐来了便要这要那，今天要钱明天要物，说是上面派的，说是国民政府的号召，要么就说前方剿共，军队亏饷，你作为一村之大户，拿出十几、二十块大洋算什么？又有什么不应该？

不但包乡佐来，有时下面的普通办事员也单独来。他们来了，吃了喝了倒不要紧，还提出了这样那样的要求，譬如房子坏了、漏雨了，或者太陈旧了需要翻修，向冷艳姣索取一些砖瓦，或几根檩条、几十根椽子等等。不知为什么，季宝来忽然什么事也不管，把一切都推给了冷艳姣，任冷艳姣做主。季宝来刚刚二十五岁，而他天天不是躺就是卧，好像一下子老了许多。

后来，包乡佐不叫乡佐了，叫闾长。乡也改了，叫镇，原来的乡董改叫镇长，镇长管着下面几个“闾”，每个闾又分管三两个村子。包闾长，因为跛脚，有了一辆一般人还没有见过的自行车，那自行车据说是“凤头”牌，英国造。从老营子到柳村只十里，包闾长说来便来，来得非常方便。冷艳姣对他们提出的种种要求，也只好全都答应，不是出钱便是出物。因为她毕竟是个女人，怕生乱，更怕得罪老营子镇上。

有一次，包闾长说要修路。修哪儿的路？要修一修高水湖上的那条土路。

那条路从柳村通到翠山的围墙下，往东不远，就是那个“六国饭店”。冷艳姣好久好久不到那里去了，望一望也会惹起她伤心，让她记起许多事。况且，冷艳姣现在连家里的事还忙不过来，无心进城，更无心到西山游玩，修这条路干什么？当年吴先生说要修，但还没来得及，吴先生便……

包闾长坚持要修，肯定要修，说为官一届造福一方。他要为柳村的乡亲们办些好事，办些实事。

冷艳姣明白，无非又要她出钱，也无非是他们又要从中敛钱。

而包闾长说：“这次就不让冷掌柜出钱了。你只把汽辇压路包下、把铺石子包下就行。”

汽辇压路、铺石子，除去这些还有什么？路加宽、加高，所用的土是现成的，土山就在旁边。

包闾长质问：“工呢？哪个工不给钱行？你家能出工吗？”

冷家无工可出，除去冷艳姣、季宝来、两个孩子，便是仆人、下人，再或就是长工；长工是不能去的，若去了，地里的活儿没人干。

冷艳姣只好出了汽辇钱和石子钱，不小的一笔。

然而那路修的，从秋天到第二年春天，又从春天到夏天，拖拖拉拉、干干停停；停的时候，便说钱不够了，或说亏了，于是包闾长又让人挨家挨户要钱。有那胆小的，从牙齿上刮、从肋头上割、多少拿出了一些，穷得连饭几乎吃不上的，胆子大起来，拿出来的是菜刀。

以前，冷艳姣在钱上损失了，便从长工身上、从佃户身上找补回来。找补的方法无非年底少给些工钱、佃户多交一些租子。但是，冷艳姣现在不敢再那样做，她也害怕村里人，怕那些胆大、不要命的，也向她举起菜刀。

没想到，家大业大竟然烦起来，日子过得一天天不安生，心里一天天不踏实。

慢慢的，冷艳姣又听说了一个叫康八爷的人。村里风传着康八爷的许多事，让冷艳姣更感到不安生，时常没来由地胆战心惊。

这“康八爷”是哪里的康八爷？是“骆驼康记”的人里有个康八爷吗？冷艳姣向人打听，然而谁也说不准、说不清，人们只知道这康记最早是老哥三个，其中一个在口外，另哥俩在柳村，但柳村的老哥俩都死了，到了康栓这一辈儿人口众多、儿子有儿子，儿子下面又有儿子。至于这康八爷与康记有没有关系，是哪个屋里的，又为什么排行老八，没人能说出个子丑寅卯。

这康八爷何曾了得？据说能飞檐走壁，丈八高的墙或房，落地无声，像猫儿一样。康八爷还会缩骨法，你逮住他，把他捆了、绑了，捆绑得一万个结实，然后再把他锁到铁笼子里，像锁个老虎那样，但第二天再看，康八爷没了影儿，只给你留下空笼子和空绳索。据说有一次，官兵摸准了他住的地方，明明已经把他堵在屋里了，可是进了屋，又不见了康八爷，官兵白来一趟。后来听说，康八爷将身子贴在饭桌子底下了！饭桌子，小小吃饭的桌子，下面怎能贴了人？官兵又哪里想得到？

康八爷偷富不偷穷。偷富也只偷细软、偷特别值钱的东西，鸡零狗碎他不偷；稍稍穷一点的，他不但不偷，还常常施舍。康八爷更不拈花惹草，没听说他有男女的龌龊事。

还好，只是风传，也还没有光顾过冷艳姣的家。但只这风传，已足令冷艳姣提心吊胆，夜里常常做梦。做梦的时候她突然惊起，向外看，窗纸上似有一个洞，是手指上的唾沫湿出的一个钱眼儿大的洞，从洞里透出一只贼亮的眼睛。

如果说只是风传，又没见过康八爷本人，那么另有一个，是真实存在的，就在柳村，就在眼皮底下晃荡着。

这个人叫齐文贵，据说他的父亲很早以前赶毛驴车往宫里送水。齐文贵从小养得娇，什么都不干，什么也不会干，如今他三十岁了，仍然游手好闲，整天在村里晃荡。康八爷偷，只偷富的不偷穷的，齐文贵则概不论，鸡零狗碎穷富全偷，见什么偷什么，见什么拿什么。即使节年门口挂的灯笼，齐文贵也摘下来拿走，到青龙镇去换几个钱。冷家的仆人们去长河边洗衣服，只稍一漏空，衣服便不见了，齐文贵照样偷走、照样去卖钱。如此一个赖瓜子、滚刀肉，村里没人不防着他，冷艳姣自然也让家里加强了戒备

齐文贵的父亲如今是个一步三摇、连路几乎也走不动的瘦老头儿，但他还留着大清朝的辫子，手里揉着核桃。就这样一个老头儿，冷艳姣却看见他时常在继父康栓的家门口进进出出。继父也已经快五十岁，人口又多，日子不好过，难道还供养着这样一个糟朽的老人吗？冷艳姣后来又打听，才知道齐文贵的父亲每天吃、住，的确全在继父家。齐文贵早把他父亲留下的房子卖掉了，他自己三天两头吃不上饭，根本不管、也管不了他的父亲。

养父也真是的，好心眼、善良应该，但也不能善得离了谱。

冷艳姣也只这么想想而已，绝不出面来管，如果管了，难免会让人产生疑问，即，康家、康栓，和你是什么关系？你为什么要管？若再问，你们是亲戚吗？什么样的亲戚？那可怎么得了，冷艳姣不能不忌讳、不能让这件事惹出麻烦，因为接着便是认亲，你是认，还是不认？如果认了，不但自己的身世会败露，康记一大家子也会一窝蜂似的拥上来，个个向你套亲，于是亲连亲、亲套亲、七姑八姨，全张口向你讨便宜、讨好处，那就永没个完，永脱不了干系……终究多一事不如少一事的好。

然而冷艳姣对继父、对两个同母异父的弟弟是不是一点不牵挂？不是的，她当然有所牵挂。

譬如，初搬到柳村来住的那年冬天，她特意去看大弟弟，也见到了

大弟弟。大弟弟十五岁，个子高，鼻梁很直，颧骨也高，与小弟一样，长得全像母亲。大弟弟刚和他的叔叔、叔伯兄弟们一起拉骆驼回来，正在饮骆驼，冷艳姣站在一旁看，大弟弟回头说："靠边，看踢了你！"

骆驼倒没踢，却调过屁股，哗哗一泡尿，那尿便流到井里去了。冷艳姣一直忧心，两个弟弟和这一家，长年累月就吃这样的井水？

大弟弟在给她冷家卸煤的时候，冷艳姣故意多给了钱，比应给的钱多出了几倍。但大弟弟不要，多一分也不要，把多出的钱如数退还给冷艳姣。冷艳姣心里酸酸的，看着大弟弟；大弟弟头也不回地走出了冷家的大门。

如今过去了四年，大弟弟十九岁了，但仍然在拉骆驼。小弟弟十六岁了，包租了几亩稻田，做了她冷家的一名佃户。小弟在和继父一起来给冷家交租的时候，冷艳姣特意去了交租场，摒开了外人，轻声说："扛回去吧。我不缺少你们这点租子。"

继父说："别，别。都不容易，都不容易……"

小弟说："东家，这可是你说的！"然后，把粮食扛走。

然而继父却七拦八拦，但也没有拦住小弟。

弟弟呵，你是逞强、挺腰子，还是故意不领我的情？不管怎样，我的心尽到了，领不领情是你们的事。我没有忘记你们。

至于其他，对不起，日子就这么过，一直到白了头，一直到死，也不会向你们吐露半点儿。这就请你们原谅、请你们多多理解了。

日子真就这么过。在大女儿长到十一岁，小女儿长到九岁的时候，日本人来了。

此时，包闾长又不叫闾长，而叫保长，保长下面又有甲长。包镇祥包保长的家也从老营子迁到了柳村，他说他是回到了柳村。

包保长也算是有良心的，日本人来了以后他处处周旋、百般敷衍，柳村人躲过了一次灭顶之灾，便是由于包保长的巧舌如簧；这一次，也是因为康八爷，才惹出的祸。

说起来，康八爷也真是个好样的。日本人来了，他做出的几件事让日本人闻风丧胆、昼夜不安。第一件，康八爷不知从哪儿弄到了一把盒子枪，夜间出动，突发三枪，便一连打死了三个日本兵。日本人和伪军到处捉拿他，康八爷呢，据说连夜逃到天津去了。

第二件，日本人在柳村南面四五里的地方修了一个飞机场，又在柳村后面的土山修了一个很大的山洞，山洞里装了飞机用的汽油。一天夜里，突然一声巨响，山洞炸开了，里面的汽油桶飞上了天，烈焰腾腾，接连不断的爆炸声震颤着柳村，幸好那山洞修在土山的最东段，距柳村还有一里多远，否则，柳村的房也会震塌。知道那山洞是谁炸的？康八爷。

康八爷打死了日本兵，日本兵去天津追捕康八爷，殊不知康八爷又人不知鬼不觉地潜回了柳村。潜回途中他买了一捆爆竹，是那种“二踢脚”的爆竹，很粗，放起来“咚——嘎！”先后两声响。土山的东段很少有人去，山上有獾，有獾必有獾窝，康八爷因为会缩骨，便钻进了碗大的獾窝，与一公一母两只獾待了一天一夜。这一天一夜，康八爷像獾似的、继续把獾窝向下掏，那两只獾后来也学康八爷，于是俩獾一人一起掏，掏着掏着，通了！下面一丝光亮透上来，也看见汽油桶了，康八爷便把那捆“二踢脚”点着，顺着洞眼放了下去，山洞便炸了。獾被炸得没了影，康八爷蹿出来，一个顺山滚儿滚到了山下，连根汗毛也没伤。

这便是关于康八爷的传说，但就是这传说，让日本鬼子把柳村的男女老少集合到那座庙前的空场上，让交出康八爷，否则机枪扫射。包保长说，康八爷与柳村无关，也与骆驼康记无关，是张家口那边姓康的，你们去张家口那边找吧。日本人大约在张家口也没找到什么姓康的，更没找到什么康八爷，于是回来又要把柳村抢个净光，包保长此时使出了全身解数，说你们这样做岂不影响了中日亲善？破坏了共存共荣？日本人觉得有理，便又到别处捉拿康八爷去了。

然而康八爷在哪儿呢？据说又向南方逃去。

后来，日本人在土山向南拐弯的地方又重修了一个山洞，仍然装汽油。原来的那个山洞已夷为平地，从此，除了西面那个出口，柳村人便多了一条通往北面、通往青龙镇的出口。

前后两个山洞，是谁领人修的？是简苗。南面的飞机场，又是谁领人参与修的？也是简苗。简苗自从被冷艳姣辞了以后走投无路，只好在与他相好的那个女人家里闲待、鬼混。后来，他不知怎么在那个“六国饭店”混上了一名门卫，看起了大门，并一看就是五六年，日本人来的前二年，这个所谓的六国饭店拆了，因为这里经常出事，不是偷了、抢了，便是出了人命。简苗会钻营，也属近水楼台，他首先领人拆了这“六国饭店”的房子，后又把拆下来的砖、瓦、木料卖掉，所卖的钱，让简苗挥霍了一段时光，日本人来了以后，简苗便给日本人当起了工头，修飞机场，修山洞。

简苗在高水湖做过监工，当起工头来得心应手。他提了根棒子，管得严，管得狠，动辄对劳工又打又骂，不光柳村人恨他，凡在他手下干过活儿的没一个不恨他。

那个齐文贵，又怎样了呢？他依旧在村里晃荡着，依旧偷鸡摸狗。但是忽然有一天，他被日本人抓了劳工。

被抓的也不只齐文贵一个，而是一批人。他们先是被带到了天坛；说去修天坛，后又被带回来，带到了翠山围墙里，说要修一修有了裂缝的翠塔。也不知翠塔修没修，更不知天坛修没修，他们又被带走了，带到了通州。因为通州有个“自治政府”，自治政府底下有个冀东保安队。齐文贵随了众，入了那个保安队。

所有人都说冀东保安队是个伪组织，是个汉奸、卖国的组织。然而，当卢沟桥事变发生，当全国开始抗日的时候，这个保安队全体成员一致调转了抢口，不但烧毁了日本兵营，还消灭了日军三百多。后来，终因寡不敌众、缺乏支援，虽拼死抵抗，但也只好边打边退，最终还是被打散了。

又听说，齐文贵随着散兵一路逃进了北平城里，又从城里跑到了西郊。然后，一伙人在一个叫七王坟还是八王坟的地方架起了机关枪，趁着黑夜，他们竟然干起了盗墓勾当！

这究竟算一伙什么人哪！

抗战终于胜利了。艰苦的八年，流血流泪的八年。

齐文贵又回到了柳村，依旧在村里晃荡着。但齐文贵身上有了变化，除去赖、懒、贼，又多了一股骄横气和匪气。柳村人都躲着他，不愿和他说话，如果说以前只是看不起他、厌恶他，那么现在，则有些怕他。

包镇祥包保长在抗战胜利以后便开始搜集、整理简苗的材料。整理好了，报到了上面。

过了段时间，简苗以汉奸论罪，被带到了四岗子。四岗子是专门枪毙人的地方，简苗被当场枪毙。

简子云好多年前就死了，他的二儿子简生也因花柳病于几年前死去。原来，包家与简家因争夺张家的家业结下了仇恨，处决了简苗，包保长积攒多年的仇恨总算报了，而且报得淋漓尽致、相当彻底。

第三章

十二　铸犁铧的

如果说距慈禧太后游历高水湖一百多年前有人推着独轮车、最后在高水湖这地方落脚，后来又有人推着独轮车来到了柳村、投奔张三爷，那么二百多年后，同样有几个人推着独轮车，在北平西郊的黄尘古道上踽踽地行走，来到了柳村。这几个虽也是山东人，但却不是为了逃难，也不是为了投奔谁，他们是铸犁铧的。看，他们的独轮车上装的是炼铁的炉子、风箱和铸造用的模具，当然还有行李和吃饭用的锅碗盆勺之类，除此之外，他们全是男人，没有女人，更没有孩子。

抗战胜利了、日本投降了，到了来年春天，该播种该春耕了。春耕播种，犁地的犁铧必不可少，有牲口的要用，没有牲口的，人拉犁，也要用。

山东人铸犁铧颇为有名，他们祖祖辈辈就到河北以及北平这地方来，也多次来过柳村。只因为近些年战乱、日本鬼子烧杀抢掠，他们才窝在家里，没有出来。一般的，他们都是山东高唐、齐河、禹城一带的人，也大多在雨水节气前出发，经聊城、冠县进入河北，然后边干活儿边北上。当过了邯郸、邢台、保定，到了北平地界正好到了清明。回去的时候，他们不再走原路，而是抄近路，直接往东，走廊坊、过沧州；到了德州地界，便算到家了。这时，也就谷雨节刚过，自家的农活儿也不会耽误。

他们以前到了柳村，便在村里那座庙前铺开场子，然后收铁、炼铁、铸犁铧……夜晚，便睡在庙门的门洞里。柳村人常常可以听到从庙门的门洞里传出的琴声，那是一种叫大众琴的琴，很小，约一尺长、半尺宽，但上面有弦和摁键；谁在弹呢？是那位站在砧子后掌锤的老者，把琴放在腿上，一手用根竹签拨弄琴弦，一手摁键，发出单调但柳村人听来却很悦耳的声音。

现在，他们又来了，同样睡在庙门洞里，同样在庙前的空地上支起了炉子、摆开了铸造的模具，夜晚，柳村人同样听到了那琴声。不过，柳村年长的人认出那琴，也认出那老者，发现那琴破旧了许多，那弹琴的老者也已两鬓斑白、格外苍老。

他们开始收铁，所收的铁可以是破锅破铲儿，也可以是用坏了的、或者磨损得不能再用的犁铧，总之，是铁就行。然而你也可以不用铁，用钱买，他们便会按你的要求，把犁铧铸出来卖给你。你也可以什么都不买，只卖，卖铁，他们与你说好了价钱，把你拿来的铁过了秤，给你钱。他们把铁分成炉，一炉一炉地炼，一开始下面烧柴，火旺了，便只剩了铁，那铁在风箱的巨大风力催动下熊熊燃烧，几尺高的火苗子窜向空中。

除去掌锤的老者，其余全是精壮的汉子。老者用小锤在砧子上敲出了花点儿，抡大锤的“叮、叮”砸下去，也打出了铁锨、四齿、斧头或者菜刀。汉子们全光膀子，露出了身上粗砺而坚实的肌肉，他们大步地推拉着风箱，风箱发出呼呼的响声，炉里的火也呼呼地响。他们大多是四个人拉，有时也三个人拉，当三个人拉风箱的时候，必有一个去做饭了。此时，有的在整理模具，有的在给铸出的犁铧或打出的其他农具加工做细，当又一炉铁炼成，其中一个最壮、大约经验也最丰富的汉子，便双手端了一把大勺，到炉边接了那发红发亮的铁水，滋啦啦倒进模子里去，于是火花飞溅，观看的人发出阵阵喝彩声。你看他们的裤子，你看他们脚面上的护布，满是火花烧出的大大小小的洞。

做饭的大锅就架在炼铁的炉子上。稍稍一会儿，饭熟了，揭开锅，是一个个硕大的窝头，有时不是窝头，是一锅用手攥成的棒子面疙瘩，那疙瘩，也比鸡蛋还要大。他们没有菜，便不吃菜，只在棒子面里掺了盐，手中再夹一根二尺长的大葱，蹲着，就那样吃了。吃大葱，也是山东人固有的喜好和一种习惯。

在这伙汉子中，有一个汉子显得差了些颜色。这汉子看去二十出头，比其他汉子瘦些，肉皮儿也比其他汉子白些、细些。另外，他绝不光膀子，平时干活也少言寡语；做饭，多半是他做。

他们在柳村一共干了六天，铸了不少犁铧，也打了不少其他农具。最后一天，他们快要走的时候，那位领班的老者朝四周观看的人一抱拳，说："哪位行行好？给这个后生另寻个营生吧。"

他说的"这个后生"便是那个不光膀子、肉皮儿有些细白、每天做饭的年轻人。

难道铸犁铧这个活计他干不了？身子骨单薄？抑或根本就不想干？只想回家？柳村人这样想。

老者解释："他家里没人了。"

没人了……人们立刻想到黄河大水，想到逃难，也想到日本鬼子曾经的屠杀。

可是，柳村人做佃户、当长工本已不易了，谁又能给一个外来人寻到另外的活计呢？若有本事，可以去老营子官府，直接租地，直接交租子。就怕你没那本事。

于是有人向老者推荐了一个人，说这个人在村里是年长的，心眼好、人缘好，平时又爱管个闲事。这人叫康栓，你去找他。

老者一听，拍手叫好："他呀，早就认识！"

也是巧，康栓这时刚从家里出来，也推着独轮车，在把路上的泥巴和小孩儿拉的屎，一齐规整起来，装到他的独轮车上。

人们连拉带扯，把康栓推到了老者面前。

于是老者便当着众人把那个白肉皮儿后生，向康栓介绍了一遍。另寻活计的理由很充分，一是家里没人了，二是身子骨确实单薄，铸犁铧的活儿重、累，实够他呛。

康栓不说能办，也不说不能办，只谦和地笑，望望天，又望望别处。然后他走了，回家去了，过了一会儿，他便空手来找这个白肉皮儿的后生。

于是后生洗了手和脸，穿好了衣服，于是康栓在前面走，那后生在后面跟了。他们从庙前往东去，又往北拐了一个弯，来到了一条很宽敞的胡同，再进了一个朱红色油漆的大门。

这是冷家。冷艳姣的家。

如今的冷艳姣已经四十岁，眼角上出现了浅浅的皱纹。除去两个女儿，她现在又有了三个孩子，其中两个还是女儿，最小的是儿子。

今天是星期日，孩子们不上学，冷艳姣坐在厅堂上，正看着三个孩子在她身边嬉闹、玩耍。忽见到仆人把康栓引进来，觉得奇怪，便问康栓："老人家，今儿个怎会来我这儿？有事吗？"

冷艳姣在村里偶尔见到康栓，只称呼康栓"老人家"，否则，她觉得怎样称呼都不合适。

康栓呢则称呼冷艳姣"冷掌柜"，要么就称她"冷家的"。冷家的，奇怪，这个继父似乎不懂规矩，也不懂得什么叫尊敬。可继父对谁都一样，没个怕，也没个发怵，在柳村，只有康栓敢叫她"冷家的"。

康栓谦和地笑着，回答冷艳姣："冷掌柜，今儿个有事求你。"说着，他指指身后的一个年轻人。

冷艳姣当即明白了八九不离十。

家里很少来人。即便来人，也多半是包保长他们，要么就是家里的佣人把他们的亲戚引了来，请求为他们的亲戚找个活儿、寻个事做。自己没有娘家，除去孩子和季宝来，可算孤独一个。季宝来也孤独一个，他的父母早死了，因此也没有人来。继父康栓今天竟然来了，带来一个陌生人，没别事，当然也是为别人找个营生。

继父的事，必须帮忙，平时想帮还找不到机会。冷艳姣让了座，问康栓："是您的亲戚？"

"不是亲戚。"康栓说，指指外面，"他铸犁铧。"

"铸犁铧的？"冷艳姣看着那年轻人，"我看铸犁铧的全是又粗又黑的大汉，他怎么不是？"

"身子骨单薄了些。"康栓叹气，"山东老家又没了人。"

"这么说，他干不了铸犁铧？可是地里的活儿他就能干？"冷艳姣不得不这样问。

不料，那年轻人伸出了胳膊，低沉地说："别看我瘦，我身上是腱子。"

冷艳姣问："那怎么不铸犁铧？"

"太累。"年轻人犹豫了一下，说出了这话。

"地里活儿也不轻松。"冷艳姣堵了他一句。

"我愿干地里活儿。"年轻人说出了理由。

康栓老汉的脸上出现了乞求的神色："掌柜，就让他在你家当个长工吧。"

冷艳姣更觉奇怪，嫌铸犁铧累，却不嫌地里的活儿累。但她不能驳康栓的面子，便笑着说："老人家，别着急，让我好好想一想。"

这时候，大女儿冷梅从东耳房过来了。她大约听到有人说话，看看家里来的是谁。

大女儿见是康栓老汉，便打招呼："老人家，您挺好的？"

"挺好，挺好，只是有些喘。"康栓老汉也不起身，只延续了他那谦和地笑。

冷艳姣问："怎么？您喘？"

"年纪大了，免不了。"康栓老汉随口说。

"在村里看见您的时候您总推着辆独轮车。"大女儿冷梅一向尊敬老人，"您高寿了？"

康栓老汉伸了伸手指头："六十六了。"

"您都六十六了？"冷艳姣说，又命冷梅，"梅呵，你去让人拿一块红布来，给老人家扯一条红裤腰带。"

康栓连连摆手，表示不要。他不讲究也不在乎这个。

冷艳姣强调："图个吉利。六十六是坎儿。"

大女儿答应一声，出去了。

冷艳姣顺便向康栓老汉介绍了自己的孩子，说今天是星期日，他们都在家。又说大女儿、二女儿；大女儿叫冷梅，二十岁了，在青龙镇中学教书。二女儿叫冷竹，十八岁，在青龙镇中学读高中一年级。大女儿懂事为人和气，二女儿却不行，时常调皮捣蛋……

正说着，二女儿冷竹追着妹妹弟弟，叽叽嘎嘎进了客厅。

二女儿冷竹看到康栓，俏皮地问："我该管您叫什么？"

"叫老人家。"冷艳姣抢先说。

"他呢？"冷竹指指康栓老汉身边的小伙儿，"是您孙子还是您儿子？"

"竹儿，没事温功课去。"冷艳姣驱赶女儿。

但二女儿不听话，依然十分感兴趣地对康栓说："坦白、公平地讲，我应该管您叫爷爷。什么叫老人家？老人家是个泛泛的称呼。"

"温功课去！"冷艳姣再次驱赶女儿，几乎是在吼。

"康爷爷，听说从前您养鸭子、挑鸭笼，进城去卖，是不是？"二女儿又上来那种执拗、顽皮、不听话的毛病。

康栓老汉却有些坐不住，以为冷艳姣不愿管他的事，便站起身，说："冷家的……行善，做好事，到了阴曹地府，阎王爷也照应你呢。"

冷竹不识好歹，继续说："我还听人讲您有个外号？叫什么来？对了，叫铁脚康！"

康栓老汉只淡然回应："远喽，几十年前的事。"

冷艳姣抄起了鸡毛掸子，二女儿做了个鬼脸儿，跑了出去。

冷艳姣开始说正题："老人家，我想了半天，倒是想出了一个办法。"

康栓老汉和那年轻人都探过身子，听是怎样的办法。

"我一共五个孩子。"冷艳姣说，"大女儿二女儿都不用我操心了，底下这三个，大的十四岁，二的十一，最小的八岁，是个小子。他们都在青龙镇上小学……你叫什么？"

年轻人规矩地回答："我叫丁德强。"

"丁德强……今年多大了？"

"十九岁。"

"十九岁……老家怎么就会没人了呢？"

"黄河发大水……"

"噢……"冷艳姣朝叫丁德强的小伙儿同情地点头，"咱这柳村有好多都是山东人，好多都因为黄河发了大水。"

康栓老汉等不及："冷掌柜，到底让他干哪样营生？"

冷艳姣说："我想好了，就让他每天赶辆毛驴车，送我这三个孩子上学。放学的时候，再把他们接回来。"

赶毛驴车，接送孩子。康栓说："好，好。"小伙儿说："行，行。"

冷艳姣接着说："这三个孩子都小，每天还要走高水湖那条路，路两边有水，我不放心。他们两个姐姐一人一辆自行车，也没法管他们。有了毛驴车接送，我就放心了。"

康栓站起来："冷家的，你行了好，积了德。"

冷艳姣又直接对姓丁的小伙儿说："只是一早一晚接送，礼拜六礼拜日又不上学，所以，余下的时间你还得到地里去。"

小伙儿说："我在家种过地，也种过稻子。"

冷艳姣觉得满意。然后她又补充了一些规定，诸如，工钱不管多少，暂时不给，等试用一段时间以后再说。吃，和下人们一起吃，他们吃什么你便跟着吃什么。住，则要和拴毛驴的棚子住得近些，因为毛驴白天要喂，夜晚也要喂一顿。牲口全这样，不得夜草不肥。但最主要的，是余下来的时间必须到地里干活儿。

就这样说好了、说定了。康栓反复称赞冷艳姣积德行好，小伙儿也对冷艳姣表示了诚恳的谢意。

冷艳姣帮了一个素不相识的人，便等于帮了康栓，再想一想自己也并不吃亏。

康栓领那小伙儿想走，但冷艳姣又扯起了闲话，说起了那个齐老头儿："齐老头还在家里住着哪？就那么养着他？您哪，也真是的。"

康栓说："死了，几个月前死了。"

冷艳姣高兴地说："阿弥陀佛，可死了。他多大岁数死的？"

"八十一岁。"

"八十一了……天爷，我都活不了那么大岁数。"冷艳姣叹息，"也没听说，听说了，给您老人家出份份礼。"

"他儿子不管他……我们爷儿几个就那么把他埋了。"康栓说。

"这个齐文贵，丧尽天良。"

大女儿冷梅手拿一块紫红色的布回来，说没有纯红色的布，只有这近于红色的紫色布。

人老了，紫红色兴许比纯红色更好些，但如果把整块布送给老汉，老汉肯定不要，因为康栓老汉向来不占人便宜，即便扯下一条，怕也要费些口舌。但冷艳姣坚决扯下一条，硬塞给老汉，老汉不知如何是好，嘴里咕哝着，不知怎样感谢，好像别人送了他一条金子。

康栓最后双手颤抖着收下。冷艳姣觉得一阵痛快，帮了继父一个忙，又送了继父一条红裤腰带。

他们走了。这个叫丁德强的小伙儿明天就要来她冷家当小做活儿的，赶毛驴车。

村里马上知道了康栓老汉又为别人做了一件好事。铸犁铧的那位老者，为了表示感谢，特意打了一把不大却很精致的铁锹，送给康栓。

第二天一早，铸犁铧的上路，离开柳村，依旧推着他们的独轮车。车上载了他们来时的所有东西。

叫丁德强的年轻人留下，留在了柳村。他送铸犁铧的到村外，一直送到那条扬着灰尘的古道上。

十三　恐怖

冷艳姣自从二十一岁搬到了柳村，准确地说是回到了柳村，回到了本就应该属于她的这个家，风风雨雨、担惊受怕，过去了近二十年。

她现在有五个孩子，大女儿、二女儿出落得像朵花一样，三个小的也活泼可爱。大女儿在青龙镇中学当历史教员，高中毕业以后，青龙镇中学的校长劝她留下，她便留下了。大女儿教历史，也并非她偏好历史或在历史上有什么专长，只是因为学校缺少历史教员。另外，大女儿生性温婉，很容易听别人的话。

二女儿冷竹虽然不大听话，但却有一个偏好，很爱看书。二女儿的这个偏好也只有冷艳姣心里明白，便是随了她的父亲季宝来，但又甚过季宝来，看起书废寝忘食、没完没了，在学校里便因为太爱看书，往往耽搁了正经功课。

大女儿二十岁了，应该到了出嫁的年龄。但大女儿不把自己的事放在心上，只一门心思教书，看来别人不帮助她，甚至强令她，她自己是不会主动谈个恋爱的。

冷艳姣细想起来，自己操了多少心、受了多少累呵！自从辞掉了简苗，地里再也没有雇过管家，因为她觉得“管家”本身就很危险，当年包镇祥的父亲，以及简子云，不都做过管家？不都存心不善？冷艳姣只雇了两个“掌班儿”，掌班儿不管家，只管地里干活儿；一个管稻地，一个管旱地。季宝来，真不知为什么，这么多年来就是不管事、就什么都不过问，家里事无巨细均冷艳姣一个人料理，有了麻烦，也她一个人承担。冷艳姣原想，你不管就不管、不过问就不过问，只享你自己的福，却没有料到，季宝来不知足，忽然又抽起大烟来。人一抽大烟便完了，别想再有精神，别想对事再有兴趣，只顾了他的大烟。冷艳姣说他、数落他，两个女儿也劝他，甚至和他闹脾气，而季宝来无动于衷，倒下，托着他的烟枪，吸，吸……吸死了完事！

家里的那辆汽车季宝来后来也不开了。人闲懒，车闲散，长期不开，那辆车最后就变成了一堆废铁，卖给了“打梆鼓儿”的。冷艳姣想再托人买一辆，但买了，谁开？女人开不了汽车，也没见过女人开汽车。如果现在有辆汽车多好，季宝来抖擞起精神多好，开着它，每天接送孩子们上学、放学，也就不用雇个人赶毛驴车了。雇人就要管饭，还要开工钱，多了一份花销。

不管它吧。毛驴车也好，总之三个孩子有了车坐，冷艳姣不再担心孩子们路上的安全，也不再担心孩子们贪玩儿，忘了回家。姓丁的山东小伙儿看去也还可以，老老实实，不多言不多语。早晨起来，小伙儿早把毛驴车备好，在大门口等，三个孩子上了车，车上安装了帆布篷子，三个孩子挤在篷子里，有说有笑。姓丁的小伙儿手里拿了根柳条，赶动毛驴，出了胡同，向北拐，爬上了那条高水湖上、通往翠山围墙下的路。那条路，日本人没投降的时候为了他们自己的需要又修过一次，把石渣路修成了油漆路，现在光光的、平平的，毛驴车走在上面，驴蹄子呱儿呱儿地响。过了高水湖，沿翠山围墙，毛驴车便到了青龙镇，快放学的时候，姓丁的小伙儿又从家赶车，去接他们。中间的这段时间，姓丁的小伙儿很听话，规定他到田里去他就到田里去。

一开始，冷艳姣还出门送一送，站在村口的路坡上，望着毛驴车，望着孩子们。大女儿冷梅是老师，比他们都走得早。二女儿推着自行车跟在毛驴车的后面，不时与车里的妹妹弟弟说笑，偶尔也与赶车的小伙儿说几句，然后，二女儿便骑上车，头前走了。冷艳姣看着，觉得这是一幅清晨的美好图画，感到很温暖，很舒心，于是转身，乐盈盈地回家。

然而，冷艳姣只看，绝不会走上高水湖那条路，更不会一直走到对面。除非特殊情况，比如冬天，稻田里没了人，她才走那条路。平时到青龙镇有个事办，她宁可走土山根儿下那条算不上是路的路。

这条山根下草丛中的路，是人们为了抄近、日久天长生生踩出来的，勉强可以走人，也勉强能走三轮车，但绝对走不了马车。从这条路一直往东，沿着村里人家的后墙，便到了土山最东面的那个山口子。而这个山口子，便是康八爷用"二踢脚"炸了日本人装汽油的山洞炸出来的山口子。出山口子不远，便到了长河边，再沿长河边走不远便到了那条河汊；河汊历经二十多年，依旧发挥着作用，依旧缓缓地流淌着各处汇集来的水。河汊上有个独木桥，过了那桥，再上了路，便到了青龙镇西口。

那桥因为是独木，人们便管这地方叫"一块板儿"。那块板儿约四尺宽、四丈长，横跨在河汊的南北两岸，很险峻，并且听说，"一块板儿"经常闹鬼。

无论柳村、无论青龙镇，女人在家里挨了打、受了气，想不开，便来到"一块板"跳下去。也有男的，心眼窄，穷得连饭吃不上，女人又唠叨没完，便也来到"一块板儿"，寻了短见。桥下的水一丈多深，到了雨季，不再缓、不再静，而是翻滚着，朝长河、朝颐和园的三源闸奔涌。还听说，有人从青龙镇做买卖回来，秤砣忽然从桥上掉下去了，然而那秤砣却不沉底，也不漂走，只在河面上打转，那是在逗你、逗你去捞它……于是到了夜晚，便听到了女人凄苦的哭声，还有男人那一声一声令人毛骨悚然的叹息。即便闹鬼，冷艳姣也愿意走这条路。她之所以要走这条路，一是因为近，二，也是最主要的，便是她走高水湖那条路总感到别扭、感到发怵，有时像吃了苍蝇一样感到恶心。

高水湖上那条路是油漆路，光滑、平坦，然而路两边稻田里干活儿的人，无论是冷家的长工、佃户，还是个别自己种稻、直接去老营子交租的，都光了膀子，远远看去像赤裸着全身，这时候，你从路上过，他们便转头看你；冷艳姣便感到了一种阴冷，感到一种敌意，甚至看到了那帮人脸上的一种淫邪相。而且，他们嘴里也不闲，唱着曲儿，那曲儿是《叹长河》。其实他们也不是唱，只是哼唧，有时也乱吼，但不管是哼唧还是吼，曲儿里面的几句主要的词儿他们唱得很清楚，譬如，"列位明公细听我来言呐，京西哎，出了一件新鲜事……”譬如，“不要脸的丫头哎，你败坏了我的门风……”他们很多年以前就唱，现在还唱。冷艳姣烦这曲儿，厌恶这曲儿，那会让她想起她的过去，也想起吴先生，她的心会酸、会疼。她现在不是“玲子”，更不是沁香楼时的“冷艳姣”，她现在是柳村唯一富户，是堂堂正正、风风光光的冷艳姣！

冷艳姣直到现在也不清楚，这曲儿究竟是从哪里来的？是从城里传到乡下的，还是最早从乡下传到城里去的？那一户姓王的人家、那个为爱上一个长工溺水而死的叫英莲的姑娘，究竟在“京西”的哪个村、哪个店？“长河”呢？是否就是柳村东面的长河？浑浑然不可知，怯怯然不敢打听。

只有在冬天，或者收了工、地里没了人的时候，冷艳姣才在仆人的陪同下来到地里，站到地边或者埂上，望着那两千多亩稻田。这是她的，虽然也向上面交租子，但这稻田是她的，是当年吴先生开出来的，还有那河汊，都属于吴先生的丰功伟绩，高水湖再也不会发大水，再也不会成为一片汪洋。好吧，不管怎样，你们是我手下的长工，是我手下的佃户，不管你们怎样敌视我，我手里有掌班儿，旱地、稻地都有，只要把掌班儿牢牢抓住，秋后给以较高的报酬，日子就得这么过下去，也只能这么过下去，只不轻易走高水湖那条路罢了。

但是，偏偏不让她平平安安地过，又忽然发生了一件事，搅动了她的神经，让她感到寝食不安。

那天，她打开那只樟木箱子，想把“张三爷”的相片拿出来看一看，却无意中发现，她同样放在箱子里的那只首饰盒不见了！首饰盒与“张三爷”的照片以及她与吴先生的结婚照放在了一起，统统在箱子的最底层，然而只首饰盒不见了，其他一切丝毫未动。首饰盒贵重呵，值钱呵，里面有她在沁香楼时得的金银首饰，也有后来吴先生给她买的以及她自己买的珠宝、翡翠之类，现在若把这些卖了，换成钱，足可以再买一处房子或购进几十亩地。自冷艳姣搬来柳村以后这些首饰她就从没戴过，她怕自己年龄大了，被孩子们看不起，反夺了两个如花似玉的女儿的风光。在柳村，身居财主已很惹眼，倘再打扮了，岂不招来更大敌意？

但首饰盒怎么就没了呢？这箱子是长年锁着的，她打开箱子的时候箱子依然是锁着的。怪，十分的怪，难道出了家贼不成？难道两个女儿……难道季宝来……不会，都不会，家里的仆人们轻易进不了她的屋，也没这个胆量；两个女儿道德良好，再说她们也不需要、不待见首饰。季宝来，更不沾边儿，两人早已分床睡，他抽他的大烟，她忙她的家务事，但说是说，数落是数落，从来没少过季宝来的烟钱。

难道，难道……是不是康八爷又出现了？康八爷又回来了？冷艳姣不得不这么想。因为只有康八爷才有这本事，只有康八爷才能干出这种事。

要不然，就是那抢飞机场的……他们把抢回来的木料、铜、锡、日本人后来修的那个山洞里面的木柱子，抢回来自己盖房，于是偷抢惯了，也偷到她冷家来？还有，忍受不了吃“共和面”，早早逃到了张家口外的，现在他们都回来了，满身是虱子，没地方住，有的就睡在村里无论谁家的墙根底下。但他们嘴里说着“八路”、“八路”；八路是打日本人的，日本人败了、跑了，“八路”还想干吗？是不是也偷？

真是！日本人投降了，走了，国民政府回来了，国军回来了，接收了南面的飞机场，老营子那里据说也有了国军，然而怎么还不安宁？还让人感到恐怖？

冷艳姣不敢把首饰盒的事声张出去，怕声张了，会引来更多麻烦。比如，你怎会有那么多贵重首饰？从前干什么？从事什么职业？箱子里还有什么？首饰盒与什么放在一起？等等。

不声张就不声张。但是，紧接着又听说，西河滩那户姓姚的人家，四根金条忽然不翼而飞。再接着，老营子“段”上也出了事。老营子现在不叫“镇”，改叫“段”了。

段上有个崔段长。一天晚上，崔段长从家里出来，不知有什么事，一直往西，经过四岗子；然而第二天一早，便有人看见崔段长的身体被人悬挂在一棵树上……怎么是“被人”悬挂？不会是他自己上吊吗？绝对不是，因为他的脚下既没石头也没砖，距地面二尺多高，他不可能自己跳起来上吊。据说，崔段长的脖子上系着一根细麻绳，麻绳勒进肉里，舌头吐出老长，活活的一个吊死鬼。

崔段长人缘不大好，欺下瞒上，钱财搂得大概也够多。崔段长这样蹊跷的死和这种怪异的死法，人们一下子就想到了康八爷，冷艳姣也想到了康八爷，除了康八爷，谁玩得出这花样？谁又下得了这狠手？

段长都被人弄死了，冷艳姣不过丢了个首饰盒，里面的金银首饰再贵重也没有人的命贵重。冷艳姣也就忍了，从此不再提。

但崔段长毕竟是段长，他的死，从白石桥往西，引起了轩然大波。为官的，有钱的，都格外加了小心；他们晚上不敢出门，白天规规矩矩，上面也下来一伙警察、夹杂着便衣，又开始到处缉拿康八爷。真是，稳坐了江山，还是缉拿康八爷！但冷艳姣不管康八爷叫康八爷，而叫康小八儿。

柳村人，据冷艳姣看，怕的倒不是康小八儿，怕的倒是齐文贵。

此时的包镇祥包保长已经有了自己的村公所。村公所的房子是用被大水冲垮后的涌和楼残存下来的石头和砖盖起来的，只一间房，那房紧挨着村里那庙的东墙，又在墙上开了一个洞，作为门，通进庙里，再把庙的那间屋封死了。如此，从外面看是一间，进到里面便是里屋外屋两间，外屋办公，里屋干什么用？没人知道。村公所一共四个人，除包保长外，还有一个管账的老头儿，另两个，一个是跑腿儿的，另一个便是齐文贵。

齐文贵在村公所混了个“看青”的头儿。什么叫“看青”？看青就是无论旱地、稻地，也无论你种了稻子、玉米、小麦还是菜，快熟的时候总要有人看。否则，便有可能被人偷了，或者被谁家的牲口、家禽踩踏了、啃吃了。齐文贵作为“头儿”，手下有七八个人，这七八个人俱属附近几个村子里的泼皮、无赖，他们包揽、并垄断了所有“看青”的营生。每到庄稼或菜快熟了，齐文贵便挨家挨户地问：“今年用看青吗？用不用？”谁敢说不用？你若摇头说不用，那么好了，指不定哪天早晨起来，你会发现你的菜或庄稼被人消去了一大片，也许是削穗儿，也许是连根拔；也指不定哪天夜里，忽然听到有人喊救火，你急慌慌去看，想不到是你的地里起了火！庄稼烧了，或者把你垛在地边的蒲苫垛点着了，燃起了熊熊大火。谁干的？大家都心知肚明，但谁也不敢说破。你若说破，放心，有更大的报复等着你。你若找他们理论，在齐文贵的带领下，他们个个浑不讲理，反而不依不饶，与你大打出手。善良的庄户人，谁惹那麻烦？只好忍气吞声年年要用齐文贵们来看青。

他们看青，其实也就那么回事。齐文贵带头在地里睡大觉，在地边耍钱，要么就去村里乱串。其实他们也偷你的、拿你的，只是你不敢说，求的是平安，求的是免于更大的损失。一辈子见人只会点头说客气话的齐老头儿，怎么就养出齐文贵这样一个不是人的东西！齐文贵拿到了“看青”钱，分不分包保长一些呢？不知道。

一天，齐文贵真的抓到了一个偷麦子的。

那是个四十岁左右的女人，刚从口外逃难回来，没吃没喝、没地方住；麦子刚绣穗儿不久，还不到收割的时候，那女人便用镰刀削了麦穗子，拿回家去，用鞋底子碾了，蒸那麦粒吃。偷的也正好是她冷艳姣家的麦子。

那女人破衣烂衫，又披头散发、满身的泥污，据说被齐文贵他们打到沟里去。女人的双手被反绑，脖子上还挂了一块木牌，木牌上写了个“偷”字。捆手的绳子很长，由齐文贵手下一个人在前面像牵牲口一样牵着，齐文贵则提了一个缺了半边的锣，一面敲，一面喊：“瞧偷麦子的啰！瞧偷麦子的啰！”

冷艳姣去看了。她本不想十分计较，一个没吃没喝的人，削了些麦穗子，对她冷家也算不上多大的损失。但她又想，家业再大，麦子再多，也架不住一个和一个学、变成人人偷，因此，惩办一下也好。于是，冷艳姣拿出了一笔钱，三千块，好大一摞，给齐文贵作为奖赏。

但齐文贵把钱退了回来，说：“打发谁哪？打发要饭的？”

送钱的人说：“齐爷，不少了。”

齐文贵说：“你和我去青龙镇吃顿饭，看够不够。”

冷艳姣只好又加了三千块。

冷艳姣也不敢得罪齐文贵，因为冷家也需要“看青”，也需依靠齐文贵。你冷家又怎样？光有钱没有势，可以照样偷你、毁你，照样让你的苫垛着火！

让冷艳姣更腻烦的是包保长。

她没有想到，打败了日本人，胜利了，包保长一个芝麻粒儿大的官儿，依旧想尽办法捞钱。她又听说，打日本人的时候有发“国难财”的，现在，有发“接收财”的。

那个村公所不坐北朝南，而是坐南朝北。从街面上，只能看见房子的后墙上挂着一块牌子，牌子上写：北平市第十三段柳村村公所。冷艳姣有所耳闻，村公所里，那间由庙屋变成的里屋，每天都在干什么用。柳村南头，有一户人家，那家有个女人，三十出头，姓何，叫何玉香。她的男人是个半瘫，永远猫腰走路，头几乎触到地面，人也瘦得像把柴禾，于是那叫何玉香的女人便常来村公所，常进里屋。他们说笑打闹，也喝酒，打牌，还干些龌龊事。

一天，包保长又来到了冷家。他来冷家很方便，从村公所往东走几步，再往北拐个弯，便进入了那条宽敞的胡同。并且，包保长今天把他的儿子也带来了。他儿子叫包进，二十岁出头。

据说康八爷早已逃到察哈尔去了。因此，包保长不再如前些日子那样紧张、那样害怕、处处加着小心，他现在变得轻松，指着他的儿子，说："我本不想让他进入官场，只让他好好做买卖。这孩子，他不听，非看我好、非要顶我的班不可。"

"接替您当保长？"冷艳姣问。

"保长也不是那么好当的。"包保长咧嘴，"我参加过北伐，受过伤，又怎样？混到现在还不只是个保长？"

冷艳姣指包进："他不是在青龙镇倒腾粮食吗？不干了？"

"不干了。"包保长说，"所以只好带一带他，让他出来认认门儿。"

认门儿，自然是认她冷家的门儿。冷艳姣暗中叫苦，但面儿上却说："该了，也该了。您五十岁了吧？儿子该接替了。"

上了茶、点心，还有香烟。包保长抽烟，他儿子包进也抽烟，包保长一面划火柴一面叹着气说："不好干呦！眼前的事没忙完，上面又一件一件往下压任务。"

"任务"，冷艳姣一听"任务"俩字便恶心，心里便扑通。

包保长打发儿子走，说："行了，今儿个你认了门儿，也见了你冷婶儿，忙你的去吧。"

包进叼着一根烟，朝冷艳姣点了点头，说："往后求冷婶儿多照应。"便走了出去。

冷艳姣不说话，手里攥着个苍蝇拍儿，追打着屋里一只不知是苍蝇还是蚊子。

“上面又下来什么任务呢？”包保长只好自说自话了，“任务就是要装扮一下那庙，在庙前头立一根旗杆，要升国旗。还要在庙两边的墙上镶几个大方块字。冷掌柜，你说镶什么字好？是‘慈悲为怀’好，还是‘大慈大悲’好？然后，再在庙里树一块碑，凡是出钱的，以及出了多少钱，统统把人名刻在碑上。”

“刚进六月，就有蚊子。”冷艳姣说着，把蝇拍上她打到的一个小黑点儿指给包保长看。

包保长的脸却呱嗒下来，正颜厉色地说：“你别装做什么都没听见。告诉你，我说的这些都为了一个运动，叫新生活运动。上面要来人检查的。”

“爱任务就任务、爱运动就运动，反正我不出钱。”冷艳姣直截了当、捅破了说。

“新生活运动人人有份，凭什么你不出钱？”包保长的口气更加严厉，“告诉你，庙前那条道也要好好修一修。新生活嘛，开展体育比赛，比赛跑，赛跳高儿、赛跳远儿。”

“我出了无数次钱，出了数不清的钱。”冷艳姣感到委屈，眼泪要掉下来。

包保长却盯住不放：“这次不打算出了？嗯？”

“不打算出了。”冷艳姣给了肯定的回答。

“好，如果我向上面反映，说柳村姓冷的大户带头不出钱，不拥护新生活运动，那会怎样呢？”

“爱怎样怎样。”

“反了你！”包保长“啪”地一声拍了桌子。

冷艳姣豁出去，朝包保长诡秘而又轻佻地一笑：“保长哎，人家是小孩子吗？人家没见过世面吗？柳村这些年的公粮，多少我也知道一些。”

包保长两眼瞪着她。

冷艳姣接着说：“今年开春，又让交，说是救济一下逃难回来的灾民。我出了两石，小门小户有出一斗的，有出二斗的，请问这些粮食都哪儿去了？”

“哪儿去了，都上交了！”包保长理直气壮。

“可是您的儿子包进在青龙镇集市上一连卖了十多天，哪儿来的粮食？”冷艳姣歪着头，半笑不笑。

包保长先是发愣，后也轻佻地笑着说：“有一个吴开基吴先生，对不对？他第一次去老营子的时候我还没回来。可是后来我听说，您就是吴夫人……请问你是怎么当上吴夫人的？从前干什么职业？讨饭？舔碟子？还是……那叫什么楼？”

冷艳姣一下子傻了眼：“你，你还听说了什么？”

“别的没听说，只知道冷掌柜从前不那么光彩。”

阴毒、老奸巨滑！想不到姓包的袖口里掩了一把毒剑，本想和他斗一斗，却没有斗过他，不知他从哪知道了她的一些身世。但冷艳姣也暗暗舒了一口气，她庆幸，庆幸包保长只知道后面，只知道“沁香楼”，再往前，他不知道。如果知道她本不姓冷，应姓张；后来姓康，应该叫康玲子。那么，一切的一切……就再也瞒不住，更多的麻烦也就随之而来。

“你去说吧，到老营子告我，说我贪污公粮。”包保长胸有成竹，继续反攻，“不过，你要小心，拔出萝卜带出泥来，你吃不了兜着走。”

冷艳姣胆怯了，她真的不敢去说。她只不过想吓唬一下包保长，以求得自己的安全，起码少出些钱。于是冷艳姣划着了火柴，为包保长点着了一支烟。

包保长没有接烟，甩下一句“你自己看着办”，拂袖而去。

十户为一甲，十甲为一保。十甲便是一百户，柳村有二十多“甲”，人口一千多，包保长是个大保长，得罪不起。况且以后还需求人家把嘴守得严实一些，不要把她冷艳姣的身世吐露半点。

懂了，想通了，也就忍了。第二天，冷艳姣主动去了村公所。

村公所里，管账的老头儿正在外间屋打盹儿，见冷艳姣来了，朝里屋指了指，冷艳姣同时听到了里屋打牌的声音和说笑的声音。

进了里屋，打牌的四个人有包保长，有另外村子的两个保长，还有一个是齐文贵。那个叫何玉香的女人也在，站在包保长身后。

冷艳姣玩笑地说：“好哇，大白天你们打牌！”

“冷掌柜既来了，也打两把。”一个保长说。

包保长一面码牌，一面颇为正经："本打算今天开个会，把甲长们都叫来。看这任务怎么完成，钱怎个出法，谁应该出？该出多少。"

冷艳姣迎合着说："保长哎，任务要紧，身子骨也要紧，该乐和也得乐和。"

说着，冷艳姣替下了齐文贵，也坐下来打牌。

冷艳姣当然会打牌，在沁香楼学过，陪客人打过；后来在吴先生家，也替吴先生打过。但这一次打牌，她使了些伎俩，把把让包保长"和"。她输了不少，包保长赢了不少。赢，不容易，输，很简单。

但其他人不干了，起讧叫嚷："你们俩串通了！老包哪来那么好的手气？"

叫何玉香的女人笑弯了腰。

包保长也笑："好好，晌午了，我请你们青龙镇吃一顿，行不行？"

冷艳姣指着包保长对大家说："就他胳肢窝那点汗，太阳一晒就没了，还是我请吧。"

这样的场合，冷艳姣觉得是个机会，不光可以讨好一下包保长、圆一圆自己的面子，外村的两个保长，以后说不定也有用到人家的地方。于是，冷艳姣打发外屋管账的老头儿，把家里的小做活儿丁德强叫来，把毛驴车赶到村公所。

不多一会儿，丁德强赶着毛驴车来了。但车篷里坐不下四个成年人，况且，冷艳姣是女的，不好和三个男人挤在一起。

"你也去吧。"冷艳姣对何玉香说。她可怜这个女人，年方三十，便不顾脸面，只因家里的男人是个残废，又有个两三岁的孩子。又听说，那个孩子大约是包保长的；不管是不是，她们一家三口都要吃饭呵。

齐文贵在冷艳姣换下他打牌以后便走了。现在剩下了三男两女，包保长和另外两个保长只好各骑了他们自己的自行车，冷艳姣与何玉香则坐了毛驴车。

高水湖上，路两边空荡荡没有人，干活儿的全回去吃晌饭了。今年热得早，刚进六月，太阳便和下火一般。

青龙镇上有好几家饭馆。冷艳姣捡了个最好的，要了一桌子菜。

三个保长喝得红头胀脸，又都赤胸露怀。此时，何玉香也就成了他们之间推来搡去的一个玩物。

包保长提议："吃完了，咱们去河汊子洗澡。"

另一个保长说："敢情，大热天往水里一泡，给个县长也不换！"

第三个保长说："老包，脱光眼子洗，你敢不敢？"

包保长拉开架式："怎不敢？我让玉香给我搓脊梁，信不信？"

三个人都说信，继而大笑。

很远喽……眼前这情景冷艳姣并不陌生，只是大同小异，只是在城里。而此时，在乡下，在小小的一个青龙镇，竟也出现了这样的情景，这是民国三十五年了呵，一切都应该有所变化才对。同时，冷艳姣有些后悔，后悔不该让何玉香来。

十四　恋爱了

说青龙镇小，也只是冷艳姣看来。别人看来，青龙镇再也不是以前的青龙镇，而是一个名符其实、有相当规模的大镇子。青龙镇上有一所中学、一所小学，小学成立于十年前；中学更早一些，据说是一位京戏名角捐资修建的。

冷梅，冷艳姣的大女儿，在青龙镇中学教初中历史。历史课不同于其他的课，中国人祖祖辈辈就经历了那样一些历史事件，你只需按课本备课，在课堂上再认认真真讲了，作为教员，便算做好了你的工作。况且冷梅在上中学的时候已学过这些历史，因此她教起来一点也不费劲。冷梅又是个很仔细、很负责的人，细心地备课，细心地为学生们批改作业。

青龙镇中学的校长姓钱，叫钱之章，四十四五岁年纪，是真正的北师大毕业生。冷梅对钱校长了解不多，因为她从头年暑期过后才当教员，到今年春天，才教了不足一年学。但钱校长对她早有所留意，很喜欢这个高中生在学习上的认真努力，喜欢她在为人处事方面的温和、宽厚，所以才找她谈，让她留下做一名老师。冷梅后来听说，钱校长原来还是个国民党员，国民党宪兵三团的蒋孝先在北平的时候，钱校长还和蒋孝先有过交往。其他老师说，如果蒋孝先不在一九三六年西安事变的时候死去，钱校长可能不会在青龙镇中学当校长，可能会在城里譬如育英中学、孔德中学或者男四中、女三中那样的中学当校长。

冷梅二十岁了，虽然是个中学老师，但无论在学校还是社会上，都已算是年龄很大的姑娘。钱校长一直关心她，对她的家庭也有所了解，当问到冷梅自己的婚姻大事的时候，冷梅往往低了头，像少女般红了脸。一天，刚下了课，冷梅从教室出来，钱校长站在校长室门口点手叫她。

钱校长原也是个诚恳而又温和的人。他从不摆校长架子，更不发脾气、耍蛮横。冷梅进了校长室，坐下，钱校长说："冷梅呵，今天特意找你谈一谈。"

冷梅脸红了，猜到钱校长要和她谈什么。

钱校长说："是这样。我有个亲戚，叫陈兆宗，今年二十二岁，比你大两岁，在市里三民主义青年团支部工作。人嘛，是我看着长大的，很不错，是个很正派的青年，对自己也很要求进步。身体嘛，也很健壮，怎么样？要不要考虑一下？"

冷梅红着脸问："亲戚？是您什么亲戚？"

钱校长回答："是我小孩儿舅舅的儿子。也就是说，我是他的姑夫，他是我的内侄。"

"是钱师母的什么人？"

钱校长笑："当然是你钱师母的亲侄子了。陈兆宗的父亲比你钱师母大两岁，是你钱师母的亲哥哥。"

冷梅不说话。实际上她不想这么早谈恋爱、结婚，因为家里有个吸嗜大烟的父亲，还有三个妹妹一个弟弟，而那个弟弟又很小，她想再帮母亲几年，让母亲省一些心，她多操一些心。

钱校长似乎看出了她的心思，说："不会影响你现在的家庭，反过来，倒能帮助你现在的家庭。俗话讲，一个女婿半个儿嘛，谈成了，你家里不是等于多了一个大男人？"

冷梅开始犹豫。但她绝不敢点头，因为不知道母亲同意还是不同意。她又不好摇头，因为是钱校长出面做媒，又是钱校长那么近的亲戚。于是冷梅请求钱校长，容她好好考虑一下。

钱校长通情达理，说:“当然。这是你个人的私事，谁也不能勉强你。即使见了面，谈了，但凡有一方不同意，这事咱们就等于没说。”

上课铃响了。冷梅临出校长室的门，钱校长又补充说：“我把你的情况都已经和他们讲了。他们一家子都很高兴。陈兆宗嘛，一心想见到你本人。”

放学以后，冷梅回到家里，仍然犹豫着。她不知道该不该和母亲说，因为母亲曾给她提过人，是青龙镇上一个开布铺的，冷梅不吭声，没点头也没摇头，她不喜欢商人，也不愿像母亲那样，十九岁结婚，二十岁生了她，二十二岁生了冷竹。看现在的母亲，脸上老早添了皱纹，且整日为家、为孩子没完没了地操劳。但如果不和母亲说，万一钱校长抓住这件事不放怎么办？万一钱校长所说的那个陈兆宗确实不错，甚至很好，是她所喜欢的那种青年，又怎么办？那时如果再点头，便等于向母亲隐瞒了，等于先斩后奏。冷梅不是那样不明事理的人，她更懂得什么叫孝顺。

果然，没过几天，钱校长在教室门口又把她拦住，告诉她，明天是星期六，请她到家里吃饭。因为那个叫陈兆宗的要来，他们需要见一面。

冷梅想，见就见，豁出去。反正成与不成，全在自己。

钱校长的家就在青龙镇，距学校不远。于是第二天中午下了课，冷梅推着自行车，和钱校长一起，回了钱校长的家。

和自己的家比较起来，冷梅觉得钱校长的家很洋气。自己家的房是四梁八柱、前出廊后出厦，屋里是太师椅、元宝凳、八仙桌子，而钱校长的家是洋房，屋里有吊灯，有沙发、茶几，有洋式躺椅。钱师母是城里一家医院的大夫，也比自己母亲洋气、时髦了许多。钱校长结婚晚，三个孩子都小，最大的才十六岁。但他们都留着小分头，穿着一色的学生装，且都不在青龙镇上学，而在城里的学校上学、住校。星期六，三个孩子才回来，都很有礼貌地朝冷梅鞠躬，喊她“冷老师”。钱师母也非常热情，问冷梅累不累？身体怎么样？家里怎么样？等等。

钱校长家有保姆，预备了好大一桌子菜。茶几上还有水果、汽水和糖。钱师母反而自嘲地说：“冷老师呵，陈兆宗是我的亲侄子，我就不跟你讲客气了。”

三个孩子提前吃，各端了碗，回自己屋去。

然而要等的陈兆宗，却迟迟不见进门。

“装个电话真难。”钱校长说，“局里不管，学校又没钱。自己出，光线钱也出不起。”

“这孩子……”钱师母指陈兆宗，“肯定被什么事耽搁了。”

钱校长还说电话：“不光我，兆宗的父亲，是市里的一个科员，同样装不起电话。”

忽然，听见皮鞋响，接着，一个高个子青年大踏步走了进来。这青年穿着一身笔挺的蓝制服，气宇轩昂，面色微红。他进门叫了“姑夫”、“姑姑”，然后将目光落在冷梅身上。

“你怎么才来？”钱师母埋怨道。

“我刚参加完了一个集体婚礼。”青年说，很礼貌地朝冷梅点了点头。

“什么事比你今天的事重要？”钱校长带着批评的口吻。

“我就说嘛，被事耽搁住了。”钱师母打圆场，又问，“你是怎么来的？”

青年坐在沙发上：“市党部的车送我来的。我说求你们了，你们结婚，我呢？我今天的事十万火急！”

“好了。”钱校长止住，然后对冷梅，“冷老师，这就是陈兆宗。”又对陈兆宗，“兆宗呵，百闻不如一见，这就是我和你说起的冷梅冷老师。”

陈兆宗主动伸出了手。冷梅也伸出手，两人握了。老实说，冷梅这还是第一次与青年男人握手。

大家落座以后钱师母开了香槟，香槟喷出白色的泡沫。钱校长又开了一瓶白酒，给冷梅倒，给陈兆宗倒。但冷梅不喝酒，从来没喝过，连香槟也不喝。陈兆宗也不喝，说：“刚才在婚礼上我喝了几口白酒，看我脸红的！”

钱师母不无夸赞地说：“兆宗这孩子向来烟酒不动。小的时候，他爸往他嘴里稍稍抹了一点，把他辣得要哭。”

钱师母和钱校长不停地往冷梅碗里夹菜。一面吃，钱校长问陈兆宗：“你说什么婚礼？集体婚礼？”

陈兆宗说：“一共十对儿。有市党部的，有市三青团支部的，还有两对儿头年毕业的大学生。”

钱校长一个人喝酒：“我猜，是不是和当下的新生活运动有关？”

“当然了。”陈兆宗承认，大口吃着饭，“北平这方面很落后，人家天津、上海，新生活运动早搞得热火朝天！”

钱校长说：“其实，十多年前委员长在江西就已经搞过这个运动了，但是虎头蛇尾。”

陈兆宗说：“所以现在要重新搞起来。”

钱校长摇头。

“怎么？您不相信还是没有信心？”陈兆宗问，自己去盛饭，“姑夫，别忘了，您可是个国民党员呵！”

“我有没有信心无所谓。”钱校长抿了一口酒，“我们都老了，你们年轻人搞吧。”

“这是全体民众的事。”陈兆宗说，“我们三青团只不过打打前锋而已。”

钱校长喝了两盅酒，脸上也像陈兆宗似的有些红：“兆宗呵，你认为现在开展新生活运动，就能取得实际成效吗？”

“当然。”陈兆宗很喜欢说“当然”，表示他的肯定，“因为目前时机最好，形势非常有利。”

“好在哪里？怎么有利？”钱校长似在对陈兆宗进行考试。

陈兆宗则回答得很严肃：“您看，国共两党在重庆的谈判已经成功，共产党无奈之下只好接受了政府提出的条件。中国从此不会再有内战。”

“哦？你认为中国就不会爆发内战了？”钱校长望着陈兆宗，“告诉你，委员长只不过没有充分的时间从南方把军队调来北方罢了。共产党呢，说不定也只是利用谈判，在做着战争准备。”

“不可能，委员长不可能！”陈兆宗肯定地说，“共产党倒说不定。”

钱师母打断了他们，不让他们再说下去。

陈兆宗很快吃完了。他说因为急着要来，所以在那个集体婚礼上根本没机会吃饭，只喝了几口酒。

陈兆宗放下碗筷又对钱校长说:“如果再打内战，责任也全在共产党。因为政府是实心实意的，委员长也是实心实意的。”

“还分什么政府、委员长……”钱校长含蓄地笑，“政府就是委员长，委员长就是政府。”

钱师母又拦他们，却没有拦住。钱校长似乎要教训一下陈兆宗，又给自己倒上了一盅酒以后，说："目前在中国，是国民党一党专政。专政，你懂不懂？社会精英、民主人士，无论怎样说、怎样建议，委员长绝不会放弃一党专政，不会那么心甘情愿地实行两党或多党民主协商制度。你知道目前中国有多少党派吗？除去共产党，还有民盟、民革、民建、九三学社等等再说，重庆谈判所签订的协议里很重要的一条是军队国家化；怎么国家化？在中国，政党就是国家，国家就是政党。难道你要国民党、要委员长放弃对军队的指挥权吗？笑话，简直是笑话。"

陈兆宗似乎不屑于和钱校长再争论，只一眼一眼看冷梅。

冷梅也吃完了。但为了礼貌，她仍坐在桌边不动，等着钱校长。

钱校长却还在说："目前在中国，民主自由，言论、出版、集会、结社等等等，全是废话，全是空话。"

"姑父，您不要信口开河。"陈兆宗离开桌子，坐到沙发上去。

"兆宗！"钱师母朝陈兆宗瞪了一眼，似在责备陈兆宗不该和钱校长那样说话。

钱校长却不计较，只顾他自己说下去："据我所知，世界上除英、美、法三个国家，还没有任何一个国家真正实行了民主自由。中国，中国呵……阻力太大，太难了。"

陈兆宗竟然对钱校长提出了质问："依您讲，我们要建立一个和平、民主、自由平等的中国就没有指望了？"

钱校长说："这些问题，我曾经和你父亲谈论过，再早也和蒋孝先争论过，但无论谈还是争，都没有个明确的结果。"

钱校长吃得很少，只吃了那半小碗饭便站起身，冷梅想听钱校长继续说，但钱校长不说了，坐到沙发上，出神。

冷梅也坐回到沙发上。钱师母对冷梅说钱校长："少喝点酒、少说点话，多吃点饭好不好？也免得那么瘦。"

钱校长确实瘦，此时也微有醉意，懒懒地说："唐朝李世民有言，我肥则天下瘦，我瘦则天下肥。"

钱师母过去拉钱校长："好啦好啦，咱回屋吧，让他们俩好好说话儿。"

保姆开始收拾桌椅碗筷，钱校长随钱师母回他们自己屋去了。

此时，客厅里只剩了冷梅和陈兆宗两人。

冷梅突然感到了紧张。

陈兆宗远远望着她，那样子，也很紧张。

刚才离开饭桌……冷梅想，也应她冷梅先离开，陈兆宗后离开。而陈兆宗先离开了饭桌，这个人似乎不大讲究礼貌。

不过这个青年还算直爽，不喝酒，说不喝就不喝；饿了，说吃饭便吃饭，而且吃得很快。

和钱校长大谈内战、民主自由、专政、统一等等，冷梅听不太懂。冷梅在这方面很少接触，更没有具体、深入思考过。她教历史，严格地说也只是照本宣科，譬如"李自成起义"、"满清入关"、"鸦片战争"、"辛亥革命"……也是讲完了就完。但冷梅又想，设若真的建立起一个统一的、和平的、又民主又自由的社会，那将是个多么好的社会！又是个多么好的中国！陈兆宗具有这方面的思想，而且做着这方面的工作。钱校长说他"对自己很要求进步"，大约指的就是这些。冷梅感到，陈兆宗给她的初步印象还可以。

陈兆宗朝她走过来，坐到了她的身边。

冷梅不好移动身体，但她把目光移开，望着别处。

"冷梅同志……"

他开口叫她"同志"；在学校，在其他地方，还没有人喊过她"同志"。

陈兆宗说："我的情况你都清楚了吧？反正你的情况我都清楚了。"

陈兆宗开始变得从容、镇定。冷梅的脸却红起来。

"我喜欢。"陈兆宗直视着冷梅，"姑夫一开始介绍你我就喜欢，见了面，更喜欢。"

他竟然这么直截了当，又这么不讲客套。冷梅将头垂下去，不知该说什么。

"我父亲在市政厅上班，是个普通的科员。我母亲和你一样，也是中学教师。"陈兆宗又说。

冷梅抬起头，但说话的声音很小："我是乡下人。家里虽然不穷，但是很土。"

"土和穷，都要改变。"陈兆宗忽然像抓住了很好的话题，"我们为什么要开展新生活运动？就是要改变旧的面貌，把它变成新的面貌，变成新的生活方式和新的生活习惯。”

关于新生活运动，冷梅不甚了了。想了想，她问：“怎样改变呢？”

“当然从我做起，从小事做起，一点一滴地做起。这是新生活运动最根本的要求。”

冷梅箍起嘴，不知怎样才能与陈兆宗的话相衔接。

陈兆宗又说：“冷梅同志，你觉得我姑夫这人怎么样？”

对钱校长，冷梅绝无二话，也说出了“当然”俩字：“钱校长当然是个很好的人。”

陈兆宗却说：“作为一个国民党员，他的话许多都不对。我们作为三青团的团员，千万不能被这些话迷惑了，一定要坚定信心，为诞生一个统一的、民主自由的中国努力奋斗。”

“可是，钱校长很夸你呢。”冷梅说，声音同样很小、很轻。

陈兆宗笑了：“其实我也没什么好夸的。我只是没有私心杂念，一心一意干好工作。”

“我不是三青团员。”冷梅做了声明。

“你不是？”

“不是。”

陈兆宗似乎有些失望，只好说自己：“我很早。在学校上高中的时候我就加入了三青团，开始接受系统教育。”

冷梅“哦”了一声，自愧不如。

陈兆宗忽然从沙发上站起来，面对着冷梅：“我马上就要来青龙镇了。我们要在青龙镇设立一个工作点儿，开展附近几个村庄的新生活运动。”

“来青龙镇？”

“对。因为三青团不光是这个运动的先锋，更是这个运动的主力军。”陈兆宗说起政治词语流畅而娴熟，“同时，开展这个运动也是广大青年的责任。”

同样，冷梅不知说什么好。她只随便问一句：“去不去柳村？”

“当然去。”陈兆宗又说“当然”，“新生活运动不分城市不分乡村，也不按系统、不按行政。新生活运动需要全民动员，轰轰烈烈地开展，从我做起，从小事做起。”

“可是，柳村属于十三段，青龙镇属于十六段。”冷梅又随口说。

“我说过了，不分系统，不按行政。”

冷梅不禁有些感动了，眼前这个青年真的很认真，那样子真的很诚恳。但冷梅终不知这新生活运动究竟怎样开展法，在报纸上，她见过“新生活运动”的口号和标题，但没有读过这方面的文章，因为那些“军政头目”、“倒买倒卖”、“买空卖空”、“商品奇缺”和“货币泛滥”等等字样往往充斥了报纸版面，倒更惹眼、更让人关心。

“去柳村，希望得到你的帮助和配合。”这时候，陈兆宗向冷梅发出请求，态度更加诚恳。

冷梅虽然不是三青团员，却也自知是个要求进步的、正派的现代青年，且又是一名教师。于是她笑了一下，点点头，表示答应了陈兆宗的要求。冷梅住在柳村，柳村是她的家，她也真的想亲眼看一看这新生活运动到底是怎样一个开展法。特别是在柳村。

陈兆宗伸出手，抓住冷梅的手，一连摇了三下。

冷梅看了看手表，吃完了饭已是三点多，此时客厅里的挂钟敲了五点。每天的这个时候，不但早已放了学，冷梅也已在回家的路上了。

然而他们谈了什么？大多谈了新生活运动。那是工作，那是关于社会。

但必须马上走，因为事前没有和母亲说。若回去太晚了，母亲便要问，那时该不该和母亲说呢？而说又说不准、说不清楚，反而会让母亲反复地问、反复地打听，不但给母亲造成心理负担，也会给自己造成心理负担。

冷梅站起身，朝里面叫道：“钱校长，钱师母，我回去了！”

钱校长和钱师母出来，问他们谈得怎么样？陈兆宗说“谈得很好”。冷梅也点头说“很好”。

钱师母还要留他们吃晚饭。但陈兆宗说他也走，回去还有事。

“兆宗，送送冷老师！”钱师母拉着冷梅的手，恋恋不舍的样子。

钱校长以鼓励的口气对冷梅说：“慢慢处，好好地处。”

钱师母、钱校长送他们到门外。冷梅和陈兆宗一起，离开钱校长的家。

冷梅不好骑上自行车，只好陪陈兆宗走路。陈兆宗指指南面：“过了那山，是不是就是柳村？”

冷梅说：“是。”

“骑上吧，快一些。”陈兆宗拍拍冷梅的自行车。

冷梅问：“你怎么走？”

“每年我都要来姑姑家两趟。”陈兆宗说，“我跑步，到青龙镇桥那儿有三轮车。”

青龙镇那桥的两侧，的确每天都有三轮车。但距那桥还有二里多远，陈兆宗却要跑步。

到了马路，陈兆宗又主动伸出手，和冷梅握了。然后，冷梅看着陈兆宗，陈兆宗真的甩开大步，以一种军人的姿态，开始跑起来，一直到他跑没了影儿。

陈兆宗……他叫陈兆宗，对不对？冷梅边走边想，她谈恋爱了，开始恋爱了，这个人就叫陈兆宗。若说好、喜欢，便有好和喜欢的地方，比如这个人直爽、坦诚，钱校长说“身体健壮”，看来也是确实的。若说不好、不喜欢，也有不好和不喜欢的地方，比如对工作积极认真可以，但你不能只谈工作……把我冷梅放在哪里？要知道，这是我冷梅第一次恋爱，十分重视、十分用心，你切不可以把这当儿戏。

你还要知道，其实我冷梅也有人追求，不是没人追求，我只是不想谈恋爱，想在家多待几年，帮助母亲。再有，我长得难看吗？一点不难看，个子比一般女人高，身材也匀称、不胖不瘦……只是比我的妹妹冷竹胆子小一点儿。

冷梅这么想着，到了“一块板儿”。

每天放学冷梅都不走翠山围墙下到高水湖那条路，只走河汊子、沿长河边儿、过“一块板儿”、再进山口子回家，除非冬天，高水湖那条路两边没了人。而现在是夏天，太阳又远远没有落山，高水湖上当然还有许多人干活儿，母亲不愿走那条路，冷梅也不愿走那条路，不愿走的原因她觉得和母亲一样，那些干活儿的人光着、露着，说着粗野的话、唱着低级下流的小曲儿，母亲忌讳、发怵，冷梅一个二十岁的姑娘，更忌讳、更发怵。

然而冷梅以前走“一块板儿”这条路是害怕的，因为“一块板儿”闹鬼。

后来她不怕了，为什么不怕了？因为冷竹的缘故，因为冷竹胆大，破解了许多“闹鬼”的迷信。

譬如，秤砣掉下去了，浮在水面，不沉，而且在原地打转……冷竹在学校请教了“自然”课的老师，回来对她说，姐，那是因为水中的旋涡在起作用，就好像旋风，能把人裹起来，而且可以裹向天空，让你落不下来；这道理就和那秤砣不但不沉、反而原地打转的道理是一样的。譬如，一个卖虾的人，天黑了卖完了虾，从一块板儿上经过，忽然感觉身后有人在猛力地拽，他使劲迈步，却迈不动，于是那人连席篓子带绳子全不要了！只扛着根扁担跑回了家。冷竹不服、不认可，又亲自去村里找了那卖虾的老头儿，那老头儿告诉她，哪呵！是我席篓上的绳子卡在木板缝里了，也没敢回头看，就跑了。第二天去看，绳子还在那儿卡着，席篓子也还在桥上扔着，是我自个儿把自个儿吓唬了。冷竹说，姐你看，这就是瞎传，一个传俩，俩传仨，就成了闹鬼。还有什么“女人的哭声”、“男人的叹息”，全狗屁，全是以讹传讹。

冷梅和冷竹同住一屋，平时替母亲管束着冷竹。但冷梅又不得不佩服妹妹冷竹，从此她不怕了，每天坦坦然然走过“一块板儿”，看，西山山顶的火烧云绚丽多姿，比清晨的彩霞还漂亮。

十五　开展

陈兆宗说要到柳村来，来开展新生活运动。几天以后，他果然来了。

这个消息是钱师母告诉钱校长的，钱校长又通知了冷梅。钱师母是大夫，在城里的医院工作，陈兆宗家住在城里，他们和钱师母通了话。钱校长告知冷梅的时候主动提出要为冷梅代课，让冷梅一心一意陪同陈兆宗、帮助陈兆宗，至于“新生活运动”，钱校长倒并不在意，其重要目的是为了增加冷梅和陈兆宗接触的机会，以加深了解、增进感情。

这一天，冷梅吃过了早饭，走出家门，站在了胡同口。

看到了包保长。包保长着实来了劲，正带领几个人往墙上刷白灰，但村里多半是土坯墙，不沾灰，因此那墙刷得东一缕西一道，有的地方刚刚刷上，一转身连墙皮也一起沾了下来。村公所管账的老头儿手里捏着几面小纸旗，摇晃着，交给了包保长。小纸旗上写的是“热烈欢迎新生活运动！”以及“热烈欢迎长官视察！”长官？什么长官？谁是长官？冷梅觉得好笑。这时候，包保长看见了她，大声说道：“冷老师呵，段上前几天就下了旨，这工作得好好干！”

冷梅没有搭腔，想转身回去。但刚走几步，便听有人喊：“来了！来了！”回头看，刷白灰的人不刷了，纷纷晃着小旗，朝北面奔迎过去。

来了，真的来了，来的人是陈兆宗。

陈兆宗今天穿了白衬衫、蓝裤子，还背了一个很新很大的草帽；衬衫袖子高高挽起，露出他健壮的胳膊，是一种朴素的、与民同甘共苦的模样。

冷梅主动上前，尽地主之谊，和陈兆宗握了手。

陈兆宗说：“作为三青团一个支部的书记长，我说到做到，在青龙镇设了一个点儿。”

冷梅问：“设在哪儿了？”

陈兆宗说：“就在镇公所的院子里。有时间你去看一看，很简单，一张桌子，两把椅子。”

然后，陈兆宗介绍了与他同来的两个人，说这两个人“都是三青团员，是和我一起工作的同志”。

他们都骑了自行车，那两个人的自行车后架上还绑了两个纸箱子，箱子里装的不知是什么。陈兆宗又介绍冷梅：“这位是冷梅冷老师，今天做我们的向导。”

“向导”，冷梅觉得这词用得不合适，因为不是旅游，更不是探险。

包保长见来的虽不是什么“长官”，但却和冷梅相当熟悉，便说：“太好了。陈同志，今天什么任务？就由我们几个兄弟和这两位兄弟完成，您和冷老师就不用去了。”

陈兆宗却并不理会包保长，只打开那两个人自行车后面的纸箱，从里面拿出了一样东西。冷梅看，那东西很像在青龙镇街上吃过的“豌豆黄儿”。

陈兆宗说："这是肥皂。家家发，每户一块。"

冷梅莫名其妙："发肥皂干吗？"

陈兆宗说："新生活运动很重要的一项内容就是讲究卫生。"

包保长十分殷勤，几乎拉着陈兆宗的胳膊，朝胡同里面走。

这条胡同基本就算冷家的胡同，坐北朝南全是冷家的房，有碾房、收租房、账房和盛粮食的库房。包保长说："陈同志你看，青堂瓦舍，柳村的百姓可幸福呢！"

走过冷梅的家门口，冷梅不得不让："进去坐一会儿吧？歇一歇。"

"你家就住在这儿？"陈兆宗问。

冷梅点了点头。

陈兆宗说："今天就不进去了，要抓紧，因为我们同时在几个村子开展，青龙镇也是我们三青团设立的唯一点儿。"

出了胡同，拐到南面那条街上，包保长指着村公所："进去吧，看看我们村公所。"

陈兆宗看见沿街的墙上被刷得花里胡哨："谁干的？难看死了。"

而包保长又指着庙："陈同志呵，我们打算在庙前树一根旗杆，早上升旗，晚上降旗。"

陈兆宗为此叫好："不但要升旗，还要唱国歌！"

包保长受了鼓舞："我们还打算修一修庙前这条路。不是要开展体育比赛吗？"

"可以比赛跑，也可以比赛竞走。"陈兆宗说。

包保长高兴地拍了巴掌："三青团和我们段上的要求完全一致！"

陈兆宗带着批评的口吻："新生活运动是一个号召，一个宗旨，不可能两种要求。"

"陈同志呵，你说要在这两边的墙上镶字，镶几个什么字好呢？是大慈大悲？还是慈悲为怀？"

陈兆宗不耐烦了："怎么还迷信？全不要！要镶也镶'和平建国'或者'民主建国'。"

包保长频频点头、唯唯诺诺。

不走了，站住。陈兆宗做了决定，让包保长引领与他同来的两个青年去挨家挨户送肥皂。陈兆宗和冷梅两个人去地里，向地里干活儿的人仔细讲解新生活运动的逐条内容。陈兆宗同时叮嘱与他一起来的两个青年："记住，不光发肥皂，对每一户宣讲新生活运动同样是你们的任务。"

说完了，他们分头出发，去完成各自的任务。

冷梅头前带路，觉得，不是向导也是向导了。去哪儿呢？先去旱地，还是先去稻地？

先去旱地吧。

旱地，绝大部分都在村西，有的种了谷子，有的种了麦子或玉米；也有个别地块种了菜，但那不叫旱地了，应该叫水浇地。柳村已是个大村子，光旱地就一千五百亩，其中冷家的佃户及冷家雇用长工种的地就占去了多一半。

麦子已经收割完，早玉米也掰完了。谷子正在收割，谷穗子在毒日头下闪着金黄色的光，收割的人在毒日头下流着汗，汗伴随着脸上的泥道子，从头到脊背，往下淌个不停。

冷梅具体认不清哪里是她家的地，哪里是别人家的地，只知村西的旱地绝大部分姓冷，因为她很少到地里来。

不管是谁家的地，从行政上说都在村公所的领导下。包保长派来了人，大声吆喝着，把地里所有干活的都召集到地边的一棵树下。此时，这些干活的人放松了筋骨，个个像泥坨子一样地倒下，有的躺、有的卧。

"都起来！坐好！"村公所来的人喊道，"现在，由陈同志给大家讲一讲新生活运动，大家要欢迎！"

坐是坐起来了，但没有人鼓掌，只村公所那一人鼓掌。冷梅替陈兆宗感到尴尬，便也随那人鼓了几下。

"大概有七八十位吧？有没有？"陈兆宗问冷梅。

冷梅也不知有多少，因此没搭腔。

陈兆宗咳嗽了一声，站在前面，开始讲了。他的声音很洪亮。

"同志们，农民朋友们，新生活运动是蒋委员长亲自提倡、亲自号召的运动。下面我要讲，这个运动有哪些内容呢？主要是四个方面，第一，我们要以'礼义廉耻'为纲，把礼、义、廉、耻四个字贯彻到我们实际的日常生活中去。什么叫日常生活呢？就是我们平时的衣、食、住、行。第二，我们的生活方式要艺术化，还要生产化和军事化，从我做起，从小事做起，坚持不懈。第三，我们要整顿好社会秩序，克服懒惰、克服自私自利的行为，要提倡服务，要懂得敬老怜贫……”

冷梅这几天留意了一下报纸，新生活运动的确是这样的内容。

家里的仆人忽然送来一把伞。冷梅不知怎样处理这把伞，因为听的人都在树荫下，她和陈兆宗没地方站，只好站在日头下；若自己打伞，晒是晒不着，但又怎么好意思？于是冷梅把伞递给陈兆宗。

陈兆宗拨开了伞把儿。他不打伞，继续讲道:“第四，我们要讲究卫生，要养成每天刷牙的好习惯。我们还要开展体育运动，健体强国……大家还不知道吧？在你们听我讲话的时候，已经有人把每户一块的肥皂送到你们各自的家里去了。别看小小的一块肥皂，这就是从我做起，从小事做起！再有，我们今后结婚，也要实行集体婚礼，避免铺张浪费的现象。我们要杜绝花柳病，要禁止近亲结婚，我们的性器官……”

说到这儿，陈兆宗停了停：“什么叫性器官呢？就是我们的生殖器……什么是生殖器呢？我不讲了，大家都知道。总之也要讲究卫生。同志们，农民朋友们，过几天，我们还要把‘新生活运动纲领’的小册子发到你们每个人手上。新生活运动是全民的运动，我们必须全体动员，全国动员，把这个运动开展好，开展到底！”

村公所的人鼓掌，冷梅也鼓掌。树荫下的人没一个鼓掌，只听见烟袋锅子在鞋底子上嘣嘣叩响的声音，也听见似乎有人在打鼾……

“谁睡觉？谁在睡觉？”陈兆宗板起脸，厉声问。

打鼾的声音没了。

村公所的人问陈兆宗还讲不讲，陈兆宗说今天只是初步，下次要比这次讲得更丰富、更详细。

于是人们散了，回到地里又开始干活儿，锄地的锄地，镑草的镑草，割谷子的照常割谷子。

讲了大约一个小时，陈兆宗湿透了衬衫，脸胀得通红。冷梅身上也出了汗。

“下一步去哪儿？”陈兆宗问。

自然是去稻地。村公所的人又早已跑头里去了。

提起稻地，冷梅便皱了皱眉。如果说旱地她很少去，那么稻地她就更不去，只在早晨去学校的时候因为稻田里还没有人，或者冬天田里没了事，她才走高水湖上那条路。

冷梅为陈兆宗撑开了伞，但陈兆宗依然不用，说："你热，我热，农民朋友们热不热？"

冷梅只好让人把伞拿回家去。拐过路口，冷梅看见了康栓老汉。老汉正推着他的独轮车，独轮车吱呀作响，老汉正用铁锨把独轮车上的土铲下来，往路的低洼处垫。

冷梅和康栓老汉打了声招呼，继续往前走。陈兆宗却停下，问冷梅："这老汉是谁？"

冷梅简单回答："一个大好人。"

陈兆宗又问："他在干吗？"

"垫道。"冷梅说。

陈兆宗迫切地追问："他干吗垫道？"

冷梅笑着说："他就那样，爱做好事。没人管的老人，他管，没人埋的死孩子，他埋。他年轻的时候……"

"他叫什么名字？"陈兆宗似乎激动了。

冷梅告诉他，说叫康栓。

陈兆宗走过去，不容分说便握住了康栓老汉的手："老人家，这么大年纪还做好事？"

只见康栓老汉谦和地望着来人，一面用铁锨把垫好的土拍平，天气干燥，每拍一下，那土便散出一股白白的烟。

陈兆宗紧紧抓住康栓老汉的手不放，劝道："老人家，回去休息吧，天凉快些再干。"

康栓老汉似乎没有听见、抑或没听懂陈兆宗的话，只顾干他自己的活儿。

陈兆宗脸上的表情很庄重，走回来，对冷梅说："这就是一种服务精神，这就是从我做起，从小事做起。"

冷梅只好点头。陈兆宗不停地说，冷梅边点头边往北走，他们来到了稻田。

六月，稻田里正在给稻子薅二遍。村公所的人同样又把田里所有干活的人集中起来，集中在哪里呢？如果集中在那条路上，那条路是油漆路，虽然平坦，却显窄，油漆也被太阳烤得发烫，于是把人全集中在翠山围墙边的一个空场上。那空场便是“六国饭店”的旧址。

“六国饭店”拆了，这块地方空出来，冷家便做了场院，用来打稻子、扬场、脱粒等等。场院边另有两间房，叫“锅伙”，是做饭的地方，也是长工们平时吃饭的地方。

人齐了。村公所的人像在旱地那样，做了开场白。接着，陈兆宗又开始了他的宣讲。

旱田那里有树，这里没树。然而冷梅知道，也不在有没有树，稻田的人远比旱田的人狡猾得多、粗野得多。陈兆宗刚刚讲了一会儿，他们有的转过身去，站在场院边便撒尿，也有的哼起了小曲儿，说着下流话，甚至把一只又脏又破的鞋抛向空中，起讧叫喊道:“云里飞，云里飞，海淀城门骆驼象，什么大说什么！”

这话陈兆宗听不懂。冷梅是村里人，是京西人，听懂了。他们是在讽刺陈兆宗说空话、吹大牛。

陈兆宗又讲了一段，便有那佃户、有那自己交租种田的，寻个借口，或者悄悄地回到自己地里去了。这些人与长工不同，田是他们自己种，耽误的工夫也是他们自己的。

村公所的人不停地维持秩序。陈兆宗的嗓子已讲得沙哑。

所讲的“新生活运动基本内容”与在旱地讲的完全一致。在讲到什么“性器官”的时候，那帮人胡乱地提问，说什么是性器官？性器官在哪儿？等等。冷梅本不愿来稻地，一刻也不想在稻地待，但陈兆宗有超强的忍耐力，他在稻地讲得反比在旱地讲得时间要长，讲了整整一个半小时。

讲完以后，村公所的人让大家鼓掌。旱地那里没人鼓掌，而这里却有人鼓掌，那掌鼓得十分夸张，并带了“好！好！”粗野的叫声。只有冷梅感觉得到，那“夸张”是嘲讽，那“好”，喊的是倒好。

这时候，分发肥皂的人回来了。包保长走在前面，那两个与陈兆宗同来的青年走在后面，他们都骑着自行车。

冷梅忽然看见，母亲也来了。丁德强赶着毛驴车，卸掉了布篷，车上却装了一个桶，母亲蹲在车上，双手扶着那桶。

没让散，大家便不散，因为留下来的全是长工，所占用的时间是东家的，与长工们的切身利益没一点关系。傻乎乎的陈兆宗，光顾了讲，竟没有发觉会场上走了多少人。此时他指着包保长和那两个青年，充满感情地说：“大家看见了吧？他们几个刚刚挨家挨户给你们送去了肥皂。一块小小的肥皂，说明了我们新生活运动的开始，从此以后大家一定要讲究卫生！”

冷梅迎上前去，问母亲：“您怎么来了？”

母亲指指车上的桶：“我听说来人讲运动，就让人烧了绿豆汤。”

那桶是木桶，很大。冷梅掀开桶盖，果然是满满一桶冒着热气的绿豆汤。

冷梅明白了。这个时间，这种场合，母亲送来绿豆汤，并且是亲自，证明母亲聪明、有智慧，很会做事。

母亲还没有见过陈兆宗，根本不知道有陈兆宗这样一个人。陈兆宗自然也没见过母亲，但陈兆宗听见冷梅喊“妈”，便也赶忙走过来，向母亲伸出了手：“伯母，您好。”

“别瞎叫……”冷梅红着脸，“我母亲才四十岁。”

“哦……那就叫婶儿吧。”陈兆宗说，“婶儿，我叫陈兆宗。”

母亲莫名其妙地愣了一下，望望冷梅，又望望陈兆宗。

冷梅解释：“他就是来搞新生活运动的。”

陈兆宗又叫了一声“婶儿”，说：“您知道，我们离不开冷梅同志的帮助和支持。”

母亲扑哧一声笑了：“怪不得，贼丫头今天没去学校。也不和我说一声。”

陈兆宗兴奋得不知所以，想和母亲说，又不知说什么，只好转身对大家：“看哪，这么热的天，冷梅冷老师的母亲，亲自给大家送绿豆汤来了！据说绿豆汤不但解渴，还能解暑，这是什么精神？这就是一种无私的服务精神！”

接着，陈兆宗忽然又想起了康栓老汉，对冷梅说：“那个姓康的老汉，我们应该把他请到这里来。为什么呢？因为他那么大年纪，却给我们树立了榜样，要让他来给大家讲一讲。”

冷梅没说话，包保长在一旁抢先搭腔，说好，太好了，马上派人去请。

这时候，长工们不用催、不用让，早已呼噜噜拥过来，把那绿豆汤你一碗我一碗、像喝粥、像三天没吃饭，霎时间喝完了，连桶底的豆皮也吃得净光。

东面，康栓老汉坐在自行车后架上，来了。骑自行车的人把自行车骑得飞快。

到了场院边，陈兆宗迎上去，亲手扶着康栓老汉下了自行车。他对康栓老汉说："老人家，今天请你来目的，是让你给大家讲一讲，讲一讲你的心里话，比如，你那种忘我的服务精神是从哪儿来的？"

陈兆宗边说边把康栓老汉拉到了众人面前。

"这位就是康栓老汉。"陈兆宗向长工们介绍，"我和冷梅同志在路上亲眼见他在太阳底下垫路，这天多热，老人家为什么不辞辛苦？心里是怎么想的？"

那伙人喝完了豆汤像吃足了一顿饭，又东倒西歪在场院上。他们倒不怕热，因为在水里泡惯了，身体里有充足的水分可以变成汗。于是他们又起讧叫喊道："对！让老康栓说说！"

康栓老汉像浑身起痒，两手不知放在哪儿好，但他依旧谦和地笑，两眼迷离着望望众人，又抬头，望望北面高处的翠山。

"说说吧，老人家。"陈兆宗耐心开导，"要明白，我们的目的是对大家起到良好的教育作用。"

下面还是起讧："说！说！说完了给你一根金条！"

"我不要金条，我垫道……垫道……"康栓老汉说了，哪里是说？分明是咕哝。

"对，垫道。您为什么垫道？"陈兆宗进一步启发。

"咳，咳，为什么……"康栓老汉几乎六神无主。

"是呵，为什么？"陈兆宗俯身，把脸凑近康栓老汉的脸。

下面嘎嘎大笑，笑个不停。

母亲不忍再看，走过去，把康栓老汉搀过来，对陈兆宗说："别难为他了，他什么也说不出来。”

陈兆宗兴致浓、热情高，对大家说：“别看他说不出来，可是他实际去做了。这是什么精神？这就是新生活运动的精神，从我做起，从小事做起，大家都要向这位老人家好好学习！”陈兆宗举起了胳膊。

下面喊道：“学习！学习！”

忽然一个人大声说：“让我们学康栓，你们学谁呀？”

“你们学包保长！”有人接了下茬儿，声音更大，同时引起一片狂笑。

又一个人喊：“你们学齐文贵！”

下面笑得更欢，笑得阴阳怪气。

包保长，齐文贵，若做个反面教员还可以。齐文贵没有在场，冷梅扭头看看包保长，说不清是急是恼，总之包保长脸上全是尴尬。

陈兆宗当然不明白长工们喊的是什么意思，以为包保长真的值得学习，便说：“老包同志，你这个保长当得很好。不过，你们村公所能不能也表扬一下这位老汉？给他发个奖状吧。”

包保长连忙答应：“好好，完全可以。”

陈兆宗最后说：“同志们，农民朋友们，柳村，是我们北平开展新生活运动的第一个村子，我们接连还要搞许多个村子。但是，我们一定要树立柳村这样一个榜样，把柳村搞成新生活运动的模范村，让所有村子向柳村看齐！今天是初步，以后我们还要更深入、更细致地讲解，还要不断地到柳村来！”

会就开到这儿，长工们散了。母亲让康栓老汉坐在毛驴车上，丁德强赶着，回家去。

也快到了吃中午饭的时间。但毕竟还没到，长工们还要在地里干一会儿活儿。

陈兆宗脱了鞋、挽起了裤角，他说他也要下到田里去，和农民朋友们一起干活儿，藉以体察民情、知道辛苦甘苦。

这虽出冷梅意外，但也不好阻拦。而冷梅又不好站在埂上看，看陈兆宗怎样干活儿，于是她也脱了鞋袜、挽起裤角，下到了田里。

薅二遍，不要说陈兆宗，冷梅也不知道怎样叫薅二遍。她只听说，薅二遍首先要把苗堆里的稗子剔除干净，再把杂草薅干净……刚干了几下，只见陈兆宗的身上、脸上，全是泥点子。

稻地掌班儿走过来，混不论，喝斥道："滚！把稻苗全萎了！"

冷梅只好拉起陈兆宗，上了田埂。

冷梅留陈兆宗吃饭。陈兆宗说不吃，时间紧，下午还要去其他村子。

冷梅说："不管去哪儿，中午饭总要吃。"

陈兆宗指了指身边两个青年："我们带了干粮，边走边吃。"

十六　昙花一现

母亲记住了陈兆宗的名字，问冷梅："陈兆宗呢？怎么没和你一起回来吃饭？"

冷梅摇头，说陈兆宗忙，没时间。

母亲戳点着她："你呀，什么也不懂。"

冷梅知道，母亲已看出了些端倪，便不吭声，只低头吃饭。

果然，母亲开始唠叨了："我看这小伙子行，挺精神，也懂礼貌。"

冷梅依旧不吭声。

母亲又问："他是干什么的？"

冷梅不得不回答："是三青团的一名干部，钱校长的一个亲戚。"

母亲愈加高兴："还是个吃官饭的？还是校长的亲戚？"

母亲把城里人又不卖体力，统统说成是"吃官饭的"。

冷梅加快吃饭的速度。下午她还要到学校去。

母亲开始诉苦："梅呀，你看看妈，有白头发了，皱纹也有了……你爸整天抽大烟，你弟弟妹妹又小，竹儿呢，除了看书，什么事也不管。这里里外外，全累你妈一个……"

冷梅安慰了母亲几句。

母亲接着说："这世道，光有钱不行，还得有势。梅呀，你若能搞个吃官饭儿的，家里以后不但有了个大男人，腰杆子也能挺起来，说话办事全硬气。那些混账王八蛋，看谁还敢欺负！"

母亲说着，流下了眼泪。冷梅一面为母亲擦泪，一面说："您放心，我一定按您的话去做。只是八字还没有一撇。"

母亲说："你去写，不是就有一撇了？再写，不是又有一捺了？"

冷梅未置可否，只含混地朝母亲点了点头。

到了学校，冷梅见到钱校长。钱校长问："怎么样？"

对钱校长，冷梅如实做了表达："兆宗这个人总体上看是个好青年，诚实、朴素，对工作积极认真。"

钱校长说："是不是只谈了工作？只谈了新生活运动？"

冷梅凄然一笑。

"这个陈兆宗！"钱校长笑着怪罪。

冷梅对陈兆宗所表现出来的一些幼稚以及对乡下情况的无知、不熟悉，哪好意思对钱校长说呢？

"那么，你打算……"钱校长望着冷梅。

冷梅说："校长，我们慢慢处吧，以后还有很多机会。"

钱校长点头说："这话对。陈兆宗很喜欢你，这我可以保证。"

冷梅照常上课，照常备课；回到家，该替母亲操心的照常替母亲操心。

然而，自陈兆宗那次来柳村宣讲新生活运动，一连过去了许多天，冷梅再也没有见到陈兆宗。陈兆宗说要不断到柳村来，再深入、细致地开展新生活运动，继而把柳村搞成个模范村，但陈兆宗却没有来，一天，两天，五天，十天……一次也没来，连他的影子也再没见过。

再以后，冷梅连陈兆宗的音信也丝毫不知了，问钱校长，钱校长对陈兆宗的最近情况同样一点儿不掌握。钱校长说："想联系，他那里有电话，可是我这里没有。兆宗又不经常到我这儿来。"

冷梅既然长期见不到陈兆宗，钱校长又没办法，那么好吧，就让这颗心慢慢冷却下来，第一次的恋爱，就让它自生自灭，就让它如同昙花一现，便等于没谈过恋爱，便等于不曾认识一个叫陈兆宗的人……

陈兆宗是市里三青团一名干部，他去了哪儿？在干什么？难道把"恋爱"忘了？把她冷梅忘了？着实令人费解。

冷梅也悄悄去过陈兆宗所说的设在青龙镇那个所谓工作点儿。那"点儿"的确在镇公所的院子里，一间房；门锁着，冷梅扒玻璃看，房里的墙上贴着中山先生和蒋委员长两张像，地上一张桌子、一把椅子、一条板凳。除此之外，空荡荡、静悄悄，什么也没有。镇公所的人把冷梅当成了三青团的人，不客气地问："你们还来不来？再不来，这房子我们就收回了！"

更让冷梅不解的是关于钱校长。钱校长竟然对冷梅的恋爱不再挂心，连问也不再问，反而眉头紧锁，出现了沉闷的表情。

冷梅问钱校长，是不是遇到了不愉快的事？

钱校长沉默不语，过了一会儿，让冷梅下课以后到校长室来一趟。

冷梅来了。钱校长关好门，大声叹了口气，然后说出了一句让冷梅大为惶恐的话："打起来了。"

冷梅问："什么打起来了？谁和谁打起来了？"

钱校长给冷梅倒了杯水，接着说："看没看报纸？重庆谈判四十三天，等于白谈，所签订的协议也等于白签。现在，国军调集了大批兵力，开始向共产党所占领的地区发起了全面进攻。"

冷梅这才明白。她也看到了报纸，但只看了标题，并没有仔细地看。

钱校长深一步告诉冷梅："委员长发了狂誓，要六个月之内，把共产党彻底消灭干净。"

对冷梅来讲，与其关心战争还不如关心陈兆宗。她不明白陈兆宗与打仗有什么关系。

"当然有关系！"钱校长说，"城里正在搞游行示威，在反饥饿，反内战……唉，真不知道是谁制造了饥饿、制造了内战。"

冷梅问："陈兆宗会去参加示威游行？"

钱校长笑了，大约笑的是冷梅无知："他怎么会参加……恐怕是去镇压吧。"

"镇压？"冷梅吓了一跳，"哪儿能镇压？"

"我们镇压得很不少喽。"钱校长看着冷梅，"你要知道，三青团很重要的一个任务就是管理学潮、管理游行示威。你更应该知道，蒋委员长曾经做过三青团的第一任团长，而书记长是陈诚。"

"是管理。校长，没说镇压。"冷梅似乎不愿听镇压两个字，在纠正钱校长。

“管理就是镇压。只不过‘管理’好听一些。”钱校长说，“我国万事不进步，独防民之术突过于先进国，此真可为痛哭也。”

“这话谁说的？”

“这可不是我说的，是梁启超说的。”

冷梅思索着：“说好的不打内战，还是打了……”

“记不记得？上次在我家的时候我就说过？”钱校长又想笑，但没笑出来，“我说双方都是权宜之计，谈判是假，争取时间，各自做打的准备才是真。”

冷梅说出了一句：“那新生活运动还搞不搞？”说完了，自己也觉得好笑、觉得不合时宜。

果然，引得钱校长大笑不止，把冷梅笑得浑身要起鸡皮疙瘩:“还提，还提……什么……新生活运动……”

笑完了，钱校长又沉默。

冷梅走出校长室，还要去上课。

说不打，还是开始打了内战……陈兆宗呢？去前方打仗了吗？否则去镇压示威游行了？报纸上有标题说,“居心叵测”,又说“共党分子挑唆”等等，陈兆宗会不会陷到里面去？真的去镇压？镇压，他会不会出手打人？会不会发生流血事件？

善良的冷梅，不得不这样想。

不管你怎样想，陈兆宗依旧不露面，也没有他的任何消息。钱校长从那天以后也不再提起陈兆宗，总是闷闷不乐。

新生活运动，陈兆宗给予那么大热情、那么积极开展的新生活运动，就这样过去了、完结了，就好像往湖泊扔进一颗微小石子，连波纹也没有见到，也像冷梅说的，昙花一现；人们甚至不知道北平也曾有过“新生活运动”，这个运动曾经在柳村以及一个叫陈兆宗的人曾经去过柳村、宣讲过新生活运动。

柳村有个包保长，是唯一仍在为“新生活运动”叫喊的人。包保长说要开会，到底开了一个会。他把村里的几个甲长都请了来，那几个甲长既非冷家的佃户，更非冷家的长工，他们都是自己种田的。包保长说：“新生活运动要继续搞，旗杆要树，庙前的路也要修……可是冷家不出钱，咱们小门小户哪里有那么多钱？”就这样，包保长把话送到别人嘴边，刻意挑起了对冷家的不满。

然后，包保长又来到了冷家，把开会的情况、人们的议论以无可奈何、迫不得已的口气向母亲说了个清楚。冷梅搞不懂母亲为什么总有些惧怕包保长，包保长几次来讨钱，母亲从来也不给以严词拒绝，只等包保长走了，母亲才咬牙切齿，乃至破口大骂。

母亲这次当然又给了钱。但旗杆没有立，庙前的路也没有修，包保长说钱差得远，只在庙两边的墙上镶进四块方形字。那字，是村公所管账老头儿写的，词儿，也是那老头儿出的；城里的琉璃厂不再做琉璃，只剩了“琉璃厂”那样一个地名，又是冷家出工出力，派了丁德强，赶着毛驴车，一连两趟去了门头沟山里，那山里倒有一家做琉璃的，质量虽远不如城里的琉璃厂，但也勉强凑合。

那四个字是“为善最乐”，而不是“和平建国”或“民主建国”，冷梅想，这算是给“新生活运动”留下的一点纪念吧。

十七　土山上

转眼过了暑假，到了秋天。

冷竹在读着一本书，是一个叫郁达夫的作家的一本散文集，其中有一篇叫《故都的秋》，描绘了北平的秋天。冷竹读得很入迷，并且，津津有味地读出了声：

“……能看得到很高很高的碧绿的天色，听得到青天下驯鸽的飞声。从槐树叶底，朝东细数着一丝一丝漏下的日光，或在破壁腰中，静对着像喇叭似的牵牛花的蓝朵，自然而然地也能够感觉到十分的秋意……”

文章写得好，冷竹读得也好，然而在冷梅心里，却没有这样的秋意。她只看到草黄了，树上的叶子也黄了，飘然落下，万物开始凋零，秋天，没有收获、没有好的心情，只意味着寒冷的到来。

是因为陈兆宗吗？应该不是，和陈兆宗还没有建立起那样的感情、或者说对陈兆宗还没喜欢到那种程度。他们不过见过两次面，留下的印象，好坏参半，以及哪里好、哪里不好，冷梅心里都一清二楚。但怎么回事呢？一切都过去了，从此不再关心陈兆宗，即便钱校长，也没有再提起陈兆宗一个字，她冷梅应该恢复，恢复被打破了好多天的平静，继续她的有规律的教书生活，该上课上课，该回家回家……却平静不下来，怎么也平静不下来，隐隐的，一缕哀愁总在心头盘绕。

似乎懂了，懵懵懂懂又像没懂，那是不是打开了男女之间的一扇闸门？或者叫一扇窗？无论窗还是闸门，从来没有开启过，一旦开启，便再也无法关闭，于是心在萌动，像春天的嫩芽，偷偷窥视着一个新天地，那是关乎感情的、关乎男女之间的新天地。还有，那是不是一种更乐得别人的招惹和挑逗？那个别人是谁？毫无疑问，陈兆宗是罪魁祸首……你要怎样？虽然时而在眼前浮现，但是，难道你还想继续招惹和挑逗吗？

冷梅二十岁，到了冬天，也才二十一岁，况且是个老师，她决心无论如何也要把这种情窦初开般的情绪和念头压抑下去，也无论自己怎样难以启齿的缠绵悱恻……

冷梅正这么反复下决心、反复劝告自己的时候，陈兆宗突然来了，竟然来了，一下子就来到了冷梅家的大门口。

“冷梅！”陈兆宗大声叫道，“今天是星期日，估计你肯定在家。”

怎么来了？不是不来吗？告诉你，来了也不理你，因为你想来就来，不想来就不来，不来的时候连个音信也没有。

陈兆宗并没有理会冷梅的漠然和一种疏远的态度，依旧真诚地说：“总想来，没一天不想来。可惜就没时间！”

从外观上，陈兆宗发生了变化。他今天骑了一辆带挎斗的摩托车，身上的衣服也不再是白衬衫、蓝裤子，但也不是普通的制服，而是一身笔挺的、呢料的深蓝色中山装，脚下也不是皮鞋，而是马靴，从摩托车上下来以后，马靴在地面上踩出咔吱咔吱响声，似乎，似乎比以前显得更神气。

冷梅站在那里不动，是仆人们出来把陈兆宗引进了门。

陈兆宗带来不少礼物，有烟，有糖，有酒和茶叶，进门就对冷家的院子、房子大为感叹，说，“比我家住的大杂院强多了。”

能把陈兆宗撵出去吗？不能，起码不礼貌。冷梅只好跟在后面，说了一句："我们家又土、又旧。"

陈兆宗热情洋溢："土旧怕什么？只要人不土旧、思想很新。"

母亲绽着笑脸迎了出来，看见陈兆宗，就像看见久违了的亲人。

陈兆宗规规矩矩叫了"婶儿"，说："带来一些东西。也不是我要带，我母亲非让带。"

这时，冷梅不禁想笑。她笑陈兆宗实诚，不会拣好听的说，非说是他母亲让带，就不会说是你非要带吗？

进了客厅，母亲又沏茶又让烟。但陈兆宗既不抽烟，也不喝茶，只喝白开水。

母亲热切地问："兆宗呵，怎么一直没看见你？去哪儿了？"

陈兆宗说："别提了，这些天光和那些捣乱的捣乱。"

冷梅没听懂，母亲也没听懂："什么捣乱？谁和谁捣乱？"

陈兆宗解释："明明是共产党背叛了《双十协定》，可那些人非说是委员长背叛了《双十协定》。而且还上街游行，说政府不顾人民疾苦，光想打内战。"

冷梅懂了，也忽然想起了钱校长说的"防民之术"，皱皱眉头问："你，是不是去镇压？"

"不是镇压。"陈兆宗纠正，"是疏导，让那些人明白事实真相，不要听信共党分子的欺骗宣传。"

"你打人没打人？"冷梅忘了自己应该的冷漠，忘了应该对陈兆宗表示疏远。

"抓了几个。"陈兆宗回答，回答得很轻淡，"抓了以后打没打我不敢保证，你知道，人在气头上难免不动手。"

"这么说还是打了？"冷梅望着陈兆宗。

"但是我没打。"陈兆宗为自己分辩，"因为我也算个头目，只负责组织，没有打人。"

母亲不耐烦了，说："梅呀，兆宗好不容易来一趟，别尽说那些没用的。"

因为是下午，都已吃过了午饭，陈兆宗便提出和冷梅出去走走、散个步。冷梅还没有点头，母亲却催促道："趁天气好，你们俩好好把自己的事说说。"

要不要出去呢？要不要和陈兆宗一起走走呢？冷梅犹豫着。

陈兆宗说"梅……"，开口叫了她"梅"："今天来见了婶儿，还没见到叔，应该再见见叔。"

冷梅更犯难，因为她不想让陈兆宗见父亲，因为父亲不像个父亲，因为父亲此时说不定正赖在床上抽大烟。

但陈兆宗拉起了冷梅，让她领路，于是便进了父亲的房间。

母亲和父亲早已分住两屋，中间是客厅，两边的两间一间住母亲，一间住父亲。果然，父亲正赖在床上，也正在抽大烟。

陈兆宗叫了一声"叔"。父亲坐起来，像个老人，双目无神地问道："你是谁呀？"

陈兆宗毕恭毕敬，回答说是，"冷梅的男朋友，叫陈兆宗。"

喉咙里像卡了痰，连看也没仔细看，便说："哦……挺好的，挺好的。"说完，又躺了下去。

冷梅拉起陈兆宗到了院里，指着东西耳房对陈兆宗说："西耳房是我哑巴舅舅住，东耳房是我和冷竹。"岔开了话题。

陈兆宗却不离话题，指父亲："他是不是抽大烟？"

冷梅只好点了点头。

陈兆宗惊异并忿忿然："这个时代，居然还抽大烟。"

冷梅几乎羞愧难当："抽了快二十年了，谁也管不了他。"

陈兆宗严肃地说："这种不良现象一定要改变。可惜了，新生活运动没能开展下去，被共产党打乱了，不然，我肯定和你一起把叔叔这个坏习惯彻底纠正！"

冷梅摆出了摊牌的架式："我的家庭，就是这样一个家庭，母亲没什么文化，只识得不多几个字，父亲又抽大烟。"

然而陈兆宗却做了如此表白："以为就影响了我对你的感情？这能怪你吗？只能怪落后的中国留下的弊病。梅，今天才是我们第三次见面，但是你在我心里深深地扎下了根。"

冷梅被感动了，陈兆宗原来是个有情有意的人，并且善于表达这样的情意。真是的，以前怎么没发现？在钱校长家第一次见面的时候他曾表达过，只是表达得过于简单，而以后，因为忙、因为没有时间，兆宗没有再表达而已。那么，优点依然是优点，优点依然存在，缺点，互相帮助，慢慢帮兆宗了解农村、了解农民。

走走吧，谈一谈……但去哪儿走走、去哪儿谈谈呢？去野外？去"一块板儿"？不，最好是去山上，山上清静，能说许多的话，能表达许多许多的感情。

出了大门，却又意外地碰上了冷竹、丁德强和三个妹妹弟弟。他们刚从外面回来，今天是周日，三个孩子吵嚷着要丁德强赶毛驴车带他们出去玩儿，冷竹也时常骑自行车跟了去。

"跟你学不了好。"冷梅批评妹妹冷竹，又指着三个孩子，"他们三个连午觉都没睡。"

冷竹并不理会姐姐说了什么，只盯着陈兆宗看，然后怪声怪气地问："你就是那个、那个，叫什么来？"

陈兆宗报了姓名。冷竹第一次看见陈兆宗，陈兆宗也第一次看见冷竹，但冷竹听母亲说起过陈兆宗，她只是故意这样问。

"挎子车是你骑来的吧？了不起，威风凛凛、神气十足呵。"冷竹的语气里明显带了一种嘲讽的意味。

陈兆宗走过去和冷竹握手，冷竹不握，却朝冷梅说："姐，你可小心，我从这个人身上闻到了一种法西斯味道，将来你要吃亏。"

看去傻乎乎的陈兆宗没有感觉到冷竹的不友好，只把所谓"法西斯"当成了"小姨子"和"姐夫"开玩笑。他攥着拳头发誓："世界上没有第二个人再比我对你姐好，不信走着瞧。"

三个孩子看摩托车新鲜，下了毛驴车，要往摩托车上爬。丁德强不让，一手拉着小弟，一手拉着小妹，三妹和冷竹后面跟着，进到大门里去了。

"他是谁？"陈兆宗指丁德强，看着丁德强的背影。

"是家里雇的小长工，每天赶毛驴车接送三个孩子上学。"冷梅边走边回答。

"小伙子不错。"陈兆宗说。

丁德强从门里出来，又赶起毛驴车，经过冷梅和陈兆宗身边，陈兆宗拦住他，问："贵姓？"

"丁德强。"丁德强很老实，略带山东口音。

陈兆宗伸出手，丁德强也伸出手，两人握了握。

陈兆宗继续打量丁德强："工作不分贵贱，有全心全意的服务精神就非常好。"

丁德强说："我是个长工，吃东家的饭、干东家的活儿。"

"这就叫忠于职守。"陈兆宗赞同地拍了拍丁德强的肩。

丁德强把毛驴车赶进碾房的院子里去。碾房的院里放车、拴驴，那里也有丁德强的住处。

冷梅和陈兆宗出了胡同，向北走，上了土山。

土山的北面是稻田，南面是村庄，稻田里的稻子已经黄了，有那下手早的，已开始收割。站在土山顶上望村庄，只见冷家的房屋出奇的高大，那条胡同，也分外地整齐。除此之外，村里所有的房都低矮而破旧，且里出外进、参差不齐，房顶上也都长出尺把高的秋草。

平时很少有人上山，因此山上并没有现成的路。冷梅在前面走，不时要为树枝树杈闪身或低头，脚下也需小心一些，不然会被荆棘或枣棵子绊住了脚。

陈兆宗跟上来，与冷梅并排。

陈兆宗突然问："梅，我们什么时候结婚？"

结婚？这么快？冷梅迟疑，说："还是再等一等吧，因为我们彼此还不是十分的了解。"

"还不了解？"陈兆宗有些急，"你，我，以及我们两个家庭，都清清楚楚、没什么复杂。"

冷梅坚持："还是再等一等。"

陈兆宗忽然自己做了决定："半年以后，消灭了共产党，我们俩就结婚。"

冷梅愣了一下，不知怎么又和共产党扯上了关系。

"不相信？"陈兆宗见冷梅茫然，又果绝地说，"既然开了内战，那么几十万国军军队进剿他共党几个根据地还不容易？主要是山东的根据地，我保证最多六个月，统统消灭干净！"

“干吗要消灭共产党？”冷梅不解。

“你不是说要等一等？消灭了共产党就喜上加喜、双喜临门！”陈兆宗显得非常兴奋。

“万一消灭不了呢？”冷梅又问。

“不可能！”陈兆宗几乎叫起来，“梅，我们应该有信心，应该相信委员长和我们的国民政府。”

冷梅不说话了。政治她不懂，军事她更不懂，乃至为什么要消灭共产党以及共产党能不能被消灭，对她来说更是在云里雾里。但冷梅明显感觉到，两个多月后的陈兆宗，不但变得比以前神气、阔气，也增添了些蛮气和骄横气。但对一个男人，这样的变化是好还是不好呢？她说不准。

冷梅又想，倘若答应了陈兆宗，那么，六个月以后，也许她真的要出嫁了，真的要做新娘子了，一个当老师的新娘子，一个新娘子老师……想着想着，便要笑。虽然是秋天，但那感觉似是含苞欲放的花朵经受着春风化雨的滋润，又在热烈与温存的包围之中。

继续往前走。

陈兆宗忽然又说出一句让冷梅吃惊的话：“梅，你应该加入三青团。”

三青团，即三民主义青年团，那是个政治组织、是想在政治上有所作为的青年人的组织，而冷梅对政治不懂、不感兴趣，更不想有什么作为，对她来说这个组织虽时髦却很遥远，连想也没有想过。于是她慌忙摆手：“不行不行，我可不够格。我只是个老师，只知道教书。”

“其实很简单。”陈兆宗说，“发你一个表，你只要在表上写上你的名字就可以了。”

“哪里那么简单？”冷梅不相信。

“的确就这么简单。”陈兆宗强调，“告诉你，上个月我们在一所大学，集体登记，集体加入，一下子就发展了二十多个三青团员。”

冷梅犹豫了。她没想到真的这么简单，再说，陈兆宗是三青团员，而且是一名干部，将来怎么和他比，如何配得上他……

“我认为你很够格。”陈兆宗继续说，“如果你不够格那么我也不够格。下次来我一定给你带一张表。”

冷梅问：“你下次还什么时候来？”

陈兆宗说："这可没法定。一切要听从组织的安排。"

继续向东走。陈兆宗不时为冷梅清除路上的障碍，把树枝咔嚓一下折断，或者把脚下的石子捡起来扔下山去。

三青团的事，好像就这样说定。

陈兆宗忽然又提起了冷竹，说："冷竹这孩子……"

冷梅说："兆宗，冷竹就那样一个人，在大门口说的话对你不大尊重，你别和她计较。"

"我的意思是让冷竹也加入三青团。"陈兆宗说。

冷梅不同意："你开玩笑。第一冷竹还小，还是个学生，第二，她根本不是那块料。"

陈兆宗大不以为然："学生怎么了？我们就是要在大学、中学大力发展三青团组织。"

冷梅笑着说："我妈说冷竹的脑后有反骨，我说呢，冷竹太不好与人同，太爱持反对意见。"

陈兆宗一点也没听进去。他又忽然提起了丁德强："还有那个赶毛驴车的青年，叫什么来？丁德强？也要想办法让他加入。"

冷梅笑出了声，笑的是陈兆宗依然幼稚、依然对乡下人不了解，竟然对一个小做活儿的产生兴趣。

陈兆宗却说："不分职业，不分男女，更不能分高低贵贱，只要有进步的思想，只要对我们三青团有清楚的认识，统统可以加入。"

冷梅只好不再搭腔。因为陈兆宗在想入非非。

陈兆宗却还在说："梅，我姑夫那里你也应该做做工作，让你们学校也发展三青团组织。到那时候，你，我，冷竹，还有那个叫丁德强的长工，我们都是三青团员，为建立一个民主又统一的中国共同努力。"

冷梅说："兆宗，我们回去吧。"

陈兆宗说："六个月以后我们就结婚了。那时，我们俩就是一对模范夫妻，一对最进步、最有前途的夫妻……梅，你想一想，要多美好有多美好！"

陈兆宗忽然停住了脚步，站到冷梅的对面，继而抓过冷梅的手，攥在自己手里。

冷梅还从来没有被男人双手握过，更没有和男人挨得如此之近！而此时的陈兆宗距冷梅只几寸远，脸几乎要触到脸，胸也要碰到胸。冷梅感到陈兆宗急促的呼吸，也感到自己的胸口在怦怦地跳。

冷梅的脸虽然涨得通红，却没有动一动。当陈兆宗试图把脸进一步挨近的时候，冷梅挣脱了，跳到了一边。

“你不应该这样。”冷梅轻声说，不知怎么，竟然有些喘气。

陈兆宗站在那里发愣，说：“我们是不是很快要结婚了？”

“毕竟还没有结婚。”冷梅一只手扶着树，“等六个月以后我们结婚了，一切才属于正常。”

陈兆宗的脸也有些红：“可是我认为这什么，难道你还封建保守？”

冷梅说：“我并不封建保守，但我也不随便。你可以去问问钱校长、问问学校，或者去问我母亲，谁，谁……”她想说谁和她“如此”亲近过？但说不出口。

“我爱你……”陈兆宗说，“控制不住……”

冷梅的一颗心要从胸口蹦出来，话也说得结结巴巴：“……连，连面也不露，不是，不是也控制住了？”

陈兆宗望着冷梅发愣，无言以对。

冷梅指指山下：“你看，那里有人。”

山北面的稻田里确实有人，正割稻子，但割稻子的人只顾割稻子，并不往山上看。

冷梅又指指南面。他们已快走到山口子，南面不再是村庄，而是一片沼泽地。冷梅说：“长河边上有人。”

陈兆宗望，不知望见了什么，说：“影影绰绰。”

总之，过去了，过去了这一刻，陈兆宗也就不再对冷梅实行所谓侵犯，冷梅也就恢复了轻松，随口说：“出山口子就是一块板儿，一块板儿闹鬼。”

“闹鬼？闹什么鬼？”

冷梅笑，同时觉得真该回去了，便说：“太阳离落山不远，你还要回城里。”

陈兆宗忽然指着土山向南的拐弯处：“那是什么？像是个山洞。”

“是山洞。”冷梅点头，“日本人修的，用来装汽油。”

陈兆宗显出鄙夷的神色："小日本儿……两颗原子弹，差点儿把他一个国都灭了。"

冷梅指着山口子："这里原来也有一个山洞，让康八爷给炸出了一块平地。"

"康八爷？什么康八爷？"

无论闹鬼还是康八爷，陈兆宗当然不懂。冷梅也不解释，只想快些回家；不能太晚，太晚了，被别人看见，一男一女，像什么话？

但陈兆宗非要看看下面那个山洞、坚持要看那个山洞，怎么好呢？是依还是不依？

冷梅依了。她想，反正只是看看，看看就回。

他们下了土山坡，下山坡的时候陈兆宗牵起冷梅的手，也着实奇怪，冷梅居然就让他牵了。

他们来到了那个山洞旁，此时，夕阳斜照在洞壁上，也有树影婆娑；树影在洞壁摇晃出星星点点，显得洞里愈加地黑。

陈兆宗率先进了山洞，冷梅跟在后面。从这个山洞往南拐，原本有一条路，通往飞机场，是当年日本人与飞机场一同修的，如今早已荒废，再没人走。冷梅每天进出山口子，却从不曾向南拐，更没有进过这个山洞。

洞很深，黑得伸手不见五指。但冷梅触到了几根柱子，那是日本人逃跑时村里人抢、偷，最后剩下了几根，没人敢再动；一旦动了，洞顶失去了支撑，会塌下来把人命也搭在里面。

冷梅有些害怕，不敢再往里走，同时嗅到了一种发霉的湿土味儿。

不但潮湿，还有些温热，那温热气直往脸上扑……冷梅伸手去扇，想把温热的潮湿气扇走，然而却突然一惊，她的手触到了什么？触到了一个人的身体，继而是脸，那是陈兆宗的脸！陈兆宗呼出的气近在眼前，陈兆宗的眼睛像猫头鹰一般闪着亮。

冷梅向后退去……她真的害怕了，此时害怕的不是山洞，而是陈兆宗；冷梅甚至后悔，后悔不该进山洞，不该和陈兆宗一起进这山洞。

为时已晚！陈兆宗不再攥她的手，不再拉她的胳膊，而是张开双臂，把她的整个身体抱起来。冷梅挣扎……但也怪，却并未叫喊，只说："不，不……"而声音也不大，像求饶，又像咕哝。

接着，滚烫的脸那般粗莽地贴到了冷梅的脸上，看过无数次的、那微厚的嘴唇，也结结实实封住了她的嘴，令她动也不能动，只发出了囫囵的“唔唔”声。

陈兆宗又腾出一只手，伸到冷梅的衣襟里去……

其实用不着伸进衣襟，秋天，还不算冷，冷梅穿得并不多，但陈兆宗就这样犟，非要伸……冷梅的身子仰下去，软软地瘫倒在陈兆宗的胳膊上，既没叫喊，更没有反抗。此时的冷梅倒像个病人，发出了疼痛般的呻吟，那呻吟是好受？还是难受？她自己也说不清。

她只感受着，感受着，是她从来没有感受过的，第一次在感受。

幸亏陈兆宗没有进一步的举动，否则还要发生什么事呢？自己能不能过这一关，甚至能不能守住自己的处女之身？很难说。

他们走出山洞的时候，暮色苍茫，鸟儿归林。陈兆宗也不吃饭，骑上他的挎子车，“突、突、突”，冒出一股青烟，回城里去了。

十八　康栓

冬天来临。

康栓老汉推着他的独轮车，依旧在村里寻摸着些活儿干。

自从前几年上了喘，老伴和孩子们不让他拉骆驼了，大儿子保山顶上去，康栓便闲了下来。那喘倒也不十分严重，只有着了凉，或累大发了才喘。不喘的时候他闲不住，总要寻些活儿干。

村里喘的不光他一个人，二大伯是喘死的，叔伯哥哥是喘死的，轮到他，自然也喘。

怎能不喘？三百多斤重的煤口袋，说声“起！”便要放到骆驼背上，你若稍迟一步，或遇上那有意毁你的，当即就把你切倒在地，会造成努伤，努伤就会喘。路上，有的吃便吃，没的吃便不吃，直等走到大车店，此时你早已前胸贴着后胸，肚里什么东西也没有，饥一顿饱一顿也会造成喘。再有，康栓从十六七岁就挑着鸭笼赶西直门，同样是饥一顿饱一顿，要说病根儿，从那时就坐下了。

康栓老汉推着独轮车，从土山的山根下装来黄土，垫到坑洼不平的地方，遇上雨天，再在黄土上加些碎砖头烂瓦块儿，用铁锹拍平；谁家门口堆了乱七八糟的东西，或者路边的一根树枝断了，妨碍了走路，康栓更有了活儿干，一干便一两个钟头。村子往南，叫南大洼，其实原来并不洼，只因为村里人逐年多起来，又都用土山的土脱土坯盖房，时间长了，村子便显得高，相比之下南面便显得洼。

然而康栓老汉在南大洼生生垫出了一股道，垫道的土也是逐年的、用他的独轮车一车一车地从土山根儿下推过来的。那道宽不了，只能窄，只能走人，只能走老汉的独轮车；那道从村边通往南大洼，也就通到了一块坟地，这块坟地再早的时候听说是个老公坟，后来归了张三爷家，张三爷的坟也在这里呢。如今这里蒿草丛生、荒坟累累，什么人都往这儿埋，也就变成乱葬岗子。

康栓老汉干着这些活儿有人说好，有人说不好，说好的："老康头儿，积德行善呵，儿孙满堂！"说不好的："修桥补路双瞎眼，杀人放火儿女多！老康头儿，你有毛病怎地？"

但康栓老汉心里明白，他这么做，什么也不为，只是因为他不愿意闲、只想找点活干。既要干，就应该干好事，不能干坏事、干缺德的事，至于别人怎么说、说好话还是说不好的话，别人的嘴，拦不住，老汉一点也不介意，甚至连听也没有听明白，只"嗯，嗯……"谦和地笑，或者重复别人的话。

夏天的一个上午，村公所的人把一张奖状递到他手里，说："奖给你的，新生活运动。"康栓把奖状塞进兜儿，回去的时候，赶上孙子在门口拉屎；平时找块石头或土坷垃抹抹算了，此时，康栓把奖状掏出来，那是纸，替孙子擦了屁股。

这乃康栓老汉的天生性情，乃是他处事为人的态度，也是他成为柳村第一大好人的原因。康栓老汉也坚信，既然做的全是好事、不是坏事，就必定有个好报。这不是他的目的，但却是他的信条，因为老天爷是长眼的，不会亏人，他家明摆的许多事实都能证明他笃信得很正确。

看，现在一共有四儿一女。女儿已经嫁出去了，四个儿子分别的年龄是，三十四岁，三十一岁，二十五岁，二十二岁，他们的名字，排列下来，叫康保山、康保河、康保永、康保存。大儿子康保山早已顶替了康栓，去拉骆驼。大儿子的儿子，也就是老汉的头大孙子，也已经十四岁，随着他的父亲去学拉骆驼，就和当年保山随康栓学拉骆驼一样。二儿子康保河没有骆驼可拉，便租种了冷家几亩稻地，做冷家的佃户；做佃户也很好，有地种，只不过交交租子，谁不交租子？冷家也要交租子，是不是？三儿子和四儿子，也就是康保永、康保存，一个在冷家的旱地做长工，一个在冷家的稻地做长工。做长工省心，到时候吃饭，到时候干活儿，活儿虽然累，但你不用管其他的事。

若不是老天有眼，他当年失去了父母、失去了那么好的妻子，叫玲子的女儿，又莫名其妙地没了，到现在也不知在哪里，是死是活，那么，他应该完蛋，再也挺不起身子、再没勇气活下去，就是因为老天有眼，随他来的草原上这个媳妇比村里的媳妇们更能干、更吃苦耐劳，一心一意和他过日子，且为他生下了一女两男。这两个男儿和上面的两个一样，身子骨结实得像牛犊子，吃起来也如狼似虎，而上面的两个哥哥又都有了儿子，也就是，康栓有了孙子，两个屋，一共六七个，这便是兴旺、便是发达，这便又有了一个完整的家、一个和和美美的家！

康栓老汉唯一感到欠缺的是，三儿子和四儿子还没有娶上媳妇……但是不忙，不忙，时机对了，媳妇总会有的。

再看整个骆驼康记吧，多大的一户人家！叔伯哥哥虽然没了，但还有三个叔伯弟弟。最小的叔伯弟弟那年被大兵抢走了骆驼，大哭了一场，后来也租了冷家的地种，但不是稻地，是旱地，一开始种粮食，这些年学会了种菜。另两个叔伯弟弟也和康栓一样，拉骆驼，直到拉不动，上了喘，孩子们顶上去。三个叔伯弟弟年纪都不小了，但都有儿子，儿子下面又有儿子……掐指一算，柳村大约有一千多口人，只康记，就占去了七八十口子，十成快占去了一成！这都是因为康家人心眼好，不做坏事，光做好事，不做缺德、昧良心的事。

至于也姓康的康八爷，康栓便说不清了。不但他说不清，村里没一个人说得清究竟是哪里来的康八爷，是在张家口外谋生的大伯家里的人？还是深山古洞、神仙派下来一个康八爷？但康栓并不认为康八爷好，因为康八爷杀人放火，但也不认为康八爷坏，因为康八爷劫富济贫，又因为康八爷所杀的没一个好人、没一个穷人，放火也只给日本人放火，比如炸了日本人装汽油的山洞。还有那富的、有钱的，怎就不知舍一些给穷人呢？像冷家冷掌柜那样，虽然有钱，对他康栓就很好，对他的儿子也不错。康栓老汉有时把那条半红半紫的裤腰带亮出来，向人家说明，是冷掌柜送的。别人问："掌柜的送你，怎不送我？"康栓老汉说："我六十六。若你六十六，去找她，包也送你。"他这么说，别人却不信。

康栓老汉还干着一件十分积德行好、别人万万做不到的事，便是他经常埋"倒儿"，经常埋死孩子，这也是他为什么要垫出那样一条小道、直通乱葬岗的原因。

什么叫"倒儿"？倒儿就是冻死、饿死在路边，或者冻死、饿死在谁家门口或者墙角旯旮的死尸。死在路边的，人们看见了，既不报官，也不找别人，专专地跑去告知了康栓老汉，说："老康头儿，告诉你，路边有一个。"康栓去了，试试那人，没了气儿，便把那人装上他的独轮车，推到南面的乱葬岗，埋掉。死在谁家门口的，早晨起来，一开门，那家人吓得大呼小叫，然后去找康栓，说："老康头儿，我家门口有一个！"康栓来了，试试那人确实死了，便又装上独轮车，推到乱葬岗子去。

"死孩子"，不光柳村有，其他几个村子也有，差不多每隔十天半月就有一个。孩子得的什么病？为什么会死？得的大都是一种病，叫"大肚子脾疾"，是因为吃了不干净或不容易消化的东西，以及喝了不干净的水，比如骆驼康记门口那眼井；井里乱七八糟，什么都有，夏天，水涨了，猫下腰去，便能把水舀上来，井里不但有雨水，也有骆驼尿。小孩子喝了这样的水，便会拉稀；若不拉稀，身上起了脓疱倒也好，说明毒出去了，顶多最后落个疤。若只拉稀，把肚子拉空，便立即会饿，还会渴；饿了吃什么呢？无非是窝头白薯以及干菜叶子、榆树皮；渴了喝什么呢？依旧是井里的水，而且是生水，没有谁把水做开了再喝。天长日久，周而复始，吃了拉，拉了吃，孩子变得细脖、大头，肚子却一天天鼓胀起来，肚皮薄薄的，胀得发亮。孩子从拉稀开始便爱哭，整天"咧咧儿"的没完。孩子总饿，见什么吃什么，越吃肚子越大，这便是大肚子脾疾。多则一年二年，少则三月五月，孩子死掉了。

孩子死了，家里人怎么不自己埋呢？因为他们狠不下这个心、下不了这个手……于是，康栓同样被叫了去。没有人请他吃饭，没有人事前事后向他表示感谢，只和他说："劳你……把孩子埋了吧。"有这句"劳你"，康栓便感知足，于是把孩子抱上他的独轮车，有被褥的，让被褥随了孩子去，没有被褥的，便用席头卷了。这时，孩子的父母又说："劳你，坑要深一些，别让狗扒。"康栓说："放心，放心。"

康栓用不着嘱咐，夏天，春天，秋天，他自然会把坑挖得很深。冬天，则需费许多力气，因为先要用镐刨开冻土，才能用锹挖。要知道，野狗们十分厉害，特别是冬天，它饿急了，坑稍浅，便会把死孩子扒出来，伸进头，先掏五脏吃。

然而人们通情达理，虽然不请康栓吃饭、事前事后也不向他道谢，但无不说他好，无不说他一辈子都做着好事。

齐老头儿死了，赶了大半生的车、往宫里送了大半生的水，最后却在康栓家里养老，也最终死在康栓家里。村里人再一次称赞康栓老汉，同时也看不起、瞧不上这齐老头儿，更鄙视、痛恨他的儿子齐文贵。

康栓却从来没有嫌弃过齐老头儿，管吃管喝，只不过多了双筷子。齐老头儿什么也不干，也不会干，吃完了，手里揉着核桃，站在门口，看过往行人，或者去别处遛弯儿。康栓老汉也恨齐文贵，因为齐文贵一次也没来看过他的父亲；他父亲死了，齐文贵依旧不来，据说连眼泪也没掉一滴。

在康栓家里，还有另一个人，时常晚上来。这个人是冷家的哑巴，没人知道他的名字，只知道他姓张，平时都叫他张哑巴。

哑巴与康栓同岁，只生日比康栓大了一个月零几天。齐老头儿没死的时候，到了晚上，不光有齐老头儿，还有哑巴；别看康栓老汉与别人没的说，与他年纪差不多的人便有话可说了。他们说起当年的张家，说养鸭子，说送水，说许许多多过去的事。张哑巴虽然不会说，只会比画、只会蘸着唾沫在桌子上写，但康栓觉得不寂寞，快乐了许多。康栓有老伴儿，但老伴儿活儿多，还要看孙子，家里虽然有四个儿子，但他们都很少和康栓老汉说话。

哑巴识文断字，据说读过不少书，若说学问，比齐老头儿强多了。

康栓老汉的四个儿子，康保山、康保河、康保永、康保存，这名字便是哑巴给取的。哑巴用手指蘸了水，在桌子写，然后伸出大拇指:“山、河、永、存，这四个字好！好！”

柳村人又称赞，一个哑巴，也没了原来张家的势谱，而康栓不但招惹了齐老头儿，又把哑巴招到家里。这叫什么人找什么人，也只有康栓才这样做。

冬天了。今年骆驼回来得特别早，刚见头一场霜，大儿子和大孙子，拉着骆驼，驼铃丁零当啷响，顺便从门头沟驮回来了煤。

两“把儿”骆驼，每“把儿”六头，因此十二头骆驼驮了十二口袋煤，每口袋煤都在三百五十斤左右。有小骆驼，也驮一口袋煤，顶多二百斤左右。

如今的煤价康栓老汉算不清楚了，孩子们也不和他谈论这些。以前，他拉骆驼的时候，每口袋煤能卖五六十吊钱，现在，大儿子保山有个大钱口袋，总拴在腰上，里面全是钱，究竟有多少，康栓老汉不知道。他只知道，如今的钱太不经花！

大儿子保山三十四岁了，但仍和二十几岁时一样不爱说话。他的高颧骨、直鼻梁很像他的母亲，不爱说话大约也像他的母亲。大孙子也已经十四岁，鼻窝儿里挂着黑，手上也黑，一顶毡帽头扣在头顶，像个小大老爷们儿，再细看，大孙子的唇上长出了细细的茸毛。

冬天没事，二儿子、三儿子、四儿子都在家里闲。大儿子每次驮回了煤，他们帮卸了，然后有的饮骆驼，有的给骆驼刮毛。前院，是骆驼的天下，靠墙有成垛的骆驼草，等骆驼回来吃。那草都是老伴、大儿媳、二儿媳秋天里抽空打的。这打草的活儿，康栓老汉干不了，因为要下水，也因为太累，家里人都禁止他干，怕他着凉，引发他的喘。

驮回三趟煤，也都卖完了，突然一天，包保长的儿子包进闯进门来，瞪起眼睛问：“怎么不给我家送？”

大儿子保山正坐在炕边搓骆驼毛绳，头也不抬，说：“把头年欠的煤钱给了。”

包进说：“没给你吗？我爸没给你吗？”

“你去问你爸，给没给。”保山整着脸，依旧不抬头。

康栓老汉也恰巧在保山屋里。他知道，包保长与儿子包进分家另过，而煤钱，儿子却推给了包保长。于是康栓老汉说:“他老了，你年轻，这钱就该你拿。”

“一边去，你懂个屁！”包进瞧不起康栓。

忽然，保山抡起骆驼毛绳，抽了包进一家伙！包进哪里肯让？挽起袖子要动武。

这时，保河、保永、保存先后进了屋子，他们不动，也不说，光看着包进，把包进逼得向后退，然后气鼓鼓地跑掉。

过了两天，包保长亲自送来了煤钱，其中有头年欠下的煤钱，也包括今年订的两口袋煤钱。

康栓老汉着实纳闷，这世道变了，儿子怎恁大胆子？敢得罪包保长一家。晚上，哑巴来了，康栓又向哑巴说起，哑巴比画，也说世道变了，今后还不知怎么变！

康栓老汉又向哑巴打听丁德强怎么样？哑巴竖起大拇指，意思是挺好、不错。

于是康栓想去看看丁德强。因为毕竟是他把丁德强介绍到冷家去的，丁德强又孤身一人，举目无亲，他关心丁德强是应该的，同时也要对得起冷家。康栓也知道，丁德强那孩子的确不错，很听话，很规矩，除了接送冷家的孩子放学、上学，按规定，余下的时间也去了地里，和长工们一起干活儿。

晚上，康栓还是去了，去看丁德强。他进了冷家碾房的院子，却看见丁德强住的那间小屋黑着灯，证明丁德强不在，再看，小屋门锁着，不知丁德强去了哪里。

来的时候天有些阴，回去的时候，飘起了雪。

未料，这雪一飘就是一夜，清早起来，已白茫茫一片。

康栓老汉扫雪；把自家门口扫干净了，又往街上扫，扫出了窄窄的一条，一直扫到那条街的尽头，也就到了村子的西口。

清晨，街上没有人。况且是冬天，地里没活儿，人们都在家里炕头上闷着。康栓不扫了，望着远处，望着村西口路边上那棵老槐树。

那棵老槐树老得不能再老，雷劈过，只剩了粗粗的、两人环抱不过来的一根老树干。树干的尖顶，仍然生出几根枝杈，树干的下方，则是半个树干；另半个，变成空空的树洞。那树洞里可以藏进一个人，你若从跟前过，那人猛然从树洞里出来，定把你吓一大跳。

此时，康栓老汉忽然眯缝起双眼，似乎真的看见那树洞里有个人。于是他揣着手、腋下夹着扫帚，朝那棵老槐树走去了。康栓收拾“倒儿”收拾惯了，他怀疑，那树洞里是不是个“倒儿”？

到了跟前，确实有个人，是个女的，但是不是“倒儿”呢？只见这女人大约四十几岁，半闭着眼，在树洞里直直地站着。

“哎，哎……”老汉叫她，她却不应。老汉用手拍她的肩，她仍然不应；老汉拽了一下她的胳膊，她却顺势朝老汉倒了过来，这可真把老汉吓了一跳，吓一跳的原因不光因为她倒下来，更因为她的后面还站了一个人，是个女孩儿，看去十三四岁，眼睛睁得很大，惊恐地望着康栓。

康栓老汉当即明白，人若是吃了饭，肚里有食，即便再冷，也不会冻死。这是母女俩，当妈的为了让女儿暖和一些，不被冻死，便让女儿站到树洞的最里面，她站在外面，为女儿遮挡风寒，宁可让自己冻死，保女儿活着。

死了吗？康栓不信。他赶快叫来了人，也推来了他的独轮车，把那母女俩抱上了独轮车，让女儿搂抱着母亲，把她们推回了自己家。

康栓老汉和老伴儿先把那母亲抬上了热炕头。过了一会儿，那女人真的缓了过来，她没死，只是冻晕了、冻僵了。接着，又赶快给这母女俩喝水，给她们吃饭，让她们踏踏实实在热炕上躺着、坐着，好好地歇。这时候，康栓老汉又发现，这个十三四岁的女儿原来一只眼是瞎的！两眼空空地张，而一只眼的眼珠上全是白，不见黑色的瞳仁儿。

康栓老汉问她们，哪儿的人？要到哪儿去？她们一开口，便听出来，她们原来就是本地人，没一点外地口音。那女人说，北边黑山的……孩子她爸在门头沟背煤，砸死了。她带着孩子去看她爸，却连个尸首也没见到，就那样埋在煤井底下，没人管，没人救，也没法救……年年死人，一点也不新鲜。背煤的都和矿上有合约，伤了，死了，概不负责……所以她们只好回来，走到半路，又冷又饿，想在树窟窿里躲一躲、歇一歇，等雪下得小些或是停了她们再赶路……大叔，您是救命恩人，给您磕头。

把康栓的老伴儿也说得掉下了眼泪。康栓则习以为常，就和医生看病人那样经多见广，反而笑着问："赶路？你们娘俩回哪儿？还回家去吗？"

那女人点头："回家……家里还有两个孩子。"

"家里有吃有喝？"康栓问。

"没有。"那女人摇头。

若说康栓老汉没一丁点儿私心也不对。此时，他动了一个念头，那念头便属他的私心。

康栓想起了自己的三儿子和四儿子，于是朝那女人说："你若是愿意呢？就把这姑娘留下，和我们老两口一起吃，一起睡，我们老两口拿她当自己的亲女儿看待。你若不愿意呢？明儿一早，给你们带上干粮，再给你们点零钱，你娘俩就走，回家去。"

那女人一听，又要给康栓磕头，说："大叔，我看出您是好人，大婶也是好人。把我这女儿留下，我愿意、我放心，要不然也得饿死……只是，她瞎了一只眼。"

康栓老汉说："等有了钱，带她到城里看。城里人可有本事了，这眼一看就好。"

女人趴在炕沿上真的为康栓磕了三个响头。

第二天一早，女人带上干粮、带上零钱，和女儿抱头哭了一会儿，又嘱咐了女儿，听话、好好和爷爷奶奶过，然后便一个人回家去了。

康栓想：纵然一只眼是瞎的，纵然才只有十四岁，但四个儿子中有两个还没有媳妇，给哪一个呢？按道理，应该给老三，因为老三已二十五岁……不，还是给四儿子吧，四儿子二十二岁，二十二减去十四，还差八岁。差八岁不算差，起码比老三差得少些，比如，自己和老伴儿便差八岁呢。

你看，这就是好心必有好报，等慢慢养大，不费吹灰之力四儿子便有媳妇了。至于三儿子，慢慢等，别着忙，总有一天也会等到一个媳妇。

十九　婚期

想不到，陈兆宗又和以前一样，自秋天那一次来家，便再没有来过。

冷梅也不好意思再去打搅钱校长。因为钱校长一直也不再过问她和陈兆宗的事。

但怎么搞的？自己的乳房怎那样大？比几个月前大，而且收不住、拢不住，似一天比一天大。以前自己的胸几乎是平的，冷梅为此还感到体面、感到是一种幽雅，现在，不体面了不幽雅了，乳房鼓胀起来，像挂着两个快要成熟的鸭梨！

冷梅想起来就脸红，想起来就臊得心里难过。她知道那乳房是怎么回事……但不怪别人，全怪自己，怪自己那天不该进了那个山洞，不该允许陈兆宗那般放肆，在她的衣服里乱摸。

冷梅个子高，个子高就不可能太丰满，若再丰满，就成了大块头。与妹妹冷竹比较，冷竹比她丰满多了，到了十八岁，乳房也比她大。冷梅羞过妹妹，但妹妹不以为然，就任其那样在胸前颤颤的，也不束胸。现在倒好，姐姐的乳房在追赶妹妹，似要超过妹妹。

冷梅以前就束胸，只好把胸束得更紧些，企盼恢复原来的状态，但母亲的眼睛里不揉沙子，叹气说："女人哪，不经招惹……"

从十月，到十一月、十二月，又过了阳历年，四个月过去，陈兆宗只来了一封信。

信上说，他被调往了清河，又说他如何如何爱、如何如何想念，说他如何如何忙、如何如何没有时间，要分清主和次，等等。最后表明了他的想法，也算决定："梅，我们既然分清了主和次，目前什么是最主要的，那么只好等有了时间再去找你。"

冷梅没有给他回信……好，你忙，你的事最重要，既然和以前一样，那么随便你，爱来不来。

过了阳历年，很快到了阴历大年。

柳村里，就和没过年一样。好过的年节、难过的日子，穷苦人这样说，柳村人的年也就这样悄无声息地过去了。

冷家的年也没有过得很热闹，因为冷家没有客人来，更没有亲戚。爷爷奶奶死得早，又只生了父亲季宝来一个，哪来的亲戚？母亲也说“没有娘家”，是“起小从山东逃难来的”，因为黄河发了大水，姥爷、姥姥死在半路，母亲一个人来到北平城里，后来学会了做买卖、赚了大钱，才买下这片房产和这么多地。因此也没有亲戚。

冷梅想，柳村的山东人也真是多，其经历也都大同小异，都因为黄河发了大水……只是，别人不走运，不但没发财还受了苦，母亲走运发了财。

大年初三这天，母亲忽然提出要去康家。哪个康家？康家一大户，人口众多，是去康栓老汉家还是哪家？母亲点头说去康栓老汉家。

母亲要冷梅同去。冷梅本不想去，但母亲央求她，非要她陪同。

母亲说出了必去康栓老汉家的两个理由。

第一，康栓老汉人缘好，在柳村是个大好人。过年了，应该去看看老人家。

第二，哑巴舅舅总到康家去，与康栓老汉很合得来。一个哑巴，话不会说，别人与他说话相当费劲，而康栓老汉不嫌弃，这么多年，难道不应该对老人家表示感谢？应该对康栓老汉表示感谢的另一个原因，是他把丁德强推介到了冷家，因而帮助了冷家，否则很难找到如丁德强这样合适的人。若找个村里的，守家在地，恐怕先要顾他自己的家，弄不好还要偷你。

冷梅觉得母亲提出的理由站得住。黑灯瞎火，冷梅也担心母亲一个人去会害怕。

傍晚，冷梅便陪同着母亲，穿暖和了，出了胡同，往南走，来到了骆驼康记住的那条街上。冷梅记得，她与陈兆宗夏天从这条街上经过，去旱地宣讲新生活运动，便嗅到一股腥骚味儿，冬天了，骆驼回到村里，这条街上的腥骚味儿更浓、直往鼻孔里钻。

推开树枝和枣棵子扎成的栅栏门，骆驼就在院里。院子很大，四周有土墙，墙上也扎着葛针和枣棵子。骆驼大约见有生人来，“咴咴儿”地喷出响声，母亲说：“小心，别踩了骆驼屎。”

“谁呀？”有人提着马灯从里院出来。

“我。”母亲应声。

那人到了跟前，用马灯朝母亲脸上照了照，冷梅认出，这人是康栓老汉的老伴儿，草原上来的女人，快六十岁了，人高马大。

那女人转身回去，喊道：“冷掌柜的来了！”

冷梅和母亲随在后面，进了里院，康栓老汉从北屋里迎出来。

母亲说：“老人家，过年了，来看看您。”

看不见康栓老汉什么表情，只听他“嗯，嗯……”又是谦和地笑，让冷梅和母亲快进屋、外面冷。

进了屋，满眼都是土墙，没有棚顶，只见檩条，檩条也是灰黑色的，这屋里的一切似乎全烟熏火燎过。

屋里有三四个孩子在玩儿，还有一个看去十三四岁的姑娘。康栓老两口热情地请她们坐，母亲不坐，冷梅也不坐。

母亲问：“你老两口住这两间？”

康栓老汉说:“嗯，嗯，大儿子住西房，二儿子住东房。”又指指隔壁，“三的和四的住北房的一间。”

母亲说：“老人家，您多子多孙。”

康栓老汉说：“托福，老天爷长眼，向着我康栓呢。”

母亲又问这小姑娘是谁。

康栓老汉笑了，说：“是我捡来的。”

母亲躬身，看了看那小姑娘：“吆，她那只眼睛……”

“一只眼不顶用，从小就瞎。”康栓老汉说。

母亲说：“大叔，你一辈子尽做好事。”

康栓老汉继续说那小姑娘：“我本打算让她给四的做媳妇，可四的不要，又和老三说，老三倒要了。慢慢养着吧，养大了，到了十七八岁就和老三成亲，只是岁数差多了些。多些就多些，老三乐意，姑娘也乐意，就行了。”

母亲从兜里掏出一沓钱：“老人家，这钱给你。”

康栓老汉惊呆了，继而连连摆手，不要。

母亲坚持，把钱塞到老汉的兜里。

康栓老汉指着炕边的大柴锅："有的吃呢、有的吃呢。你看，新蒸的一锅红薯，还有饼子。"

康栓的老伴儿掀开柴锅，果然，好大一锅饼子和红薯，冒着热气，红薯在中间，四周是饼子。

母亲说："我们家那个哑巴，总到您这儿来，给你们添麻烦。"

康栓老汉竖了竖大拇指："嗯，嗯，好人。"

康栓的老伴也说："他可不招人厌。你跟他说，他就朝你比画，你不跟他说，他就在那儿坐着，一声也不言语。"

屋里很热，因为那炕烧热了，屋里满是热气。

孩子们这时早已蜂拥着奔到柴锅旁，你一块红薯、我一个饼子，蹦跳着，开始大吃。那个小姑娘，则一面吃一面从锅里舀出一碗锅水，似是一碗汤，呈绛红色，带有红薯的香味。她先递给冷梅，冷梅不喝，又递给母亲，母亲摆手，说："孩子，我知道，这汤是甜的，你自己喝吧。"

小姑娘把那碗红薯蒸成的锅水递给一个最小的弟弟喝了。

康栓老汉把钱掏了出来，还是不要。母亲只好把那一沓钱放在桌子上，然后对康栓老汉说："老人家，我还想看看你的大儿子和你的二儿子。"

康栓老汉听了很高兴。于是头前带路，出了屋，去了西房，也就是他的大儿子住的屋。

这间屋，比老汉的屋稍宽敞一些，也干净些，墙上刷了白灰，也显得亮一些。

屋里坐着两个男人，看去都已三十多岁。不用介绍，冷梅便知是康栓老汉的大儿子和二儿子。另外，还有一个男孩儿，虎头虎脑，当然是康栓老汉的孙子。

然而这两个三十多岁男人却不像康栓老汉和他的老伴儿那般热情，只漠然地看着母亲和冷梅，不让座，连招呼也不打。

母亲却不一样，反比见到了康栓老汉还热情，还显得亲切，而且，开口便能叫出这两个人的名字："保山，保河。"

叫保山的没有答应，叫保河的也没有答应。叫保山的问康栓老汉："她们，来干吗？”

草原上来的女人把母亲给的一沓钱带了过来，托在手上，说：“冷掌柜心眼好呢，大年初三还给咱送年过货钱。”

“还回去！”那个康保山，情不知、意不搭，竟冷冷地命令他的父亲。

康栓老汉从老伴儿手里接过钱，望望这个、望望那个，不知怎么办好。

母亲不知哪里来的恁大决心和耐心，不但不生气，且又从兜里掏出了钱，居然还是两份，一份递给康保山，一份递给康保河。

老二康保河毫不客气，几乎是抢，一把从母亲手里拿过了钱：“哥，不要白不要。”

母亲却笑，笑得很开心，说：“这就对了。”

康保山却不要，连头也不抬。但他的媳妇接着了，把钱揣进兜里。此时，康栓的老伴儿也笑着，把她的那一份拿回自己屋去。

却没有人再说话，屋里静静的，局面有些僵。冷梅真不明白母亲究竟是为了什么？好心施舍，招来的是冷脸或阴阳怪气。

母亲关心他们，说：“看见你们身子骨都结实，我高兴……保山呵，听人家说磨石口那边常有人劫道，隐在树后头，用大石头砸。你每次驮煤经过那儿，千万要小心！”

康保山一声不吭，只抬头看了一眼母亲。与其说是看，不如说是瞪。

母亲又对那个康保河说：“保河，记住，交租的时候我让你少交你就少交，不让你交，你就别交。”

康保河则嬉皮笑脸：“放心，掌柜的。您每次让我少交，我就少交了，让我背回去，我不是就背回去了？”

“以后不用我说，你就别交了。”母亲大方地做了决定，也不顾康保河是冷家稻田的一名佃户。

母亲又走到那个十多岁男孩儿面前，用手摸着他的头：“多大了？十四还是十五？”

男孩儿说：“十四。”

康栓老汉说：“过了年十五。”又指着康保山，“过了年他就三十五了。”

母亲站在那儿，想了想，不知还想干什么。但母亲绝没有走的意思，弄得冷梅想走，只好说话，说得很客气：“不打搅你们了，请休息吧。”

冷梅连拉带拽，把母亲拉出了屋。继而出了康家的院门。

路上，冷梅奇怪地问："您怎么还不想走？"

母亲不说话。

"您今天怎么回事？谢了，就完了，还要低人一等。"

母亲开始擦眼泪。

冷梅说："穷，让人同情，可是有钱也不是罪过。"

母亲忽然笑起来，笑得很天真，像个孩子，说："你看那两个，八字脚……"

冷梅问："什么八字脚？哪两个？"

母亲说："康保山、康保河是八字脚。另外两个呢，今天没看见，以前我见了，是罗圈腿。"

冷梅不明白什么是八字脚，什么是罗圈腿。

母亲解释："保山、保河随他父亲，拉骆驼时间长了，就成了八字脚。另外两个随他草原来的母亲，骑马骑的。"

冷梅糊里糊涂，但母亲不再流泪，说明心情变好了。

母亲又说："他们身上都有疤。"

提起疤，冷梅倒有所观察，夏天的时候，骆驼康记的人大都光了膀子，于是不但脸上有疤，胸前胸后、腰上、肩上，都有大小不同的疤。因此冷梅也听有人把骆驼康记叫"疤拉康记"。

……过了初三便是初四，过了初四便是初五……初五这天的下午，想不到陈兆宗的母亲来了。作为陪同，钱校长的爱人钱师母也来了，她们都不认识路，坐着三轮车，到了柳村，向人打听完后，才进了冷家的大门。

陈兆宗母亲带来了礼物，虽然又无非烟酒茶糖之类，但很多，很隆重。陈兆宗没有来，他依然忙，忙……他母亲说，过大年他连家都没有回，至于忙什么，陈兆宗说是军事秘密。

她们来，是为商量冷梅与陈兆宗结婚的事，还有婚期。

冷梅想，还提什么婚期？结不结婚还不一定，婚期订的是六个月以后，已经过去了四个月，陈兆宗竟然连面也不露，以前那些热烈表达，是真还是假？对她冷梅是真喜欢还是假喜欢？

母亲与冷梅的想法完全不一样。陈兆宗母亲和钱师母走了以后，母亲高兴地说："明摆着，人家是下聘礼来了！"

提到忙，母亲有自己的看法："一个吃官饭的，难道不忙？非整天没事干、晃晃悠悠的好？那叫没出息！"

母亲当即做了决定，要回拜，回拜的时间就订在正月十五。

冷梅本生着气，继而犹豫，慢慢没了主见……但母亲做出了决定，那么就依从母亲，和以前一样，母亲的主见和决定便是冷梅的主见和决定。不然怎办呢？难道就不能再原谅陈兆宗一次？不原谅又能怎？是不是就此一刀两断？不能，不能……

正月十五，只隔几天工夫，说到便到了。这一天，也恰好是星期日。

母亲给陈家预备的礼物比陈家送来的礼物多，且比陈家的高级，今天是元宵节，又增添了两盒元宵。冷梅和母亲坐上丁德强的毛驴车，坐到青龙镇，然后，母亲在车上等，让冷梅去钱校长家，请求钱校长陪同。因为无论冷梅还是母亲都搞不清陈兆宗家的具体地址，只知他们住在城里，住在东城。

钱校长欣然允诺。但冷梅和钱校长来到路上的时候只剩了母亲，丁德强已被打发了回去，母亲说不能再坐毛驴车，如果再坐，便显得土气，显得我们很没有身份。

于是，在青龙镇雇了两辆三轮车，冷梅与母亲合坐一辆，另一辆钱校长坐。冷梅和母亲很挤，钱校长一个人也显得挤，因为那辆车上同时放了那许多礼物。

坐到三贝勒花园。三贝勒花园旁边有电车站，再乘了电车，丁铃丁铃响，一直进到城里，到了东城。

冷梅一路忐忑不安，不知这陈家是怎样一户人家，以及陈兆宗会不会回来，会不会在家。再有，一旦点了头，答应了这婚事与婚期，那么这个陈家将是她冷梅的又一个家，而柳村的家成了娘家，自己与母亲、妹妹弟弟也将分住两地，学校呢？还要不要来青龙镇教书？

倒未见什么示威游行，钱校长说过去了，早过去了。冷梅只见大街上跑着吉普车，车上坐着美国兵，与歪戴着帽子又戴着深色墨镜的时髦女郎招摇过市，钱校长说那叫吉普女郎。

母亲则有些神情恍惚，并且嘴唇微微在动……冷梅把耳朵贴近母亲，似乎听见母亲在说："变了，全变了，哪也认不出来了……"

冷梅问母亲："您来过？"

母亲不答话，只叹气，又掏出手绢擦眼睛。

下了电车，钱校长头前带路，把冷梅母女俩引进了一个胡同。那胡同比柳村冷家胡同窄多了，又进了一个黑漆大门，门也很陈旧。

陈兆宗说他家住的是大杂院，果然是个大杂院。望去，院里四周全是人家。

陈兆宗母亲首先迎出来，后面跟着一个老头儿，戴着眼镜，穿着整齐的中山装，那自然是陈兆宗的父亲了。

陈兆宗父亲和钱校长握手，母亲则与陈兆宗母亲相拥抱。然后陈兆宗母亲又拉着冷梅的手，好半天才松开，显得十分亲热。

陈兆宗不在家。或者说他没回来。

进了客厅，冷梅发现这家既中又洋，既有如冷梅家那样的太师椅、八仙桌，也有如钱校长家那样的沙发、茶几和其他一些洋式的摆设。但沙发、茶几是新的，椅子、八仙桌之类是旧的。冷梅想，这个家不但中西搭配，也新旧搭配，但还好，虽是大杂院，住的却是正房，看去家境也还可以。

落座以后，兆宗母亲便开始忙，又去邻居家给陈兆宗打了电话，说兆宗一会儿就回来。陈兆宗家没有保姆。

沏好了茶，茶几上的盘子里也放了糖果，兆宗母亲陪自己母亲坐在沙发上，为母亲点着了香烟，又为冷梅剥糖果。母亲会抽烟，但平时抽得很少。兆宗母亲原来也是个中学教师，与冷梅是同行，两个人开始说学校里的事，说教学课本各学校不统一、五花八门，还有，上面经常派人来干预教学，每周必掺入一堂"党化"教育。兆宗母亲又说起他们的房子，说这房子属于"接收"财产。他们原本不住在这里，是住在西单排楼附近的，但这房子的主人是汉奸，处决了以后房子便转给了他们，原在西单的房子换给了另外的人家。

母亲说："中国怎那么多汉奸？"

兆宗母亲说："可不是？就这么多！"

陈兆宗一会儿就回来，不过说说而已，过去了快一小时，却不见陈兆宗露面。

钱校长和陈兆宗父亲说着话。两人一个坐在八仙桌子左边，一个坐在右边。钱校长中等个儿、微瘦，兆宗父亲也瘦，但黑且矮。兆宗的长相看来不随父亲，而随他母亲。钱校长和兆宗父亲都不抽烟，两人只喝茶。

钱校长问："你笑什么？"

兆宗父亲说："我没笑，你笑了。"

钱校长说："我没笑，你在笑。你把眼镜摘下来，看你笑没笑？"

兆宗父亲摘下了眼镜，果然，绷不住，先是干笑，后又"嘿嘿"地笑出了声："之章，你说我笑，我就笑了……六十多万军队呵，从头年六月到今年二月，八个月的工夫，被人家打得稀里哗啦，可是我们的报纸天天登，消灭了人家多少、又消灭了人家多少……吹吧，这牛皮我看吹到哪天才算完！"

两个人在说时局。的确，报上天天是好消息，可是他们说的却是不好的消息。

钱校长也开始笑。但钱校长笑得含蓄，笑得文雅，边笑边说："还可以继续坐下来谈嘛。"

"还谈？还谈什么？"兆宗父亲嗓门很大，"重庆一谈已经虚废，再谈，人家共产党就有了更高、更多的筹码。因为我们打输了，人家打赢了。"

钱校长收住了笑容，叹气说："中国呵，两千年来总是打，打，你推翻我，我推翻你。从中山先生去世到现在，又过去了二十多年，还是打，打，你推翻我，我推翻你，你说你要实行民主，我说我也要实行民主，可是一个实实在在民主的中国，什么时候能建立起来呢？"

"是那么好建立的？"兆宗父亲用手指敲着桌子，"依我看，又很简单，只要放弃一党统治，别把国民党当成国家、别把一党利益放在国家之上，别为了一党的前途、为了一党的长久统治就什么都不顾了，任别人怎么说、怎么发牢骚，我都掩耳盗铃，装听不见。可话又说回来，谁肯放弃一党统治呢？委员长肯放弃？李宗仁、陈诚他们肯放弃？"

"你说为什么不肯放弃？"钱校长问。

那老头儿反问："你说为什么？"

钱校长说："我不知道。你在城里，你知道得多。"

"我说过了，利益，利益！"那老头儿拍了下桌子，"这里面就是个利益问题。别看前方打仗，从整体上说实际已经形成了利益阶层和利益集团，而另一方，是得不到利益的广大劳苦大众。"

钱校长想了想，说："还有个自尊的问题、传统的问题。国民党这么多年了，很不容易，不能从他们手中把权利丢掉。如果丢掉了，没法交待，全国有那么多国民党员，又有那么多元老。"

"你这话靠谱儿。"兆宗父亲把身子往后一靠，"可是呢，这个政权已经发霉、发烂，他们不应该再守着这样一个将要垮掉的堡垒，还宁死不屈。"

钱校长沉思着："可能，也有下情不能上达的缘故吧……因为上面的自我感觉总是很良好。"

"他们装糊涂！"老头儿又把身子探过去，瞪着钱校长，"其实他们心里比谁都明白，只不过因为手里有枪。实在不行就拿枪对你，你有什么法儿？你能怎样？你敢怎样？那是专政，容不得另外的声音。"

"是呵。"钱校长说，"龙颈有逆鳞三尺，触之必怒。"

老头儿说："我也看了点儿古书，说秦朝的贵族唆使太子犯了法，这叫'法之不行，自上犯之'。可是商鞅为难，不敢治太子的罪，最后只好用刑于太子的老师。所以王子犯法与庶民同罪简直就等于放屁。"

"扯远了。"钱校长说。

"拉回来。"那老头儿说，"放弃一党统治，让共产党加进来，实行两党或多党竞选制度，中国才算有了希望，才不会总打仗、总是你推翻我我推翻你。否则，你想吧，中国怎么都好不了，永远也好不了。"

"你一个市政厅管工商登记的科员，想不到能有这样的见识。"钱校长似乎在夸赞。

老头儿说："闲着没事我研究。再说，我们有几个私下里也议论。"

钱校长劝道："不过，小心祸从口出。"

那老头儿不在乎，忽然又说了一句一般人听不懂的北平土话："依我看，这就叫蔫土匪、厚脸皮，叫头拍子头朝里！"

冷梅真的听不懂这土话、粗话，也不知道这话是说谁，说当局？说国民党？

这时，兆宗母亲指着兆宗父亲："你们别听他胡说八道！"

老头儿说："你不懂。"

兆宗母亲说："你不如人家之章。之章不在城里，知道得少，免得心里烦，也免得祸从口出。"

兆宗父亲指着钱校长："他知道得少？一点也不少！只是他不肯多说，因为他是中学校长，又是个国民党员。"

陈兆宗回来了。

陈兆宗风尘仆仆，足蹬马靴，上身穿了风衣，头上戴了鸭舌帽；脱掉风衣，里面是一件黑皮夹克，像电影里的一个大侦探。

陈兆宗第一眼看见的当然是冷梅。

冷梅却把脸扭向别处，装做没看见陈兆宗。

陈兆宗叫了"婶儿"，站到了冷梅跟前："我紧赶慢赶，从清河到家也一个多小时，还是摩挎子送我回来。"

陈兆宗母亲帮助表白："他今天已经不错了。问问他爸，过一个年，只初一那天和我们吃了一顿饭，吃完饭又走了。"

实际上，冷梅心里也体谅陈兆宗。若不是真忙，他怎会过年也不在家？

"年轻人，还是忙点儿好。"母亲说，"兆宗呵，即使你不回来，我和你爹妈一起也把你们的婚事订了。"

那老头儿，此时依然说些不合时宜的话："兆宗，你调到清河去了，诸事悠着点儿，别上面说什么你信什么，让干什么你就干什么。"

陈兆宗看了一眼父亲："我今天不和您抬杠。"

"你还有什么可抬的呢？事实胜于雄辩，六十万大军，被人家打得落花流水！"老头儿又说时局。

"您光听信谣言、听信不正当的消息。"陈兆宗大约经常和父亲抬杠，"正面的消息呢？您根本不听！比如我们的信心、决心，比如我们只撤下了一部分军队，大部分军队仍然在穷追猛打，特别在山东地区，把共军追得无路可逃！"

陈兆宗父亲哈哈大笑："你们那个三青团，你们那个三青团……光给你们灌迷魂汤。”

陈兆宗生气，拉了一下冷梅，让冷梅随他离开客厅。

“嗨！”老头叫住了陈兆宗，“我问你，你们那个新生活运动，怎么不搞了？嗯？”

老头儿从八仙桌子底下拿出一张报纸，指着报纸上面的字：“这是一个外国人，叫詹姆士·托玛斯，他写的文章，说‘建基于牙刷、老鼠夹和苍蝇拍的民族复兴运动……’说的是谁？说的就是你们！”

老头儿又笑，笑个没完，笑得快要流眼泪。

牙刷儿，苍蝇拍儿……冷梅想，同时也想起了“肥皂”。

陈兆宗气呼呼拉着冷梅出了客厅。他们来到另一间屋里。

这间屋是陈家客厅的一间侧室，冷梅打量了一下，通往客厅的的门被封死了，有砌墙的痕迹，这里便成了单独的一个房间。陈兆宗说这便是他睡觉的地方。

总之这屋子还算宽敞，也很素净。墙上什么也没挂，只墙角放了一张床，床边有一张桌子，桌上放着几本书。距桌子不远，是一个洋式火炉，很新，但炉子是凉的，这屋子没生火。冷梅又瞥了一眼桌上，见桌上放着的书是“建国纲要”、“总理遗训”、“中正演讲录”之类。

陈兆宗向冷梅解释，说他“总不在家，所以不生火”。陈兆宗把床上卷着的被褥放下来，让冷梅坐，坐在被褥上，暖和一些。

陈兆宗则坐在床边的椅子上，面对着冷梅。

冷梅把脸扭开，望着窗外。

陈兆宗脱下自己的黑皮夹克，披在冷梅的肩上，但冷梅抖动了一下，夹克从肩上滑落下来。陈兆宗再一次为冷梅披上，冷梅便不好意思再动，陈兆宗也就顺势抓住冷梅的手，说：“梅，我实在忙，我们三青团要开展军事训练，还要慰问死伤的将士家属。你知道，北平地区就有不少这样的家属，特别是乡村，这一个大年我们始终在慰问。他们是光荣的，伟大的，为党国都做出了牺牲。”

冷梅试图抽出自己的手，但不知是自己用力不够，还是陈兆宗攥得太紧，手竟然抽不出来。

手就被陈兆宗那样攥着，且陈兆宗像端详鲜花似的端详着冷梅，说她“瘦了”，又说她的手冰凉。

冷梅忽然感到委屈，眼睛里湿湿的。

陈兆宗向冷梅道歉，提起了几个月前的那件事：“梅，我不该对你那样粗鲁，不该对你那样没有礼貌，侵犯了你，伤害了你的自尊心，回来之后，我真想抽自己嘴巴。因为它不符合一个先进青年的行为准则。”

是的，在那个山洞，你陈兆宗干了什么？我害臊，难道你就不害臊吗？

“可是我真的想你。”陈兆宗说，把冷梅的手在手里揉搓着，“虽然我忙，没有一天不想你，走路，训练，或者开会，耳朵在听，心却走了，想的是你……”

冷梅被感动得眼泪终于掉下来。

“让事实说话。”陈兆宗用手帕为冷梅擦去了眼泪，“最多下月，我们就结婚，必须结婚！”

冷梅破涕为笑，红着脸说：“正不娶，腊不订。”

陈兆宗说：“对呀，下月阳历是三月，阴历是二月，下月叫什么？叫正月还是叫腊月？”

冷梅摇头：“也不叫正也不叫腊。”

陈兆宗说：“反正整好半年，从头年秋天我们俩订好，到今年三月，整好半年。半年过后正是我们结婚的日子！”他站起来，将冷梅拢到怀里，冷梅的头也就贴在陈兆宗的胸上，不再流泪，只一下一下吸鼻子。

冷梅想说，半年是半年，共产党消灭了吗？不但没消灭，还打了败仗。但她没有说出口。

“好哇，下个月，我将娶冷梅同志为妻！”陈兆宗说着，松开冷梅，转过身来打开桌子的抽屉，从里面拿出了一张表和一本小册子。冷梅看，那表是加入三青团的登记表，册子是“三青团员守则”。

随后，陈兆宗拿一支笔给她，让她在表上签个字。

冷梅再细看那表，表格上分别标有年龄、性别、籍贯等等，同时排列着一串人名，那人名均是加入了三青团的人名。

冷梅虽犹豫了一下，终于在表格上签下了自己的名字。

签完后，冷梅做了声明：“我可什么都不会干。”

陈兆宗劝道：“暂时不会干，慢慢就会干了。”

冷梅又说："冷竹、那个丁德强的工作我也做不了。学校，我也做不了。"

陈兆宗十分乐观："我们结婚以后一起做工作，任何事都能做成。"

从此就是一个三青团员了吗？是的，陈兆宗与她握手，此次握手不同以往，说明他们不仅是恋人关系，从此也是同志关系。

冷梅告诉陈兆宗，说妹妹冷竹夏天的时候曾参加了示威游行，也不光冷竹一个人，青龙镇中学高中班的六七个学生都参加了。他们步行进城，在新街口、在西单，和游行的人一起喊口号，喊反饥饿、反内战，因此冷竹的工作做不了、没法做。

陈兆宗问："你怎么一直没和我说？"

冷梅说她也是前些天听冷竹自己说的。

陈兆宗倒也不怪罪冷竹，说她毕竟还是个学生，容易上当受骗；结婚以后共同帮助冷竹，使其回到党国的路线上来。

提起冷竹的文学爱好和写作才能，冷梅又感到骄傲和自豪。她说："兆宗你知道吗？冷竹在报纸上发表了文章呢。"

"什么样的文章？"陈兆宗问。

"是作文。"冷梅说，"国文老师说好，钱校长也说好，就替冷竹投给了报纸。报纸就登了。"

陈兆宗鼓掌："这样的人，想方设法也要加入我们的队伍。"

这屋没生火，有些冷。恰好兆宗的母亲来叫吃饭，中午了，要去东来顺吃涮羊肉。

于是，一行六个，坐上电车，也只坐了三站，便到了有名的饭馆"东来顺"。

母亲似乎来过"东来顺"，起码很早以前来过，因为母亲说涮羊肉的味道不如以前好。钱校长自然是来过的，说"东来顺"的涮羊肉向来就是这个味道。

冷梅却是第一次吃"东来顺"的涮羊肉，但也没吃出怎样好，或者怎样不好。她只感到饭桌上的温情、和睦，只觉得陈兆宗一家人对她十分稀罕、十分看中。兆宗的父亲，那个黑瘦的老头儿，喝了两盅酒以后没有再说时局的话，而说了喜庆的话。

陈兆宗二十三岁，冷梅二十一岁。大家在宴席上把婚事订了下来，等陈兆宗忙过了这阵子，冷梅就和他办结婚登记手续。举行婚礼的日期就订在三月份的月底，更具体点说是月底的二十三、二十四两天，因为这两天分别是星期六和星期日，大家都休息。

吃完了，母亲和钱校长建议不再回陈家，因为都忙，各有各的事。一切都已定妥，只分头去做准备就好。

又坐电车，直接回家。

按阳历算，眼前是二月上旬，距三月下旬还差一个多月。母亲抓紧时间，真的为冷梅开始置办嫁妆，做着婚前的各种准备。也和父亲说了，父亲只摆摆手："好，好，怎么办怎么好。"

很快，二月份过去，三月来临。但陈兆宗依然在忙，并没有约冷梅去办结婚登记。冷梅却像怀里揣了兔子，结婚，是早晚的事，她离开这个家、告别"姑娘"身份、做一个叫陈兆宗的人的媳妇也是早晚的事，但日子越挨近，只差十多天了，冷梅既盼，又感到紧张、不踏实。

三月，村里来了铸犁铧的。他们今年似乎来得很突然，也来得特别早，春分节刚过就来了。

晚上他们依旧睡在庙的门洞，那位老者，依旧在弹着他的大众琴……他们吃饭的时候，也依旧吃攮疙瘩、或者一斤多重一个的大窝头，另一只手里依旧捏着一棵大葱。他们推拉着风箱，光起膀子，风箱呼呼地响，那个最为精壮的汉子，端起大勺，把铁水倒进模子，飞溅起白亮亮的火花依旧让人们惊羡、喝彩。

他们今年来得早，走得也早，只待了四天，便要走。

他们要走的那天晚上，丁德强来了，进了冷家的院子，又进了客厅，寻找母亲。丁德强来冷家整整一年，经常来冷家院子，却从来还没有进过冷家的客厅，更没有直接找过母亲。自从两个月的试用期以后，母亲便开始每月给丁德强工钱，但那工钱也并不交给丁德强本人，而是由母亲替他保管。丁德强平日没有花销，吃饭，和碾房的人一起吃；穿衣，母亲随便让人送给丁德强一件衣服，钱由母亲保管是应该的，丁德强也愿意。

丁德强找到母亲，竟说出了一句话，说他要走，和铸犁铧的一起走。

母亲问："你老家不是没人了？"

丁德强说，他来柳村、来冷家已经一年，人无论走出多远，时间久了，会想念老家，想念故土，他这次只是想回家看看乡亲们。

母亲原以为待他不好、或者丁德强想要钱，于是拿出了钱，说这钱本属于你的。但丁德强只取了他回山东老家的盘缠。

母亲相信丁德强，觉得他的话有理，便问："你打算回去多长时间呢？"

丁德强说多则十天半月，少则七天八天，肯定回来。

于是，丁德强与三个孩子以及冷梅、冷竹告别。三个孩子竟然对丁德强依依不舍。

第二天早晨，铸犁铧的推起独轮车，离开柳村，上路了。丁德强肩上挎了个小包袱，跟在后面，也上路了。

冷竹追上去，送了丁德强一本书；不知什么书，但肯定是文学书，比如小说、诗歌之类。冷竹就是这样，自己喜欢，不管别人喜欢不喜欢，况且丁德强一心回家，哪有心思和时间看什么文学书？一个长工，又有多少文化能看懂你的书？

丁德强走了，没人赶毛驴车，两个妹妹一个弟弟只好又和一年前那样步行上学。母亲也又开始不放心。

钱校长家里一直没有装上电话，但学校的校长室装了一台。一天，钱校长没在校长室，电话铃响了，一位老师恰好从门前过，于是接了电话，然后跑去叫冷梅，说有人找她，是个男的。

冷梅知道是陈兆宗，她早就等待陈兆宗的电话。现在距订好的举行婚礼的日期只剩了七八天，而结婚登记手续还没有办，冷梅急，陈兆宗不急？当然要和冷梅取得联系，否则，光做结婚准备有什么用？嫁妆又有什么用？冷梅进了校长室，拿起电话，"喂"了一声。

却想不到，陈兆宗开口说的是："梅，再一次对不起，我们只好推迟结婚。"

冷梅先是吃了一惊，然后镇定下来，问："什么原因推迟？"

陈兆宗回答："难道你没看报纸？我们又以几十万大军，在向共产党的老巢延安进发。如果他那几个根据地不好打，一个小小的延安，我就不信拿不下来！梅，到那时候，我们占领了延安，抓住了毛泽东，在庆功宴上宣布我们结婚，更有意义！”

冷梅想说，可以先把记登了……但没有说出口。她只质问道：“记得吗？我们是怎么订的？”

陈兆宗说：“梅，作为一个三青团员，我们当然要以党国的前途命运为重，个人的事，再大也是小事。”

冷梅吼道：“你现在干什么？”

陈兆宗说：“动员，宣传，也随时准备上前钱！”

好，很好，以前是不露面，现在又推迟结婚日期。怎样的理由呢？就陈兆宗说的那样的理由。

第四章

二十　冷竹

冷竹看完了郁达夫的一本书，又在看另一本书。

父亲那里有许多的书，既有公案书、侠客书，也有民国初年的书，另外，冷竹也时常买书，她现在看的便是刚刚买来的、已逝女作家萧红的一本长篇小说，叫《呼兰河传》。

小说开头这样写：

> 东二道街除了大泥坑子这番盛举之外，再就没有什么了。
>
> 也不过是几家碾磨房，几家豆腐店，也有一两家机房，也许有一两家染布匹的染缸房，这个也不过是自己默默地在那里做着自己的工作，没有什么可以使别人开心的，也不能招来什么议论。那里边的人都是天黑了就睡觉，天亮了就起来工作。一年四季，春暖花开、秋雨、冬雪，也不过是随着季节穿起棉衣来，脱下单衣去地过着。生老病死也都是一声不响地默默地办理。
>
> 比方就是东二道街南头，那卖豆芽菜的王寡妇吧：她在房脊上插了一个很高的杆子，杆子头上挑着一个破筐。因为那杆子很高，差不多和龙王庙的铁马铃子一般高了。来了风，庙上的铃子格棱格棱地响。王寡妇的破筐子虽是它不会响，但是它也会东摇西摆地作

着态。

就这样一年一年地过去，王寡妇一年一年地卖着豆芽菜，平静无事，过着安详的日子，忽然有一年夏天，她的独子到河边去洗澡，掉河淹死了。

这事情似乎轰动了一时，家传户晓，可是不久也就平静下去了。不但邻人、街坊，就是她的亲戚朋友也都把这回事情忘记了。

再说那王寡妇，虽然她从此以后就疯了，但她到底还晓得卖豆芽菜，她仍还是静静地活着，虽然偶尔她的菜被偷了，在大街上或是在庙台上狂哭一场，但一哭过了之后，她还是平平静静地活着……

就这样写，就这样逼真，虽有些粗糙，语言虽有些不规整，但描绘的很像是柳村……冷竹想，自己能写出这样的文字来吗？

冷竹也读过萧红的《生死场》，书里那些军阀、地主和在日本侵略者统治下“蚊子似地生活着，糊糊涂涂地生殖，乱七八糟地死亡”，他们每日背向蓝天，脸朝黄土，辛勤劳作，累弯了腰，累跛了脚，还是得不到温饱，受着饥饿和疾病的煎熬。那些女人们，为了生存，接二连三地嫁丈夫，然而接二连三地受虐待；但她们不得有丝毫的反抗，她们可以选择的只有自杀。书中那个叫王婆的女人，那个叫金枝的穷苦少妇，还有那个全村最美丽、有着梦想和追求的月英……冷竹觉得，这一切不只像柳村，许许多多乡下人的影子在书中都可以找到。

冷竹还喜欢看石评梅；喜欢石评梅的散文和诗歌，那散文和诗歌里充满了对苦恋了五年的高君宇深深的悼念。譬如：“披上那件绣着蛱蝶的衣裳，姗姗地走到尘网封锁的妆台旁。呵，明镜里照见我憔悴的枯颜，像一朵颤动在风雨中苍白凋零的梨花。我爱，我原想追回那美丽的皎容，祭献在你碧草如茵的墓旁，谁知道青春的残蕾已和你一同殉葬。”譬如：“明知人生的尽头便是死的故乡，我将来也是一座孤冢，衰草斜阳。有一天呵，我离开繁华的人寰，悄悄入葬，这悲艳的爱情一样是烟消云散，昙花一现，梦醒后飞落在心头的都是些残泪点点。”

冷竹常常把这样经典的语句抄录在本子上，锁进抽屉里，不在家的时候，抽屉紧锁，不愿让姐姐冷梅看见。她和姐姐同住一屋，姐姐不但是姐姐，还是老师，若让姐姐看见了，便会批评她、数落她，说她太沉迷于课外的书籍，以至耽误了正经学业；又会说她，光作文好不行，其他功课也要好才算个标准的好学生。

但冷竹喜欢读这些文学书，喜欢书中那些叛逆、反抗的声音，也喜欢那些凄苦、冷艳的文句。她曾经和班里的几个同学暗暗去城里参加示威游行，便是一种叛逆，便是一种反抗，便是他们心声的发泄。冷竹读着凄凉乃至痛彻心扉的文字，便也因同情书中主人公的命运而常常掉下悲伤的眼泪。

读着，读着……无论寒假、暑假，她大部分时间都用来读书。开学了，她每天放学以后大部分时间也用来读书。

读着，读着，冷竹忽然读不下去……

她的眼前浮现出略带土气又略显清瘦的一个男青年的影子。那影子时而远、自远处向她飘过来，时而近，近在咫尺，在她眼前站立，朝她笑，要向她说话……那一双忧郁的眼神，朝她笑的时候令人陶醉；那清瘦而冷漠的样子，即使不笑，同样令人心旷神怡。

冷竹头年十八岁，今年十九岁，还是个高中二年级的学生，一想到这儿，便自感臊红了脸。但她喜欢这青年，喜欢那忧郁的眼神，喜欢得不得了，同时也喜欢那清瘦而又干练的个头和长相。而所有这一切也只她冷竹一个人能看得出来，能体会得到，因为那是来自一种文学的熏陶和一种文学的特殊眼光，别人，对不起，没有这样的熏陶也不具备这样的眼光，他们只看到了土，看到了此人不过是个长工或者小做活儿的。她掐指算，一天，两天，三天，五天……丁德强说少则七天八天，多则十天半月就回来，肯定回来。而现在，一个月过去了，丁德强竟没有回来，为什么不回来？遇到了什么事？还是不想回来了？

冷竹一副无所谓的样子，问姐姐："丁德强怎么还不回来？"

姐姐说："嗯，应该回来了。"

冷竹在母亲面前随口念叨："丁德强该回来，不回来。"

母亲却不搭话。

冷竹只好又对妹妹、弟弟说："你们想不想你们的小丁哥哥？如果想，就去问妈，他凭什么还不回来？他是咱家的长工，难道想不回来就不回来？”

妹妹弟弟都不过是个孩子，只知玩耍，却不认真听她说话，是不是把丁德强忘记了？

冷竹为此苦恼，为此看不下去书，书里人物的相貌总与丁德强的相貌相重迭、相互变换，字里行间也总显露出丁德强的身影，就连人物的对话也变成了声音，那声音带着丁德强声音一种特有的低沉，在诉说，向冷竹诉说。冷竹曾把学校里的无论男老师还是男同学一个一个与丁德强相比较，觉得谁也不如丁德强。一年了，冷竹先是了解，后来熟悉了丁德强，丁德强有着非同一般的气质，有着非同一般的理想，那忧郁的眼神，像一潭深不见底的秋水，蕴涵了那气质、深藏了那理想。

一年以前，也是这个时候，即清明刚过，丁德强来了，和铸犁铧的一起来了，接着他到了冷家，赶起了毛驴车，送两个妹妹一个弟弟去青龙镇上学。

驴蹄子在高水湖那条油漆路上呱呱儿地响，冷竹骑着自行车，赶上了前面的毛驴车，回头看，母亲站在土山坡上望着他们，望着这个小长工。此时丁德强身上穿了件没袖的短坎儿，下面是白粗洋布裤子，鞋则是那种包了后根儿的骆驼鞍鞋，长工们都光头，只有丁德强不光头，留的是平头。

母亲和姐姐不走高水湖上那条路，冷竹每天都走这条路。她既没感到什么怪异的目光，也没听到什么小曲儿，后来，她只感到这个赶毛驴车的小长工有些特别，她的自行车超过了毛驴车的时候，便回过头来问：“你叫什么名字？”

“丁德强。”

“今年多大了？”

“十九。”

“听说你是山东人，真是山东人吗？”冷竹下了自行车，像是盘问。

丁德强不再说话，手里攥根柳条，加快驱赶毛驴。

再快也没有自行车快，但冷竹慢慢地骑，与毛驴车保持着并行。

“不过你没有山东口音。”冷竹又说。

丁德强只和车里的三个孩子说话。

“再问你，读过书没有？识字不识？”冷竹生气了，继续问、偏要问。

丁德强似乎起了反感，或者说有些不耐烦。他转过头来看了一眼冷竹……就是这一眼呵，就在这刹那间，冷竹看到了那双忧郁的眼神，那眼神立刻印入了大脑、渗入了神经，从此挥之不去。那眼神不只忧郁、忧伤，还有沉闷、刚毅，甚至包含了痛苦和倔犟。冷竹后来把那眼神形容成一池秋水，这池秋水里隐含了多少内容，而这些内容让冷竹产生了神秘感、产生了浓厚的兴趣，她要追寻下去，觉得是一种幸福、是一种快乐，像破解难题，像读一本好书，而那书中令人迷恋的主人公便是丁德强。

冷竹也再一次问自己，值得吗？值得。因为只有她看出了，只有她才具备那样一种识别人的、文学性的眼光。

三个孩子，大妹上初中，二妹和小弟上小学，冷竹上高中一年级，放学的时候，丁德强先要接了上小学的，再去接上初中的。冷竹每每会与他们在路上相遇，也每每下了自行车，与妹妹弟弟说话是假，与丁德强说话是真。而丁德强却不配合，总以“嗯、啊”回答她或不回答，装做没听见。

冷竹很想不骑自行车，也坐毛驴车，但车上挤，妹妹弟弟也不许她坐。

因为骑得太慢，自行车终于歪倒了的时候，冷竹乘机问：“你说你不识字，到底识不识？”

“不识。”丁德强真的很耿倔。

“我不信。”冷竹似在逗弄，“难道你们老家没有学校？”

“有学校，没上过学。”谢天谢地，这是丁德强和冷竹说得字数最多的一句话。

冷竹此时不知哪里来的恁大耐心，哪里来的那般忍让，难道因为好奇、因为兴趣，便喜欢上了这个小做活儿的丁德强了吗？难道非要彻底了解他不可？于是冷竹又问道：“你说你父母死在逃难的路上，怎么会死呢？我还是不信。”

其实冷竹也很犟，丁德强越是不说话，便越是问，一连问了三句：

“你既然做长工，为什么不在老家做？非跑出这老远？”

“为什么非要在我家里赶毛驴车？我母亲让你赶，你可以不赶，去地里干活儿。”

“你恐怕是没地方住吧。是不是？”

冷竹也觉得自己放肆，不但越问越深，也带了恶作剧的性质。她知道丁德强没地方住，只好住在冷家，住冷家碾房的院子里。冷竹实际上很同情丁德强。

这时候，冷竹看到了什么？又是那种眼神，又是那种深邃而复杂的眼神，充满了忧郁、忧伤……冷竹的魂魄也随之沉入其中。

冷竹此时才意识到，也才承认，自己真的、无可怀疑地喜欢上了丁德强。丁德强长得难看吗？不难看；好看吗？也说不上好看，微瘦，肤色因太阳晒的缘故也变得有些黑，脸上有棱角，眉宇和前额很宽，伸出的胳膊和迈动的腿也坚实有力，与那样一种眼神相结合，便是那种独有的、简直超凡脱俗的气质。这种气质冲破了一个长工的外表，无视土和穷，把那一身粗布穿着也弥盖了，弥盖得无影无踪。冷竹再一次坚信自己，没有看错，只有气质才能代表本质，而本质代表一切，也正是她冷竹一直所向往、所渴求的人物，即如在许多书中所描绘的闪耀着光辉的人物一样。

那时，冷竹十八岁。十八岁已不小，要喜欢，便去喜欢，没什么可顾虑的。但从追问丁德强最多的那次以后，冷竹不再追问，她知道丁德强之所以不爱说话、不回答她的问题必定有顾虑、有不可告人之必要，但丁德强也跑不了，许多疑问早晚一天会搞清楚。喜欢一个人，越了解便越喜欢，越喜欢便越想了解得彻底。

冷竹在学校没有追求者吗？有。因为冷竹也很讨人喜欢，她性格直爽、大气，因为家庭经济条件好的缘故在物质上对别人也从不吝啬；冷竹个子不高，但长相好，同样都是女同学冷竹也比一般女同学成熟，发育得也丰满。春天和夏天，两只乳房便那样冒失鬼般地凸显出来，众目睽睽之下便那样哆里哆嗦颤动，而冷竹又从不束胸，男同学觊觎，体育老师往往也把目光落在冷竹的胸上，而冷竹毫不在意。若有人故意向她献媚，或想方设法挨近她、挑逗她，冷竹一律嗤之以鼻、一律不给好脸色，因为她看不起他们，因为他们有的太土，那种土不是表面的土，而是从里到外的土；因为他们有的太洋，洋得俗气，洋得令人作呕；他们有的家里也很有钱，儿子却成了纨绔子弟，冷竹便更加看不惯。看不惯，冷竹便常常出言不逊，话言话语中予以讽刺，作文里，描摹了那人的穿着长相，又大加挞伐，因此也得罪了不少人。除去班里那几个和她一同参加过示威游行的同学，冷竹一般不和任何人在一起，但对那几个同学也谈不上喜欢，只是去游行、去喊口号、去发泄对现实的不满。难道独独对家里的一个小长工感兴趣吗？独独喜欢丁德强吗？是的，独独喜欢丁德强。而这又并不新鲜、并不特殊，时代进步了，即使名门贵族小姐，偏偏喜欢出身贫苦的人早有先例。

冷竹也曾在周六、周日的时候，腋下夹着一本书，到高水湖稻田去，去看丁德强干活儿。以前，她会留在家里，绝对要用这两天时间好好看书。现在，她坐下来，就坐在地边，书打开，放在膝盖上，但那书只不过用来充样子，两眼实际在搜寻丁德强。春天或夏天，稻田里有许多人在干活儿，也是最忙最累的时候，要找见丁德强的身影也并非那么容易。

但冷竹终于看见了，丁德强如其他长工那样，站在泥水里挥动着四齿，把稻茬翻过来、荡平；又抡动铁锹，抹田埂，把田埂抹得和其他长工抹得一样好、一样光。而且，丁德强在与长工们说话；与冷竹没那么多话可说，却与长工不停地说话。

他们说的是什么，因为离得远，听不清楚。冷竹离开地边，走过去，索性坐在田埂上。

只听丁德强说："在我们老家，扎出黄土不给钱。"

旁边一个长工说："你抹的泥少才扎出黄土。"

另一个长工问丁德强："你们老家，埂上也种豆子？"

丁德强说："种。关东大黄豆。"

又一个说："我们这儿叫搬家稻子，三条垄。你们那儿叫什么？"

丁德强说："我们那儿叫插秧。"

有一个长工唱起了小曲儿，唱的无非是乡村野调。

丁德强忽然也唱了，山东味儿。他唱道："叫声同志哥哎，你听我来说。你们那个在前方吃苦又流血，我们那个哎，在后方做鞋烙饼推碾子拉磨为的是什么？为的那个是，自由、民主、求解放，过呀过上那个好生活。"

长工们笑，说他瞎唱，听不懂。

丁德强说："唱着玩儿嘛。"

冷竹陡地一震，长工们没有听懂，她听懂了，"同志哥"、"前方"、"后方"、"自由"、"解放"……这是什么？说的不是共产党、解放区吗？

你丁德强究竟是什么人？从哪儿来？来这里干什么？你好大胆子，就不怕别人戳穿你？进而告发你？

冷竹身下垫了一把柴草，就那样坐着，"看书"。但也不能太晚，太阳若下了山，蚊子、小咬就要来了，同时也要招来姐姐和母亲询问。

但也就从那一次，丁德强与冷竹的话多了起来。

丁德强说："看见你了。"

冷竹说："没看见。你光顾了干活儿。"

丁德强说："何苦，又热又晒。"

冷竹说："你们不是也又热又晒？"

丁德强说："你再不走，我就过去轰你。蚊子、小咬是玩儿的吗？往领口里钻，往袖口里钻。"

冷竹心头一热，暖流浴满全身……丁德强呵，原来你在意我、留神我，原来你心里有我，原来你心里装着我，那么，你是不是也像我喜欢你一样喜欢我呢？又喜欢我什么？喜欢哪点？为什么喜欢我？

在路上，无论上学还是放学，也不能说太多的话，大妹已经十四岁，懂了不少事，另两个孩子也怕回到家里向母亲学舌。母亲是不会允许自己的女儿和一个长工相好的，因为违背常理、违背人情世故，几可说是一种倒行逆施，反而会造成两个人还没有真好，便凭添了许多磨难。

后来，冷竹提出了一个建议，建议放学的时候不再走高水湖上这条路，而走"一块板儿"。从"一块板儿"进山口子，这条路清静，同样可以回家，也近一些。最主要的，是冷竹要利用这机会弄清丁德强身上的许多疑问，还有许多话要向丁德强说。

丁德强虽然同意了，但需由冷竹放了学去接妹妹弟弟，再推着她的自行车在青龙镇西口下马路，然后沿长河边，来到"一块板儿"。丁德强只能在"一块板儿"对岸等，因为毛驴车虽然能勉强走山根下，却无法走过一块板儿。

冷竹如此做了，丁德强也早早地来到"一块板儿"南岸。丁德强走过来，一手拉一个，把最小的妹妹和弟弟先领过“一块板儿”，大妹则由冷竹牵着，然后再回去，推自己的自行车。

很费事，但乐得所以。这机会不可多得，这条路怕走不了几回。

过了一块板儿，三个孩子却不肯再上毛驴车，因为他们还从来没有走过这条路，感到新鲜、感到那土山前的风景实在好看。这里有山、有水，山上有树，树上有鸟儿，路南面的沼泽地开出了五颜六色的花，许多奇形怪状的草就在不远处；沼泽地里汪着水，有青蛙在呱呱地叫、有蜻蜓在飞、在点水。妹妹弟弟玩得高兴，把书包就放在毛驴车上，一会儿往山上爬，一会儿跑到沼泽地边，一会儿又抓个知了回来……

这正是冷竹所希望的，也是她事前意料到的。

这里又没人，眼前的土山阻隔了北面稻田里人们的视线，距村子也还远，只有极个别去青龙镇做买卖的偶然从这里经过。但没关系，谁认识谁呀，谁又知道怎么回事？

丁德强把毛驴车拴在一棵树上，冷竹也把自行车靠在树上。毛驴吃着草，丁德强朝孩子们望，冷竹说:“望够了没有？望够了，咱们说正题。”

接着，冷竹便发问了，开始叫丁德强“德强”:“我问你，你怎么会干稻田里的活儿？和长工们一模一样。”

“我老家有稻田。我干过。”丁德强说。

“怎么？你老家也有稻田？”

“当然有。”丁德强说，“不过我们老家的稻田和你们这里的不一样。我们是插秧，你们是先撒种，然后再分撮儿、分垄。”

“那么你是长工呢？还是自己家有地？”

“我家没有地，给人做长工。”丁德强回答得很老实。

“我再问你，你究竟上过学没有？”

“没上过。”丁德强把头扭向一边。

“你说你父母在逃难的路上死了，究竟是怎么死的？你才十九岁，父母应该不老，怎么就死了？”

“死了，就是死了。”丁德强似乎在赌气……但又是那种眼神，那深邃的、充满了忧伤和郁闷的眼神，冷竹一触到这眼神，神经几乎脆弱，心底便要发软。

但冷竹坚持问："你父母是有病？是挨饿？还是出了其他的事情？"

"你不要总问。"丁德强说。

"我偏要问，就是要问。"冷竹歪起头，像看化学试验那样看丁德强，"你说你没上过学，我不信。你说你不识字，我更不信，因为我嗅到了你身上一种文化的味道，一种知识的味道。"

丁德强开始直愣愣地望着冷竹。

冷竹似乎"切中了要害"，便继续说下去。她琢磨着，力求把话说得更准确、更生动："你知道那味道像什么吗？像春天的嫩芽，像夏天的绿叶，散发着泥土的芳香和清凉的暖意；又像山上的松、乱石中的草，展示着生命的挺拔和生活的艰辛。这种文化的味道放在别人身上不特殊，但是放在你身上……"

冷竹说不好了，感到措词贫乏："总之，很特别，一个长工的外表，内心里蕴涵着……我喜欢，也只有我能体会得到，能嗅得出来。"

丁德强不但发愣，而且开始脸红，红到耳根，连脖子也红了。

奇怪的是，冷竹的脸也红，红得同样透彻、同样令人不好意思。这对冷竹极为少有，即便与人争论、争吵，也沉着、冷静，脸红的往往是别人。于此，冷竹看出来，也意识到，丁德强是喜欢自己的！没错，确是喜欢。自己呢？不用再说……只是不知是不是因为喜欢了丁德强，丁德强才喜欢自己；是不是丁德强喜欢自己，自己才更加喜欢丁德强。

丁德强赶起毛驴车，开始招呼孩子们："上车喽！上车喽！"

冷竹抓紧时间，又问："你唱的那曲儿，是怎么回事？"

丁德强装傻："什么曲儿？"

冷竹说："'前方、后方'，还有什么'同志哥'。"

丁德强辩解："哪里都有前方、后方，哪里都有同志哥。"

"那么'民主'、'自由'、'解放'，又怎么解释？"

丁德强反问："你懂得民主、自由、解放？"

"别人不懂，我懂。"冷竹说，又一语戳破了丁德强，"我看你有来头，也许是个革命者。"

"走喽，回家喽！"三个孩子爬上了毛驴车，丁德强也不再说话，轰赶毛驴，自顾往西走。

这时候，冷竹看见姐姐骑着自行车进了山口子。

冷竹担心的正是姐姐，因为姐姐每天回家都走这条道。

姐姐到了跟前，问："怎么在这儿？"

冷竹指着前面的毛驴车："是她们，非要在这儿玩一会儿。"

"你们不许走'一块板儿'！"姐姐命令，在警示"危险"。

冷竹尽量争取："姐，她们不小了，应该给他们这种自由。"

"竹儿，你太自由了，看把你自由的……不知道害臊！"姐姐批评冷竹，一面去揪冷竹衣服的衣领子；夏末秋初，冷竹穿得少、穿得单薄，胸前露出了那样一块，也露出了一道沟沟。

以后，他们没有再走，果然只从那条道走过那一次。若再走，就有可能再次被姐姐撞见，那时怎么再向姐姐解释？又怎么解释得清楚？姐姐不但是姐姐，也是老师，有双重管束权利。

然而丁德强到底是不是个革命者呢？还需进一步了解和肯定。而不管是不是，冷竹都喜欢丁德强；但最好是"是"，因为冷竹向往革命，羡慕和崇拜革命者，在她的心目中，革命者是坚强的、勇敢的、伟大的；革命者与叛逆、反抗、奋斗、理想相通、相联系、相融合，比如，鲁迅的小说《伤逝》里的涓生，比如巴金的小说《家》里的高觉慧，再比如高尔基的小说《母亲》里的母亲以及母亲的儿子、那个工人出身的安德列，这些书冷竹无论公开还是偷偷总之都看过，这些人尽管出身不同、职业不同，便都是不屈不挠、拼力反抗、为理想奋斗、不怕牺牲的革命者。他们大约也都有如丁德强身上那样一种气质，有那样一种忧郁的、蕴涵了复杂内容的眼神。

"一块板儿"既然不能再走，路上也不能说太多的话，怎么办？不说了？以后少说？就不和丁德强在一起了？怎么可能！于是冷竹想到了丁德强的住处，开始到丁德强的小屋去。

丁德强的小屋在碾房的院子里。这院子分前院后院，前院是碾房，后院是驴棚、驴，还停放着毛驴车以及喂牲口的草料。丁德强的小屋在后院，与拴毛驴的棚挨得很近。

吃过了晚饭，冷竹装做散步，在外面耽搁一会儿，等天黑下来，便溜进碾房的院子。她第一次去，丁德强不在，撞了锁，不知丁德强到哪里去了。

第二次，丁德强仍不在。冷竹仍不知丁德强去了哪里。

第三次，丁德强小屋的灯亮着，人肯定在。当冷竹突然闯进了小屋，丁德强吓了一跳，原本在床上坐着，猛站起来，后又坐下，两手向后缩，缩到了背后；那动作像忌怕，像躲闪，像藏……

冷竹奇怪，不知丁德强怕什么，藏什么。

丁德强的小屋里除了一张床，除了床上的被褥，什么也没有。当然，要有他干活儿的工具，譬如墙角放着的四齿、铁锹，墙上挂着的毛驴套缨和套包子，因为要照亮，床边的一个木墩上放着一盏小小的油灯。

冷竹走过去，走到床边，看看丁德强藏了什么。丁德强此时也把手伸到前面，表示他什么也没藏。

冷竹不信，翻开床上的被褥，看到了，看到了一本书。冷竹把书拿到煤油灯下看，见是一本《三侠五义》。冷竹很不屑："破书，嗖地一镖、咣地一个张手雷，有什么可看的！"

"我喜欢看这种书。"丁德强说。

冷竹说："你要看这书我父亲那里有的是，我可以拿给你。但是也有好书，你为什么不看？"

冷竹说着，突然觉得不对头："你说你没念过书、不识字，怎么会看书？"

丁德强语塞，不言语。

冷竹说："丁德强，你到底还有多少事瞒着我？难道我就不值得你敞开心扉吗？"

"不，不……不是那样的。"丁德强说，结结巴巴。

无论怎样说，丁德强就是不肯离开他的床，也不站起来，死死地坐在褥子上。这更引起冷竹怀疑，丁德强还藏了什么？光是一本书？而一本《三侠五义》又根本没必要藏藏躲躲。

冷竹去拉丁德强，想把他拉开。

丁德强却纹丝不动，但也不好和冷竹动力气，若动力气，冷竹当然不行。而冷竹又使劲拉，丁德强便扳住了床沿儿，那床本不是好床，不过几条木板拼凑在一起，下面垫了砖。于是，连床带砖，弄出了不小的动静，差点儿连木墩上的油灯也碰翻在地。

丁德强越是不肯离开，冷竹越是怀疑。她喘着气，不再拉了，改变了主意，把褥子的一头掀开，把胳膊伸到里面，尽量往里伸，把头也探进去；冷竹也真是的，不怕褥子底下的尘土、不嫌一种汗腥味和一种潮湿味儿，一直往褥子的深处摸……这时候，丁德强攥住了她的手，说："别找了，我拿给你看。"

说着，丁德强从他坐的地方的褥子底下拿出来了，同样是一本书，很薄，似是一本小册子。

冷竹接到手里，又在煤油灯下看。这本小册子的封面上印着"论联合政府"几个字，还有三个字很狂、很草，写的是"毛泽东"；日期是一九四五年四月二十四日。

真相大白，真相大白……丁德强确是一个革命者，无可怀疑的革命者。

这本小册子冷竹没有看过，听说也没听说过，但毛泽东她是听说过的，报纸上经常出现"朱毛匪夷"或"朱毛匪患"，"朱"是朱德，"毛"便是毛泽东了。但，你丁德强的胆子怎那样大？公然敢看这样的书，难道你不知道这是绝对禁止、绝对不准看的书？如果说那是一种宣传，在当下政府看来便是一种极为反动的宣传，你就不怕杀头或者坐牢吗？

冷竹攥着那本小册子，歪起头，带着笑意："你还有什么话可说？"

丁德强依然坐在那里不动，只看着冷竹。

冷竹说："我要去告发你。"

"你不会。"丁德强说。

"为什么不会？"

"反正你不会。"

"你怎么知道我不会？"

冷竹说着，把小册子还给了丁德强："看完没看完？看完了，我也想看。"

丁德强把小册子重新收到褥子底下。然后，他轻轻推开小屋的门，说："你该走了。"

冷竹却向丁德强发出了一连串的质问："说清楚，你到底是什么人？

什么背景，从山东老远来到这儿干什么？还有，你到底念了多少年书？谁派你来的？你的父母究竟死了没死，你什么时候加入革命，怎么就成了一个革命者？”

丁德强不说话，但关上了小屋的屋门，开始在屋地上走来走去。小屋很小，走出几步便触到了墙，丁德强最后站在墙根下，背向着冷竹。

木墩上的油灯变暗了，灯捻在慢慢缩小。冷竹家点的也是煤油灯，东耳房里，与姐姐同住，书桌上都各点了一盏煤油灯，只不过比丁德强小屋的煤油灯要大、要高级、自然也亮得多。冷竹从小屋窗台上拿起一个煤油瓶子，往油灯里添了些油，又拨了拨灯捻儿，灯捻噼啪响过后重新亮起来。冷竹顺便把油灯改放在窗台上，自己则一屁股坐在木墩上：“说不说？不说，我就不走了。”

丁德强来拽冷竹的胳膊：“走吧，不然你家里人要到处找你。”

冷竹又忽然蹿上了丁德强的床：“让他们找，今晚我就住在这儿！”

丁德强吓了一跳，直挠脑皮，嘴里不知咕哝什么。现在等于喧宾夺主，冷竹占据了丁德强的床，丁德强只好坐在木墩上。

冷竹看着丁德强，丁德强也看着冷竹，昏黄的灯光下相互对视。冷竹想：看你说不说！

丁德强耗不过冷竹，开始说了。他双手托腮，臂肘在膝盖上撑着。

他说，他上学早，十六岁便上了高中，但也只读完高中一年级，家里便出了事。

出了什么事？原来，丁德强的父亲是个小学教师，也是个革命者，一面宣传抗日，一面暗暗地为共产党做着地下工作。丁德强的母亲原本是个普通的家庭妇女，后来成了八路军的支前模范；他们一家住在沂蒙山区附近的一个村庄，那里经常“拉锯”，时而被八路军占领，时而被国民党军队占领，当被国民党军队占领的时候，地主、土豪劣绅组织起来的还乡团便回来了，由于叛徒的告密，国民党抓了他的父亲，说是共党分子，不抗日，光为共产党做宣传，便枪杀了他的父亲。还乡团则抓了他的母亲，不念母亲为抗日做的贡献，只忌恨母亲为八路军搞“支前”，于是把母亲吊起来打，生生把母亲折磨死。

此时，刚刚读完高中一年级的丁德强还只有十七岁，然而还乡团不放过他，要斩草除根，丁德强只好连夜逃走。这以后，丁德强在外面流浪，给人家当过小长工，也打过短工。抗战胜利了，丁德强仍然不能回到家乡；他曾经回去了一次，但刚到村口，乡亲们便告诉他，还乡团的人没有忘记他，仍然要抓他，虽然丁德强的父母已死，但他们不想留下丁德强这个后患。

丁德强只好再一次远走他乡。有一天，在路上，遇上了一拨铸犁铧的……这便是今年春天的事了。

冷竹不再往下问，因为丁德强接着便来到了冷家。但这就是丁德强的身世、他的背景、他的来龙去脉……那不过是一年前的事，日本鬼子刚投降不久，在丁德强的山东老家既有国民党也有共产党，既有国民党军队也有共产党军队……很残酷，很残酷，没了疑问，完全清楚了。

丁德强说得很平静，既没有掉眼泪更没有捶胸顿足，但冷竹受不了，眼泪早已流出，再反复擦，弄得满脸是泪。

冷竹真想抱一抱丁德强，表达她的安慰，也表达怜爱之情。但丁德强沉默着，像塑像般一动不动。

冷竹也沉默了一会儿，然后说："德强，地主还乡团是你的仇人，可是，我家也是地主，我是地主的女儿呵。"

"不一样。"丁德强轻轻说了一句。

"怎个不一样？"

"因为有你，所以不一样。"

冷竹一下子又被感动，探过身，抓住了丁德强的手："德强，你喜欢我！因为喜欢我，所以才觉得不一样，是不是？我呢，更喜欢你，越来越喜欢！"

丁德强起身，又站到了墙根下，这次面向着冷竹："你真的该回去了。"

冷竹说："不，我还有问题要问你。那本小册子你是从哪里弄来的？"

丁德强不回答。

冷竹说："好，这也许是你的秘密。可是我还要问，你既然是个革命者，知道延安吗？为什么不到延安去？"

丁德强说："我早晚要到延安去的。现在，我要在这里开展工作，全世界无产者是一家，只有把无产者发动起来、团结起来，才能打倒反动的专制政权，我们才能得到彻底的解放。”

“同时也就给你的父母，给你老家所有受苦受难的人报了仇。”冷竹说。

丁德强说：“对，是这样。”

冷竹说：“其实，我也厌恶我这个家庭，我也痛恨这个黑暗的社会和这个蛮不讲理的专制制度，但是我没有办法。”

丁德强说：“真的？看不出来。”

冷竹说：“好，看不出来……我会让你看出来的，我会把心掏出来给你。”

丁德强似乎异常激动，走到冷竹面前，瞪着冷竹，脸挨得那样近。

冷竹乘势一把勾住丁德强的脖子，头往丁德强的胸脯上顶：“可怜的人，可怜的人……”

丁德强在颤抖。

冷竹像个猪仔，不依不饶：“咱俩到延安去吧，到延安去吧，那才是轰轰烈烈的革命，我不但也要成为一个革命者，还要在革命队伍里锻炼我的写作能力。德强，行不行？行不行呢？”

丁德强说：“当然可以。革命队伍是个大家庭，需要各种各样的人才，文学，也必不可少。”

冷竹要把脸凑上去，丁德强闪开了，然后，再一次为冷竹推开了小屋的门……

待得太久，只好离开。冷竹大约待了两个小时。

这以后，冷竹不断到丁德强小屋去。但丁德强有时在，有时不在；在的时候，他们畅谈理想，畅谈未来生活的道路，同时也指出当下社会存在着的阴暗、欺瞒、种种的不合理、种种贪污腐败的丑行。丁德强也把他父母的死以及他怎样逃避还乡团的追杀说得更为详尽、说出了许多细节。延安，是他们最想往的地方，他们透过小屋唯一的一扇小窗看着外面的月亮，把那比做光明、比做延安……这时候，胆大而情感丰富的冷竹便去抓丁德强的手，甚至去拥抱丁德强；丁德强则躲闪，尽量躲闪，哆哆嗦嗦地不敢沾冷竹的身。他说：“冷竹，你还小，还是个学生。”冷竹说：“你大？才十九岁。”丁德强说：“所以，我们要把眼光放得长远一些，感情的事，感情的事……”冷竹说：“感情的事又怎样？知道吗？萧红离家出走的时候才十七岁，石评梅开始爱上高君宇的时候不也是个在北平读书的学生？”

但冷竹也不可能总去丁德强的小屋。碾房院子里有碾房；碾房里有人干活儿，一旦进了院子，便有可能被人看见，招些闲话倒不要紧，怕的是传进母亲或姐姐的耳朵。

于是，冷竹在周六、周日这两天便极力撺掇弟弟妹妹，让小丁哥哥赶毛驴车带他们到野外去玩儿。冷竹利用这机会，也带了一本书，骑着她的自行车，跟了弟弟妹妹。

如在山口子那条路上一样，三个孩子跑得远远的，玩得高兴。冷竹则和丁德强坐在一边；他们仍然谈理想，谈人生，谈各种见闻，但说话的声音比在小屋里大了，举止也放开了许多……冷竹忽然想起班里的几个男同学，他们巴不得冷竹对他们好一点，对他们暗送秋波，甚至动手动脚，可惜，冷竹看不起他们。而此时的丁德强好像与冷竹调换了性别，丁德强似乎是个女的，冷竹变成了男的；冷竹挨丁德强很近，说话声音大，便触碰丁德强的身体，温声细语的时候便去拽丁德强的手，丁德强呢，总想与冷竹保持一定距离；这让冷竹发笑，因为丁德强的目光明显火热又明显在克制，矛盾地交织在一起，便是又一种忧郁……

他们就这样度过了春天、夏天和秋天。几个月来，他们的交谈，他们的熟悉和亲近，无论姐姐、母亲，任何人均不知晓。

冷竹写过一篇课堂作文，那是夏天；冷竹写的是关于国共内战，对内战一腔愤怒，充满了惋惜，话语中对当今政府表示了不满，把内战责任归结到好战分子身上。但谁是好战分子？冷竹没有明说，而就那样发表了，发表在报纸上。那不过是一篇作文，一个高中生的作文，但语言好，措辞生动而准确，国文老师看了，钱校长也看了，是他们把冷竹的这篇作文推荐到了一家报社。

现在想来，冷竹觉得很不够，为什么不明确指出是当今政府发动了内战？是国民党内部出了好战分子？不过，还是发表了，竟然允许发表了，也足见冷竹具备这方面的才能。

秋末，冷竹又写了一篇，却不是作文，而是一篇正经文章。这文章像是一篇散文，也像是一篇寓言。

文章的题目叫《我的星》，是这样写的：

一场秋雨，淅淅沥沥，让大地变得泥泞不堪，天空混沌一片。到了傍晚，雨停了，四周被浓浓的雾包裹着，星星不知哪儿去了，云朵也不知哪儿去了，前方，像墨一样的黑。

她，一个年轻女性，从绵软的床榻上苏醒过来，素衣素面，开始在黑暗中迈步前行。她望向天空，望向四周，虽然那样迷茫、那样黑暗，但她毫无惧色，两眼放射出大胆而热烈的光辉。

忽然，她闻到了一股花的香味，那是路边绽放的鲜花。花们对她说："留下来吧，我们要把你打扮得如花似玉，让你穿上美丽的新衣，让你散发出迷人的芳香。"她，这个年轻女性，向花们挥手，道声"再见"。然而花们并不放过她，用纵横交错的枝杈拦住了她的去路，并狠狠地说："不识好歹的东西，小心把你全身刺伤，让你鲜血直流！"但，这个年轻女性连理也不理这些花们，她飞跑起来，沿着她认定的路。

忽然，她又闻到了一股美食的香气。那香气从面前的一座高档的、华丽的、她从未见过的别墅般的房子里扑面而来，并且很快包围了她。她耳边立即响起天外来声："我的孩子，美丽的姑娘，你要到何处去？难道你不喜欢美食吗？不喜欢人间仙境吗？人应该向高处走，水才向低处流。人应该越走越高，越走越高……"高，高，高……四周响起了悠远的回声，似乎永无休止。

此时，年轻女性也听到了旷野中凄厉的叫喊、可怜的乞求和惨痛的呻吟……那是什么？是劳苦大众，是吃不饱、穿不暖的人们。

也就在这时候，年轻女性的头顶，她的正前方，悄然出现了一颗璀璨的星，这颗星是那样耀眼，那样深邃，闪亮中又透出一种忧郁和坚韧，是这个年轻女性早已企盼和想往了许久的。是这颗星照亮了她，像火一样点燃了她，点燃了一个年轻女性的热情、激情，点燃了她生命中最可贵的对理想的渴求，让她从此开始了新的生活，开始了新的人生旅程。

看哪，那颗星在向她招手，让她紧跟着他；听呵，他在呼唤她，让她跑得快些，与他站在一起，同步向前，去聆听那凄厉的叫喊和可怜的呻吟……然后，他们共同奔赴埋葬旧世界的战场，共同到达胜利的彼岸！

文章写到这儿终止，以一种高亢的、催人奋进的语情结束。字数，不足两千。

真的，你说像一篇散文吗？不像，也太短；你说像一篇寓言吗？也不像，它不过是一位十八岁的高中生写的一篇习作。但语言同样的好，具有热情，充满了寓意和想象，同时也有个不错的主题；主题便是号召青年要经得住华衣、美食的诱惑，不可贪图享受，要把思想和精力集中到工作和事业上来，要有理想，要有追求。这错吗？自然不错，而且是应该提倡和鼓励的。至于那颗“璀璨的星”指谁？指哪里？“凄厉的叫喊”和“可怜的呻吟”等等又发生在什么地方？不同的人，站在不同的角度和立场，便有不同的想法和解释，这就叫“横看成岭侧成峰”；比如国文老师看了，只一笑；钱校长看了，也一笑……是钱校长和国文老师一起又把冷竹的这篇文章推荐给了那家报社。那家报社的编辑也没见过冷竹，也不约见冷竹，甚至不知是男是女，便又登出了，登在报纸的副刊上，于是年级轰动，全校轰动；这是冷竹发表的第二篇文章。

冷竹把发表了她文章的报纸拿给丁德强看。

丁德强看后问：“璀璨的星指谁？”

冷竹说：“当然指你。”

丁德强说：“你错了，原则性错误。我怎么可以算星？只有共产党和毛泽东同志才能算璀璨的星，毛主席是人民的大救星。”

冷竹说：“对我来说，对眼前来说，你就是引领我的一颗星。”

丁德强又问：“凄厉的叫喊、可怜的呻吟发生在哪儿？是国统区还是解放区？”

冷竹说：“当然是国统区。因为我知道，解放区只有民主和自由，只有公平合理，只有快乐的劳动和美好的生活。但是我不能那样写，要讲究策略。”

“那么彼岸呢？彼岸指什么？”

冷竹说：“当然是我们俩幸福的彼岸了。”

丁德强说：“好，你确实有写作才能，等着吧，早晚有一天让你尽情发挥这种才能。”

几天以后，冷竹收到了稿费，姐姐高兴，母亲高兴，全家都高兴；姐姐一点也不谦虚，对母亲说：“您知道，冷竹快成作家了！”

冬天的时候，周六、周日母亲不再允许他们出去，因为弟弟妹妹还小，怕把他们冻坏了。冷竹也就没有了因由，不能再到野外，不能再和丁德强说许多的话、享受和丁德强在一起的快乐。丁德强呢，冬天的稻田里没了活儿，周六、周日便只好待在碾房，和碾工们一起推碾子、磨磨。放了寒假，丁德强又和几个短工一起，把脱了皮的稻米一包一包扛上马车，送到老营子去交公粮。

过大年了，丁德强则去了康栓老汉家。从三十晚上到初二，他是在康栓老汉家度过的。

又来了铸犁铧的，而且来得特别早。

一天，冷竹放学回来，见丁德强站在胡同口；他在等着冷竹。冷竹问他，丁德强对别人不说实话，对冷竹则实话实说。

他说，要回山东老家一趟，和铸犁铧的一起走。

冷竹问为什么。

丁德强说：“你不知道？他们进攻我们的山东根据地，可是我们打胜了，他们打败了，把他们打得落花流水。听说我们老家又要开展土地革命，我必须回去看一看。”

冷竹问：“你什么时候回来呢？”

丁德强说：“少则七天八天，多则十天半月。”

这回答与母亲后来说的一模一样。

冷竹虽然不能阻挡丁德强，但她揪着心、眼看丁德强离开，更怕丁德强一去不回头。

但她又想，不会，不会，这里有冷竹，你不知道还是不惦记？怎能不回来？怎舍得不回来？我喜欢你，你也喜欢我，难道不是？

那天晚上他们没有再见面，因为没有机会。第二天，丁德强走的时候冷竹送了一本书，让丁德强闲时看或在火车上看。那书的名字叫《家》，是巴金的一本长篇小说。若不是铸犁铧的碍眼，若不是姐姐和母亲的两双眼睛……冷竹想，我肯定把你送出十几里外，甚至送你上了火车。

可是，德强呵，你说七天八天，你说十天半月，现在二十多天过去了，你却没有回来，难道真的一去不回头吗？

把我忘了是怎地？不惦记我是怎地？抑或，你出了什么事？也许，乡亲们挽留你？而你又实在眷恋你的故乡不舍得离去？要么，你结交了新的人？你二十岁了，乡亲们会不会为你提亲说媳妇？

大雁飞回来了，从南方飞回了北方。小燕也飞回来了，又回到了它们头年住过的巢里。然而那些巢都筑在穷人家的房檐下或者门洞上方的某个角落，冷家有钱，是地主，燕子不会到冷家搭巢。然而你，丁德强，不是燕子，应该回来，回到我的身边。我们还有许许多多共同的话题，还有共同的理想继续追求；我们还要互相鼓励，一往无前地奔向我们的既定目标。相信你，德强，你一定会回来的！

二十一　丁德强的小屋

丁德强没有回来，柳村里却来了一拨国军。

听说是一个连，有连长、司务长和号兵；他们有步枪、盒子枪，还有好几挺机关枪。他们来了，便住进柳村的庙里，把守庙的老道不知赶到哪儿去了。

丁德强总不回来，冷竹受着煎熬，像热锅上的蚂蚁。到了周六、周日或者每天放学以后，冷竹再也不能安下心来看书，只好腋下夹着一本书，就如头年夏天去看丁德强干活儿那样，只不过没去稻田，而是站在了村西的路口，一会儿又寻个角落坐下；书敞开着，两眼盯着通向南边的路。她想象，她意料，丁德强也许会从那条路上突然走来，斜背了他的小包袱，迈着他稳健的步伐，挥动着他坚实有力的胳膊……冷竹也曾到那棵空了心的老槐树边去，去看那树洞里有没有人。丁德强回来了，看见了她而又故意藏进树洞里逗她玩儿，也说不定。

太孤单了，太寂寞了，她就那样一个人在村口逗留，村里人不了解她，也就不和她说话。但也不完全是，若她不是冷家的闺女而是一般人家的闺女，人们就会问："二姑娘，等什么呢？"或"等谁呢？"她会回答："看书。"人家又会问："怎么在这儿看书？"她回答："这朝阳，这儿暖和。"

冷竹这么回答自己也觉得可笑。因为已过了谷雨节，无所谓什么朝阳或是暖和。

于是冷竹改换了地点，不能时间长了惹起人们的怀疑。到哪儿去呢？她便到了那庙的前面，站在空场的边上，装做看那些穿黄色军衣的大兵们从庙里出来练操、看当官的扯起嗓子大喊口令，而实际在注意西面的村口，丁德强一旦出现，她就会飞奔了去，穿过那庙，穿过空场，管它什么军人不军人；顶多一分钟，她就会认准，是不是丁德强，如果是，她就会扑进丁德强的怀里，丁德强也会紧紧抱住她。

庙前每天都有不少老人和孩子看大兵们练操，多冷竹一个并不显眼。但冷竹有时也被那些大兵的演练吸引了去，因为他们很认真，动作、口号都满是那么回事。他们来后没几天便开始整修庙前的空场，把空场修得很平、很结实；他们又开来了汽车，车上装了一根长长的松木杆子，然后把松木杆子树在空场上，杆子的顶端挂上了青天白日旗。他们早上升旗，傍晚降旗，早晨升旗的时候肃穆地唱起了国歌，那国歌当然是"三民主义"。他们唱道："三民主义，吾党所宗，以建民国，以建大同。咨尔多士，为民先锋。夙夜匪懈，主义是从。矢勤矢勇，心信必忠。一心一德，贯彻始终。"半文半白，不文不白，煞是难懂。

冷竹当然听过这歌，青龙镇中学也唱。不过，冷竹觉得这歌不文不白，煞是难懂；每次听或唱这所谓"国歌"的时候冷竹也常常想：三民主义，吾党所宗……你们做到了吗？谁做到了？民权、民生、民族，这才是三民主义；特别是民权，你们有谁顾及？有谁真把民权放在心上？如果真正重视了民权并付诸实施，民生和民族问题也就迎刃而解，中山先生的遗训也就真能贯彻始终了。可是，眼下仍是贪污盛行、敛财成风，大大小小的官僚先是发国难财，后又发"接收财"；穷的太穷，富的太富；官与商相勾结，连军队也做买卖；孔宋家族成了这方面的典范，成了发财致富的先锋！

等着吧，我一定要用我手中的笔揭露你们、批判你们，向肮脏、丑恶的社会现象发起攻击！不再隐晦、影射，不再转弯抹角，而是无情的、公开的、立场鲜明地攻击。

这叫“叛逆”吗？不叫，这叫正义。这叫“脑后有反骨”吗？不叫，这叫直言不讳、这叫向真理靠拢、向真理投降。

冷竹在西面村口、在庙前的空场边，先后等了丁德强七八天，算起来，丁德强已走了一个多月，却仍然不回来。冷竹乐观、坚强，轻易不掉泪，但有时为书中人物的命运或情节感动，也难免掉泪。现在，她为丁德强的去而不归流下了眼泪。

冷竹后悔没有向丁德强要个地址。如果有地址，便能给丁德强写信，问情况。

冷竹不再到外面等，留在家里，但无时无刻不在想着丁德强。姐姐也凑热闹，也显出不愉快、脸上挂有愁容。冷竹看见姐姐的桌子上放着两本小书或者叫小册子，一本是“总理遗教”，一本是“三青团守则”。冷竹很无聊地拿起那本“三青团守则”，翻开，只见上面写有：“第一条，实行三民主义，捍卫国家，不容有违背怠忽之行为。第二条，拥护国民政府，服从长官，不容有虚伪背离之行为。第三条，敬爱袍泽，保护人民，不容有居做粗暴之行为。”还有第四条、第五条，乃至十多条，另还有“忠勇为爱国之本”、“孝顺为齐家之本”、“仁爱为接物之本”等等等等。

骗人，又是骗人，只写给老百姓看的，只写给头脑简单的青年看的。规定这些“守则”的人，你们笃信吗？肯信吗？如果你们自己相信，为什么不检查、不实际贯彻、更不带头执行？不但不执行，反而反其道而行之，暗地里尽干些见不得人的勾当。

当着姐姐，冷竹没有把这话说出口，因为姐姐也不愉快、心情也很糟。

冷竹当然知道姐姐的心情为什么糟。一个多月以前，正月十五，姐姐随母亲去了陈兆宗家，与陈兆宗订了婚；也是在那天，姐姐填了个表，加入了三青团。而冷竹嘲讽和贬低了陈兆宗，也把三青团好生菲薄了一顿，更主要的是，陈兆宗推迟了婚期，推迟的理由竟然要等消灭了延安的共产党、抓住了毛泽东……这不是痴人说梦、异想天开吗？冷竹说，趁早吹了、吹了最好，此时正是个机会，然而姐姐苦着个脸、闷声不语，似乎舍不下陈兆宗。

冷竹回到自己的书桌旁，开了抽屉，拿出了笔。心里乱，藉以搪塞，藉以安定，她想随便写几句。

姐姐忽然开口了："竹儿，你这次数学考试为什么没及格？"

不及格？冷竹没有想到，只知道自己对数学一直不太感兴趣，所以成绩也一直不好。这其中，有没有最近心情的原因呢？

"你们班主任老师今天找了我。"姐姐的态度异常严肃，"我一而再、再而三地跟你讲，要全面发展，不能因为偏爱一门，就耽误了其他功课。"

冷竹服软："姐，以后我一定在数学上下工夫。"

"不要以为发表了两篇文章就了不起……"姐姐竟然带了讽刺的口气，是在借机发泄。

冷竹毕恭毕敬："姐，我保证改，保证改。"

"改？你说了多少次改？改了吗？改好了吗？如果改好了人家为什么还找我？你知道当着我的面人家指名道姓批评你的时候我心里有多难受？脸往哪儿放？"姐姐一连串地说，一句比一句严厉，并用书本"啪啪"摔打着桌面，眼泪也要出来。

冷竹对姐姐的忍耐到了极限："有气别往我身上撒。"

"我有什么气？有什么气？"姐姐不承认。

"你的气就在陈兆宗，就在结婚！"冷竹一语道破，未给姐姐再留面子。

"胡扯，你胡扯！"姐姐喊道，眼泪终于夺眶而出。

幸亏外面有人说话，话声把姐两个岔开了。否则她们真要吵，从来没有过的吵，从来没有这样彼此红脸。

外面谁在说话？原来是弟弟妹妹，叽叽嘎嘎又蹦跳着，朝上房喊："妈！小丁哥哥回来了！小丁哥哥回来了！"

冷竹差点晕了过去，丁德强回来了，终于回来了。

随着喊声，三个孩子从里院又回到外院，簇拥着丁德强；丁德强确实回来了，在朝正房走。

冷竹冲出了耳房……然而又停住，眼泪，眼泪，努力控制，没有进出来，就站在耳房的门边，脚跐着门槛，回头对姐姐轻轻说了一句："丁德强回来了。"

姐姐还在生气，不知听见没听见。

冷竹望着丁德强……德强，你可回来了，终于回来了！你还是那一袍一褂，你仍然背着你的那个小包袱，只是，你比以前黑了些；你以前就黑，太阳晒，现在黑得恰到好处，黑得更加耐看，脚步呢，依旧那般坚实有力。

"丁德强回来了，不去看看吗？"冷竹又朝姐姐说一句。这一句是为自己找台阶，是自己绷不住。刚才太不好意思，不能看见丁德强就扑上前去。

冷竹关上了屋门，把姐姐关在屋里，来到院子，丁德强已进了客厅。母亲从里屋出来了，与丁德强打着招呼，让丁德强坐："怎恁多日子才回来？"

没听清丁德强说了什么，但丁德强回了一下头；只这一下，便看见了冷竹，冷竹不得不问："回来了？"

丁德强回答："回来了。"

冷竹胸口怦怦地跳，脚步也迟疑不决。终于，她没有进客厅，舍下丁德强而往外走，又出了里院、出了大门。她想把久别重逢那美好的一刻留到晚上，也只能留到晚上。

冷竹走出家。此时她不知该到哪去，到哪儿去也是为了耗时间，只等天黑下来。她转游着，遛达着，好容易太阳落了山；她又在土山坡上站了一会儿，望了会儿山下的稻田……好，很好，天黑了，可以回去了。

冷竹经过碾房院子门口，看见里院那间小屋隐隐亮起了灯。她像条鱼似的溜进院子，直奔小屋。

果然，丁德强回到他的小屋来了，正在摔打他的被褥。他走了一个多月，被褥上定有灰尘。

冷竹悄悄上前，猛然从后面抱住了丁德强。

他们真是心有灵犀呵，丁德强也不说话，一手托着被褥，身子一蹲，便把冷竹背了起来。

冷竹的眼泪落在丁德强的脖子上。进了屋，丁德强放下冷竹，转身又把冷竹抱在了怀里，抱得那样紧，甚至有点狠。

他们就那样彼此抱着。冷竹宁可让自己呼吸困难。

冷竹觉得自己像一团火，觉得丁德强更像一团火。丁德强的这团火以前可没有充分燃烧，而是压抑了、躲闪了，久别重逢，丁德强把自己烧得很旺！

旺吗？似乎又打了折扣，当冷竹踮起脚，把脸贴向丁德强的脸，丁德强却把冷竹推开，说：“坐下。我们都要冷静。”

冷竹只好坐下，坐在床上。丁德强虽然也坐在床上，但他坐在床的一头儿，距冷竹约一米远。煤油灯下他的一张脸也慢慢在恢复，恢复成平静而温和的样子。

冷竹突然问：“吃饭了吗？”

丁德强说吃了，你妈让我吃我就吃。

冷竹又问：“我姐去没去？”

丁德强说没去。没见到你姐。

“都问了你什么？”

“不过是老家的情况，乡亲们好不好，年景好不好……我说一年不回家，乡亲们拉着我不放，所以耽搁了，这么晚才回来。”

冷竹说：“……想死我了。”

丁德强说：“我也想你。”

冷竹突然想起来，问：“你不是说闹土地革命？真的假的？”

丁德强一拍大腿：“当然是真的！只是我没料到用了这么长时间，原以为十天半月，到家一看，乖乖，了不得了，闹翻天了！”

“什么叫乖乖？”

“我们山东土话，感叹词。”

“是不是出了事？”

“这事出得可不小。”丁德强卖关子，然后说，“乡亲们敲锣打鼓，土地革命闹得热火朝天！家家分了田产、分了房子，还有好多和你和我年龄差不多的青年吵嚷着要参军，参加是八路军，保卫胜利果实。”

冷竹想象那情景，定是非常热闹、非常令人振奋。

“等全国解放了，一定有个土地革命的具体政策。”丁德强冷静下来。

冷竹又问："人家热火朝天，你呢？你干什么？"

冷静了，声音便显得低沉："我是这家住了那家住，家家要我吃饭；我这叫吃百家饭，住百家屋。我能闲着吗？帮乡亲们丈量土地，也帮忙准备大会，在大会上庆祝，接着斗争地主……"

斗争地主……冷竹震颤了一下，问："怎样斗争？是不是很残酷？比如绑起来，跪下，拿鞭子……要么灌凉水？"

丁德强不回答，也不再说了。

冷竹说："你不要误会。我家就是地主，应该受到斗争。我的父母、我们全家也应该明白，坐享其成、不劳而获，是可耻的。"

丁德强说："我知道，我知道。所以我喜欢你。"

冷竹出了一会儿神，说："也应当分给你土地。"

丁德强说："当然也分了我土地，可是我不要。"

"为什么不要？"

"我们家压根儿就没有土地。我父亲是小学教师，靠薪水生活。"

"房子分没分呢？房子你应该要。因为将来你好结婚。"冷竹说这话的时候带了玩笑的口吻。

丁德强却正经回答："房子我也没要。"

冷竹又故意问："为什么没要？"

丁德强说："因为我不想回去了，就住在柳村，就在柳村扎根儿。"

冷竹穷追不舍："柳村不是你的家，凭什么在这儿扎根？"

"因为你。"丁德强说。

这本是冷竹意料中的回答。

但她继续问："是一开始因为我，还是后来因为我？"

丁德强说："一开始烦你，不正眼看你，嫌你问得太多。后来，我认为和我想的不一样。"

"怎个不一样？"这话，其实冷竹已经问过好几遍。

丁德强果然没有再回答她。但冷竹又说："德强，我长得不好看。"

丁德强坚决否认："仔细看你，长时间看你，越看越好看！"

"所以更加爱我，是不是？"

丁德强说要冷静，却又不冷静了。没等冷竹说完，他一把将冷竹拽过来，拽到自己怀里，让冷竹的胸和头紧贴在他的胸脯上。

这一次，冷竹觉得自己全身在发烧，血也往上涌，头、耳朵，发出了嗡儿嗡儿的鸣叫……五月天，她的乳房就那样凸显着，就那样与丁德强的胸脯相挤压，自己几乎透不过来气。然而冷竹此时所感受到的不光是一种生理上的冲动和刺激，同时也感受着两颗心在一起的巨大幸福，这样的幸福感促使她又流下了眼泪。

听得见丁德强的心跳，那心跳在加速，呼吸也变得越发粗重，继而全身在颤抖……他们只有这样抱着，不能再动、谁也不敢再动；冷竹读书读得多，因此什么都懂，别看她是妹妹，但她比姐姐懂得多，她知道如果两人再继续动，便极有可能发生男女之间那种最到底的事。

不知不觉，冷竹在这里又度过了两个小时。她又该走了。

冷竹觉得还有许多话没有和丁德强说，还有许多问题没有问。比如，丁德强去给他父母上坟没有？他父母埋在哪里，他是否祭拜了？是否十分悲伤、十分想念他的父亲母亲……以及，乡亲们以为他可能不在人世，被敌人逮了、也许杀了，但他突然归来，乡亲们怎样感到意外、怎样惊喜？还有，送他的那一本《家》，他看了没有？看了多少？看后觉得怎样？有什么感想和收获？等等。

冷竹回到家里，那一宿呵，躺在床上好像浑身长了疥，哪儿都痒，又挠哪儿都不是。大脑不肯闲，想这想那，想入非非，血也仍然一阵一阵往上涌，涌得她翻来覆去不能安睡；努力睡，也睡不着。人说世上唯有一样事越努力越坏，那便是睡眠。

姐姐问她："怎么了你？吃多了，还是喝了酽茶？"

一切都很平静，照旧如初，丁德强在第二天便赶起了毛驴车，又开始送弟弟妹妹上学。

冷竹也在第二天晚上又去了丁德强的小屋，丁德强却不在。

第三天，冷竹又去了，丁德强仍然不在。上学的路上，冷竹问丁德强为什么不在，刚刚从老家回来怎就不在？晚上去了哪里？丁德强却没有回答。

其实，丁德强以前晚上经常不在，冷竹一直没有追问。现在她猜，她想，慢慢的也让她猜出个八九不离十。于是她在第四天晚上不再去丁德强小屋，而是出了胡同，一直往南走。

冷竹到了街的拐角处，向东望，住在庙里的大兵在庙前的旗杆上挂起了一盏大灯。那是电灯；电灯太亮了，把庙门口和四周照得几乎和白天一样。一个站岗的兵荷枪实弹，在灯光下纹丝不动。再朝西望，冷竹知道，西边那条街便住着“骆驼康记”。

以前听人说“骆驼康记”住在村子的西南角，现在人多了，村子大了，分不出哪里是西南角。

冷竹朝西拐去。

姐姐和母亲都曾经说，到了这条街，便会闻到一种“骆驼味儿”。什么叫骆驼味儿？冷竹从来没闻到过或者没感觉到过。

冷竹走到这街的中间，站在朝南的一个很敞的栅栏门前，她认出这便是康栓老汉的家。她朝栅栏门里望去，院里黑糊糊、空荡荡，既没有骆驼，也不见一丝灯光。庄户人睡得早，也许全睡下了。

冷竹继续往西，到了另一户人家门口，实际她也不知道丁德强究竟去了哪户人家，只猜想必去了别人家里，但她见眼前这户人家的街门门缝里透出一丝光亮，证明人家还没有睡。

冷竹轻轻推门，推不动，里面插着；院子里的狗却叫起来，冷竹想走，又不想走，站在那里发愣。这时候，一个女人的声音问：“谁呀？”

冷竹说：“我。”

“这么晚了，什么事？”

冷竹扒着门缝，用虚声：“我找丁德强。”

“这儿没丁德强。这儿姓康。”

“我叫冷竹！”她仍然用虚声，很玄，很神秘。

那女人似乎回院子里面去了。

狗仍在叫。冷竹背靠着街门，眼睛注意着四周。此时，不要说丁德强像个地下工作者，冷竹觉得自己也像个地下工作者，与丁德强同样的，在“革命”。

吱呀一声，木质的街门开了，看见了丁德强！丁德强一把将冷竹拽了进去。

那狗叫得更欢，窜起来叫，女人抄起棍子吓唬狗。冷竹随丁德强进了一间屋子。

屋里，冷竹看见，竟有这么多人！他们大约都在二十岁到三十多岁之间，有的，冷竹似在村里见过，但叫不出名字，有的，没见过，很生疏，但从这十多个人的长相和穿着看，也全是柳村里的汉子。乖乖，冷竹心里说，想起了这句山东土话。她觉得自己来对了，不但找见了丁德强，也发现了其中的秘密。那秘密就在于，那么忙，那么累，他们晚上却聚到一起，在干什么？在谈什么、议论什么？还用问吗？不用问，冷竹心知肚明。

屋里有一盘顺山炕，炕上或蹲或坐已占满了人。冷竹没地方坐，也没人让她坐，他们只看着冷竹；也只是看，并不惊讶，更没有显出慌张的样子。而且，他们的目光慢慢透出了一种友善，甚至露出了微笑。这让冷竹理解了，丁德强定是把讯息告知了他们，说冷竹“不一样”，与冷家的其他人不一样……但说没说相好的事呢？不知道。

顺山炕的中间放了一张矮桌，似是吃饭的桌子；桌上的一盏油灯很亮，比丁德强小屋的灯亮多了。灯下，放着一本书。书打开着。

忽然，一个人说：“刚才念到哪儿？”

另一个人接话：“忠义侠马玉龙，捉拿采花淫贼白菊花儿！”

“接着念，接着念。”他们说。

冷竹觉得好笑，你们就别瞒我了，如此把戏，丁德强已施展过。

然而坐在桌边的丁德强便拿起了书，开始念，开始一句一句地念……很明显，他念得并不顺畅，也许根本没念过，因为那不过是装模做样。

冷竹同样理解，因为他们对她冷竹毕竟还不熟悉，她冷竹无论如何还是冷家的女儿。丁德强是丁德强，即便与冷竹相好，暂且还代表不了冷竹。

冷竹觉得自己应该离开了，不要再妨碍和打搅他们，让他们好好谈、踏踏实实议论，议论得越多越好，议论得越透彻、越一针见血、越戳破本质就越好。也许，她走后，他们会把那本“论联合政府”拿出来，丁德强便理所当然成为他们的老师，会逐字逐句地讲解；还会激情澎湃地说起他家乡的土地革命。那时的议论、那样的议论，不是更令人神往、更可想而知？

这家的女人把冷竹送到门外，丁德强没有出来。冷竹消失在朦胧的月光中，带着一种窃喜，带着一种甜蜜。

又睡不着。那天晚上就睡不着，今天晚上更睡不着。

这天晚上睡不着和那天晚上睡不着不一样。那天晚上昏了头，一个十九岁的大姑娘胡思乱想，正如姐姐所说，不害臊！今天晚上睡不着的原因，是冷竹忽然想写一本小说——一本长篇小说。她觉得自己具备了这个能力，那么就应该把她的所思所想，把她所有为之感动的人和事写出来。

姐姐又问她："去哪儿了你？怎这晚才回来？"

冷竹说："在外面看月亮。"

"月亮又没圆，有什么可看？"

冷竹吱吱唔唔，简单洗了脸和脚便钻进了被窝儿。

睡不着，怎么也睡不着，思绪升腾开去、漫游开去。

写一部怎样的长篇小说呢？确立什么样的人物、构思怎样的情节呢？毫无疑问，小说的主人公非丁德强莫属，必须以丁德强为原型，把丁德强的身世、经历和所投身的事业作为小说男主人公的身世、经历和事业。当然，不能照搬，要夸张、延伸，再加想象。

那么女主人公呢？当然就是自己了，以自己为原型。

一个二十岁的男青年从苦难中走来。他抗争过，战斗过，牺牲了亲人，自己也险些丧命，然而他来到了城市，又接连看到了许许多多、形色色的丑恶和不公平的现实，他拿起了笔，要揭露种种丑恶、抨击这黑暗的现实。就在这时候，他遇到了另外一个青年，那青年是个女高中生，十九岁，也正如饥似渴地向往着革命，向往着民主和自由以及博爱、平等……他们的相遇之后便相爱了。他们的相爱预示着一股更强大的力量，也证明他们的气质、志趣、爱好等等均那般地融合与一致，而他是她的榜样，受着他的感染，她在向他学习。他们爱得如此真挚，爱得如此热烈，连神鬼也为之感动……

你看，这是不是就和上一次发表的那篇文章接上了？有一种内在的联系和一种本质上的相同？那篇文章写的是"一个年轻女性"在追寻光明与美好的路上受到了"璀璨的星"的引导和感召，如今这部长篇小说，不是同样有一位年轻女性和同样的一颗星吗？冷竹，加油！你有写作能力。

二十二　早做准备

陈兆宗居然推迟了婚期，理由是要等消灭了共产党，以前听冷梅说就要等消灭了山东的共产党，现在又说消灭延安的共产党……岂有此理！哪天能消灭？消灭得了吗？反把自己的事耽搁了，看来陈兆宗这个人不懂得深浅、不懂得仨多俩少，将来能顶什么事？冷家能指望他什么？冷梅生气，冷艳姣也生气。

但也有好事，丁德强回来了，虽然晚了些，但终是件好事，孩子们又可以坐毛驴车上学，冷艳姣也就又放了心。倘若丁德强不回来，雇个新手，那么新手不如旧手。再说，丁德强做事认真，从不耽误，早晨必定准时把毛驴车停在大门口，再进院呼叫孩子们，上毛驴车。

还有一件特大好事，简直让全家高兴死，便是，季宝来不抽大烟了！

听人说戒大烟很难、难得要死、难得连命都可以不要，而季宝来已抽了十七八年的大烟，竟然说不抽就不抽了，也算是有骨气。但季宝来也不说为什么忽然不抽大烟，只悄悄去了城里，从城里买回来渔竿、鱼食和其他钓鱼的工具……不抽大烟，他改为钓鱼，第二天便到长河边钓鱼去了。钓鱼也好，只要不抽大烟，但紧接着，季宝来弄来了三只猫，不知从哪儿弄的，过了几天，他又弄来一只，变成四只，后来又添一只，变成了五只。季宝来便把钓回来的鱼；不管钓多钓少，也不管鱼大鱼小，统统喂猫吃。其实他钓不回几条鱼，有时也空手回来，大约他只是坐在长河边图个清静。

养猫养狗都随人，那几只猫便随季宝来，老实，不出屋、不乱跑，平时连叫也很少叫，季宝来不在的时候便懒懒地在床下眯着。冷艳姣实在不明白，戒了烟瘾，怎么又上了钓鱼、养猫的瘾？季宝来仍然不说话；不说就不说，反正你不抽大烟就阿弥陀佛，老夫老妻，你自己怎么高兴就随你的便。

一段时间以后季宝来的气色变了，变得面孔红润，也有了些精气神。四十岁出头的冷艳姣若干年前就和季宝来分床睡，后来又分屋睡，而现在，季宝来睡到半夜的时候竟然来敲冷艳姣的房门，于是那久违了的愉悦、久违了的作为女人的幸福，冷艳姣又重新品尝到了，这也是不抽大烟带来的好处。

但也有说不清是好还是不好的事，或者说也好也不好，比如，村里驻了大兵，冷艳姣便觉得既好也不好，既高兴也不高兴。

之所以认为好感到高兴，是因为这些大兵属于国军；国军是干什么的？保卫疆土，也保卫老百姓。冷家虽有钱，但也是老百姓，也应该受到保护，于是冷艳姣不再担惊受怕，估计那位康八爷不会再来，即使来，也不敢明目张胆地施展身手。还有，那些从口外回来的人很讨厌，总爱用手比个“八”字，说是“八路”……“八路”向着穷人，不向着富人，但村里有国军驻防，量你“八路”也不敢过来。

之所以又觉得不好、不高兴，便是因为村里那些兵没个兵的样子、没个兵的规矩。这些兵什么全吃，长虫、刺猬、黄鼠狼，见什么吃什么，没有他们不吃的。谁家的鸡或狗跑出来，他们像碰到了猎物，用枪打，或是变个招术把猎物骗到野外，弄死之后就地架柴，生生地烧了吃。太阳偏西的时候，他们吃过了晚饭，便自由活动；这些兵一让自由活动便不得了，开始在村里游游逛逛、勾肩搭背，有的去小铺喝酒，有的找个隐蔽处耍钱，喝完了酒的，敞着胸，皮带在手里提着，像螃蟹一样横着走……你想，谁不害怕？谁不远远避开？他们大都是南方人，即使与你说话，屌儿了屌儿了的你也听不懂。所以，冷艳姣不许孩子们随便出门，放学以后老老实实在家待着。

冷艳姣也留意了庙前那块空场，步兵连来了就修，修得平平整整，又在空场上树了旗杆、升了国旗。包保长很早也想做，却没有做成，包保长的父亲叫包魁，据说当年也极力想做、也极力想从中捞钱，都没有做成。而国军那么快、那么容易就做成了，但他们每天在空场上放枪，冲呵、杀呵的没完，弄得人心里没底，浑身一阵阵哆嗦，不知前方究竟打了胜仗还是打了败仗，这时局究竟是好还是不好？如果说不好，报纸上为什么每天又说好？

冷艳姣对这些弄不懂，问谁呢？有时问大女儿有时问二女儿。问大女儿，冷梅的回答虽模糊，但基本是肯定，肯定打了胜仗，又说国军的训练也很有必要。问二女儿，冷竹的回答却出乎意外，像唱歌似的："亲爱的妈妈，黑暗即将过去，黎明就要到来！"接着又说："国民党必败！共产党必胜！"冷艳姣去堵冷竹的嘴，另一只手抽了她一巴掌。

冷艳姣也细细想过了，别管它时局好还是不好，必须提前做些准备，以防万一。万一时局不好，因为她行了善、照顾了穷户，柳村人不至仇恨她、报复她、找她的麻烦。

她的措施是，告知掌班儿，用水，让那些佃户和自己种田的先用，冷家后用，因为春天缺水，春雨贵如油。到了夏天雨水多的时候，稻田经常要往出放水，又告诉掌班儿，让佃户和自己种田的先放，冷家后放，更别把水放到人家田里，再从人家田里流出去。冷艳姣也去了锅伙房，专门做了交待，让做饭的掌班儿在咸菜里要放些油，不要再不放油，蒸窝头也别再往面里掺麸子或者豆腐渣，要一色的纯棒子面；活儿太累的时候一定要让长工们吃饱、吃得满意。另外，今年年底收租，冷艳姣也准备少收一些。

有的只是这样想，有的已经这样做了。冷艳姣感到心里踏实，感到会有预期的效果。

日子过得快。稻田里薅完了头遍薅二遍，接着薅三遍；旱田里的麦子、玉米、谷子，一年一度，该收割的收割了，一晃又到了秋天。

算一算，包保长好像很长时间没到冷家来了。村里驻了一个步兵连，许多事均需当保长的接洽，包保长肯定比以前忙一些。

然而包保长却没有忘记冷家。一天下午，包保长又登门拜访。

包保长这次来的目的很明确也很简单，只两个字，"占地"。

谁要占地？占谁的地？

庙里的大兵要占地；占的，便是她冷家的地。

冷家哪儿的地？

包保长说，从庙前操场往南，也就是南大洼往北，大约六七十亩，步兵连要占的便是这块地其中靠北的三十亩。这三十亩用来挖战壕、练习打靶，搞面对面射击，等等等等，庙前操场地方小，已经不够用。

那一整块地确是冷家的，是十多年前冷艳姣雇了人、辛辛苦苦开出来的。于是她说："不行，不能占。"

包保长说："所以今天特意来找你，跟你商量。"

冷艳姣说："没商量。老百姓的地，不能想占就占。"

和以前不一样，包保长的态度好了许多，不那样强横了。他用手指敲着桌子："冷掌柜，事事要替别人想。假若换成你，一头儿是国军，一头儿是乡亲们，你夹在中间难不难？难不难？冷掌柜总得给点面子吧？"

冷艳姣说："前方不是打了胜仗？那个什么延安，不是攻进去了吗？还打什么靶、挖什么战壕？"

冷艳姣这样一说，把包保长说得几乎要哭："延安倒是攻进去了，也占领了，可是共产党在哪儿？毛泽东在哪儿？不是胜仗，是败仗。"

冷艳姣说："报纸上可天天在吹。闹半天海淀城门骆驼象，什么大说什么。"

"报纸上的话你别全信。"包保长正色地说，"我还告诉你，人家彭德怀两万人，咱们胡宗南二十万人，半路上让人家打了三次伏击……两个旅呀，就这么完了，连个屌毛儿也没捞到。"

冷艳姣说："爱败不败，那是国家的事。反正我的地我不让占。"

包保长朝冷艳姣递了"嘻喝"："别价，别价，也不白占你的，给你钱嘛。"

一听说给钱，冷艳姣心里平缓了不少。她明白自己只不过在说横话、在朝包保长要些"讲究"，军队要占地、要占谁的地，迟早要占，最后谁也无法违抗。

于是冷艳姣仔细问："钱怎个给法？一亩地给多少？要占多长时间？"

"顶多占一二年。"包保长说，然后伸出手指头，"一亩地给你二十万。要占你三十亩地，就六百万呵！"

冷艳姣撇嘴，也伸出手指头，比了个"六"："每亩少六十万不行。"

包保长让了让，多给了十万："一亩三十万。"

冷艳姣咬紧了腮帮子："六十万。"

包保长又加了五万："三十五万。"

冷艳姣跺了一下脚："六十万！"

包保长站起身，露出了他从前的嘴脸："冷家的，你要这么一口咬定，我就不和你讲了，等会儿让司务长来，让他亲自和你讲。"

司务长……步兵连很正规，有连长，有司务长，但冷艳姣说："任他天王老子来，总得讲个理。有理走遍天下，没理寸步难行！"

"好，你行，你行去吧……"包保长说着，阴阴地走了出去。

第二天，包保长果然陪着步兵连的司务长来了。司务长是个矮胖子，腰里别着小小的一把盒子枪。

司务长坐下，却一句话不说，脸上连一点表情也没有，只死死盯着冷艳姣看。

包保长的口气变得很硬："司务长来了，咱们打开窗户说亮话，你说你一亩要多少钱？"

冷艳姣重复："一亩六十万。"

包保长颇有些狗仗人势："冷艳姣，你不要敬酒不吃吃罚酒。今天一口价儿，每亩四十万，你乐意也得乐意，不乐意也得乐意。"

又多了五万，由昨天最后的三十五万变成了今天的四十万。冷艳姣暗喜，但表面仍做出苦相，说："司务长哎，保长哎，你们高抬贵手，再加五万，四十五万行不行？"

她看见，矮胖的司务长朝老包丢了个眼色。包保长大约领会了，痛快地说："四十五万就四十五万！反正钱不是我的，也不是司务长的，国家出钱。"

接着，包保长又看了一眼司务长，然后从包里拿出几张纸和一支笔，说："打条子吧。不过，你要在条子上打每亩地六十万。"

冷艳姣突然不解，站在那儿发愣。因为明明说好的每亩四十五万，条子上为什么要打六十万？

包保长的两只眼睛像鹰："打还是不打？若按我说的打，每亩就四十五万。若不按我说的打，每亩就四十万。有本事你使去。"

此时，冷艳姣明白了，有什么不明白的？她见过世面，年轻的时候就见过世面，又这么多年了解了包保长。

别着盒子枪的司务长依旧那么沉稳地坐着。他不看任何人，只看窗外，好像眼前的一切与他没任何关系。但就这副样子，也足以让冷艳姣心虚、胆寒。

包保长把条子写好，让冷艳姣签字。条子上写的是每亩赔偿法币六十万元。

条子一式两份，各持一份。办完之后他们走了，嘱咐冷艳姣持条子，去老营子段上兑钱。

冷艳姣怎敢怠慢？因为稍稍慢一点条子上写明的那些钱便不值那些钱了。

当然，冷艳姣实际取到手的只有每亩四十五万元，但也够多，一捆一捆的法币几乎塞满了毛驴车上的帆布篷。而给她取钱的人不解释、不多说一句话，收下条子后，又只让她把钱好好点清。

管不了其他，反正都贪，能多贪的多贪，不能多贪的少贪。现在，把手里的这些法币赶快换成银元要紧，物价飞涨，钞票一天比一天不值钱，还一天比一天多，三五天之后车里的这些钱就很可能买不下半亩地。于是，冷艳姣又赶快去了青龙镇，找了镇北街的布铺掌柜，请掌柜把这些法币换成银元，因为银元终归比较保险，也因为买卖人家好变通，钱不会砸在手里。那布铺老掌柜很早就想讨好冷艳姣，冷艳姣曾故意谈论起他的儿子，也谈论过冷家的两个如花似玉的女儿，老掌柜不傻，觉得有指望，便高高兴兴为冷艳姣换了银元。

作为回报，冷艳姣也扯了两匹布，付了钱。

冷艳姣总之心中不畅，丢失了三十亩地，虽然暂时，却也心疼得掉下泪来。她很快在旱地的长工中辞去了六个人，地减少了长工必须同时减少。这合情合理，对自己的心情多少也是个弥补。

星期日的时候，冷艳姣让冷梅陪同，绕过了操场，来到了这块地边。她要再看看这块地，回想她当年的艰辛，多么不容易，是她亲自雇了人、亲自订工钱，从土山上运来土，硬是在南大洼垫出了这七十亩地。现在，其中的三十亩没了、被占了，盼只盼时局真的好，越来越好，也盼当兵的说话靠谱儿，一二年以后这块地又回到她的手里，又属于冷家。

冷艳姣站在地边看，冷梅也站在地边看，然而她们看到的是这块地怎样被糟蹋，怎样挖出了横七竖八的战壕，以及当兵的在战壕里怎样猫腰跑动、大声呼叫:“零三……左面迂回！零二,从右面包抄！”再往东看,土山最南端，山根下立起了半人高的木牌，牌上画着大圈套小圈，大兵们趴在地上瞄准，一会儿“砰”的一枪、一会儿“砰”的一枪，很吓人，耳朵快震聋了，山根下还有个打小旗儿的兵，嘴里“嘟嘟儿”地吹哨儿，时而扬起小旗儿时而放下小旗儿……机关枪，不知从哪里打来，只听哒哒哒地响，土山腰上的土便随之哗啦啦往下掉。

冷艳姣掉下了眼泪。女儿冷梅为她擦泪。

她们往回走，回家去。

大女儿冷梅一直很孝顺，也同情地显出了如冷艳姣那样凄哀的表情。

冷艳姣不愿让女儿操心，况且，女儿也需要安慰，便寻了个话题，问陈兆宗最近来信了没有？

冷梅说：“来了一封。不过他寄的是学校。”

冷艳姣又问：“信上说了些什么？”

“三青团不存在了，全并入了国民党。”冷梅大概只拣了主要的说。

冷艳姣问：“你是不是也算入了国民党？”

冷梅指陈兆宗：“他想把我转入，我坚决不同意。”

“这样好，往后我们什么都不入。”冷艳姣说，“梅呀，依我说你和他的事就算了，别再拉不断扯不断，弄得人又腻又烦。再说，总打仗、总打仗，到底打的是胜仗还是败仗？万一是败仗呢？陈兆宗有什么前途？能让你过上更好的日子吗？他这个人又不靠谱，不结婚想结婚，快结婚了又推迟，这么反反复复到哪天算一站？”

不知冷梅怎么想的，忽然岔开了话题，说：“妈，我想跟您说另一件事。”

“什么事？说。”

“觉没觉出来，竹儿和那个丁德强有些不对头？”

冷艳姣笑：“什么对头不对头的，非得闹生分、吵架好？”

冷梅说：“我指的是男女之间的那种好……”

冷艳姣忽然嗡的一下，感到头大，感到两个女儿都不让她省心……她赶忙问：“你是怎么发现的？是看见了，还是听别人说？”

冷梅说只是感觉、一种感觉，既没听人说，也没看见。

感觉，可信不可信呢？有时可信，有时不可信，比如陈兆宗，对他的感觉很好，可是事实证明他并不好；比如对青龙镇那个开布铺的掌柜的家，一直感觉很好，到现在证明果然很好。冷艳姣又想，别管那么多了，大女儿冷梅既然有了这种“感觉”，还是小心为佳，小心无过；不怕一万，就怕万一，千万不要出事。

冷艳姣骂了一句“死丫头”，说：“干脆把竹儿早些嫁出去，书也别念。”

接着，她便提起青龙镇布铺掌柜的，说他有个儿子。

冷梅摇头，表示不可以。冷艳姣曾经为冷梅说过那个开布铺的人家，但被冷梅一口拒绝。现在，冷梅说，竹儿过年就要考大学，这个学必须得上。竹儿还要当个作家；作家，怎么能嫁给商人？不但她看不起商人，竹儿更看不起商人，认为商人最不诚实，乃至无商不奸。

但怎么办呢？倘若冷梅的“感觉”真的感觉对了，确有其事，可怎么好？怎么好……必须想个办法……要说没办法也有办法，不妨用个最简单、最省事的办法；那办法便是把丁德强辞了，也就万事大吉，也就不再疑神疑鬼，也就不用再担心，也免得自己吓唬自己、给自己找那没影儿的烦恼。

这主意，冷艳姣却没有向冷梅说，只装在自己心里。

到了家，冷梅回屋备课。冷艳姣一进客厅，却见包保长又来了，正在等她。

包保长开门见山：“冷掌柜，咱们村要成立一个组织，什么组织呢？这组织就叫自卫队。现在是秋天，入了冬，自卫队必须组织好、组织齐，然后操练；要练习正步走、齐步走，要像当兵的那样练跑步、练打枪、练习瞄准射击……前方吃紧呵，后方呢？难道还像抗战的时候‘紧吃’？不能，绝对不能，我们必须组织自卫队，自个儿保护自个儿，一同保卫我们的村子。你要知道，保卫后方就如同支援了前方，就如同保卫了国家，这是上面的命令，必须立即执行。”

自卫队？正经的军队还不知打的是胜仗还是败仗，自卫队管个屁用！于是冷艳姣说：“组织吧，与我不相干。”

“国家兴亡，匹夫有责！”包保长咧了咧嘴，“你是不是柳村人？是，就得有人的出人，没人的出力。”

冷艳姣说："我什么也出不了，既出不了人也出不了力。"

"怎地？你想怎地？"

"我不想怎地。我家老的老、小的小，除了女人就是孩子。"

"冷掌柜，活人别让尿憋死。"

"这么办，季宝来和我，保长你随便挑一个，我们入自卫队，每天操练。"

"得了，饶了我吧。"

冷艳姣以为能过了这一关，却又听包保长自言自语地说："……十八到三十五岁，一家出一个。可是呢，有那两三个儿子的，你若给了他钱，他就能替你家多出一个。"

冷艳姣又明白了：还是要钱。

有什么办法呢？拿钱吧，破财免灾。

包保长接了钱，揣进怀里，然后要给冷艳姣立个字据，那字据仍然是个条子，冷艳姣摆手，不必、不必；她知道，那字据立不立全一样，立了也没用。

包保长临出门，又很神秘地对冷艳姣说："有一个人你还记不记得了？"

冷艳姣也不管是谁，只说"不记得了"。

"陈兆宗，也不记得了？"包保长挂着笑，"就是搞新生活运动的那个？"

冷艳姣说："早忘了"。

包保长说："据可靠消息，陈兆宗要来，给咱们柳村的自卫队当教官。"

二十三　乱葬岗

康栓老汉依旧推着他的独轮车，在村里转游，有可干的便干，没可干的，便把独轮车停在路边，找个墙角旯旮，坐下，晒太阳。入冬了，要上喘，必须找暖和的地方待。

迷迷糊糊，似乎睡着了，眼前忽然站了一个人，那人对他说，要他到冷家去一趟。

康栓老汉把独轮车推回去，然后去了冷家，见到了冷掌柜。

冷掌柜说："老人家，先要谢谢你。"

康栓不知冷掌柜谢他什么。

冷掌柜接着说："丁德强在我这儿快二年了，我这三个孩子也一天比一天大，最大的已经十五岁，上初中二年级；两个小的也都懂了事，我也没什么不放心的了。所以，老人家，我想辞了丁德强，往后就让孩子们走着上学。"

康栓老汉一听，辞了丁德强……也有理。不管穷的富的，不管家有千间屋万斤粮，人要懂得俭省，俭省总归是好事。于是他谦和地笑，说："好、好，行了，行了。"

"因为是你把他介绍来的，所以先要和你说。"冷掌柜很是通情达理。

"好，好。行了。"康栓还是这话，并连连点头。

"工钱呢，一文也不少他的，都给了他。"冷掌柜说。她是个好掌柜。

"他不赶毛驴车了，可也没地方去，就让他在我这里当长工，每天下地干活儿。"冷掌柜心眼好，给丁德强另找了出路。

"行了，好，好。"康栓双手作揖，替丁德强感谢。

"不过有一样，丁德强可不能再在我这儿住。"冷掌柜又说，"老人家，你家院子也不小，是不是就让他回到你那儿去？"

是是，既然不在人家家里当小做活儿的，就没道理再住人家的房。康栓说："我的院子比掌柜你家的院子还大呢。随便弄一间，足够他住的。"

"那好。我这里还有几根檩条子，还有点砖，你们拿去吧。"冷掌柜还应承了东西。

康栓老汉十分感激，又一连串地说好。出了冷家，往西走几步，便是冷家碾房的院子，康栓老汉去找丁德强。

丁德强正在收拾铺盖，康栓在一边等。收拾好了后，丁德强说："大伯，咱走吧。"

来到了康栓老汉家，或说回到了康栓老汉家都可以，但眼前最主要的一件事是要尽快给丁德强盖一间小房。

入冬以后，大儿子保山迟迟不见回来，每年的这个时候，骆驼早已从门头沟驮回了好几趟煤。

但不要紧，家里还有二儿子、三儿子和四儿子，二儿子是冷家稻田的佃户，不过地少，稻谷早已收完，也交完了租子；三儿子是冷家旱地的长工，入了冬，旱地里便没了活儿可干；他们都可以帮丁德强盖小屋。但四儿子白天帮不上忙，因为四儿子是稻地的长工，稻地的活儿还没完，还在冷家的场院上脱粒、做米，再把细细的白米装上马车，给冷家入仓，入完仓，还要把余下的米再装上马车去老营子段上，冷家也要交租子。

另外，还有许多姓康的年轻人，有的，康栓老汉能叫出名字，有的叫不出名字，但都姓康，都来帮丁德强盖小屋。冷掌柜既然答应给砖、给檩条子，大家便把那些物件肩挑背扛地拿了过来，这又增加了盖小房的便利。虽然入了冬，但天气还不太冷，还没有上冻，于是大伙儿一鼓作气，和泥的和泥、脱坯的脱坯、砌墙的砌墙，只两天工夫，一间小屋便立了起来，立在了院子的西北角，只是显得孤零零。

但孤零零有孤零零的好处，那好处便是干得快；干得快，丁德强也就很快搬进去，住下。比一比，这间小屋比丁德强原来住冷家的小屋也显宽敞，亮堂了许多。

丁德强来的当天，便把冷家给的工钱都交给了康栓的老伴儿。老伴儿不要，康栓也不要；老伴说我家那么多口子人，哪就多了你一个？但丁德强硬是把钱塞给那些孩子们，从此也就和康栓老两口一起吃。

康栓老汉很感到安慰。他帮了丁德强，一帮到底，也叫好事做到底救人救到家。什么叫良心？这就叫良心。但丁德强要去冷家地里干活儿，掌柜的虽那样答应了，还需等些时日，要到来年春天才行。

大雪节过了，大儿子保山和十六岁的大孙子才回来，不知今年为什么回来得这么晚。而且，今年带回来的也不是煤，而是一口袋一口袋的土豆和一口袋一口袋的木耳，还有，便是好几大捆老羊皮。

土豆与煤的市价差不多，木耳则比煤贵；老羊皮，不知能卖多少钱。但康栓老汉不明白为什么要趸回老羊皮来卖，能卖得出去吗？能卖上好价钱吗？穷人家有棉衣穿就已经足够，富人有几家？富人也不见得非要穿件老羊皮袄呵。他问大儿子保山，保山却只抬抬眼睛，并没有回答他。

土豆和木耳在青龙镇的集市上倒是卖了，怎样卖的，康栓老汉不知道。他也不想再问，若再问，可想而知，无论哪个儿子还是媳妇，都不会让他多操那份心，同样不会回答他，只让他养老，最好什么也别干。

那好几大捆老羊皮，大儿子保山细心地收在他自己屋里了，用破棉絮、破口袋严严地盖好。康栓老汉更觉得奇怪，难道怕人偷？还是怕人看见？小心，羊皮收时间长了小心受潮！

就在这漫长的冬日里，丁德强的那间小屋挤满了康栓老汉叫得出名字或叫不出名字的年轻人。他们有时叽叽嘎嘎，有时嘁嘁喳喳；叽叽嘎嘎的时候便很热闹，嘁嘁喳喳的时候便很神、很玄，说话的声音也小，好像怕人偷听。这是丁德强的小屋，却很少听见丁德强说话，吃饭的时候，康栓老汉问丁德强，你们说的什么？笑的什么？丁德强还是笑，笑而不答。四儿子保存很晚才回来，也入了伙，进了丁德强的小屋；大儿子保山送完了煤，把骆驼拴好、喂好，竟也到丁德强小屋去。大儿子已是三十五岁的人，怎么还贪热闹？还和比他小了许多的那些兄弟们在一起？然而对他康栓老汉呢？大儿子保山最冷、最没有话说，整天鼓着个腮帮子，总像谁欠了他二百吊钱似的。

康栓老汉有时酝了气，推开丁德强小屋的门，要听一听他们到底说什么。然而他们竟然住了嘴，不再说；要说也说些天阴了、下雪了、刮风了等等没用、不着边际的话。康栓不走，偏要听，他的儿子们倒首先劝哄着他出去，让他回自己屋，说“这屋冷，不烧炕”。

但也有时候，丁德强小屋空无一人，不知他们去了哪里，以及在外面干什么。这些，同样没人和康栓老汉说，他也不再过问。

于此，康栓老汉便慢慢感到自己似乎是个外人，甚至是个多余的人，同时也感到了一种悲哀、孤独与寂寞。他有时会想起了齐老头儿，齐老头儿在世的时候他还有个人可以说话；也忽然想起了哑巴，如今哑巴也不再来，为什么不来了？因为庙前有大兵站岗，要问口令，而哑巴不会说话，便回答不出口令。即使你会说话能回答口令，但只稍稍迟一点，那大兵便哗哗拉响了枪栓，谁不害怕？冷家掌柜定是不许哑巴出门，特别是在晚上。

然而日子总得过，但凡能动弹，也仍然要寻些活儿干。不过，他的确老了，觉得自己一天比一天没用，天气一冷或稍累一些，胸口里便像卡了痰，呼儿呼儿的上不来气。康栓老汉又想，如今我老了，当年呢？当年你们不记得了？还不是老子养着你们？又教你们怎样干活儿、教你们怎样拉骆驼、教你们懂了许多许多事。现在，你们却一句话也懒得和我说，特别是保山，这个大儿子。

康栓老汉用根棍子当拐杖，也第一次拄拐杖，也就不再推他的独轮车，只在村里毫无目的地走动。他看到，庙前空场上自卫队在练操，在“一二一”，在正步走、齐步走；也在唱歌，唱的是“三国战将勇，首提赵子龙……”康栓也看到了四儿子保存；四儿子太辛苦，早晨要来练操，练完操还要去冷家场院或仓房干活儿。但四儿子保存年轻，才二十三岁，顶得住；再看那个教练操的，个子很高，又很凶，时常训人，甚至骂人，但你再凶我也劝你千万别惹了保存，保存不但顶得住，脾气也不好，又没娶上媳妇，若惹了他恐怕他也不饶你。

那个教操练的叫教官，怎那么眼熟呢？在哪儿见过？什么时候见过？人老了眼花，你也老了吗？我见过你，你就没见过我？见过我为什么不和我打声招呼？是不是我老了不配和你说话？

康栓老汉也只在操场边站一站，再往南、往东，他便不敢去，因为那儿不是练操，而是打枪，而且还有机关枪，一会儿“砰砰！”一会儿“哒哒哒……”在干真的。日头一压山，老汉也不敢久留，因为天冷，也因为站岗的兵要向他发出口令。站岗的发出一声“口令！”你必须回答一声“国防！”康栓不懂什么叫国防，便回答得含含糊糊。他不想惹这个麻烦、害怕惹这个麻烦，只好回家。

有一天，康栓到土山上去了，在土山顶上呆呆地坐，坐了足有两个钟头。此时他刻意地想，便想起了许多，想起了许多的人和事，譬如张三爷；譬如包魁、简子云；譬如当年他拉骆驼途中遇到的种种，还有那个和他同样好心眼儿的叔伯哥哥。

他也想起了玲子……当然要想玲子，因为玲子死得不明不白，而且究竟死没死？又有谁知道？如果没死，玲子还活在世上，又在哪里？她去了什么地方？有多远？能不能找到她？

眼前还叫高水湖，但已没了以前高水湖的样子，只见大片大片的稻地，有水的地方结着冰。太久远了呵，失去的那一个个亲人，父母，妻子，八岁的女儿……如果女儿还活着，还在这个世上，她应该是四十几岁的人了。作罢，作罢，不但年代久远，那时又兵荒马乱，死个人如同死个蚂蚁，眼泪早已流够，此时无论怎么伤心、怎么想念，眼泪再也流不出来。

太阳快落山的时候，康栓老汉回到家里，没有想到，村里的一个乡亲正等着他，请他去埋死孩子。

这家的孩子十四岁；十四岁，怎么就死了？怎么死的？那家大人说，孩子为冷家送米，米口袋装在马车上，去老营子，为冷家交租。段上仓库里的米堆积如山，每个大米口袋也足有二百多斤重，从地面到米堆尖顶也有两丈多高，斜搭着一块木板，人要扛着米口袋从这块陡直的木板走上去，走到那米堆顶……那孩子只有十四岁，根本扛不动恁大的分量，他只好背，把米口袋背在后背，慢慢地、颤颤巍巍、一步一步地上，当他走到半路，忽觉头晕，眼冒金星儿，身子一软，又一歪，便连人带口袋一同倒了下去，大米口袋砸在身上，当场口鼻流血。康栓的四儿子康保存也在场，是保存把他抱起来，一直抱到街上，雇了辆三轮，把孩子送回了家。但孩子接连流血，后来竟从口里往出吐血，又没钱请大夫，只好等死。

康栓就像个大夫那样听惯了、看惯了死、各种各样的死，也无论死得多惨、无论这家有多穷。奇怪的是，康栓不觉得喘了，身上也似乎有了力气，他重又推起了独轮车，随了那人，到那人家里，看到那样一个孩子被平平地放在炕沿上。

没有多余的被褥，只把孩子用席头儿卷了。

但这一次，这位乡亲心疼康栓老汉，要随他一起去埋孩子。因为康栓一年比一年老，也因为天寒地冻，挖个坑，再挖得深一些，很不容易。

独轮车吱吱吜吜，来到了乱葬岗。

乱葬岗，这块原来“老公”的坟地，如今冷落破败，有数不清的大大小小的坟包，也有累累白骨。从坟地往北便是南大洼，往南二里，便是飞机场；没有往西的路，往东有路，是一条曲曲弯弯的小路，小路通向长河边，再往南，通向颐和园南门外的罗锅桥。康栓和那乡亲从北面来，北面是一条很直的小道，这便是康栓老汉长年累月、一车一车垫出来的小道。这条小道平时没有人走，大约也只有康栓一个人走，因为只有他去乱葬岗子，也都是为了埋死人。

他们用镐刨，用铁锨挖；刨开了冻土，才能用铁锨挖，也要尽量把坑挖得深一些。冬天的野狗赛过狼，看见尿一点儿的人也要红眼，坑若挖得浅了，很容易被扒出来。

埋完了，天也黑了，再加些土，成了一个小小的坟丘，再在上面压几块石头。然后，康栓老汉坐下来喘气。

那位乡亲始终没有哭，临走，他倒哭了，一面哭一面回家去。

康栓老汉却不想走；不是不想走，是不想动弹。他用了极大的力气，调集了他身上所有的劲头，此时他感到累、很累，必须歇一歇，歇一歇……

走吧，回去，饭还没有吃，到家要吃饭了。

“老康，康模范！”

忽然，从东面传来一个声音，叫他“康模范”。

大约是包保长。包保长自头年夏天发给康栓一张“新生活运动”的奖状以后便一直叫他“康模范”。

到了跟前，果然是包保长。康栓站起身来问：“去哪儿来？这么晚？”

“段上。开个会。”包保长停下，双手摁着自行车把。

“你也走这条道……”康栓老汉推起他的独轮车。

“这条道近。”包保长说。

包保长的自行车却不骑，也推着，与康栓一起走，但道太窄，不可能并排，只能一前一后。

包保长显得异常兴奋，问康栓：“以前我为什么不敢走这条道？知道吗？”

康栓哪里知道，便不言语。

“告诉你吧，我的康模范。”包保长回身，在康栓的肩膀上拍了一下，“你还记不记得那个康八爷？就是那个康小八儿？告诉你，逮住了！在天津把他逮住了！你猜怎？他又劫了一个大官儿，那大官儿也做买卖，不是快到年了吗？那官儿带了一大包现大洋回家，康小八儿不光劫了人家的钱，还打折了人家一条腿。你猜怎？警察，军队，地方行政，统统联合，一齐追他、捕他，到底把他逮住了，真是天大的喜事！”

逮住了？什么逮住了？谁被逮住了……康栓一时没反应过来。

“听不清楚是怎？你这俩屌翅子。”包保长把康栓的耳朵说成是“屌翅子”，康栓也不在乎。

“想不想听？想听还告诉你。”包保长意犹未尽，也不管康栓听还是不听、听懂还是没听懂，便接着说下去，“都学鬼了、学聪明了，他们逮住康小八儿以后，首先做的第一件事就是把他的脚筋挑了。知道什么叫脚筋？脚筋长在哪儿？听清了，脚筋就是人的脚缆根。挑断了你的脚缆根，看你还往哪儿跑？还能干什么？你连路也不能走！”

“哦，脚缆根……”康栓老汉应了一句，模模糊糊，似乎听懂了。

“对，脚缆根。”包保长强调了一句，骑上了自行车，又回头，“罪有应得呵，这个飞贼大盗在天津大牢里押着呢，我还怕什么？哪儿不敢走？”

包保长走了，前方黑咕隆咚。

康栓老汉不但感到累，此时更感到浑身瘫软。他停下，手扶着独轮车，慢慢蹲在路旁……四周怎那么黑呀，月亮也不出来，然而，康，康，哪里来的康八爷、康小八儿呢？又与他康家有什么关系？但怎地？怎么回事？明明没有了泪水，一个快七十岁的人哪还那么容易流泪？回家吧，回家吧。

他一面走，一面不经意地摸摸脸，却摸到了泪，那泪顺着满是皱纹的两颊像虫儿似的爬下来。

二十四　山口子 陶然亭

丁德强自从山东老家回来，转眼过去了八个月。可是，他又走了，母亲辞了他；他去了康栓老汉家。

冷竹真想找母亲、找姐姐，问个水落石出。你们为什么辞了丁德强？发现了什么？还是听信了什么人的谣言？丁德强犯了什么错？哪点儿对不起你们？丁德强辛辛苦苦每天赶毛驴车拉三个孩子上学、放学，闲了，还要到地里干活儿，而所挣工钱还没有一个普通长工多，我们剥削了人家、占了人家的便宜，反而把人家辞了！

但冷竹终没有找母亲，也没找姐姐，怕把事情闹大，也怕“此地无银三百两”，不打自招。万一闹大了，说不定谁、说不定碾房里的某个人或者三个孩子当中的大妹，便要提出令你大吃一惊的证据。证据，对她冷竹不要紧、无所谓，大不了就此和丁德强好下去，公开地好，甚至很快出嫁和丁德强结婚。我冷竹十九岁了，已经成年，现在又实行婚姻自主、自由恋爱，你们能怎地？但对丁德强不一样；丁德强孤身一人、举目无亲，万一闹大，纵然有她冷竹保护，但又能保护到何种程度？母亲、姐姐等等会众口一词，对丁德强大加挞伐，甚至会命令家人对丁德施行武力。倘若再惊动了村公所，村公所那些人定会把丁德强驱除出柳村，要么就会整治丁德强……所带来的是丁德强的灾难，也会让事情越弄越糟。

冷竹忍了，如同什么事也没发生，这叫“小不忍则乱大谋”，也叫把目光放得长远。

在丁德强离开的那天晚上，两个人都没有说话。她看着他，他看着她，昏黄的煤油灯下，丁德强又是那样一种忧郁的目光，这目光让冷竹心碎。

在这八个多月里，冷竹掐指算，他们真正的见面也只有六十几次。这六十几次也只能算是偷偷的约会，因为冷竹在路上不可能和丁德强说太多的话，更不能总去丁德强的小屋；曾经去村里找过一次丁德强，找到了，但也不能总去找，因为丁德强晚上没个准去处，不定去了哪家。

山口子那条路，他们曾走过一次，因为害怕碰到姐姐，便没有再走。后来，冷竹和丁德强商量，还是山口子那里，但把会面的时间改了，改在每周的周六或周日，具体时间是晚上八点。因为丁德强每逢周六、周日都要在稻田里干活儿，晚饭就在锅伙房吃，吃完了饭便沿着翠山围墙下的路到青龙镇西口，再下了马路，来到了“一块板儿”，过了“一块板儿”便是山口子。冷竹则走土山根下的路，人不知鬼不觉，一会儿就到……所以他们才有了那六十几次的真正会面。

山口子往南一拐弯，真是个好地方，不但四通八达，也僻静、背风，极少有人来，何况是晚上八点以后？从这里一直往南，沿着山边，可以到达四里之外的飞机场，这条通往飞机场的路还是当年日本人修装汽油的山洞时一同修的，如今早已荒废。从这里往西一里多路，便能进村子；从这里出山口子，便是“一块板儿”，便是长河边儿，因此，无论从哪个方向，这里都提供了广阔的回旋余地。万一来了人，你可以往南躲、往西躲，或者出山口子往北，随便去哪儿。还有那个山洞，给了你一个歇息的好地方，你也可以躲到里面，静静的，洞里又那么黑，没有人敢进洞去看，更没人敢随随便便往里钻。

六十几次的会面说多不多、说少不少。若说多，他们所谈的无非是人生、理想，无非是未来生活的道路；若说少，他们总有的可说，可以把人生、理想说得很具体、说得充满了人类真善美的光辉，并且设想了未来生活道路上的许多困难，以及准备怎样克服、战胜这些困难，把他们的理想发扬光大。冷竹说得最多的自然是对现实的不满，对当局宣传得漂亮、实际做得却很丑恶进行了发泄似的抨击。有一次，她说学校的训导主任居然在课堂上让学生表示态度，是国民党好还是共产党好？是拥护三民主义还是拥护共产主义？很多同学都顺杆儿爬，怎么好听就怎么说。冷竹因为在报纸上发表了文章，算个“名人”，大家都看她、看她如何表态。冷竹只说了一句:“由历史做结论吧。”立刻惹怒了训导主任，罚冷竹面壁，放学了，也不让她回家。

丁德强说得最多的是时局。他说国民党军队在延安扑了空以后，又改进攻中原，这时候，“八路军”便不再叫八路军，改叫中国人民解放军了。他又说，东北的形势很好，在苏联的帮助下东北抗日联军接收和占领了大片土地，解放全东北已经不远，全国的解放也很快会到来。丁德强说出了许多人名、地名，甚至部队的番号，以及在哪儿打了胜仗、什么时间打了胜仗、打了几次胜仗等等，都说得那样具体、仔细，记得那样清楚。冷竹不但欣赏、佩服丁德强，也自愧不如丁德强，于是爱与敬重并存，爱中又增加了几分敬重。

丁德强也曾问过冷竹的小说写得怎样了，冷竹回答只写了个开头……有些写不下去，为什么写不下去？冷竹便直接把小说的主人公比做了丁德强，说你进到城里了，拿起了笔，要揭露种种黑暗和丑恶、把事实真相呈现给公众，但我不太了解城里，所以写不下去。丁德强则启发她，说不应该是“我”，也不应该写城里，就写农村、就写乡下，因为我根本不是城里人，也从来没进过城，你怎么可能写得好呢？冷竹点头同意，深感丁德强虽不是文学爱好者，却比自己强。

不管他们见了多少次面，也不管他们说了多少话，两人始终坚守了一个约定，这约定是丁德强提出来的，便是：拉手可以；但也只限于拉手，不能再拥抱，更不能再有其他举动。以前拥抱过，但那是冬天，顶多是开春，因为天冷，彼此都穿得厚、穿得多，现在是夏天和秋天，彼此穿得少、穿得单薄……

冷竹格儿格儿地笑，一面看着自己白白的脖颈和丰满的胸，还有那一对乳房。她说：“你做革命工作胆大，这方面胆小。”

丁德强说：“你，我，我们都不要犯错误。”

冷竹说：“这叫什么错误？早晚要结婚。”

丁德强说：“你是普通群众，我不是，一定不要让我犯错误。”

冷竹也就遵守，过了夏天、过了秋天，一直遵守到丁德强离开冷家。

丁德强离开冷家，去了康栓老汉那里，又已经过去了二十多天。这二十多天里冷竹再也没有见过丁德强。她曾按以前的约定，周六、周日、晚上八点，去山口子等，丁德强却没有来。下一个、乃至再下一个周六周日晚上八点又去山口子那里等，丁德强还是没有来。冷竹灰心了，同时也起了怀疑，丁德强是不是忘记了她？走了，便不再惦记她？以至于把他们坚持了八个多月的约定完全放在了脑后？再往深处想，丁德强会不会就此变了心？就此永不打算相见？永远和她冷竹分开？因为，因为她冷竹毕竟是个地主家的女儿，而丁德强是个进步的、正投身革命事业的当代好青年。

好吧，你忘了我，我却没有忘记你，你不打算见面，我却打算见面。一旦见了面，起码看你怎么说、怎么向我交待，我也好弄个水落石出。

于是，冷竹到康栓老汉家去了。康家专门为丁德强盖了一间小屋，冷竹看见，小屋的门锁着，竟然又和在冷家碾房院子里那样，不知丁德强去了哪里。问康栓老汉，老汉摇头说不知；问老汉的老伴儿，那老人家也说不知“他们”干什么去了。“他们”？他们指谁？自然不光指丁德强一个人。

冷竹又在那条街上寻找，挨门挨户地去敲，但有的开门，有的不开门；开门的，说这里没有丁德强，不给开门的，冷竹也不能死乞白赖地敲个没完。

如果是春天、夏天或秋天也好，冷竹可以到田里去，但现在是冬天，田里没活儿，便没有丁德强。

如果说头年春天见不到丁德强是因为丁德强从老家迟迟不回来，那么现在见不到丁德强是因为丁德强近在咫尺；越是近在咫尺，越是不好见，你既不能公开地到处找，也不能待在康栓老汉家的院子里或大门口长时间地等，于是近在咫尺便成了咫尺天涯。

冷竹又急又恼又伤心，想不到，家里来了另外一个人，这个人是陈兆宗。

陈兆宗给村里的自卫队当教官，每天中午来冷家，吃一顿午饭。

姐姐说，陈兆宗又在青龙镇开了一个“点儿”，这个“点儿”专门负责附近几个村子的自卫队训练。但冷竹看见陈兆宗就来气！

有什么办法呢？可怜又可恨的姐姐，好像把陈兆宗无端又武断地推迟了婚期完全忘了，那么温情地看着陈兆宗，微微红了脸，那么周到地伺候陈兆宗，为陈兆宗拿碗、拿筷子，把菜或饭盛到碗里，端到陈兆宗的面前。姐姐中午本不回家吃饭，在学校里吃，现在却每天中午都回来。但姐姐也像犯了错，周六周日的时候，也伺候冷竹，为冷竹拿碗拿筷子、外加盛饭，对冷竹说话也不似以前那样理直气壮，反倒像矮了三分。姐姐，真是的，碍着你的面子，我冷竹不好驱赶陈兆宗。

母亲对陈兆宗的态度却不一样，从前看好陈兆宗，现在变得不冷不热，你陈兆宗愿来就来，不来也没人请你；你来了愿吃就吃，反正饭菜就在桌上放着，你不吃最好，绝对没人求你。吃完了，你愿走就走，也不会挽留你。另外，母亲也很少和陈兆宗说话，甚至陈兆宗来了，母亲便躲到自己屋里去。

陈兆宗倒也老实，脸皮也厚，来了就吃饭，吃完了就走，并没有太多的话，更没有提及结婚的事。因为他没脸提；即使提了，母亲也不会搭理他；母亲不搭理，姐姐一个人便做不了主。冷竹为母亲态度的这种转变大感欣慰。

但冷竹毕竟因为见不到丁德强心情极为不好，又对陈兆宗怀了一肚子气，于是总想找个机会发泄。一天，这机会终于来了。

陈兆宗训练自卫队的时候经常打人、骂人，这天居然打了骂了康栓老汉的四儿子，名叫康保存。陈兆宗骂了康保存一句“妈的”，康保存还了一句“奶奶的”；陈兆宗接着抽了康保存一个嘴巴，把康保存抽得一趔趄，康保存站定，没事人儿似的走过去，忽然“嗵”地一脚，这一脚正好踢进陈兆宗的裆，把陈兆宗不但踢了个大仰八叉，也疼得他直叫。但陈兆宗又怎样了呢？听人说也没敢怎样，只不过气急败坏，爬起来大喊：“全体立正！跑步，跑！”

就这件事，冷竹借题发挥，并指桑骂槐：“人哪，千万别狐假虎威、狗仗人势，更别自以为了不起，欺软的、怕硬的，怎么样？原形毕露了吧。”

陈兆宗当然听得出来，便问：“你说谁？”

冷竹仰起脸：“谁搭茬儿就说谁。”

陈兆宗说：“我知道，我来家吃饭你生气。”

冷竹说：“那就别来。”

陈兆宗说：“可惜，这家里还轮不到你做主。”

冷竹说：“人如果没皮没脸，谁又有什么办法？”

两个人一搭一腔、有来有往，若不是母亲出来劝阻、若不是姐姐的脸涨得通红、几乎要哭，冷竹还有更尖酸刻薄的话对付陈兆宗。

然而，陈兆宗脸皮厚，可真的是厚，这件事并没有气跑他。他依旧来、依旧每天来吃中午饭，冷竹也真的没办法，都不看，只看姐姐那可怜样。

又忽然发生了一件事，便是关于康八爷。康八爷被逮了、被挑了脚缆根，村里人都知道，并传得沸沸扬扬……但就这件事，话挤话、话兑话，无形中又给冷竹提供了一次发泄和驱赶陈兆宗的机会。

首先说康八爷是如何被逮住的？怎么说的都有；有的说，包保长传达得不对，康八爷劫了一当大官儿的不假，这个当官的是回家过年也不假，康八爷弄折了他的一条腿也不假，但这人身上带的不是现大洋，而是银行汇票；也有的说，不是现大洋也不是汇票，而是珍贵的古玩玉器。至于康八爷被逮住的经过，大家的说法则比较统一，母亲更是说得津津有味、越说越来精神。冷竹、姐姐，还有陈兆宗，一面吃饭一面听。

母亲说："好家伙，你们知道，这回是三十多口子人呵，说声冲！就一块儿冲进了康小八儿的屋子，那屋子其实不大，这三十多人就找，可是找不见，康小八儿藏在哪儿呢？明明把他堵在屋子里了，他又往哪儿藏呢？"

陈兆宗搭了一句："难道他长了翅膀，飞上了天？"

母亲接着说："这些当兵的还有警察，我看也够笨。他们又砸墙又拆炕，都没找到康小八儿，后来他们看见墙角有个小饭桌子，以为和从前一样，康小八儿又贴到饭桌子底下去了。结果呢，也没有！"

母亲从没叫过"康小八儿"，说起来也总叫"康八爷"。但现在，母亲开始叫"康小八儿"了。这时候，冷竹把大拇指伸出来，对康八爷表示赞赏："什么叫大侠？这就叫大侠，非一般人可比。"

陈兆宗又说了一句："什么大侠，强盗、土匪、暴民！"

冷竹说："专治之下才出暴民。"

母亲没说完，继续说："你们猜怎？康小八儿其实就在顶棚上哪！那顶棚是纸糊的，他就在那顶棚上歪着，用耳挖勺儿掏耳朵，这时候呵，有一块儿耳屎，飘飘悠悠、飘飘悠悠，从顶棚的一个破口飘下来了，正好落在一个警察的脸上，那警察这才醒悟，就大喊起来，'棚顶！棚顶！康小八儿在顶棚上哪！'就这么着，三十多口子人一拥而上，把康小八儿逮住了。你们说，薄薄的一层纸，谁能想到他在棚顶上藏着呢？那顶棚经得住他一百多斤分量吗？"

就这么逮住了……很悲壮，也很神奇，冷竹想象着那情景。

"给康小八儿上了三道绳子，又拧了二道铁丝，不然他还跑，怎么都能跑。别忘了，康小八儿还会缩骨法，所以押到大牢以后马上又挑了他的脚筋，从此他再也跑不了了。"母亲做了结束语。

陈兆宗鼓掌："好，好，总算为民除了一个大害。"

冷竹说："是为民造了一个大孽。"

陈兆宗说："此人危害党国，危害民众。"

冷竹说："我看应该多几个康八爷这样的人，不然那些贪官污吏无法无天，永没个怕字。"

陈兆宗朝冷竹瞪起了眼："你胡扯八道，国民政府是最廉洁的政府，我们根本没有什么贪官污吏。即使有，也是极个别、极个别，微乎其微！”

冷竹给予以冷嘲热讽：“自己身上长了疥疮自己看不见，即使看见了也舍不得揭。这人，自己看自己永远好、哪儿都好，怎么看怎么好，其实呢，照照镜子，自己最不是东西！”

“你混蛋！”陈兆宗怒不可遏，开口骂了，饭碗“当”地顿在桌子上。

要说“机会”，冷竹这才想到又来了机会。她铆足了劲，把盛满了饭菜的碗“嗖”地抛向陈兆宗，陈兆宗躲闪不及，肩膀上挨了一碗，汤汤水水也弄了一身。

陈兆宗大约从来没受过这样的污辱，他怒视着冷竹，又走近，扬起手来，但是他没敢打，手又缓缓放下，因为母亲在场、姐姐也在场。

陈兆宗跺脚走了。第二天，第三天……乃至现在，谢天谢地，他都没有再来。

可怜的姐姐，可怜的姐姐……冷竹理解姐姐，说谁也不是、谁也不能说，只好不说话。第四天，姐姐便在学校吃午饭了。

母亲说，他不来更好，最好别来。他青龙镇不是有个什么“点儿”吗？再说，他有挎子车！

冷竹总算出了一口恶气、驱除了心头的一块疙瘩。这疙瘩是额外加上去的，见不到丁德强，心里本就有一块疙瘩。

在陈兆宗不来冷家吃饭的一周以后，冷竹忽然想起了一个见到丁德强的办法。这办法，也是对丁德强的考验，看丁德强是否真的变了心、是否真的把她冷竹忘了。

冷竹拿出一张纸，扯下一条，在纸条上简简单单写了六个字：“老时间 老地方”。

她袖口里藏了这张纸条，出了门，到街上，去寻康栓老汉。

康栓老汉助人为乐是出了名的，无论求他什么事他都会答应，好办的，便办好，不好办的，他努力去办，况且康栓老汉不识字，让冷竹放心。

冷竹很容易就找到了康栓老汉。因为康栓老汉总在村里的犄角旯旮晒暖，独轮车停在一旁，于是，冷竹朝老汉露一露那张纸条，说：“老人家，求您个事。”

说着，冷竹便把那窄窄的字条塞给了老汉：“把这个交给丁德强。”

康栓老汉又是谦和地笑，然后把纸条揣进怀里；真的很简单，便那么推起他的独轮车，回家去了。

丁德强会懂。冷竹想，“老时间 老地方”是什么意思他不懂吗？假如康栓老汉顺利而稳妥地把那字条交给了丁德强，丁德强按“老时间”去了他们以前去的地方，就证明丁德强没有变心，依然记得他们的约会，也就证明他仍在喜欢着冷竹，不愿和冷竹分开。但丁德强看了那纸条如果无动于衷，或者根本没明白，那么他就不会去赴约，也就完了，彻底完了，证明丁德强真的变了心，那么一切也将结束。但结束，以后怎么办？想不出该怎么办，想不出还怎样活……

冷竹还有一个担心，便是担心康栓老汉记性不好怎么办，万一把纸条弄丢了怎么办，中间出了什么错怎么办。冷竹后悔，后悔没有仔细叮嘱康栓老汉，让他嘴要严，别和人说，把字条收好，只交给丁德强一个人。

但老汉已经走了，回家去了，也就没了办法。余下来的便是等，耐心地等，看下一步怎样发展。

终于等到了星期六，又盼到了晚上八点钟，冷竹去了，依旧走山根下的那条道。她先是在山口子拐弯的地方等了一会儿，后又出了山口子，站在了“一块板儿”河汊的岸上，因为丁德强总是从北面来，冷竹要看着丁德强一步步走过“一块板儿”，那时，她就会跑过去迎接丁德强。

然而，她等了一个小时，并没有等到丁德强。就是说，丁德强没有赴约。

灰心之余，第二天晚上她又去等，依旧站在“一块板儿”的岸上，依旧想迎到丁德强。但她依旧失望，连丁德强的影子也没看见。此时的冷竹伤心至极，唏唏地哭起来。

而后，冷竹挺起胸膛，往回走。

忽然，山口子处，朦胧的月光下，一个人影儿迎风伫立。

冷竹怀疑是丁德强！但是不是呢？如果是，那么丁德强不应该从南面来，应该从北面来，更不应该站在这儿。如果不是，看那个头，又很像丁德强，再说这么晚，一个人为什么孤零零站在那儿？

冷竹有些害怕，不由得问了一声：“谁？”

那人没回答，只大步走过来。

果然是丁德强！冷竹看清了，眼泪也接连流出来。然后，她一把搂住丁德强，丁德强也抱住了她。

他们有约定，只许拉手，不许拥抱，但此刻他们拥抱了。

就那样，就那样，抱着……冷竹也就领悟到，全是误会，全是她的胡乱猜想，丁德强仍是丁德强，丁德强没有忘记她，丁德强与以前没有两样。

丁德强摸着冷竹的脸，又摸着她的胳膊和手，说："你瘦了。"

冷竹不知抚摸丁德强哪儿好，一面说："你也瘦了。"

丁德强说："想你，一直想你，只是不知道你还记不记得约会，还到不到这地方来。"

看，不但是误会，而且是相互误会，她担心他不记得，原来他也担心她不记得。

但冷竹不明白，问："你为什么站在这儿？为什么没从北面来？"

丁德强说："你傻，以前我在锅伙房吃了晚饭，自然从北面来。现在是冬天，地里没活儿锅伙房就没有饭，所以我没必要绕远，再从北面来。"

接着，丁德强说他是出了村往南，走康栓老汉垫出的那条小路，再绕过乱葬岗往东，沿着土山南头再往北，便到了这里。总之，比翠山围墙下那条路上要近，比从村里直接到这儿要远，但更清静、保险、碰不到人。

"康栓老汉把字条给你了？"

"看你说的，不给我，我能来？谁知道你还记不记得这地方。"

"我怕你不记得，所以写了字条。"

"我怕你不记得，所以一直没敢来。"

两个人边说边笑个不止。

冷竹又忽然觉得委屈："昨天我就来了，等了你一个小时。等不到你，我就回去了。"

丁德强问："在哪儿等我？"

冷竹说："在一块板儿岸上。"

丁德强说："我昨天也来了，也等了你一个小时。等不到你，我就原路返回。”

冷竹问：“在哪儿等我？”

丁德强说：“在那个山洞边等你。”

两个人接着笑。因为等的地点差了，便没有碰到面，虽然等的时间不差。

两人一面笑一面互相抓抓挠挠，冷竹搔丁德强的腋窝，丁德强“胳肢”冷竹的脖子；然后两人摽着肩膀，说着话，进山口子，沿山边往南拐。

这个地方，便是他们约会了几十次的地方。那山，依然如一道天然屏障，遮挡着风，也遮挡着声音，那山洞，黑糊糊真像个无底洞，西面的沼泽地和远处的村庄在月光下也依然那么模糊不清。然而，他们已经一个多月没来这里了，冷竹算了一下，说整整三十六天。

他们到了这儿，会了面，又有什么可谈的？无非又是人生、理想、时局、政治，还有文学、小说，这些话题他们已谈过无数次，而他们依旧毫不厌倦地谈；即使不谈，在一起坐坐、看看月亮、互相你看看我、我看看你也好，也感到无比幸福。

天冷，不能坐在地上；他们从山口子走到南山头，再折回来，又折回去……

冷竹说她的小说按丁德强上次提的意见改了，但也只写了一万多字便又写不下去；问为什么又写不下去？冷竹说，没有心思写；再问为什么没心思写？冷竹说因为你，全是因为见不到你。

丁德强说他的确忙。离开冷家，不赶毛驴车了，他把全部时间都用在了革命工作上，给乡亲们讲革命道理，提高大家的觉悟，认清形势，树立信心，我们翻身的日子不远了。丁德强又说东北全境即将解放，人民解放军还要向华北挺进、向北平挺进，接连的几个胜仗完全可以证明。

冷竹问：“我找你为什么总找不到？”

丁德强说：“你肯定找不到，因为我不固定在哪一家。再说，他们也不愿意你总去找我。”

“他们？他们指谁？”

丁德强说：“当然指的那些乡亲，我的同志。”

冷竹说：“他们是你的同志，难道我就不是你的同志？”

丁德强说："你当然也是我的同志。不过目前，他们还不认为你是我的同志。"

冷竹说："如果我找到你，这一个多月来，我有许多事要和你说。比如，陈兆宗总来我家吃饭，我抓个茬儿把他赶走了。比如，村里的自卫队，每天操练、每天操练，将来不是要为反动派出力？"

丁德强说："陈兆宗的事我知道。自卫队嘛，操练吧、操练吧，把腿脚练得利索一些，将来对我们有好处。"

冷竹懂了，对"我们"有好处，便是"将计就计"，为我所用，关键的时候，"自卫队"那些人必定为解放发挥作用。

他们从南山头走回来，在那个山洞旁边站下。冷竹说："德强，我想去陶然亭公园一趟，去瞻仰一下君评墓。"

丁德强不知什么叫君评墓，便问："谁的墓？"

冷竹说："那是两个人的墓，一个是高君宇，一个是石评梅。两个人都是优秀的革命者，也都苦苦相恋，可是高君宇劳累成疾，死了，死时才二十八岁。石评梅思念高君宇，痛彻心扉地思念，几年以后，也因积劳成疾死了，死时还不到二十七岁。"

丁德强说："你实在想去，我就陪你去。"

冷竹说："我怀了这个愿望很久很久了，只是没有恰当的机会。德强，今天有了你，我们两个一起去，最好、最恰当、最有意义，也是对高君宇、石评梅最好的悼念。"

丁德强说："好吧，好吧……"

"生前未能相依共处，愿死后并葬荒丘……"冷竹轻轻背诵出了石评梅的遗言，"德强，这爱情多纯真、多美好，他们有共同的革命理想，海枯石烂、至死不渝。"

丁德强看着她，又说："好吧，好吧……"

冷竹也看了丁德强一会儿，忽然说："我有点冷。"

丁德强说："我把棉袄脱给你。"

冷竹说："不，我们到洞里背背风吧。"

丁德强说："洞里太黑。"

冷竹问："你怕黑？"

丁德强说:“外面有月亮，我能看清你的脸，鼻子、眼睛、嘴都能看清，到洞里就什么也看不清了。”

冷竹说：“那就再抱一会儿。”

丁德强说：“刚才抱过了，不能再抱。”

冷竹说：“那能不能亲一下？”

还没亲，树上不知什么鸟儿，也不知受了什么惊吓，扑棱棱飞起，又落回原处。

丁德强抬头看鸟儿，冷竹便把脸贴过去，双手钩住丁德强的脖子，再把嘴凑过去……丁德强似乎哆嗦了一下，但没有动，于是两人的嘴便贴到一起了。

这一“贴”非同小可，冷竹也没有想到，丁德强竟然迸发出那般难以控制的激情，不但任由冷竹亲吻，双手也紧紧抱住冷竹不放，他同时亲冷竹的脸、亲脖颈，把冷竹亲得不知怎么好，如果不是穿着棉衣服，他恐怕要把冷竹身体的每一部分都亲吻到……又有几只鸟儿腾空飞起了，翅膀拍打的声音惊天动地。

但也就那两三分钟，丁德强便放开冷竹，往后退，退到了两米以外。

冷竹愿意放开吗？不愿意，愿意亲吻下去吗？愿意，但她知道，必须停止，就此停止最好，否则，哪怕天气再冷，她也要把自己火热的胸膛敞开，把丁德强的头摁在自己胸脯上，让他再亲、再吻……不过，不过，那样便不太好……

他们还从来没有亲吻过，只拉过手，只拥抱过，这是他们第一次亲吻，亲吻得出人意料的热烈、出人意料的难解难分。但此刻，他们必须分开，而且必须走，必须回去，因为已到了十点钟。爱丁德强吗？爱，很爱；那么越爱越要让这爱保持长久、让这爱更有安全保证，不要因为忘乎所以和一时冲动让这爱在征途上遭受挫折、遭受创伤，对丁德强来说便意味着一场灾难。

丁德强送了冷竹一程，短短的一程，便只好折回来，各自分头走。冷竹沿山边往西进村，丁德强则沿山边往南、过南山头、绕乱葬岗原路回村。他们不可能一起走，丁德强送冷竹也不可能送得太远，因为害怕，怕万一碰到了人……那时，怎么说？怎么说也说不清楚。这便出于对他们的爱情的一种安全保证的考虑。

好呵，感谢康栓老汉，感谢命运，和丁德强总算又见面了，从此一切的一切又可以继续又可以共同追求他们所要追求的理想和目标了。冷竹期待着下一次的见面，而在这一个星期里，她的小说进展神速、写了近一万字。

下一个星期六见面他们主要谈了去陶然亭公园瞻仰君评墓的事。冷竹有自行车，丁德强没有，也不会骑自行车，冷竹说我骑自行车驮你，丁德强又不让；冷竹说，咱到青龙镇坐三轮车，总可以了吧？丁德强说，坐三轮车是剥削阶级的表现。他们最后决定，冷竹骑自行车到三贝勒花园，丁德强步行或跑，两人在三贝勒花园门口聚齐，然后乘电车。

于是，当天晚上冷竹向母亲撒了一个谎，说明天星期日她要去一个同学家玩儿一天，因为那个同学过生日。母亲居然答应了。

第二天，冷竹骑自行车来到了三贝勒花园门口，不多一会儿，丁德强也来了，跑得满头大汗；冷竹把自行车随便靠在一个墙角，锁好，两人便坐上电车，一个半小时以后便到了陶然亭公园。

进了公园，不用打听，因为已有不少学生模样的人同时来拜谒高君宇和石评梅，有进去的，有出去的。

冷竹和丁德强随进去的人来到了君评墓旁。

我们来了……很久很久，我想念你们，崇拜你们，为你们的爱情感动，为你们的事迹和英年早逝伤心落泪。

冷竹在公园门口买了两束白色的纸花，拿在手里，慢慢走上前，献到了墓碑上。墓碑一高一矮，高一些的是高君宇，矮一些的是石评梅；两座墓碑相距约两米，是石评梅死后她的朋友们把她移葬在高君宇身边的。

怎那么荒凉？四周有枯枝败叶，墓碑附近也长着枯黄的草，深冬残剩的几片树叶仍然在往下掉，有的随风飘去，有的落在了墓碑上。墓碑应该是白色的，白色代表纯真、圣洁，现在几乎变成了灰色。

“因为这才是爱，才轻渺渺没些踪迹。飘飘的白衣，我疑惑是你的衣襟，辉煌的小星，我疑惑是你的双眼。黑暗笼罩了你的姣颜，苦痛燃烧着你的朱唇……”冷竹站在那里，默默念道。这是石评梅写给去世后的高君宇的诗，冷竹早已记在心了。她反复念了两遍，越念越觉得痛楚、越感到哀伤，眼泪便夺眶而出。

有的人站了一会儿走了，有的远远地看了一会儿走了，还没有一个人像冷竹那样，长久地、默默地、站在墓碑前一动不动。

丁德强一开始站在冷竹的后面，后来与她并排。丁德强没有手绢，只用他粗糙而有力的手为冷竹擦泪。

冷竹从流泪变成了哭泣，又从哭泣变成哽咽……此时她想起自己的不幸；是的，每个人都有不幸，譬如她每天生活在这样一个家庭里；譬如她每天面对的是这样一种恶劣的社会环境，还有，她与丁德强的爱情、他们共同的未来，命运之神在多大程度上又能给予多少理解和同情……

丁德强再一次给她擦泪。

他们就那样站着，站着，站了好长好长时间。

丁德强搀起她的胳膊："走吧。"

冷竹说："走……"

丁德强在她脸颊上亲了一下："走吧。"

冷竹随丁德强走出了陶然亭公园，到了公园外，丁德强才把冷竹的手松开。

冷竹觉得自己多年的心愿今天实现了，于是感到了一种释放的快乐，也到了中午，觉得有些饿，便对丁德强说："我们下馆子吧。今天我带了不少的钱。"

丁德强说："下什么馆子？我们在路边随便吃个烧饼。"

丁德强越是这样，冷竹越喜欢他，越强拉他下馆子。

于是，他们进了路边的一家饭馆。

饭馆里，没有几个人，但那些人以及饭馆的伙计都用异样的眼光看他们。因为眼前这一男一女虽然都很年轻，但一个是学生打扮，穿得干净整洁，另一个看去是个庄稼汉，穿的是粗布衣裳，面孔也显黝黑，而这个女学生一点也没有窘迫的表现，反而坦然自若，似乎脸上有光。

你们懂什么！冷竹想，这体现了一种进步、体现了一种博爱、平等的现代文明，知道吗？

冷竹理直气壮地让饭馆伙计把他们引入了一个雅间。外间有地方，但人多不安静，说话很不方便。

雅间的确安静，只冷竹和丁德强两个人。

要了菜饭，冷竹又要了酒。

丁德强说不喝酒；我不会喝酒，也从来没喝过。我不喝，你也不要喝。

冷竹说："我一个学生，也不会喝酒。但今天不一样，就破例喝一点儿。"

丁德强摆手："说不喝就不喝。"

冷竹说："你不喝我喝。告诉你，我虽然不会喝，但是我喝过的，过年过节的时候喝过，那年游行完了，我们几个同学一块儿喝了一顿！"

很快，菜和饭端上来，酒也端上来。

伙计把酒瓶打开，冷竹先给自己倒上一盅，后给丁德强倒上一盅。给丁德强倒酒的时候丁德强使劲捂着酒杯，但冷竹抠开了丁德强的手，丁德强也就让倒了。

冷竹带头儿，将那第一盅酒挨近嘴，尝了尝，觉得辣，但她一闭眼、又一扬脖，把一盅酒倒进了嘴里，说："喝！"

丁德强犹豫了一下。但连尝也没有尝，他便把那一盅酒像喝水一样的一饮而尽。

冷竹像个汉子，朝丁德强伸了伸大拇指，接着又给自己倒，又给丁德强倒。丁德强也不再捂酒杯，只朝冷竹说："你能喝，我就能喝。"

两人又各喝了一盅。

冷竹觉得自己脸红了，浑身也觉得热起来。她望着丁德强；望着望着，忽觉鼻子一酸，眼泪又要往出涌。

丁德强指着她："看你，今天既然高兴，干吗又要哭？"

冷竹说："德强，我害怕……害怕不定哪一天你离我而去，或者，我离你而去。"

"没有的事！"丁德强说。

冷竹说："我们俩碰个杯吧。"

两人"当"地一声碰了杯，把第三盅酒也喝了。

冷竹又说："如果你死，我也死，如果你像陈天华那样蹈海，我也蹈海，陪着你……但是，我死在先，我先蹈海，你呢？告诉我，你会怎样？"

丁德强一拍桌子："当然了！"

"什么叫当然了？"冷竹走过去，胳膊压在丁德强的肩膀上，"当然是什么意思？嗯？"

丁德强说："当然，就是和你一样。你死我也死，你跳海我也跳海。"

"是蹈海，不是跳海……"冷竹说着，泪如泉涌。

"咱们只喝这一杯，不能再喝了。"丁德强说，走过来，反而给冷竹倒酒。

怎么有些晕？身上燥热得不行……看那窗外，谁家的花盆？冬天里怎么还开花儿？冷竹默默念道："……紫色的丁香花，在岩石下哭泣着、哭泣着，月牙儿垂下了眼帘，不愿意看到人间的苦难。"

丁德强说："哪儿有花儿……也没有月牙儿。"

冷竹自顾念叨下去："西天的寒星，像将要熄灭的萤火，忽而闪烁一下，接着，花谢了，人也谢了，大地一片惨白。"

丁德强笑："花儿能谢，人怎么谢？"

冷竹站起身，仰头对着顶棚，一会儿又对着窗外："你呀，你就是西北高原上的一棵白杨，伟岸、正直、质朴，我赞美你！白杨树。"

再看丁德强；丁德强的头抵在桌子上，两手垂直放下，似乎睡了，在轻轻地打着鼾。

冷竹说："睡吧，宝贝，我们一直睡到天明，睡到太阳升起的时候。"

冷竹抚摸着丁德强的头，那头发短而硬，像抚摸着春天刚刚冒出的一片芽儿。接着，她朝丁德强轻声唱起了一支歌，那歌叫《解放区的天是明朗的天》，也是丁德强教会她的。

第五章

二十五　包保长

“民国三十七年”……包镇祥包保长用铅笔在日历牌上写下了这几个字。

然后，他掰着手指头一个月一个月地算，算今年每个月里都发生了哪些事。三月份，自卫队解散了，不再练操了，原因是没了教官，那个陈兆宗又回了清河，另有新的任务；四月、五月，国军在全国几个战场接连吃了败仗；六月，共产党中央又回到了延安，毛泽东本人也回去了，继续在那里指挥他的千军万马；七月、八月，共产党中央把大批部队派往东北，林彪在东北连战连胜……这一切，都说明共产党要和你老蒋、和你国民政府彻底地、最后地争一争高下，看未来的中国，谁才是真正的主人！

现在已到了九月份，头年的这个时候，包镇祥还和其他几个保长在段上满怀希望地议论，说这回行了、肯定行了，国军二十万、共军两万，十比一，拿下延安不成问题。没承想，到了年底猫咬尿巴空喜欢，而且反被人家打得丢盔撂甲。眼下时局很不好，非常不好，特别不好，一天比一天不好。

同是保长，但包镇祥自知与其他村的保长有些不同，身份比其他村的保长要高些。之所以高，一是因为他所管辖的柳村比其他村子大，二是因为他是个退伍军人，从北伐的工农革命军受伤回来，没有功劳也有苦劳，于是上面便把他安排在老营子、大小也当了个官儿，从此也就算个公职人员。后来，他迁回柳村来住，也是上面照顾了他，帮他盖了房，而其他几个村的保长无法享受这样的待遇，因为他们都是农民，充其量是个富裕的农民或者充其量是个地主而已。

因为他瘸了一条腿，安排是安排了，却一直没有得到升迁，这是包镇祥唯一时常感到郁闷的。

但你也别小看了保长这样一个芝麻粒儿大点儿的官儿，当得长了，不但得到不少的实惠，也能悟出了许多的为官之道。况且包镇祥经多见广，现在他五十多岁了，什么不懂？什么没看透？

包镇祥觉得自己最看透的除了国民党便是关于共产党。国民党不用说了，看来没有希望；共产党呢，早在工农革命军出师北伐的时候便崭露头角，后来证明这个党十分厉害，有勇有谋，懂宣传、懂策略，且更注重实际，不干便不干，一干就必到底，不达目的绝不肯罢休！包镇祥觉得恨只恨日本鬼子，如果不是日本鬼子发动侵华战争，老蒋和国军，就不会顾东顾不了西、就不会分散精力和兵力，于是便可以专心一意对付共产党，于是一个小小的延安，不要说打，困也给困死了。包镇祥也时常想起张学良、这个老蒋的所谓把子哥们，你说他算个功臣呢？还是应该算个罪人？如果算他是功臣，那么他的功劳就在于和杨虎城一起发动了西安事变，促就了全国统一抗日；算张学良是个罪人也有理，理由便是，就因为西安事变，给了共产党以延缓、喘息的机会，就此一发不可收，共产党一天天壮大。实际他们只打游击；一面打游击一面招兵买马、聚草屯粮、恰恰利用了这八年抗战时间壮大了自己、扩充了地盘。如果没有西安事变，东北军、西北军当时那么一围，小小的延安才几万军队，围也给围垮了、围散了、围死了，哪还有今天？现在，我看你国民党怎么办？你政府、你老蒋怎么办？后悔、忌恨、恨得牙根八丈长、把肠子悔青了也没用！

国民党大势已去，无可挽回，倘若共产党真的来了，包镇祥怕不怕？他觉得自己不怕，因为他心底有数，因为他多年的官场生涯积累了一套处世经验。当年闹张大帅李大帅的时候，怎么样？过来了，日本鬼子在的时候怎么样？也过来了，难道共产党来了他就过不下去？不可能！况且，他这个保长当得时间越长胆子越小；胆子越小，便处处加着小心，也慢慢约束自己，开始给自己确立了一条原则。那原则便是，尽量不得罪人，不做恶劣的事，一切则可便可，不则可绝不勉强、绝不去做。绝不能让自己成为简苗；简苗便因伤天害理，做出的事连禽兽都不如，所以招至了民怨民恨，即使不按汉奸罪把他处死，乡里乡亲也会乱棍打死他。再譬如陈兆宗，陈兆宗实际是个一根筋，又是个傻蛋，动不动骂人、大皮靴踢人，还扇嘴巴子，共产党来了以后人家能饶了你吗？就不和你算账吗？你很可能就要掉脑袋、死无葬身之地。这叫什么？这叫自绝后路，自己给自己挖坑。

包镇祥当然也知道自己这些年来贪了些钱财、占了些粮饷，但他认为不足挂齿、上不了台面，因为他贪的数额太小，而上面的人贪的都比他大。再说，如今谁不贪？哪个不贪？大官大贪，小官小贪；官大自富，小官实在没办法，仨瓜俩枣儿也只好搂。你看那看青的，你看那管户口的警察，连官儿都不是，只是个职业，但就这职业，也同样钻门儿觅缝儿、想出各种招儿来捞好处。敢不敢和我打赌？如今你找出个不贪的，我保证叫你一声亲爹！

但话又说回来，皇上都是好皇上，没一个皇上不愿自己的臣民安康幸福、不愿把自己的国家治理得强大而有秩序，坏就坏在那些官吏身上，那些大大小小的官吏……这也没办法，中国自古以来就这样、朝朝代代都这样。国民党怎了？不是人？不是个党？是个党便不能例外，是个党，当拥有了一朝天下以后便免不了贪，便也免不了被更替，更替过程中就要流血、就要死人、死很多的人、周而复始……被更替的原因往往因为贪、大都因为贪、主要因为贪。

包镇祥离家出走以前上过学，上的是私塾，后在军队里又学了些文化，他懂得这些道理。

包镇祥现在为两件事感到庆幸。一是庙前的旗杆、庙前那条路，他当初鬼迷心窍、钻门觅缝儿要树、要修，想从中捞钱，但这事他没干成，让步兵连很容易干成了。现在他觉得没干成最好，没干成便说明他没捞到钱，没捞到钱便没有重犯他以前犯过的错误，庙两边墙上“为善最乐”

四个字，说明不了什么。他第二件感到庆幸的是，自卫队解散了，陈兆宗走了，回清河去了。倘若陈兆宗不走，就会天天到冷家吃饭，就会与冷家越来越近，就会真的娶了冷家的大小姐，那时，冷艳姣这娘们就会趾高气扬，再不把他这个保长放在眼里。包镇祥知道，清河驻有国军的一支部队，叫二〇八师；二〇八师最早的师长姓詹，以青年军为主，后又转入了大批三青团员，是扩编成的部队。包镇祥虽然握有冷艳姣身世的秘密，比如，冷艳姣不是大家闺秀，也不是在城里做生意发了财，而是个青楼货，是个窑姐儿！谁知道？只有他包保长知道，而他不说，等到关键时候才说。但陈兆宗是个军人，如今的军人都了不起，你即使揭了冷艳姣的底，陈兆宗极有可能站出来扒闯、抱打不平，甚至也会扇你个嘴巴子，你能怎样？你虽是个保长，但你没枪，他是军人，他有枪！不过，幸亏他走了，回清河去了。

也曾有人和包镇祥开玩笑，说："老包呵，你怎不组织自卫队？应该把自卫队再拾起来。"

包镇祥说："拾个屁！我吃饱了撑的。"

又有个人说："老包呵，你也是军人出身，也能当教官。"

包镇祥拱拱手："你饶了我吧，看我这条腿，再看我这把年纪。"

包镇祥自己都感觉得到，自己比以前软了，比以前和气了，诸事图个顺，不求有功但求无过。

包镇祥与步兵连混得关系不错。九月下旬的一天，步兵连的冯连长让勤务兵来到村公所，找包保长，让他去庙里一趟。

包镇祥去了，见到了冯连长，也见到了司务长；他与冯连长和司务长都曾在一起吃饭、喝酒。

包镇祥问什么事？是不是又吃饭、喝酒？

冯连长回答他，说这次是任务、紧急任务。那任务便是"修碉堡"。

包镇祥一愣，修碉堡？干吗修碉堡？而且还紧急……但碉堡修在哪儿呢？又修几个？是修一个还是修两个？

冯连长告诉他，说碉堡就修在柳村后面的土山上，也不是修一个两个，而是要修五个。

接着，冯连长拽起包镇祥，要他一同去土山上看、一同去勘察。

刚要走，老营子段上也来了人；来了两个，说段上接到了通知，要全力地、不讲代价地配合国军，一定要把柳村的碉堡修好，是军队的任务，也是地方上的任务。

段上的两个人骑了自行车，包镇祥也骑了自行车，都跟在冯连长后面。冯连长则坐着带挎斗的摩托车，他们到了西面的土山脚下，然后上了土山。

冯连长首先向他们说明在土山上修碉堡的好处以及它的重要和紧迫。冯连长带着质问的口气，第一，共军一步步逼近，快到你们家门口了，难道你们没有责任没有义务和国军一起保卫你们自己的家乡？第二，南面不远、四里之遥是飞机场；飞机场，你们知不知道有多重要？国军在飞机场四周都架了高射炮的，以防万一共军有飞机来轰炸，那么在土山上修碉堡，也是对飞机场有力的保护。

包镇祥和段上的两个人都频频点头，齐声称是。有一个说："太重要了、太重要了！"

"知道重要，就得修碉堡。"冯连长说。然后居高临下，冯连长手指眼前的两个山头："我早看过了，这两个山头儿一边修一个，这就像老虎钳子一样卡住了咽喉。共军本事再大也休想过得来。"

眼前的两个山头便是西面的两个山头，紧临村庄，山头北面紧临高水湖，高水湖北面是翠山，下了山头便是高水湖上那条日本人修过的柏油路，的确险要，在这里修两个碉堡的确像老虎钳子一样卡住咽喉，也说明冯连长不愧为连长，具有相当的作战经验。包镇祥竖起大拇指："身经百战、身经百战呵。"

冯连长三十几岁，大约三十五。

他们又往东走。一面走一面巡视着山下。

到了东面的山口子，冯连长站住，又指着山口子两边的山头："这里也一边修一个。"

包镇祥说："四个了。"

段上的一个人说："这里也像老虎钳子。"

另一个说："不是老虎钳子，是打铁的火钳子，更要命！"

冯连长受到了鼓舞："你们看，北面是青龙镇，东边是长河……那桥是什么桥？”

包镇祥告诉他，那算不上桥，叫“一块板儿”。

冯连长挥了一下手：“不管桥还是板儿，完全封死，连一只鸟儿也让它飞不过来。”

那两个人附和说：“即使过来，怕也有去无回！”

这时候，两个段上的人又忽然发现土山下面的山洞，问：“那儿怎么还有个洞？”

包镇祥介绍说，是日本人留下的，用来装汽油。

冯连长颇感意外地拍了一下手：“好，我军可以在这个洞里储存武器弹药！”

大家也跟着拍手。

看样子，冯连长不打算向南走了，只随手折下一根树枝，向南指着南山头：“那个山头再修一个，一共五个。那里的一个主要是阻击从颐和园方向的来犯之敌，一挺机关枪就可以胜任。”

其中一个段上的人比了个姿势：“哒哒哒哒……全解决了。”

另一个打保票：“共军绝对过不了长河。”

大家都随冯连长笑。冯连长重重拍了一个人的肩膀：“你笑个锤子。”

冯连长是南方人，在取笑别人的时候便常常把那人说成是“锤子”。

看也看了，说也说了，下一步是商量；商量碉堡怎样修，应出多少人以及人由谁来出等等。

商量的结果，他们达成了协议，也算是决定：

这五个碉堡要同时修，且必须在一个月之内完成，所需一切材料，诸如水泥、钢筋以及往山上运送这些材料的工具等等，皆由军队解决，修碉堡的技术自然也由军队负责。“地方”，也就是柳村，系指柳村村公所，所要承担的任务则是组织劳力，而所需劳力起码一百多。给报酬，报酬是，每个劳力每天二斤小米，没有钱，只给小米，也只给二斤，多一点儿，没有。

时间紧、任务重，若哪一方推迟了或延误了，不管什么原因，轻则定他个玩忽职守罪，重则定他妨害国防，大牢伺候。

一切都说定。那两个段上的人先下了山，骑上自行车，走了。走前给包镇祥留下话，说他们肯定还要来，代表段上来做不定时的检查，看柳村村公所是不是全力以赴地配合了步兵连，以及碉堡修得怎么样。

冯连长拽着包镇祥在山上逗留了一会儿，两个人都累了。冯连长说：“老包呵，真想轻松一下。”

包镇祥对冯连长提不上熟悉，但多少了解冯连长。冯连长只这一句“想轻松一下”，他便知道是什么意思。

头年，一开始，包镇祥很想把冯连长领到何玉香那儿去。但他又没舍得，因为何玉香一直和他好，从何玉香嫁到柳村后的第二年就和他好，他也没少照顾何玉香，何玉香应该是他的人。只有一样令人遗憾和沮丧，便是那个猫着腰、嘴里淌着哈喇子、半死不活的何玉香的丈夫总不死，否则，包镇祥早把自己那个满脸麻子的老婆休了，早把何玉香顺理成章地娶到家里。何玉香今年才三十二岁，可算是柳村的一个美人儿。

后来，包镇祥把冯连长引到青龙镇去了。青龙镇的北街有“暗门子”，也有“半开门儿”，那便可以让冯连长很好地“轻松轻松”。

冯连长带兵够狠，若和陈兆宗比较起来，陈兆宗不值一提。冯连长打人的方法既不用手也不用脚，而是用一根白蜡杆子，猛力往那兵的胳膊上抽，并且命令另一个兵拉住那兵的手，不许弯曲，不许顺势垂下，直到他打累了或不想再打为止。然而，包镇祥对冯连长仍抱有同情态度，因为他当过兵，了解和体会“排连长”之类的军人特别稀罕女人，因为他们身边全是男人、成年累月挨不上女人的边，而冯连长也才三十几岁，怎么熬？又怎么熬得住？即便家里有媳妇，但你只是个连长，不够级别，家眷便不能随军而行、随你而行。

包镇祥随冯连长下了山，回到庙里，冯连长又留包镇祥吃饭、喝酒，司务长作陪。

吃完了也喝完了，司务长自去忙他的，于是冯连长开了那辆带挎斗的摩托车，让包镇祥坐上去，又走过土山脚下，过了高水湖那条路；当摩托车开到翠山围墙下的时候，哧地一声停住。

冯连长下了车，把帽子脱下，上衣也脱下，露出了里面的白粗洋布衬衫，只剩了下面的军裤，乍眼看去，看不出是个军人。冯连长把帽子卷进军上衣里，放进车斗，再用一块备好的帆布盖好，然后又上了车。

这倒弄得包镇祥的两只脚不知往哪儿放，因为脚下是冯连长的军衣军帽。

摩托车开进了青龙镇，过了那个叫青龙桥的桥，再往北一拐，便进了北街；再往北百十米，便到了一条深巷。

包镇祥本已多次来过这里，既随冯连长来过，也随老营子段上的人来过；随冯连长来是应了冯连长之邀，为冯连长保驾，免于出事；随老营子段上的人来则是好换好，人家请过你，你也要请人家。其实老营子那里也有，但兔子不能吃窝边草，段上的人每次都要求远一些。

冯连长进到巷子里面去了，至于进了哪个门儿，包镇祥不管，爱哪个哪个，反正你来过几次，费用也你自己出。包镇祥只等待，坐在摩托车挎斗里抽烟。

他没有表。前几年倒是有一块怀表，但被儿子包进死磨硬泡，抢走了。

大约过了半个多小时，冯连长从巷子出来了。九月份，天已不热，而冯连长的脸上、脖子上仍挂有汗珠儿，一面走一面用手绢擦。包镇祥则想笑，这可真是八辈见不着用了吃奶的力气！

他们原路往回返。

又到了翠山围墙下，冯连长把军衣军帽重新穿上戴上，俨然又是军人，且大小是个军官。

第二天，包镇祥有充分的理由赖在家里、有充分的理由不出门，他也实在不愿意出门到村公所去，因为此时村公所里定是在为修碉堡的事琢磨不定、大伤脑筋。

但他又不能不出门，如果不出门，他们会到家里来找他。快晌午了，他才姗姗地来到村公所。

果然，村公所的几个人正在吵吵嚷嚷，为怎样摊派劳力，其中有齐文贵，也有自己那个糊里糊涂的儿子。

包镇祥说，他昨天下午和冯连长一起研究地图，研究到很晚很晚，半夜了，才回家。

齐文贵问："保长，怎么弄？该哪家出？"

包镇祥说："该哪家出就哪家出。"

另一个人说："一天才二斤小米，饭量大的，还不够一顿吃！"

又一个人说："也快割稻子了。这时候派劳力，谁肯出？"

儿子包进，却表现得比所有人都热心。他说："是稻子要紧，还是保卫国土要紧？国家兴亡，匹夫有责！"

这个糊涂东西，糊涂到内外不分的地步，把国共内战说成是"保卫国土"和"国家兴亡"。包镇祥喝斥儿子："滚回去！这儿没你事，把你手里的货卖完了要紧。"

儿子包进却梗起脖子："我大了，自个儿的事自个管，自个儿的路自个儿走。"

"走你娘个屌！"包镇祥骂道，"多好的买卖，你不做，非要往这里头钻……你以为这是什么好事？告诉你，我这个保长早不想干了！"

齐文贵赶忙劝："别价，保长，您要是不干，我们几个找谁去？往后怎么混？"

包镇祥进到里屋，打开抽屉，拿出了公文包。出来的时候，他对这几个人说："我有言在先，第一，一定要保证不少于一百个劳力。第二，一定要保证一个月之内修好五个碉堡。"

齐文贵问："保长，您去哪儿？"

包镇祥说："段上开会。"

另一个人问："前几天不是刚开过？怎么又开？"

包镇祥说："时局紧，事情多，会当然就多。"

说完，他骑上自行车，一溜烟地去了老营子。他长期骑自行车，却瘸着一条腿，车座子和自行车带都被他骑偏了，但并不影响他把自行车骑得如常人一样地快。

反正我有事，我很忙；反正我一、二、三把话撂在那儿了，至于你们办不办、怎样办，办得好不好、成不成，那是你们的事，我顶多负个督催的责任。因为我工作多，时间便没有那么多呵！

修碉堡，派劳力，谁愿意管？谁不挠头？如今维持人还维持不过来，谁还非去得罪人？再说，既然不能贪了，也没有胆子再贪，那就不如什么也不做，起码少做、能不做就不做。有那时间喝喝茶、看看报纸，找个地方打打麻将、聊聊天，比什么不强？除了段上，谁又能管到我？

你们哪，澡池子里扎猛子，"浅"着呢！

你们哪，小茨瓜，缺“闯”！

包镇祥到了段上，进了段长室，正在喝茶聊天的正段长和副段长看着他笑，说：“来了，老包。”

包镇祥说：“来了。是不是开会？”

副段长说：“是开会，一会儿咱找个地方。”

包镇祥说：“不开会我得回去，村里要修碉堡。”

正段长说：“那你就回去吧。”

说完，三个人都大笑起来。包镇祥缩了缩脖子，递给二位段长各一支香烟，但副段长不接，掏出了他自己的，那是“哈德门”，比包镇祥的“大婴孩”高了一级。于是，三个人说着话，走出了段长室。

老营子也应该算个镇，据说当年僧格林沁的草原骑兵消灭了捻军以后，其中一部分满军不愿意走了，便在这里安顿下来，这里就叫老营子。老营子不似青龙镇那般繁荣、热闹，却显得比青龙镇干净、整洁，也凭添了几分肃静，因为这里有一方政府，有警察局，也有税局和拘留所等等。老营子一共两条街，其中一条街原住的是满人，后来慢慢汉化，也就全变成了汉族人。另一条住的虽全是平民百姓，但也拉拉杂杂，集中了做小买卖的、赶马车的、开小饭馆的等等，唯没有种田的。

段长、副段长和包镇祥三个人去了一家小饭馆，小饭馆距段政府约五百米远，但需拐两个弯、再抹一个角才能到。小饭馆别看不大，却有二层，捯饬得也颇有个样子。饭馆掌柜见他们来了，把他们引上二层，又马上让伙计叫来了另外一个人；那人却仍是一副民国初年打扮，长袍，外面套着青衣小褂，脑后还留着个小坠根儿。小坠根儿其实就是小辫儿。

饭馆掌柜把一副麻将哗啦啦倒在桌上，又拿来了烟，又沏好了茶，本来是熟客，这四个人便如往常那样打起麻将来。

饭馆，本来是吃饭的地方。中午饭，他们边打牌边吃。

他们一直打到下午天快黑的时候才收手。副段长赢了些钱，饭馆的小费便由他来付。

包镇祥摸摸自己的口袋，还好，不输不赢。他原打算输给段长一些的，后来又打消了这念头，谁知道呢？谁又是什么结局？又是怎样的命运？何必让自己的钱先往出流？

大家散去，包镇祥也骑上自行车，出了老营子，往家走。

天已经很黑，但包镇祥并不害怕。若是以前，他绝不敢这么晚回家，更不敢走四岗子这条道，直到现在，包镇祥眼前依然会出现康八爷的影子，而现在的康八爷在天津大狱里圈着，且断了脚缆根，是死是活还不知道，怕什么？还怕你？怕你个屌！

过了四岗子，离柳村还有三里多地，包镇祥忽然想，不回家了，到何玉香那儿去吧。他已经好长时间没到何玉香那儿去了，今晚去，在她那儿随便吃了晚饭，然后，就在那里过一夜。

何玉香生的那个儿子已长到四岁，包镇祥每次见了都觉得像是自己的种。但他又不敢肯定，因为何玉香这个女人不光跟他，背地里还跟过别人，细想，谁知道是谁的种？且不管它，得乐且乐。

走乱葬岗旁边的那条小路往北，便进了村子的南口。何玉香就住在村子南口，包镇祥站在街门外，轻轻叩门。

先是听到窸窸窣窣的声音，后来，门开了，何玉香披着衣服站在了门里。包镇祥立刻闻到了一股脂粉香。

他刚要往里走，何玉香却说了一句话："司务长在这儿。"

包镇祥站住了……你妈的司务长，没良心，不够朋友！我老包对你怎样？你说抽"烟"，我想办法帮你弄，你说手头紧，我想办法也帮你弄钱，为此我倒背了黑锅，让冷艳姣那娘们以为我从那占地的钱中又贪到了便宜。你妈的司务长，你要知道，朋友妻、不可欺，你给我戴了绿帽子，王八蛋！

包镇祥带着满腔愤怒回家。走着走着，他又笑了，什么"朋友妻"，那是你的妻吗？什么"绿帽子"，谁给谁戴绿帽子？瞎胡闹，糊涂一锅粥，可怜的是那个半残的男人。

忍了吧，只要忍字当头，也就平安无事。

二十六　收割时节

冷梅早晨去学校，下午放学回家，都看见土山上在修碉堡。

步兵连的卡车把拉来的水泥、钢筋、木板、松篙等等卸到了土山脚下，那些修碉堡的人，冷梅也看出大都是冷家的长工；他们肩挑背扛、或几个人抬，艰难地爬上山坡，把那些材料运到山顶上去，家门口往北的两个山头上正挖大坑，大坑里正打着碉堡的根基。

为什么都是冷家的长工？自己种田的和冷家的佃户们为什么不来修碉堡？因为长工没有自己的地、没有稻子，在他们看来修碉堡与给冷家干活儿没什么两样，给冷家干活儿虽然挣的是钱，但最后也要用那钱买小米，而所买到的小米也不过二斤多一点。而修碉堡可以偷懒、可以散漫，那么多人，当兵的怎么可能管得过来？稻子快收割了，给冷家割稻子，则钉是钉、铆是铆，每人三条垄，你若稍慢一些，或稻子割得不好，便要扣你的工钱。那些佃户和自己种田的则不同，他们不稀罕这二斤小米，若拿割稻子与二斤小米相比，耽误了收割，那损失简直比天大。

冷梅也着实奇怪，以前的村公所那样强横，说一是一说二是二，村里没人敢不听，现在呢，为修碉堡摊派人工竟然这样软弱无力。而长工们的胆子也竟然这样大，说不去冷家干活儿就不去冷家干活儿，似乎凭添了许多自由。以前可不是这样，长工们最起码的顾虑是怕东家把他们辞了。

高水湖上的稻子都在一天天变黄，眼看着都要收割，而那些佃户们和自己种田的已经动了手。但冷家没有人，因为长工们都去修了碉堡，冷家的稻子也急于收割！

母亲不急吗？当然急。冷梅不急吗？当然急，但干着急，没有办法。

母亲最后想出了一个办法，那办法便是让冷梅写一张告示。告示上写：“割稻子，每天三斤小米！”在村里到处张贴。

也写了，也贴了，三天过后，仍没一个人来割稻子。原因很清楚，一是步兵连那里不放长工回来，二是那些自己种田的和佃户们的稻子还没有割完。怎么办？母亲只好去找包保长，而包保长又总不在，到哪儿找也找不到。母亲又去村公所，请村公所的其他人出来管一管，而那几个人又都像缩头乌龟，似乎多一事不如少一事。母亲想去庙里，求求一位姓冯的连长，但母亲害怕，又不敢去。

稻子每天都在往下掉稻粒子，因为已经熟透，每天也有成群的鸟儿来弹，边吃边把稻粒子弹到地上。母亲只好雇了村里的一些老弱妇孺，发给他们每人一件破盆、破桶或破铁片子，让他们在田埂上一面走、一面敲一面喊：“嗨呜，嗨呜……”力求把鸟们驱散、驱飞。母亲又找了齐文贵，给了些钱，让齐文贵他们夜间多照应、多警醒一点，以防那实在胆大的，或实在饿急了的，用找镰把稻穗子削走回家煮稻粒子吃。

只有两人不急，一是父亲，父亲依旧每天去长河边钓鱼；一是冷竹，冷竹若无其事，该上学上学、该看书看书、该写她的小说照旧写她的小说。

西面两个碉堡修到一半的时候，忽然看见了包保长。母亲也就抓住包保长不放，请包保长去庙里向那位冯连长求一求情，放长工们回来割稻子。

包保长说：“这是国防工事，比稻子重要。”

母亲说：“保长，这么多年没求过你，今天第一次求你。”

包保长也变了，温和了许多，也不再和母亲讲价钱。但包保长要母亲随他一同去庙里。

母亲去了，回来高兴地说：“冯连长答应了！答应把人抽回来。”

冷梅问：“抽回来几天？”

母亲说：“三天，只限三天。三天过后不管你稻子割完没割完，他也要把人调回去。”

母亲又说：“三天已经不错了。这还是包保长说了不少好话，后来又提到陈兆宗。”

冷梅又问：“关陈兆宗什么事？”

母亲说：“你不知道呵，训练自卫队的时候陈兆宗和那个冯连长有了交情。”

谢天谢地，不管谁说的情，也不管几天，冷家的稻子终于可以开镰了。

那天早上冷梅向钱校长请假，说割稻子，要帮助母亲，替母亲操心。钱校长予以充分理解，无论如何冷梅家也属于庄稼人，那么一年一度的收割便是他们的命根子。

请好了假，冷梅便从学校回来。当她刚刚走到高水湖上那条路的时候，忽然站定，一眼望去，她望见了什么？

晨光中她不但望见了割稻子的，也望见了捡稻子的；往年割稻子的人就那么多，也都是冷家的那些长工，而捡稻子的，今年却比往年显出格外的多！看，男男女女、老老少少，老人坐在地边，看守着捡拾回来的稻子，女人和孩子疯了一般地捡，就跟在割稻子那些长工的屁股后面……这哪里是捡拾，分明是在抢！那么多人，黑压压一片，几乎分不清谁是割稻子的谁是捡稻子的。

冷梅往前走，再看，长工们“人”字形排开，稻田里闪着镰刀的亮光。他们喊道：“割呀，一天三斤小米！”

也有的喊：“都是人生父母养的，手把子别攥得太紧！”

还有的喊：“别太利落！谁利落谁养孩子没屁眼儿！”

这叫什么话？怎喊出这样的话？

“别攥得太紧”，是不是就让手把子要松？要多散落下一些稻子？以使后面捡拾的人多捡？捡得越多越好？“别太利落”，大约也是这个意思；如果太利落、太干净，后面捡拾的人便没有什么可捡。冷梅虽在学校当教师，但她毕竟生在柳村长在柳村，天长日久，自然也懂得了这些粗口话。而且，他们不停地、反复地那样喊。

怎么办？毫无办法。难道她下去制止？难道不让他们喊？她又管得了谁？如此阵势，那么多人，她心里一阵阵颤抖，自己还控制不了自己，自己也在害怕。

冷梅把自行车靠在路边，就那样望着、朝稻田里望着……她干干地、也清清楚楚地看到长工们每割一把，后面的人就猫腰捡一把，不管多少，他们把捡到手的稻子装进口袋或装进篮子、筐子，有的地方有水，他们也全然不顾。冷梅甚至看见捡稻子的硬是从长工手里夺，长工便顺势松了手，还有的从已经捆好的稻子里往出抽，长工们也视而不见或装做浑然不觉……所有的人都大呼小叫，像赶一场庙会。捡拾的人捡得实在多了，便跑到地边，把稻子归成堆，再打成捆，急忙忙扛回家去。有的已从家中急忙忙转回来……这即便不是抢，也是讧，如果说更像是一场打劫，那么这些长工便正在为这场打劫制造着机会。

冷梅不忍再看……她想走、回家去。此时她但凡出声，不过等同于鸟儿叫，即使她挺身出来说话，也不过等于秋虫的几声哀鸣，全会在这样的喧嚣中淹没。

然而母亲呢？母亲此时在哪里？稻地掌班儿呢？又在哪里？

还有，村公所的人、包保长、齐文贵，他们都到哪儿去了？难道他们不负有责任吗？

冷梅让自己鼓起勇气，走下了田埂。但此时，她忽然看见母亲了，母亲正在和稻田掌班儿说话；母亲那瘦小的个子，手在指，脚下在蹦……可怜的母亲，为稻子不能开镰着急，开镰了，仍然着急并且生气，此时不定有多生气！

老掌班儿向母亲摊了摊手，表示也没办法。

冷梅走到母亲跟前，母亲在哭，在流泪。冷梅也禁不住流出了眼泪。

冷梅一面安慰母亲，一面想把母亲搀回家。

但母亲不走，偏不走。母亲反而坐下，就坐在湿漉漉的田埂上。

那些捡拾稻子的人公然从母亲和冷梅的身旁过，无视她们，把她们当成了毫不相干的人。

割稻子的长工呢？明明看见了母亲，转过头咋咋呼呼，装做没看见。

忽然，母亲站起身，下了田埂。

冷梅也下了田埂。

母亲的雨靴深一脚浅一脚，在满是泥水的稻田中蹒跚行步。冷梅搀扶着母亲，问母亲要干什么？母亲不答话。

她们来到长工和捡稻子的人群中，母亲开始寻找，好像要找到什么人。

似乎找到了，母亲终于站在了一个人的后面。

“保河。”母亲叫了一声。

那人回过头来。是了，冷梅见过的，这人叫康保河，康栓老汉的第二个儿子，也是冷家稻田的佃户。

康保河愣愣地看着母亲，然后又似笑非笑。

母亲问："你的稻子割完了？"

"割完了，也来挣点小米。"康保河轻松地回答。

"你来帮我，我谢谢你。"母亲说，"可是你不应该也学别人，就这么落、落，成缕成缕的落……"

"掌柜的，我可不是故意。"康保河分辩。

母亲苦口婆心："保河，我种稻子你也种了稻子，一年就收这么一回，你手这么松，就这么落，全被别人捡走，难道你就不替我想？就不替我心疼？"

"我镰刀不快！"康保河咧了咧嘴，另外找了理由，并且说得很夸张，声音很大，似在哗众取宠。

"为什么不把镰刀好好磨磨呢？"母亲的耐心此时显得格外突出，几乎对康保河怀了一种亲切和无限度的忍让。

康保河不再说话，调过身去，又在哗众取宠："割哎，一天三斤小米！"

"保河，你自己说，平时我对你错不错？一直对你错不错？"母亲对着康保河的屁股，就那样说。

康保河也不回头："不——错。"他说"不错"，两个字之间拉得很长。

"每年交租，除了不让你交，就让你少交，对不对？"母亲似乎在想方设法打动康保河。

"是呵，您让少交就少交、不让我交我就扛回来了，嘿嘿嘿……"康保河一面割、一面嬉皮笑脸。

"人要讲良心！"母亲终于忍不住，几乎是在喊。

"我良心大大地有！"康保河这话说得像无赖。不管无赖还是嬉皮笑脸，冷梅都见过的，在康栓老汉家里，头年的大年初三傍晚……

"既然有良心……"母亲眼里又迸出了泪花，"保河，那你今天就向大家喊：手都攥紧了、都利落点儿、一根稻子也不许落下！行不行？"

康保河说："掌柜的靠边儿，小心镰刀碰了您。"

"保河，别忘了，你今年三十三岁了。"母亲竟然掩面，而且张口说出了康保河的年龄。

康保河继续说："您别看镰刀不快，刺人可快。"

母亲灰心了、失望了，找到了康保河，却什么用也没有。这时候，不远处，还有一个人，那人忽然一副幸灾乐祸的样子，并且驴似的唱起了小曲儿："出了小东门儿哎，到了高水湖。高水湖上哎发大水嘞，冲了涌和楼。一块板儿闹女鬼哎，哭哭啼啼、啼啼哭哭哎，那狠心的哎，不该将奴家打，奴家哎，扑通通跳下河里头……"

冷梅同样认得那人；那人是康栓老汉的四儿子，叫康保存、冷家稻田里的长工。据说康保存混而胆大，把陈兆宗也踢了，母亲应该再和康保存说说，请他站出来管一管。但母亲看也没看康保存一眼；当冷梅搀扶着母亲走开的时候，康保存在后面嘎嘎大笑。

母亲……快要心碎的母亲，就那样又回到了田埂上。

母亲仍然不肯回去，并且，母亲说，又想起了一个人，丁德强。

丁德强来没来割稻子，不知道，他去没去修碉堡，也不知道。冷梅每天早晨从西面两个山头中间过，没看见丁德强的影子。但母亲执意要再去找一找丁德强；丁德强在冷家待了近二年，冷家对他不错，如果找到丁德强，他应该为冷家出出力、说说好话。冷梅只好又搀扶着母亲，到处找，到处找，找了快一小时，却没有找见丁德强。

捡稻子的人越来越多，而且有根本不认识的人，根本不是柳村人，而是外村人；外村人也来了。

冷梅坚决不让母亲再待在田里，强拉着母亲，上了岸，回到高水湖那条路上。

冷梅把母亲安顿好，然而母亲只坐在路边，不动，也不回家。冷梅只好也坐下来，陪着母亲。

这时候，只听吱呾一声，身旁停下一辆挎子车，再看，车上坐着陈兆宗；陈兆宗来了。

好久没见到陈兆宗了，自卫队解散，他回了清河，眨眼半年时间过去，陈兆宗只来过几封信，但冷梅都没有给他写回信。陈兆宗依然开了挎子车，但陈兆宗今天的穿着大不一样；他穿的是军装，完全的军装，变成了一个军人。并且，他戴的是大檐帽，说明他不但是军人，也成了一名军官。

摩托车挎斗里还坐着另一个，虽然也是军人，但没有大檐帽，证明是个普通的兵。

冷梅感到自己狼狈不堪，因为脚上是泥、裤腿子是泥，母亲又坐在旁边流眼泪、依旧流眼泪。

陈兆宗下了车，走到母亲面前问："怎么回事？"

母亲说不出话，用手往田里指……

陈兆宗又问冷梅："田里怎么了？"

陈兆宗是城里人，不懂庄稼、不懂地，看不出田里那局势，看不出里面的文章。

但是，面对着陈兆宗，冷梅忽觉鼻子一酸，眼泪哗哗往下流。

陈兆宗仍没有看明白，只说："我往学校打电话，姑夫说你不在，请假了，我问为什么请假？是不是她身体不舒服？姑夫说家里正割稻子，忙得很。所以我也请了假，特意来看一看。"

这时，母亲像忽然看到了希望、看到了救星，站起身，凑过来，一把鼻涕一把泪，向陈兆宗诉说地里发生的动乱……盼了一年，稻子收割多么不容易，而那些长工吃里爬外，与捡稻子的里应外合，哄抢稻子。

冷梅擦去了脸上的泪："这不是捡，是抢。"

"我活了这么大年纪，还没见过这么捡稻子的，也没见过这么没良心的长工。"母亲默然，低下了头。

陈兆宗再一次往田里看，认真地看。他看懂了。

接着，陈兆宗朝那个兵挥了一下手，两个人一前一后，一个官一个兵，向田里走去了。

两个人都有枪。陈兆宗是匣子枪，别在腰里，那个兵是一杆大枪，背在身上。

冷梅也不知道陈兆宗会有怎样的措施、怎样的办法，但她相信陈兆宗定有措施、定有办法，否则陈兆宗不会那样沉着冷静，似有成竹在胸。

母亲却沉不住气，非要拉了冷梅跟在陈兆宗后面，冷梅只好依从。

冷梅依旧搀扶着母亲，依旧走得很慢。当她们走过几道田埂，还没有到达割稻子地点的时候，忽听得"砰！砰！"两声枪响。

冷梅和母亲都同时被吓住了。这是枪响、是枪声，看，翠山上的鸟儿惊起，土山上的鸟儿也惊起，在天空扑啦啦乱飞，那枪声在土山与翠山之间回荡，连高水湖也在颤抖。

这枪是陈兆宗打的，是不是用枪打了人？杀了人？原来不是，陈兆宗只朝天开枪，也只开了两枪。他那枪还在朝天举着。

陈兆宗站在一条大埂上，面对着众人，巍巍然、虎视眈眈。母亲说："看，看！"

只这两枪，让那些捡拾稻子的彻底乱了，有的仓惶逃跑，有的惊慌失措，有的被吓呆了，站在那里连动也不敢动。女人们，缓过神儿来以后呼叫着孩子，然后拼命跑回家去，携带着她们已经拾到手的稻穗儿。长工呢？长工们怎么样？他们只是愣了一下，便和没事人似的该割的割、该看热闹的依然看热闹。

西面两个土山山头离稻田最近，山头上仍有几个人在修碉堡。这时，两个当兵的手做喇叭状，远远地朝这边喊："干什么哪？谁打枪？"

接着，两个当兵的从山上跑下来。

田里静了，只剩了长工、只听见唰唰割稻子的声音。但陈兆宗分不清楚哪些是长工、哪些是捡拾稻子的，他只朝田里的人大声训话，一面训一面挥动手中的匣子枪："你们想干什么？嗯？是不是想破坏秋收？是不是想抢劫？是不是要造反？告诉你们，前方正在打仗，共军猖狂得很，特别时期的每一颗粮食、每一粒米对国军、对国民政府，都非常重要、非常重要！"

"叫声小亲亲呐，眼看着到五更……"不知是谁，这个时候居然唱起了小曲儿。

也不知陈兆宗听见还是没听见，抑或听见了，不在乎，依然讲他的："你们这样做对谁有利？只能对共军有利，对我们的敌人有利，懂不懂？"

又不知是谁："这个当兵儿的，不是个好东西，他拉拉扯扯进了高粱地吔，我的大娘哎。"

另一个接道："姑娘姑娘你不会跑吗？"

接唱："我左也想跑，右也想跑，他怀里揣着一杆盒子炮吔，我的大娘哎……"

无疑，这是些淫词烂调。据母亲说，长工们惯会唱这些。

陈兆宗听见了，也听出来是淫词烂调，但意外的是，他并不在乎、更不计较。他说："你们唱这些，不要紧，逗逗笑、娱乐娱乐嘛。你们闹些个花花事也不要紧，天塌不下来，甚至耍耍钱、赌赌博，都没什么了不起，也管，但不是真管，为的是让你们安安分分地过日子……"说到这儿，陈兆宗忽然一停，"但是，如果有人偏不安分，偏要制造混乱，影响社会治安、破坏社会秩序，那就不行了，政府必采取一贯措施，坚决给以镇压，绝不轻饶！军人是干什么的？枪是干什么的？你们应该明白。"

这时候，高水湖那条路上又开来一辆挎子车，后面跟了七八个兵，车里坐的是步兵连的冯连长。

从土山上跑下来的两个兵向冯连长报告。然后，冯连长走下田埂，陈兆宗也迎上去，两个人见面握手；说了什么，不知道，因为听不见。

冯连长和兵们回去了。陈兆宗也没什么更多说的，便走过来，搀住了母亲。

冷梅在前面走，回头看，母亲对陈兆宗那般亲热，几乎看不出是陈兆宗搀扶着母亲还是母亲在搀扶着陈兆宗。

锅伙房开饭的梆子响了，已到中午，长工们呼啦啦涌上田埂，奔向锅伙房。

当然，母亲要陈兆宗回家吃饭。但陈兆宗把他带来的那个兵留在原地，因为仍有部分捡拾稻子的人远远地站在地边，不肯走。母亲说，一会儿把饭菜，还有烟，给那个兵送去。

回到家里，母亲要给陈兆宗开小灶，说不麻烦，马上就好；陈兆宗不让，说随便吃一点，说他仍然很忙。

母亲对陈兆宗的态度忽然发生了转变，这也是母亲对陈兆宗态度的第二次转变。一开始，看好陈兆宗，后来不看好陈兆宗，现在又看好陈兆宗，因为陈兆宗成了救星、成了救命恩人；如果没有陈兆宗，指不定稻子哄抢到哪天，也许稻子没割完，反倒被哄抢完了。

母亲同时对以前的一些怠慢向陈兆宗表示道歉，说全怪冷竹，冷竹那丫头不懂事；念在冷竹年纪小，还是个学生，让陈兆宗千万别往心里去。

陈兆宗倒也通情达理，说正是因为冷竹年纪小、不懂事，他才根本不计较；若不是他回清河另有任务，他还会天天来家吃一顿中午饭。

母亲又问：“你是不是升官儿了？”

陈兆宗说：“官儿不大，只是个上尉连长。”

母亲说：“二十四岁就当连长，不小喽。冯连长怕有三十多岁了吧，不也才是个连长？对不对？冷梅？”

冷梅不回答。

陈兆宗说：“冯连长属三十五师，我是二〇八师。”

母亲说：“甭管什么师，也是国军，连长也是连长。你说呢？”

母亲又问冷梅。冷梅仍不答话。

陈兆宗又说：“从前是别人训练我，现在我要训练别人。所以一天到晚的忙，实在抽不出时间。”

冷梅知道，陈兆宗在解释为什么又这么长时间不露面。

母亲为陈兆宗打圆场:“嗐，哪个不忙？何况你升了官儿，不忙才怪。”

吃完了饭，陈兆宗又特意去庙里找了冯连长，请冯连长增派兵，起码两个，为冷家看稻子，直到稻子割完为止。

到了下午，冷家的稻田上真的多了两个兵，便成了三个，都背了枪，在田埂上站定。

稻子在割，但没一个再来捡的。母亲高兴、感动，眼泪又掉下来。

陈兆宗下午三点左右才走。走之前，他又提出了结婚问题，说等他这一阶段的训练结束，也就到了十一月底，那时便可以结婚了，而且必须结婚，绝不会再拖。

母亲也再次燃起了希望，说：“兆宗，这次千万不能再拖！”

冷梅想，你陈兆宗一而再、再而三……说不拖，也许你还会拖。因为你总是以国家的事为先、以你的前程为先，对我冷梅、对婚姻、对感情，在你的天平上究竟有多少斤两？这一次，我当然要慎重考虑，绝不能再轻易答应你。还有，你在信里说了那么多肉麻的话，对你来说是一种进步，对我来说却是没用、完全没用，还不如你当初的那样朴厚、那样不善言辞的好。至于你当不当官，对我更无所谓。

陈兆宗走了，三个兵留在那里。母亲派人每天把饭菜给那三个兵送到地头上，好吃好喝，有烟，还有酒。

稻子一共割了五天，而不是三天。冯连长不但没怪罪，五天之后才把人抽调回去。母亲说："知道吗？那全是因为兆宗与冯连长有交情。"

总而言之很快乐，不管怎么说也快乐，因为稻子能平安地割，也终于割完了。只有头一天不顺利，后四天均平平安安、顺顺利利。

按陈兆宗所说，这一阶段训练结束，确是十一月底。现在是十月中旬，还差一个多月，这一个多月，很长吗？希望它越长越好，越长便越有充分的时间细细考虑……

二十七　夜深人静

这些天，包镇祥包保长一直躲、一直躲，多一事不如少一事，不能也不敢谋取利益的情况下便尽量寻找轻闲、以轻闲为主。

段上的人不是也一样？他们从开始策划修碉堡就说要来，来柳村检查工作，看修碉堡与国军配合得怎样，可是他们一次也没有来过。

包镇祥有时说去段上开会；有时说去给人家劝架、那婆媳吵得不可开交、把活人脑子快打出来了！有时他也真的去给人家找毛驴，那毛驴丢了，他穿好了他的羊皮袄、骑上他的自行车，往西，找过西河滩，又到了西山脚下，然后在山的朝阳处安安稳稳地睡一觉，因为昨天他在别村和其他的保长打了一宿的牌。包镇祥更多的时候是去亲戚家，所谓的亲戚，八杆子打不着的亲戚，坐下来，有的说便尽量说，没的可说也找话说，目的只有一个，便是躲，便是消磨时间。否则去哪儿呢？总在家待不成，总在村里晃游不成，偶尔去一趟青龙镇，也会碰到村里人，问他："干吗哪？"那天在村里一不小心，被冷艳姣那娘们看见了，抓住不松手，非要他去庙里找冯连长帮助求情，让长工们回来割稻子，现在是以和为贵，能维下一个人便维下一个人，只好帮了冷艳姣。

这一天，包镇祥正在家吃饭，准备吃完了饭就走，没想到，紧走几步赶上事、慢走几步事赶上，事儿终于来了，村公所的一个人忽然来找他，说："碉堡被人拆了！"

"拆了？怎么会拆了？"

"有人破坏！"

"怎么会破坏？"

"保长，您快去看看吧！"

"你先走，我随后就到。"

包镇祥本不认为修碉堡能管多大用，那地方险要是险要，但解放军一旦过来，便如急风暴雨，甚如风卷残云，一切的一切全是白搭。然而这一次，事到临头，他不得不去看一看了。

上了土山，那可真是被破坏的一个现场……也不知什么人干的，两个刚刚修好的碉堡，此时变成了一片废墟，半截的碉堡壁朝天敞开着，再仔细看，钢筋锯的锯，弯的弯，支撑水泥的柱子和木板被打掉，扔得到处都是，水泥本来就没干，顶子被掀下来，圆圆的水泥墙也被拆去了一半……可不，可不就像两个破盆子。

冯连长在，问包镇祥："什么人干的？"

"我哪知道。"

"你不知道谁知道？你是一村之长。"

"肯定是深更半夜……"包镇祥嗫嚅着说。

"我知道是深更半夜，我问的是谁干的！"冯连长朝包镇祥发起了脾气。

包镇祥说："我整天忙、到处忙……"

"你们段上的人呢？说来也不来！"

包镇祥说："我忙，他们也忙。"

"全娘的忙锤子！"冯连长开口骂人，"告诉你，必须把破坏的人找出来！"

包镇祥再三辩解，说："我们平头百姓，赤手空拳，没法找。你们当兵的，有枪……"

后来，冯连长慢慢觉得理亏，也就不再朝包镇祥要主意。

步兵连的操练一直没停，一直在冷家的那块地上打靶、在战壕里迂回、穿梭；此时，冯连长叫停，把一个连的兵力集中起来，分两路去搜捕、去追查。一路沿高水湖河汉向东，直至“一块板儿”，再沿长河边儿……但搜寻的结果什么也没找到。另一路向西，直到西山脚下，又折向南，经几个村子……结果也毫无所获，连一点蛛丝马迹也没发现。

此时的包镇祥也不敢迟慢，带了村公所的人，时而跟在当兵的后面，时而单独寻找，到处去辨认脚印儿……但包镇祥大多时候咋咋哄哄、煞有介事，似乎把事情看得比步兵连还严重。最后是，同样的毫无所获。

冯连长再一次大发雷霆，又用白蜡杆抽了几个兵的胳膊，骂他们废物、饭桶，两个碉堡刚刚修好，却看守不住；如再发生此等事，定要枪毙了他们。

包镇祥也组织了会议、分析了案情，最后说这事就过去了，今后我们要加强警惕、要更加认真地配合国军。段长也来了，参加了会议，并且在会上批评了包镇祥，说包保长有缺点、有失误；但谁没有缺点谁没有失误？老包的缺点是前进中的缺点、失误是因为他太忙，俱属于美中不足。

会也开了、案情也分析了，偏偏自己不听话的儿子独出心裁，自以为是，晚上，找到老子，说:“爸，我认为不是那么回事。我认为是本村人。”

包镇祥说：“你怎么知道是本村人？”

包进说：“您没看高水湖上的脚印儿？脚印儿有新有旧，那新的，证明就是作案人的脚印儿。”

包镇祥强调：“作案人的脚印儿不能证明就是本村人的脚印儿。”

包进也强调：“我不但分辨出是作案人的脚印儿，更分辨出是村里哪些人的脚印儿，甚至是谁的脚印儿。”

包镇祥说:“什么新的旧的，割稻子的时候田里的脚印儿乱七八糟！”

包进不放松：“爸，您在会上分析是共军；是共军的一小股部队、要么是共军的侦察兵，夜里袭击了碉堡，我不信。”

包镇祥说:“你不要自作聪明，大家都同意我的分析，独你出幺蛾子！”

“共军还离得远，有那么快？”

包镇祥不禁恼怒：“你那个买卖还打算做不做？是不是彻底不想做了？”

“彻底不做了。”

“我再说一遍，不做就老实在家待着，别往这里头钻，更别在这上面动脑筋，不是什么好事。”

“爸，有话不能不说，有脑子就得动。”

“动你娘的屌！告诉你，当初你爷爷，还有简家，怎么明争暗斗来？结果呢？死的死、伤的伤……儿子，你纵有黄金万两，一天不过两顿饭，纵有大厦千间，你不过独眠七尺……你给我滚一边去！”

毕竟是老子、毕竟还是个保长，具有一定的威力和威望。况且他说的带有他人生的体悟，儿子包进虽还半信半疑、半服半不服，但也就不再言语，不再说那些不谙时事、不知深浅的话。

包镇祥在开会的时候分析得很具体、很透彻，说共军已占了东三省，林彪的队伍下一步奔哪儿？是不是要进山海关？要进华北，接着进攻北平？远吗？不远，那么破坏碉堡的应该是谁？当然是共军了。其实，他心里明镜似的，自己说这话连自己都不相信；他相信的，正如儿子包进所说，是柳村的村里人破坏、捣毁了两个碉堡。他们白天有模有样地去修碉堡，看似十分卖力地往山上背沙子、扛钢筋、运水泥，夜深人静，他们鬼一样地出来……而且可以想见是哪一个、哪几个、哪一伙人实施了破坏。包镇祥不用看脚印儿。

但是他不敢说，为什么不敢说？很简单，就是一个怕，以前不怕，现在怕了。以前只怕康八爷，现在康八爷再没什么可怕，却怕起了村里人。首先你看看康栓那几个儿子，一个个生马驹子似的，又一个个横眉竖目，若惹了他们，能有你好果子吃？但有时见了你，他们又嬉皮笑脸、没个正经，包镇祥看出来，那是笑里藏刀呵。特别是康栓的大儿子康保山，简直就是个判官脸，永没个笑模样，也永没个话说，那是憋着一种恨呵，也憋着一股劲。设若，你说出了真相，破坏碉堡的不是别人，就是他们，那会是怎样的结果？况且不光他们几个，而是一帮，而是一群；你纵然惩罚了他们，甚至枪毙，但你杀一儆百只能枪毙一个两个，你能枪毙一群一帮？即便一个两个，共产党万一真的来了，他们能饶过你？全村人能饶过你？非把你嚼了、啃了、吃了不可，甚至把你碎尸万段。这便是自己给自己挖坑、自己给自己断后路，你也将骂名千载、永没个好名声。

还有，那个叫丁德强的外地人，别人看不出来，包镇祥却看出来，这不是个简单的人。这个人虽身为长工，也貌似长工，但偶然相遇，包镇祥瞥上几眼，从那眼神里看出了一种游离，继而又看到了镇定；镇定就是镇定，需要镇定的时候才镇定，有心虚、心慌之处才镇定。那么这个人究竟是干什么的？什么背景？遥遥千里从山东老家来，难道就为做一名长工？来了不过二年多，他又与村里人混得那般熟，特别是与康栓的儿子、侄儿们，混得几乎和亲兄弟一般。更让人不能理解的是，他来的第一年便一头扎进冷家赶起了毛驴车，而他赶毛驴车又很踏实、很本分，若不是冷家后来把他辞了，毛驴车是不是要一直赶下去？赶毛驴车，又能证明什么、说明什么？总之，这个人不简单又琢磨不定，包镇祥同样不敢说，因为姓丁的和骆驼康记人是一伙儿的。

冯连长大怒一阵之后加强了防范，在土山上拉起了电灯，夜间也放了岗。那电灯原本从飞机场拉到庙里，现在从庙里又拉到山上，但也只限于西面的两个山头，往东，到山口子，到南山头，暂时还不能拉，因为没那么多线、材料供应不足。包镇祥依然躲，事情过去之后照样躲，听说不但拉了电灯，西面两个碉堡也开始重新抢修了。但也只限西面两个碉堡，原本定五个，余下的三个，先不修，原因同样是人力、物力供应不足。

一晃进了十一月份，一九四八年的十一月份。

包镇祥整日在外面逗留，或者找个地方睡觉，比如在何玉香那里，比如借宿在亲戚家。

一天，段上来了一个人，说段长请他，请他专程去段上一趟。

包镇祥问：“是不是又开会？”

来人说：“是开会。”

包镇祥去了，果然是开会。段长在会上讲了当前形势，说共军已经进了山海关、进了华北，直逼北平。还有一路进了古北口，目标也是北平，于是人心浮动，谣言四起；段长要求所辖各村一定要维持好社会秩序，安抚好人心，坚决保住我们的古都北平。

会开完了，开得很短。然后，段长把包镇祥留了下来。

这一留，包镇祥心里一动，开会是假，另有缘由是真。那缘由，那缘由，便是公粮，公粮……今年的公粮又交上来了，是贪还是不贪？

往年，许多年，他贪了，段上也贪了，其他村的保长都贪了，那么今年呢？还能贪吗？还敢贪吗？共产党来了如果兜底儿算，再加上百姓检举，岂不又等于自己给自己挖了坑？

但他又想，不贪又怎么办？倘若不贪，你便是个叛徒，是个另类，万一出了事、出了纰漏，不是你也是你、黄泥掉裤裆里了，不是屎也是屎，跳进黄河也洗不清。而且段长、副段长还会变着法儿整你，给你小鞋穿；不要说你没升官，即便升了官，你那官怕也做不长，因为大家都这样、都贪，没人不贪。

还是贪吧，只顾眼前，先别顾那么长远。况且，百姓们已接受了现实，都习惯了，甚至是麻木了，没有人再大惊小奇、没有人再把这当回事，即便冷艳姣那娘们，也只敢怒不敢言；百姓们已经认为这就是法则，法则嘛，向来如此、理应如此，将来也必定如此，若缺失了那法则，反而不习惯了，吃公家饭的，做事、干工作，便提不起劲头、再也没了兴趣，这倒变成了坏事。包镇祥这么想，胆子重新大起来。

所以，当段长把他叫到办公室的时候，他从容、淡定，因为心里有了底。

段长往常那么随便、称兄道弟、嘻嘻哈哈，今天却有些端架子，废话也格外多："老包呵，今年的米不错，比往年的好。"

包镇祥点头："是比往年的好，今年雨水均匀。"

"高水湖的米，叫京西稻。"段长点着了一支烟，也扔给包镇祥一支，"你们那儿有个高水湖，高水湖的米好呵……是不是？"

全是废话，有话不直说。

段长的二郎腿哆嗦着，手在桌面上咯咯地敲："我还听说，京西稻做成了米，上面有一层灰白色的膜儿，好像上了一层胭脂，所以好吃。"

包镇祥笑："段长又不是没吃过，怎么才知道好吃？"

"今年跟往年不同嘛。今年特殊。"段长的两只眼睛注注盯着包镇祥。

段长大人，请您别再投石问路、别再试探我，我老包虽不想再升个一官半职，但也不愿把这个小小的保长丢掉，更不愿你们怀疑我，把我当叛徒。我豁出去，走一步看一步，走到哪儿算哪儿。

"就这样吧，我还有事。"段长不说了。因为段长已看出了包镇祥此时的想法。

段长起身送客，包镇祥也就此告辞。

段上另有一个跨院儿，跨院里有一间房，长年封闭。但这间房每到年底便装了“赃物”，那赃物按地区分，你所管辖的村子种的是普通粮食，那么你能“贪”到手的便是普通粮食；柳村种有大米，高水湖的大米的确好吃，上面便让上交的公粮全是大米。

但包镇祥一连三天没有再去段上。他真希望再去段上的时候跨院的那间房里空了，什么都没有了，他便可以轻松躲过这一关，甚至可以埋怨：怎么我的那一份没了？不，不要埋怨，什么话也不说，悄无声息地过了这关比什么都好。

然而，当他再来到段上的时候却发现那间房里独独剩了大米，六包大米；这个数目与每年差不多，每年俱是六包到八包之间。无疑，这是留给他的，也只剩了他的这一份。别人的，早已收拾完毕。

没办法，不想贪也得贪，害怕，也只当做不害怕。

包镇祥当晚便在老营子雇了一辆马车，装上了那六包大米。其他的你不用管，自有段长、副段长把一切摆平。

马车出了老营子往南，再往西拐个弯，便来到了漫荒野地，也就在这漫荒野地之中，看到了一户人家的灯亮儿。这户人家姓王，独门独院，家里的主人是个四十七八岁的汉子；猪往前拱、鸡往后刨，各有各的道儿，包镇祥每年的“销赃”地点便是这户人家，所要打交道的便是这个四十七八岁的汉子。

但此时包镇祥也涌起一阵阵气愤，气愤的是儿子，因为往年有儿子帮助；儿子把一部分大米弄到青龙镇集市上卖，余下的一部分才由包镇祥处理。现在倒好，儿子全不管，只任跛了一条腿的老子黑灯瞎火推着自行车跟在马车后面深一脚浅一脚……你妈的包进！

那户人家早早地开了大门，迎接包镇祥。

既然是多年合作过的伙伴，那个四十七八岁的汉子也就不讲客套，当即和包镇祥讲起了价钱。

包镇祥说：“我不要金元券，只要光洋。”

汉子说：“光洋不好弄呵！”

包镇祥说“不好弄也得弄。否则不卸车，拉走。”

汉子说：“金元券一样的花。”

包镇祥说：“那就留给你花。”

汉子又说：“金元券最小面值是五百块，大面值有一万块、十万块，一百万块的也有，随你挑，怎么样？”

包镇祥一口咬定：“我只要光洋。”

汉子也没办法，最后只好点头。

价钱也讲好，“光洋”也说定，马车便赶进了里院。

这家里院有个很大的仓库，里面全是粮食。包镇祥想，这个人，若不是与他多年合作，若不是今天又有求于他，真应该把他当做奸商严格处理，因为他手段足够歹毒，屯积了那么多粮食，非要等到粮价一涨再涨、直涨到不能再涨的程度他才出手。

那汉子与他媳妇从马车上卸大米，一包一包地入库，码到了垛上。包镇祥在一边看。

看着看着，包镇祥忽然发现了另外一样东西；那是什么？是一捆一捆的老羊皮。

老羊皮，老羊皮……包镇祥当然不是看老羊皮新鲜，他身上穿的就是老羊皮袄，他只是奇怪，屯积、倒卖粮食的，怎么也屯积了羊皮？这羊皮又是从哪儿来的？谁卖给他的？或者说，卖给他的是什么人？卖完了，换走的又是什么？是钱吗？还是物？物，又是什么？是不是粮食？

包镇祥清晰记得，康栓的大儿子康保山头年回来得很晚，驮回来的除了土豆、木耳，便有这一捆一捆的老羊皮；今年同样回来得很晚，骆驼身上同样有如此这般的老羊皮。那么，羊皮销到哪儿去了？卖给了谁？头年、今年，都卖给了谁？他当时看在心里颇觉蹊跷，只是不好问；越明白便越不好问。现在好了，清楚了，眼前一亮，心里也一亮……毫无疑问，羊皮是康保山的，换走的是粮食，因为共军已打下了张家口，一股部队已来到了京西莽莽群山，很可能就驻扎在那里；共军苦，缺医少药，当然也缺少粮食。

包镇祥想到这儿几乎要笑，笑他自己，想不到他和康保山利用了同一个人，与同一个人做买卖。而他是“销赃”；而康保山是支援共军，心向共军；既然有康保山，就不会光康保山一个，还会有其他人，乃至一伙人。

也是怪，清楚就清楚了吧，清楚了就完了，但包镇祥非要验证一下，看他的“清楚”是否准确。

于是他问汉子：“你这羊皮哪儿来的？”

汉子一面忙一面回答：“刚刚送来。”

“刚送来？多会儿？”

“一个钟头。”

“走了多会儿？”

“一个钟头。”

“是扛来、背来，还是马车送来的？”

“骆驼。”

“拉骆驼的？”

“对。”

“姓什么叫什么？”

“姓康。”

“叫什么名字？”

“没问。”

好了，也不用问了，包镇祥已经判断得准确无误。

但那汉子又找补了一句：“人家不像你。”

“怎么不像我？”

“人家不要钱，也不要现大洋，人家要的是小米。”

“为什么要小米？”

“你去问，追上去问吧。”那汉子抑揄他。

就是这一句抑揄的话，提醒了包镇祥，何不真的去问一下，或者叫打探一下呢？走了才一小时，骆驼慢，他骑自行车快。

细想，这人也真是的，心里那个总想贪图点什么的念头为什么老是扔不掉？虽然他想改过自新、往后什么也不贪、什么好处也不占，而但凡有一丝把握，便心存侥幸，便想冒险试一试。

若说冒险，也不算冒险。如果他追上了，也的确是康保山他们，那么他可以有两种态度，无论选择哪种态度对他都有好处。第一，他可以做个顺水人情，问问康保山他们有什么困难，他帮助解决；没有困难，以后他也能暗暗支持他们，从而让他们认定，别看他包镇祥是保长，为当前政府做事，那只是表面，实际他是自己人，也心向共产党，愿意为共产党效劳。这样，共产党来了，他便真的成了自己人，便不会受到清算，同时可以如柳村人一样享受胜利果实。第二，他可以选择沉默、不吱声，只把人和事看在眼里、记在心上，万一共产党打不过来，即便节节胜利也是暂时的、国军的败退也是暂时的，最后仍是国军的天下、国民党的天下，那么他手里便有了康保山他们的把柄，便有了清算他们的证据。这样，他是不是立了一功？算不算一个功臣？他还不老，身子骨也还硬朗，说不定以后有可能得到升迁。

这样想好，那汉子也给了钱，包镇祥也付了车脚费。然后，赶马车的走了，包镇祥怀里揣着一吹嗡儿嗡儿响的现大洋，骑上了他的自行车。

赶马车的原路回去，包镇祥则抄了小路，一直往西；怀里是六十多块现大洋呵，沉甸甸、硬邦邦，于是经过四岗子的时候便往北拐了弯，把现大洋放回家里。然而他连饭也顾不上吃，又骑上自行车，趁着月光，沿着田间路，向西追去。

他骑过了西河滩上的桥，向西望，灰蒙蒙的月色看不清前面的路，也不知还要追多远。他心里不由得泛起了嘀咕，是继续追？还是不追了趁早回去？若继续追，再追上六七里，便到了磨石口……磨石口，那地方想起来就让人心惊胆战，常有劫道的把人弄死，那些长年赶马车、拉骆驼的，真不知每次是怎样过来的。他不想再追了，起码站下来歇一歇，抽支烟、缓一缓劲再说，因为他已经骑出了十七八里地远。

他把自行车靠在路边的一棵树上，然后蹲下，掏出了烟，但刚点着火儿，那火儿噗地灭了。没有风，怎么会灭了？他再次划着了火，但又噗地灭了，回头看，见身后站了一个人，是那人在吹气！

这人定是隐在树后，包镇祥蹿出了一丈多远，虽然跛了一条腿，但那身子也曾受过很好的操练，便立即摆出一副准备格斗的架势。

“包保长。”那人叫了一声。

……是康栓的第四个儿子康保存。包镇祥松了松身体，走回来，随便问道："保存呵，深更半夜怎么在这儿？"

康保存则说："追呀，怎么不追了？"

包镇祥说："串亲戚，刚回来。"

"那应该往东走，你怎么往西走？"

好了，别遮遮掩掩了，许你追人家，就许人家盯你的梢儿。再说，既然你已经追到，就应该抓住机会问个水落石出。

于是包镇祥说："保存，我不是追你们，是保护你们。眼下时局很乱，怕你们中途遇上什么麻烦。"

康保存抓住他的自行车车把："那就走，一起走，送我们一程。"

"你们去哪儿？"

"门头沟山里。"

"去干什么？"

"送东西。"

"送的是不是小米？"

"是小米。二十多口袋呢。"

"送给谁？"

"当然是解放军。"

康保存毫无顾忌，公开承认，而且带了嘻嘻哈哈的口吻。包镇祥头上却出了汗，他害怕，脊背一阵阵发凉。

一不做二不休，索性问到底："你哥哥呢？骆驼呢？"

"你听……"康保存说。

包镇祥侧耳听去，听到了自西面传来"丁零当啷"的声音，那是驼铃，是驼脖子上的铃当在响，很清脆，在黑夜中传得很远。

包镇祥着实奇怪："怎么一直没听见响？"

"刚才骆驼卧倒了，怕有人追。"康保存居然在包镇祥肩上拍了一把。

"我再说清楚，可不是追，是保护。"包镇祥说。

这时候，从远处又有人说话："包保长，辛苦辛苦，怎么不追了？"

随着话声，两个人影走过来，黑糊糊，如鬼魂一般，其中一个打着手电筒，电筒的一道强光照在包镇祥的脸上。

说话的是康栓的二儿子康保河，同样嘻嘻哈哈，没个正经；打手电的，则正是康保山。此时，就差康栓的三儿子康保永了。康保山的脸在手电光中显得狰狞可怕，道道纹络很不符合他的年纪，棱棱角角如斧刻刀削一般。

康保存抓住包镇祥的自行车不放，康保河则从后面推他、搡他，非要他同他们一起走，"送"他们一程。包镇祥一面打着坠坡，一面解释、分辩，说他实在不是跟踪、不是打探，是无意中的相逢。

"好，既然你不跟我们走……"康保山说话了，手电照着包镇祥的脸，"那就请你帮我们办件事，总可以吧？"

此时，包镇祥求之不得，忙问什么事？保证办到。

"大米，帮我们弄些大米。"康保山说。

大米？哪壶不开提哪壶。早知道，大米不卖给那汉子，卖给你们。不，白送，白送也行，但你不能问大米是从哪儿来的。

"最少十包八包。但是越多越好。"康保山像是下达命令。康保存则又拍他的肩膀。

包镇祥便也乘机问："解放军不是吃小米吗？怎么还要吃大米？"

康保河说："这你别管。解放军就要进北平城了，首长就不兴尝尝京西稻？京西稻好吃，懂不懂？"

包镇祥还想问，官兵一律平等；还想问，老营子那姓王的汉子，你们没向他买大米吗？他不卖？等行市高了才卖？但他没问出口，因为那不但牵扯双方的秘密，更是他包镇祥见不得人的秘密。

康保山又说："明天晚上，还是这个时间。地方，还是这个地方，包保长一定要把大米交给我们，我们照价付钱。"

包镇祥苦着脸说："大米实在难弄，特别是高水湖的大米。"

"我们要的就是高水湖的大米。"

"我顶多弄个六七石。"

"最好每头骆驼一石。我们三把儿骆驼，一把六头，共十八头。"康保河、康保存哥两个几乎同时说。

那就是十八石呵！包镇祥咧了嘴，但也没敢说，更没敢说个不字。

康保山最后说："事儿办成了，给包保长记一功。办不成，要么不真心办，也给包保长记一笔。"

听听，记“一笔……”

说完，他们走了，驼铃又响起来，越走越远，往西，消失在黑夜中。

包镇祥站在原地，发了好一会儿呆。

后悔呀，真是鬼迷心窍，真他妈吃饱了撑的！非要追，追，不追了吧？打不成狐狸反弄了一身臊！

不是想捞好处？不是想立一功？给谁立功？现在把立功机会给你了，你去立吧。倘若不立呢？给你“记一笔”。

这功怎么立？到哪儿去弄大米？而且必须是高水湖大米。包镇祥一面骑车往回走，一面转游着脑子、想着办法……想来想去，忽然想到了冷家，想到了冷艳姣，也只能想到冷家想到冷艳姣，其他没有路，哪儿也没有高水湖的大米。

于是第二天上午，包镇祥便去了冷家，找了冷艳姣。

包镇祥的说法是：前方将士冲锋陷阵，我们后方要积极支援，请你拿出一些大米。

冷艳姣说：关我屁事。我没有大米，该交的公粮我交了。

包镇祥说：不白要你的，给你钱。

冷艳姣说给钱我也不卖。

包镇祥拍了桌子：“你是不是盼着共产党来？告诉你，北平固若金汤，还是国军的天下！”

女人毕竟是女人，女人经不住吓唬。一提“共产党”，冷艳姣这娘们就脲了，赶忙说：“保长，你可不能瞎说，我怎么会盼着共产党来呢！”

包镇祥说：“那就拿出实际行动，证明你是真心，不是假意。”

于是，讲好了价钱。下午天快黑的时候，包镇祥在村里雇了一辆马车，从冷艳姣的粮库里装了十包大米；也只限于十包，多一包冷艳姣说死了也再不肯卖。包镇祥也不好过分勉强，怕把事情闹大。

就像“销赃”那样，包镇祥推着自行车在后面跟。有那多嘴的，问：“往哪儿拉呀？保长？”包镇祥说：“冷家心眼好哪，给守城的将士吃！”

准时准点，也是昨天那个地方。但马车刚停下，便不知从哪儿蹿出十多条大汉，七手八脚，把大米从马车上卸下来，然后，又听到了“丁零当啷”的驼铃响，十包大米便分别落到了十头骆驼身上。

包镇祥说：“实在不好弄，只弄了十包。”

“十包就十包。”一个汉子说。细看，那汉子是康保永，康栓的三儿子；昨天没露面，今天露了。

康保永如数付了钱，同样是光洋，其中也包括了车脚费。

“丁零、当啷……”又走了，往西去了。不要忘记，往东，二十里外便是国军的飞机场，柳村，还驻了一个步兵连，这伙人怎恁大的胆子呢？这胆子又从哪儿来？

包镇祥不敢耽搁，当天晚上便把米钱交给了冷艳姣。

从冷家出来，包镇祥望了望满天星斗，忽感到一阵轻松、一阵愉快；说立功，真的立了一功，那功虽不是给国军立的、给国民政府立的，但却是给未来立的，给未来的那个不可阻挡的政权立的，不是要捞好处吗？这便是一种好处。不知不觉，包镇祥哼出了小曲儿：桃叶儿尖上尖，柳叶儿碧满天……

二十八　结婚手续

自割完稻子以后的一个多月时间里，陈兆宗又没露过面。想不到，他又重复以前犯过的错误。

而陈兆宗只来电话，一个多月时间共来了四五次电话，每次电话都打到学校、每次电话也只一个内容，那便是结婚！结婚！

冷梅一开始还接电话，问个好、问个身体健康等等，后来连电话也不接了。一个月以前是怎么说的？说等你这一阶段训练结束，也就到了十一月底，那时便结婚；现在已经到了十一月底，而你只来电话，人不露面，也总是忙、忙，也不知你究竟要忙到什么时候，是不是又在重复你以前的错误？我知道，你喜欢我；我也喜欢你，但我喜欢你还没有喜欢到非你不嫁的地步，明白吗？你喜欢我，是不是喜欢到了非我不娶的地步？看来也很难说。

再看时局，一天天不好、一天天紧张，解放军正排山倒海般向北平包围过来，傅作义将军统领几十万部队发誓死守，守得住守不住，谁也说不准。而兆宗你，作为国军的一名军人、大小又是个军官，出路在哪儿？何去何从？如果我嫁了你，是不是很有可能与你一同走投无路？甚至有可能与你一同跳进历史性的、悲惨的深渊？你看那青龙镇上，已有人在迁徙或者叫逃跑，那虽然是个别大户人家或官宦人家，但与其忧虑、害怕，不如一走了之。

冷梅就在这样焦灼、犹豫、矛盾重重的心理状态中度过了一天又一天。

忽然，陈兆宗又来了电话，冷梅去接。

校长室里，钱校长正和陈兆宗说话。他们似乎在说“走”与“不走”的问题。

然后，钱校长把电话递给了冷梅。

冷梅“喂”了一声，陈兆宗立即大声叫道：“梅，你如果不和我结婚，我这一辈子就单身，只能单身！”

冷梅如以前一样不做声。

陈兆宗又说：“你如果爱上别人，和别人结了婚，我开枪自杀！”

……立即听到了什么东西拍在桌子上，声音很重，是枪吗？手枪、匣子枪？冷梅吓得一哆嗦。

陈兆宗在喊：“现在只要听到你冷梅说出一个不字，枪就响了，希望你和我的父母一起来，来领我的尸身！”

“别，别、别……”冷梅不禁发出这样的声音。她鼻子酸了，眼睛也湿润了。

陈兆宗来过多次电话，却还没有像今天这样口气坚定、态度决绝，富有铁血精神……冷梅想，以前冤枉了他，委屈了他，兆宗是真心的，只是没有时间，仍然是时间问题。难道真的看他去死、去自杀吗？

冷梅沉默了好一会儿，陈兆宗的情绪也变得平缓了些：“梅，我这一个多月真的很紧张。但是，我保证明天或者后天，一定到你家去，一定要把我们的结婚手续办了。”

“兆宗，容我再考虑……”

“我马上要开拔了，你还考虑什么！刻不容缓，希望你别再犹豫不定！”陈兆宗又变得急躁。

但陈兆宗的急躁同样说明了他的真心。冷梅被感动得控制不住，眼泪流出来。她带着哭音问：“开拔，你要往哪儿开拔……”

陈兆宗说：“长江以南。”

“长江以南……干什么？”冷梅一面擦着眼泪。

“暂时隔江对峙，然后反攻。”

“北平呢？北平怎么办？”

“梅你别管那么多，现在我们两个结婚最要紧！”陈兆宗又喊起来。

钱校长接了话，对冷梅说：“兆宗说要做两种准备。一是共军可能攻破了北平，二是傅作义可能率部投降……”

陈兆宗听见了钱校长的话，便紧跟着说：“所以，我们要在江南好好保存实力，然后一举反攻，把北平收回来。”

冷梅又问陈兆宗：“能行吗？需要多长时间？”

陈兆宗说：“最多半年，少则三个月，我们一定能收复失地、打回北平！”

还能说什么？陈兆宗如此信心满满，态度又如此坚定……都不看，总还要看陈兆宗对她冷梅的真心实意和一往情深。再说，兆宗这次基本说话算话，虽然比十一月底迟了几天，但也不过十二月初。冷梅简直不敢想象，陈兆宗开枪自杀，那将是怎样的惨痛情景，对她来说便是一种惨无人道。

陈兆宗还在大声：“喂！喂……”然后说，“梅，明天或是后天，我肯定到家去。听见吗？”

冷梅放下了电话。

钱校长一直坐在沙发上注注看着冷梅。然后，钱校长拍拍沙发，让冷梅坐下。

两个人谁也不说话。冷梅望着窗外，钱校长双手托腮。

钱校长忽然叹了口气：“后悔呵，现在想来真有些后悔。”

冷梅问：“您后悔什么？”

钱校长说：“我这个内侄虽然人品不错，身体、长相也不错，但是当初我还是不应该把他介绍给你。”

冷梅说："我不是小姑娘，全是我自己做主、自己选择。"

钱校长说："毕竟与我有责任。因为你这个人温婉有余、自主力不足，所以，与其说你自己做主，还不如说你大部分看在我的面子上。"

冷梅又有些迷惑，钱校长的面子占了多少？母亲的作用又有多大？自己对陈兆宗又喜欢到什么程度？

"可是，谁又能料到呢？"钱校长又说，一面摇头叹气，"局势变化如此之快，国军要大撤退了，陈兆宗也要开拔……撤退，是真的，开拔，恐怕也是事实，但是打回来，对不起，等于痴人说梦、天方夜谭。"

"您认为不可能？"冷梅吃惊地问。

"不可能。"钱校长一语肯定。

"校长，那我是答应和陈兆宗结婚好呢，还是不答应他好呢？"

"依我看，不要答应他，也不要等，等他什么回来。"

"那怎么办？"

"就此断掉，各走各的路。"

"兆宗要自杀！"

"不会。他是吓唬你。"

"他如果真的自杀呢？"

钱校长笑了："你这个冷梅呀，还是那句话，温婉有余，判断力不强。"

钱校长的话，让冷梅心里更加乱、更加不安、更加拿不定主意。

冷梅忽然想起她进门的时候钱校长和陈兆宗在电话里正在说"走"与"不走"的问题，那么谁要走？谁不想走？事关重大，她不能不问。

"校长，您是不是想走？对当前局势失去了信心？"

"你怎么知道？"

"我站在旁边听您和兆宗说。"

"本来不想走，现在不得不走了。"

冷梅吃了一惊，又问："兆宗的父母是不是也想走？"

钱校长回答："兆宗母亲想走，可是他父亲不想走。两口子吵、闹。"

"他们如果都走了，我怎么办？"

"放心，走不了。"钱校长说，"兆宗父亲是个倔老头儿，谁也拧不过他。"

冷梅更关心钱校长，问："校长，您为什么想走？"

钱校长叹了口气："你不要忘了，我是个国民党员呵，又是中学校长。"

冷梅说："照您这么讲，我也该走，因为我是个三青团员呵。"

"你倒没必要走。"钱校长说，"因为三青团不存在了，况且，据我所知，你没为三青团做过任何事，只不过签上个名而已。"

"那您为国民党做过事吗？效过劳吗？"冷梅像抓到了把柄，因为她不希望钱校长走，"一个国民党员算什么？据我所知，您没做过坏事，更没反对过共产党。"

钱校长说："你不懂。你还年轻，许多事你不懂。"

"我不懂什么？"

"你不懂的，正是共产党。"

"共产党来了，也不见得就把我们枪毙，或者圈进大牢里。"

"这个我承认。"钱校长说，"但是我担心的是以后；以后，懂不懂？"

"以后？"冷梅真的不懂钱校长所说的"以后"是什么意思。

"中国的历朝历代……"钱校长站起身，在地上踱步，"中国的历朝历代都给了我们许多教训，不怕开朝初期，只怕以后，特别是后期……你教历史，我也是学历史出身，难道我们不应该总结出些什么？"

"全校师生舍不得您走，不会放您走！"冷梅顾不得什么"以后"，声音很大，也很急。

钱校长朝她摆手，不让她再说下去。看来，钱校长走的决心已定，无需再说。

冷梅怀着纷繁杂乱的心情回到家里。她一句也没有告诉母亲，但妹妹冷竹大约看惯了她的闷闷不乐，便问："姐你今天又因为什么？"冷梅也只说了一句："钱校长要走。"

到底怎么办？一、钱校长走了怎么办？还上哪儿找这么好的校长；二、万一兆宗父亲拗不过他母亲，老两口也走了；倘和陈兆宗结了婚，哪里是她的婆家？那么第三、也是最最重要的，便是同意还是不同意和陈兆宗立刻结婚、同意不同意马上去办结婚手续？如果不同意，会不会如钱校长所说的平安无事？陈兆宗是吓唬她；如果同意，要不要和陈兆宗一起走？那样一切就未可知，死活也料不定，而又舍得吗？舍得下母亲吗？舍得下妹妹弟弟吗？舍得下这个家吗？特别是妹妹冷竹，已经上了大学，而且是燕京大学，让人不放心……

星期六一个下午，冷梅心里就这样七上八下地度过。

星期日这天，陈兆宗居然来了。他在电话里承诺来，没有想到，他这次的承诺兑了现。

不管怎样，又一个多月没见过陈兆宗了，五六次电话只听了声音见不到人。眼前的陈兆宗比以前瘦，起码比割稻子见到他时瘦，然而他依旧骑着挎子车、依旧那么精神。今天他没穿军装，也没带枪，只穿了冷梅曾见过的一件黑皮夹克，戴着一顶鸭舌帽和一副墨镜，脚下是一双普通的皮鞋，不但精神，更让冷梅感到了一种英豪之气。

陈兆宗向来不客套，更不有一搭没一搭的寒暄。他这次进门便开口叫“妈”，叫得亲切而响亮，接着，他张手朝母亲要户口本。

一种温暖、一股热流，立刻涌上了冷梅的全身。母亲见到陈兆宗更像见到自己亲生儿子一样，上下打量、问这问那；问陈兆宗吃饭了没有？要不要先休息一会儿？也说“瘦了，瘦了……”

然而陈兆宗只要户口本，并且说他只有今天这一天时间。过了今天，他又要回清河，要继续训练。

母亲似乎巴不得冷梅赶快和陈兆宗办了结婚手续，于是进里屋，从箱子里找出了户口簿，一面问：“婚礼哪？婚礼什么时候办？”

陈兆宗肯定地回答：“三个月以后，我从南方回来，那时再热热闹闹办他一个婚礼！”

母亲又问：“你要去南方？”

陈兆宗同样坚定而自信：“我们在南方集合，然后杀一个回马枪，把共党赶出中国！”

应不应该拦一下母亲，不让母亲把户口簿交给陈兆宗？冷梅正犹豫，母亲已经把户口簿递到陈兆宗手里，陈兆宗装进了上衣兜儿。

应不应该夺回来？即使你装进兜儿里也应该夺回来，然后再考虑、进一步考虑……

哪还容得考虑，陈兆宗牵起冷梅的手，大步走出了屋子。

陈兆宗回身对母亲说：“我会一辈子对冷梅好，到死都不会变。”

走出院子的第一道门，母亲又追上来；冷梅以为母亲反悔了，却不是，母亲把冷梅拉到一旁，凄哀地说："梅呀，办完登记手续就回来……"

冷梅不知母亲为什么凄哀，眼里似乎有泪。

母亲又重复了一遍："办完了，不管多晚，也回来，听见没有？"

冷梅懂了，朝母亲点头，也不禁掉了泪。

母亲又对陈兆宗："兆宗，冷梅长到这么大还从来没离开过我、没离开过家……你明白我的意思吗？"

陈兆宗"啪"地朝母亲打个立正："请您放心！"

母亲回屋，拿出了一件风衣，让冷梅披上。冷梅自己又在头上围了一块纱巾。

冷梅像发烧也像刚吃完退烧药，迷迷糊糊便随陈兆宗走出了大门。

陈兆宗一托，把冷梅托进车斗里，冷梅也就坐下了。陈兆宗发动了挎子车，挎子车突突冒了一阵青烟后，箭似的蹿出去。

忽然，后面有人喊："站住！站住！"

回头，是冷竹。冷竹从东面山根下狂奔过来。

但挎子车很快驶上了高水湖那条路。

冷竹在后面追，一面追一面仍大声喊："姐！你要后悔的，后悔一辈子！"

冷梅想下车，想让陈兆宗把车停下。但只是想，她并没有向陈兆宗提出要求。

挎子车越开越快，风在呼呼地响，路边的景物也飞快地掠过去。冷梅再回头看冷竹，已经看不见了。

冷梅把自己缩在挎斗里，用大衣紧紧裹着头。此时她有些后悔，不该这么轻易地默许了陈兆宗，也怪母亲，不该这么痛快地就把户口簿给了陈兆宗。

陈兆宗一句话也不说，冷竹喊话大约他一句也没听见，只是开，开，把车开得风驰电掣，街道、人，然后是路两旁的人家和店铺，都疯狂地向后闪；青龙镇、大柳树、北下关，还有冷梅认不清是什么地方的地方……似乎懵懵懂懂、似乎在做梦，再抬眼，进到城里了，有汽车在街上跑。城里，冷梅平时很少来。

进了那条并不宽敞的胡同，又进了那个家，冷梅忽然觉得熟悉，因为她来过；头年的正月十五，他和母亲一起，还有钱校长陪同，在这个家里不但订了婚，也订了婚期。

第二次来，这个家没什么变化，沙发、茶几、八仙桌子、太师椅，仍那样摆放着，也仍有着中西合璧的味道。和上次一样，兆宗的父亲坐在八仙桌子旁边喝茶，冷梅也同样叫了声“大伯”；兆宗母亲在沙发上坐着，冷梅叫了“伯母”。但是冷梅发现，兆宗母亲好像在生气。

兆宗哪里顾得这些？他的大皮鞋咔咔地响，回他自己屋去，拿出了他早已准备好的陈家的户口本。

就这样，他们到本区的区公所婚姻登记处办理结婚手续去了。陈兆宗依旧开了挎子车，冷梅也依旧坐在车斗里。

然而，忙中出错。他们忘了或者是忽略了，今天是星期日，区公所不办公，门锁着，他们白来一趟！

陈兆宗气鼓鼓带出了脏话：“这个时候，还妈的休息！”

今天办不成了，是遗憾、惋惜，还是庆幸、如释重负？冷梅也说不清自己应该是怎样的感觉，她只说：“兆宗，送我回去吧。”

陈兆宗却说：“没必要。跟我回家，和我父母聊会儿天，下午就办公了。”

冷梅说：“今天是星期日，人家不会只放半天儿假。”

陈兆宗说：“可是，我现在没时间送你回家。”

冷梅想起来，陈兆宗只有这一天时间，他仍然很忙，还要回清河。

于是她问：“你是不是要回清河？”

陈兆宗点头：“我只请了三个小时的假。”

冷梅说：“你不是说请了一天的假？”

陈兆宗不再言语，只看了冷梅一眼，便重新发动了车。

冷梅就是这样，不善与人争辩，也不忍与人争辩，何况她面对的是陈兆宗。

冷梅只好坐上挎子车，随陈兆宗回了陈家。然后，陈兆宗嘱咐他的父母，要好好照顾冷梅，和冷梅聊聊天儿；他回清河，下午就回来。

冷梅想叮问陈兆宗，你下午肯定回来？几点回来？但她没有说出口。

陈伯母走过来，给冷梅倒了杯热水让她喝，又给她递了热毛巾，让她擦脸。陈伯父，那个矮而黑的老头儿，也问了她外面冷不冷。

与陈伯母说了一会儿话，所说无非是上一次的重复。然后陈伯母便回她的卧室去了，冷梅也就一个人在沙发上孤零零坐着。

伯母好像一直收拾东西，此时仍在收拾，因为冷梅听见从卧室里传出抖动衣服的声音以及翻箱倒柜的声音。而那位老头儿伯父，就坐在八仙桌子旁若无其事。

冷梅觉得与这位伯父没什么话可说，自己也不好久坐不动，便走进老两口的卧室。冷梅看到，眼前这位在城里教高中的老师正撒气地把衣服往箱子里装，又扔得满地都是，同时也把鞋、帽子、袜子统统塞进一个包里，并且在唠叨："你不走，我走，你不走，我走……饿也把你饿死。"

冷梅忽然想起，钱校长说兆宗的母亲愿意走，而兆宗父亲不愿意走……这时候，只听客厅里的老头儿唱起了高调："剩我一个人更好呵，多自由、多清静！"

伯母也不顾冷梅在场，发狠地说："就凭你？烙饼套脖子上，只知吃前边的不知吃后边儿的！"

老头儿又唱起了京戏："昨夜晚，吃酒醉，合衣而卧……"然后，他大声问冷梅，"姑娘，听过《打渔杀家》没有？"

冷梅在屋里也大声回答："没听过。我也不懂京戏。"

伯母又朝老头儿喊："共产党来了，枪毙了你！"

老头儿哈哈大笑："我一个小小的科员儿，一没权二没势，共产党干吗跟我过不去？"

"你儿子是国民党军官！"伯母几乎在吼。

"依我看，他狗屁不是！"

"那也比你强。你混了一辈子还是个科员儿！"

"君君臣臣，父父子子。君为臣纲，父为子纲，可是儿子不听老子的话，一意孤行，所以，他走他的阳关道，我走我的独木桥；所以，他走，我不走。"

冷梅从老两口的卧室出来，见老头儿一边伸着懒腰一边说话。她便问道："大伯，您真不走？"

"真不走。"大伯说。

“可是，钱校长要走。”冷梅带着十分遗憾的口气。

“其实钱之章也没必要走。”老头儿一面往茶杯里蓄水，“一个普通的国民党员算什么？中学校长又算什么？况且，之章这个人很善，从来不肯得罪人。”

“对了，不像你，你成天得罪人，到处得罪人！”伯母在卧室仍然喊。

冷梅接着说：“我劝过钱校长，劝他不要走。可是，钱校长已下定决心要走。”

“那就没办法了。人各有志，谁也不能勉强谁。”老头儿说。

冷梅又赶忙问：“阿姨真走了，您怎么办？”

“她不过是逞能、怄气、外加嘴硬，实际她走不了。问问她，离开我试试？屁大点儿事也拿不定主意。”老头儿一面喝茶一面笑。

老头儿很爱说粗话、土话，上次冷梅来，说什么“蔫土匪、厚脸皮”、什么“嘎头拍子头朝里”，这次又总“屁屁”的。但这并没有惹冷梅反感，因为她感到了慰藉，因为兆宗的父母不走，或者想走、实际走不了。这便是一个家、她未来的婆家。

关于陈兆宗，冷梅不能不问也是最重要的问题：“大伯，兆宗说顶多半年、少则三个月就能回来，真能回来吗？”

这一问，老头儿脸上出现了严肃的表情：“姑娘，这你就要好好考虑了。我这个人不说假话，兆宗是我的儿子，但我不能随他胡说乱说。”

接着，老头儿做了分析：“你想，北平现在已经成了一座孤城，徐州那边也在打，老蒋的上百万军队接连垮台，他们说是撤退，实际上是逃跑。既然是逃跑，还能回来吗？想回来，回得来吗？”

这分析和钱校长分析的一样。冷梅又赶忙追究：“可是，兆宗说肯定能回来！”

“当然，兆宗也不是想骗你，故意说假话。”老头儿又为兆宗辩解，“因为他的上级就那样传达，他也就那样相信。为什么说他幼稚、不懂事？这就是他幼稚、不懂……”

兆宗母亲从卧室冲出来，打断了老头儿，朝老头儿大发脾气：“你胡说什么！哪有你这样做父亲的？背地里胡说儿子！”

“我没胡说，句句是真话。”

“你怎么知道就全垮了？就回不来了？是逃跑，不是撤退？嗯？别人全幼稚，就你不幼稚！”

看来兆宗母亲很厉害、很会说。然后，她拉过冷梅：“咱不听他这儿胡说八道。走，跟我做饭去。”

但老头儿在后面拉长了声音：“大势所趋呟，世界潮流呟……这个政权烂了，从芯里烂了……”冷梅回头，见兆宗父亲手里攥了一个苹果，轻轻一捏，那苹果竟然碎成了一团泥，且是灰黑色。老头儿一面用毛巾擦手，“姑娘，你知道，这就像国民党死活坚持一党专权统治……一切的毛病，所有的问题都因此而生、因此而起，你不从根儿上治、不做根本的改变，头疼医头脚疼医脚，你就永远医不完，永远没有用，无论怎样都没有用。”

像上次一样，冷梅对这些政治问题仍然听不大懂，于是随兆宗母亲进了厨房。

冷梅择菜、洗菜，兆宗母亲切菜、炒菜。不多一会儿，米饭蒸熟了，四菜一汤也做好了。

还不到下午，兆宗不会回来，冷梅只好和老两口先吃。冷梅虽然一点不觉得饿，但也要吃；少吃也要吃，否则老两口劝个没完。

吃完了，冷梅帮忙收拾桌子、碗筷，又扫了地；看看表，已到下午一点多钟，兆宗应该回来了。

坐下等，耐心地等。兆宗母亲收拾完了厨房，又回卧室，不知还要捣鼓什么。兆宗父亲吃饭的时候喝了一点酒，也进了卧室，睡觉。听不见老两口再吵吵，过了一会儿，只听兆宗父亲在打鼾。

两点，两点半，三点……仍不见兆宗回来。

冷梅又开始后悔，后悔上午就应该坚持让兆宗把自己送回家。结婚手续办不办、办得成办不成，等自己再仔细地、充分地考虑以后再说。

忽然想起了母亲的话，冷梅心中一动。母亲说，办完了手续就回来、不管多晚也回来……是什么意思？不就是怕她随随便便住在别人家里吗？虽然已决定结婚、虽然已去办结婚手续，但毕竟还没有结婚，也没有举行婚礼，那么她就是个姑娘；一个姑娘家在别人家里过夜，那是羞耻的，要被人家笑话的。其实，母亲就怕出事；什么事，冷梅心知肚明。

越是这样想，冷梅越是坚定了自己的决心，不管下午办得成办不成，也不论多晚，今天必须回去，回到母亲身边，让母亲的一颗心放下。

兆宗母亲从卧室出来了，系着围裙，包着头巾，依旧忙碌的模样。她要陪冷梅说话，因为已把冷梅一个人撂在那里好半天。

冷梅说："伯母，能不能给兆宗打个电话？"

兆宗母亲说："哪里有电话？咱们家没有。"

兆宗父亲睡醒了，接话道："胡同口有一家。"

兆宗母亲说："对，胡同口是有一家，不过人家是个厅长，有电话，可不知人家走没走。"

兆宗母亲说着，还是去了，去打电话。

等了好长时间，回来的是兆宗母亲。依旧没有听到挎子车响，没有听到大皮靴咔咔进门的声音。

兆宗母亲说她撞了锁，那个厅长走了，全家都走了。

走了……什么厅的厅长走了，是不是许多人都在走？于是冷梅站起身："伯母，我也走。"

兆宗母亲笑："你往哪儿走？人家是厅长，坐汽车走，一走就不会回来。你走，明天还得来！"

冷梅说："明天就不来了，我还得上课。"

兆宗母亲把冷梅摁在沙发上。忽然又拉起冷梅的手，让冷梅去看看新房。

新房……穿过客厅的一个侧门，便是冷梅头年来过的那间房，也是陈兆宗睡觉的房。

然而这间房有所变化，不再是一间，而是两间，因为东面的墙上新开了一道门，那门刷着闪亮的油漆，呈米黄色。门里，是不是里屋？那里屋，是不是才算新房？

兆宗母亲果然把她带到里屋，指着粉白的墙面和新糊的棚顶："看看吧，这就是你和兆宗的新房，早准备好了。"

冷梅环视了一下里屋，床，是双人床，床里靠墙位置，平放着两只箱子；箱子里是什么？当然是两个人的被褥。另外，床边有衣柜，衣柜边有梳妆台，梳妆台上摆放着一对花瓶，花瓶里插着两束粉红色的绒布花儿。

还有，屋地中央新安了一个煤球炉子，炉子是铸铁、新式，铁皮烟囱也很新，在顶棚下拐了个直角，通向窗外。

冷梅又走到外屋。外屋还是以前的样子，床依旧是单人床，床边的桌子和一把椅子也如从前那样摆放，屋里也同样显得空寂、冷清。唯一不同的是，也粉刷了墙面，从混杂不清的颜色变成了纯白色。兆宗便在这里睡觉，冷梅也就在这里，在三青团的一张表格上，签下了她的名字。

兆宗母亲说："兆宗仨月俩月他也不准回来一趟，所以这屋没收拾。等兆宗从南方回来，你们结婚之前，再好好的、彻底地收拾一遍。"

兆宗母亲又拉着冷梅回到里屋，然后爬上床，打开箱子，从箱子里拿出了被褥，说："冷梅，你就在这里屋好好歇一会儿，盖上被子。"刚说完，又赶忙从床上下来，拍了下自己的头，"这屋没生火！"

兆宗母亲走出去不多一会儿，兆宗父亲也跟着一起来了。老两口马上生火，冷梅也不好袖手旁观，只好帮忙，于是有的去拿劈柴，撮煤球儿；有的摆弄炉子，查看烟囱，不一会儿，火生着了。

火初着时，烟气和一种煤焦油味儿充满了屋子。冷梅只好又去客厅坐，陈兆宗，依旧没有回来。

半个小时以后，冷梅又主动回到那间里屋。在哪里也是等，不如一个人静静的在一间屋里等。

烟囱不冒烟了，屋里也没了异味儿，只有温温的、暖暖的如阳光下的空气般包围了她。还有那床、被褥，以及梳妆台、花瓶里的花儿，都呈现了一种温馨的、小家庭的气息。

兆宗母亲来看她，问她暖和不暖和？问她怎么不把被褥打开？怎么不躺下好好休息？兆宗母亲走了以后，冷梅便打开被褥；被褥上绣着荷花朵朵，枕头上绣着鸳鸯戏水。冷梅从小富有，物质上从没缺少过，如果她缺少，也只是缺少她这个年龄应该有的小家庭的气息。

冷梅一个人孤零零坐在小屋里，等待着陈兆宗。

望望窗外，窗外不知是谁家的后院儿，矮墙，破砖，砖上搭着一条冻僵了的邋遢布。再环视一下这小屋，小屋的确不大、不宽敞，但正因为不大不宽敞，才有了那温暖、亲切的小家庭的氛围。更多的摆设、装饰，需要吗？不需要。她已经二十三岁了，这个年龄在城里，对知识女性不算什么，对农村、对庄户人，则是令人斜睇的大龄女，母亲在这个年龄的时候不但早已有了她，冷竹也两岁多。

只要他回来，不管多晚，也让他把我送回家去！坚决送回家去！

冷梅这样想着，摘掉了头上的发卡，把脖钮的钮扣松了松，然后，她真的躺下来，并盖好被子。家里的被子也很新、很软，绸缎面儿，这里的被子却散发出一种好闻的棉布味儿。

躺着，忽然又想起了那个山洞……那是前年了，前年秋天，在山洞，陈兆宗竟然做出那样的事，幸亏自己抗拒，幸亏躲闪得及时……然而从那以后乳房大了，一天天地大，怪，十分的怪！倘若，此时此地，陈兆宗突然闯进门来，看她躺在被窝里，怎么办？多臊得慌，多令人尴尬……没关系，只要听到脚步声，她会立刻掀掉被子，翻身下床，站在地上，凛然正气。

然而，自己又多心了、多虑了，兆宗未必会做出那样的事，因为，头年，就在这外屋，兆宗不是向她诚恳地道过歉吗？一连说了三声对不起。不要再胡思乱想，特别不要再想什么乳房，否则自己的脸皮会变得越来越厚。

过四点半，便是五点……陈兆宗，不管你今天多晚回来，也要让你把我送回去。这是不可动摇、不能改变的现实，你必须照办。

又想，陈兆宗万一不回来呢？或者他回来得实在太晚，比如半夜，比如天亮；再或者，他真的有事实在回不来，怎么办呢？骂他，咒他，从此和他一刀两断……不能，不忍心，也不符合人情事理……只可怜了母亲；母亲此时在家里正等着她、盼着她，盼她早些回来，不管多晚，也要回来；母亲不定有多着急，多担心。

如果有人能给母亲送个信儿多好！谁又能送呢？又怎么送？打电话？家里没电话；把电话打到学校去？今天是星期日，学校没人、钱校长不在。即使钱校长在，又怎么能麻烦钱校长，让钱校长跑出七里地远，专为她冷梅送一个口信儿？

有脚步声……但肯定不是兆宗，是他母亲。果然，推开门，兆宗母亲说："真不容易，跑了三个地儿才又找到一家电话。兆宗说，他一个小时以后就回来。”

感谢兆宗母亲，又主动去寻找电话。一个小时，不知是一个小时以后往家走，还是一个小时以后到家。

兆宗母亲顺便为冷梅拿来了暖瓶和一个杯子让她喝水，又往火炉里添了煤球儿，然后说：“接着睡吧，我做饭去。”

其实冷梅何曾睡来？又哪里睡得着？她只盘算着，陈兆宗何时到家？现在已是五点整，如果“一个小时”以后他从清河回来，那么到家就要等到七点左右。冷梅真是累极了，整整一天，不是身累，而是心累。

冷梅重新躺下去，盖好被子。不一会儿，她觉得自己好像真的睡着了。

迷迷糊糊，听见兆宗母亲叫吃晚饭。

再看表，已经六点五十分，而陈兆宗依然没回来。

只好一面吃饭一面等。虽然冷梅仍是不饿。

不饿便吃不下去，纵然一个劲儿地劝她，往她碗里死乞白赖地夹菜，冷梅也才勉强吃了几口。

又无聊地在沙发上坐，又听见老两口在卧室里吵，吵的内容依旧是“走”与不“走”；兆宗母亲非让老头儿走，老头儿偏不走，不但偏不走，也不允许兆宗母亲走……很热闹，但冷梅听着心烦。

她只好又回到未来的新房——那间里屋。

只好重新躺下，耐心地等、等。屋里依然如春天般暖和，但刚才吃了那几口饭，却堵在胸口窝儿，下不去，且不停地打嗝。

冷梅倒了一杯水，慢慢喝了，才觉好些。

躺着，眼睛睁大，耳朵听着门外。已经八点整，陈兆宗仍然没有回来。

母亲，我不是不回去，是实在回不去。回不去的原因，肯定是兆宗有太重要的事，耽搁住了。

正这么想，忽然有推门的声音，是推外屋的门；推门的动作很重，声音很响，咣当一声，接着是咔、咔、咔，大皮鞋……当然是兆宗！当然是兆宗回来了！

此时冷梅既没有翻身坐起，更没有跳到地上站立。她把被子往上拉了拉，盖住自己的脸。

但还是感觉到了一股冷风，因为里屋的门已经开了；还是感觉到一个人站在了床前，因为棚顶吊下来的一盏电灯把人影子映入到眼里。但冷梅躺着没动，鼻子在发酸，眼泪要往出涌。

陈兆宗脱掉军大衣，坐到床上，温柔地说："梅，对不起你，我紧赶慢赶，紧赶慢赶……"

冷梅实在坚持不住，便腾地坐起身，说："送我回去。"

陈兆宗冰凉的手要拉冷梅的手，冷梅甩开。陈兆宗说："你听我解释。这个会开得时间太长，团长讲完了营长讲，然后又让弟兄们发言，逐个表示决心。"

冷梅也不管灯光下的陈兆宗风尘仆仆，下了床："你送我回去，现在就走。"

陈兆宗拦住她："送你走？这么晚了，外面冷得很。"

"我不怕冷。"冷梅说，"不管多晚多冷，也要送我回去。我妈在家里等着我、盼着我，你知道有多着急？"

"这是谁家？为什么要回去？"陈兆宗从后面，轻轻拢住冷梅的腰，冷梅挣了一下，没挣开，"你要明白，这是你未婚夫的家呵！在未婚夫家住一宿又能怎样？难道怕闲言碎语？明天星期一，我们正好再去登记。"

"不行，非走不可。"冷梅用力推开了陈兆宗。

陈兆宗体贴地说："我骑挎子车去给老人家送个信，说你在我这儿住下了。外面太冷，你如果走，万一感冒了、着凉了，不把我心疼死才怪！"

陈兆宗说着，马上就要重新穿起他的军大衣。

冷梅心软了，同时，又是那样一股热流……况且，人要讲道德，要有同情心，兆宗这么晚才回来，难道还要他冒着夜晚的严寒再跑上几十里路？光让人体贴你，你就不体贴人家？即使换了一个不相识的人也不应该只考虑自己，何况是兆宗。于是冷梅摇了摇头，表示不愿让陈兆宗出门。

陈兆宗笑了，重新脱掉大衣，并把里屋门关好。

然而冷梅实在担心母亲，母亲为她着急，她为母亲着急。

陈兆宗说："好啦，九点多了。我去洗个脸，然后你睡，我也睡。明天早晨起来咱们就去办登记。办完了登记，我立马送你回家，好不好？"

冷梅点了头。她觉得只能这样，没有更好的办法。但是，她早就做好了思想准备，现在考验的时候到了，必须严防死守，以避免母亲所担心的事发生！

陈兆宗倒也没有其他举动，只走出房间，从客厅拿来一块毛巾，用暖瓶里的水把毛巾浸湿了再拧干了，让冷梅擦脸上的泪。然后，他去客厅洗脸。

冷梅在床上静静地坐。因心里乱、不踏实，下午一直觉得气短够不上心，此时她张口、仰头，好不容易呼出了一口气。

接着，她听见陈兆宗在外屋铺床的声音。很好，睡在外屋。

冷梅依旧不脱衣服，只把被子盖好，把里屋门插好。她要努力让自己睡一觉，明天，无论结婚手续办成还是办不成，都要赶快回家去，向母亲说清楚，也解释了自己的清白。

“哎呀，你就在这儿睡？不冷吗？这儿没火，我的傻儿子！”兆宗母亲的声音，进来便和兆宗这样说。她似乎不愿儿子睡在外屋。

兆宗说了什么，没听清楚。

但这也忽然提醒了冷梅，外屋冷，外屋没火！

里屋有火，并且很温很暖，兆宗睡在外屋，就不冷吗？你怕冷，难道他就不怕冷？只不过他为了避嫌、为了防止你多心，怕你对他像上一次……不满意。而陈兆宗是谁？是你的什么人？你就那么心安理得？他如果感冒了、着凉了、生病了，你就不心疼他？

兆宗母亲已经走了。冷梅开了里屋门，对陈兆宗说：“你进里屋睡吧。我睡外屋。”

陈兆宗浑身盖得很严实，只露出一个头。他说：“开玩笑！里屋暖和，我反倒睡里屋？你反倒睡外屋？”

“要不然，你去伯父伯母他们那里睡吧，外屋太冷。”冷梅提出另一个建议。

陈兆宗说：“作为一个军人，冰天雪地都不怕，冷点儿怕什么？越冷越锻炼人！”

是了，是了，吃苦耐劳、经冷经热，乃一个军人必备的本事。兆宗长期训练，当然是个合格的军人。

冷梅也就不再说什么，把门关好，回到床上，重新躺进了被窝。

但怎么回事呢？仍然睡不着，仍然翻来覆去，难道还怕？还有什么可怕的？兆宗已睡在外屋，可以当做自己的守卫了，再说，里屋门插得很紧、很结实……那么怎还睡不着？是不是仍担心母亲？怕母亲怪罪？冷梅呀冷梅，千嘱咐万嘱咐，你还是在外面过了夜！

怪，越想睡越睡不着，越努力睡越睡不着。忽然感到这屋里很热，越来越热，热得身上出了汗。

冷梅同时产生了一种好奇心。她想看一看，陈兆宗是怎样睡觉的，睡着没睡着？以及他的睡姿，以及他是否像许多男人那样，打呼噜……

下了床，掀开屋门上的玻璃帘儿，冷梅朝外屋望去。

陈兆宗没打呼噜，却在"打把式"，很不像个军人的样子。他一会儿把被子踹开，露出了腿，一会左右翻身，露出胸脯又露出胳膊。原来，兆宗也在折腾。

冷梅想笑，但还没有笑，便听陈兆宗忽然叫起来："冷，的确冷！"

既然冷，为什么还要露胳膊、露腿？兆宗，是不是知道或者发现了我在偷看你，故意向我显示你健壮的体格、显示你的一种勇敢精神？

"真冷。好冷呵！"陈兆宗又叫道。

冷梅再看，陈兆宗把被子盖严了，头也不露。但他在被子里叫着，被子在来回滚动；被子滚动，证明兆宗在滚动。

是呵，外屋很冷，隔着门便能感到一股冷气。一个军人在家里，不应该再那样经受寒冷。

冷梅爬上床。箱子里有两床被子，她取出了一条被子。

冷梅什么都没想。她只想让陈兆宗暖和一些，只想把这条被子盖在陈兆宗身上。因此神情庄重，动作自然而缓慢。

但就是这床被子，就在把这床被子重迭在陈兆宗盖着的那床被子上面的时候，陈兆宗突然从床上跃起，像抓一个逃犯那样抓住了冷梅。接下来是，把冷梅平托着，快步托到了里屋，而陈兆宗则是赤身裸体。

再接下来，冷梅没有任何挣扎更没有反抗；这让冷梅自己也奇怪，甚至大吃一惊。

当陈兆宗将冷梅轻轻放到里屋床上的时候，冷梅嘴里也只说着"别，别……"然后，任由陈兆宗扒了她的鞋袜、扯掉了她的衣裤，那可怜的、乳白色的、冷梅一直小心翼翼保护着的乳罩，也被陈兆宗像扯抹布一样扯破。

“别，别……”冷梅像做梦那样重复着。此时，她发现自己赤条条、和陈兆宗一样……冷梅骂自己，卑鄙！无耻！脸比城墙还厚！原来怎样想的？怎样预防的？千万不要再重复山洞里的勾当，可倒好，有过之无不及，你个不要脸的东西！然而一切为时已晚，她的两腿被分开，两只乳房被紧紧攥住，她发出一声又一声哀叹……终于，该发生的，到底还是发生了。

疼，很疼，没有想到会疼。但冷梅笑了，莫名其妙地笑、不自觉地笑；接着，她又哭了，流下了凄楚的眼泪。眼泪伴随着肉体的抽搐，似是电火击遍了她的全身，让她酥软得像一摊泥，还想挣扎、反抗吗？没了一点力气。

陈兆宗则不顾一切，像头牛又像个马驹子，没一句温柔的话，只发出吭、吭……奋力的声音，有如冲锋陷阵。休息了一会儿，他们又来了一次；这一次，冷梅只觉飘飘悠悠，像只鸟儿，扑棱棱、叫喳喳，向天空飞去；又觉得自己像是孔雀开屏，开得那么舒展、那么绚烂，那孔雀竟然也升了空，漫无边际地在空中翱翔、翱翔……

第二天是星期一。他们重新去了区公所，顺利办完了结婚登记。

二十九　逃亡

当冷梅和陈兆宗办完了结婚登记、陈兆宗骑挎子车又赶快把她送回到家里的时候，冷梅看到，院子里的情景令人大吃一惊！

妹妹冷竹被绑着，就绑在院里的那棵槐树上。旁边还绑着一个人，是丁德强，与冷竹紧挨在一起，都背靠着槐树。

“怎么回事？怎么回事！”冷梅朝院里所有的人大喊道。

陈兆宗也问：“怎么回事？”

距冷竹和丁德强不远，一条板凳上坐着齐文贵和包进，还有一个兵，端着上了刺刀的枪，在冷竹和丁德强前面注注站着，就像在碉堡旁边站岗放哨那样。

齐文贵和冷梅打招呼：“大小姐回来啦？”

包进也打招呼：“冷老师回来了？”

站岗的兵就像个哑巴，也像聋子，更像木偶。

冷梅奔到冷竹跟前：“竹儿，怎么回事，和姐说。”

冷竹漠然地望了望姐姐，不说话。

冷梅又问丁德强：“小丁，你，你……你怎么回事？”

丁德强脸上有血，嘴角的血已凝成了痂。他望着房顶，房顶上有麻雀在叽叽地叫。

齐文贵说话了：“大小姐，您别着急，如果让我说……我简直说不出口。”

“啰嗦什么？说！”陈兆宗发出命令。

“是昨天夜里的事。”齐文贵站起来，凑近冷梅，“西边那两个碉堡不是被人破坏了？山口子的两个碉堡又让人破坏了。”

“什么？有人破坏？西边两个被人破坏过？”陈兆宗大感意外、大为惊奇。他还不知道碉堡曾经被人拆过。

包进说：“不是怎地？东边的两个碉堡也刚刚修好，昨天夜里又让人拆了。”

“什么人干的？说！什么人干的？”陈兆宗暴跳如雷，指着包进和齐文贵。

冷梅质问包进：“拆不拆碉堡与我妹妹有什么关系？难道她会拆碉堡？为什么绑她？”

包进有些慌：“我们几个只是配合保护碉堡，轮流值班。”

齐文贵说：“昨天是我和包进值班儿。我们两个从南山头往北走，到了山口子旁边，忽然看见山上的电灯灭了，接着就听站岗的喊了一声……”

“喊的什么？”陈兆宗问。

“喊的是‘啊’，又喊了一声‘哎哟’，接着就没声音了。”齐文贵说。

包进说：“接着是稀里哗啦、噗咚噗咚……那兵没声音了，可是破坏碉堡的声音我们听得清清楚楚。”

“你们为什么不去制止、不去抓住拆碉堡的？”

齐文贵说：“就我们两个人，哪儿敢？”

包进说：“谁又能想到呢？拆了西边的两个碉堡，山口子两个碉堡刚修完，又拆。”

齐文贵接着说：“包进年轻、腿快，我让他赶忙去报告。您想，拆碉堡的有多少人我们不知道，他们有枪没枪也不知道，我们哪敢上山呵！”

包进说：“我沿山根儿一直往西跑，到了西边，那个站岗的兵在山上问我，东边干什么哪？灯怎么灭了？我说，你赶紧给庙里打电话吧！结果，深更半夜来了一个排，瞎追、瞎放枪，连个人影儿也没看见。”

“只看见那站岗的。”齐文贵补充，“可是他被人打昏了，我们到山上的时候还没醒过来。和上次一样，钢筋锯的锯、弯的弯，板子、柱子扔得哪儿都是；水泥还没干，就那么拆垮塌了。”

冷梅听完，依旧不明白与冷竹有什么关系，以及与丁德强有什么关系。陈兆宗听完一挥手：“走，看看去！”

没人跟他去，冷梅也不去。陈兆宗只好一个人去，骑了他的挎子车。

陈兆宗走了，包进和齐文贵显得放松。包进便带着笑，指着冷竹和丁德强：“深更半夜，别看没抓到人……抓到了他们俩。”

冷梅气得脸发白：“难道他们俩破坏了碉堡？”

齐文贵说：“大小姐，您听我细说。我们追，追；当兵的往西追、往北追，我们几个往南追，一直追到南山头，又往东，到了长河边儿，您猜怎？就看见两个人，在一块儿坐着呢，又挨得那么紧、那么近，说不定正在亲热……”齐文贵边说边笑，露出一嘴抽烟熏黑了的牙。

“胡扯！”冷梅怒斥，“两个人一起坐坐能说明什么？丁德强在我们家赶过毛驴车，和我们一家关系很好，你们心术不正，就胡乱猜疑！”

“十点多钟了，一男一女在一块儿，能有什么好事……”包进先是撇嘴，后也嘿嘿地笑。

“主要是他！”齐文贵一指丁德强，“我们逮住他了。他的身上、脑袋上，还落着灰渣子，再一闻，浑身上下有一股湿水泥味儿。大小姐，您敢说破坏碉堡的没有他？”

“四个人，两个从北面，两个从南面，把他包围了。他休想跑，想跑也来不及！”包进像立了一功，很得意。

“好，那么把我妹妹放了。”冷梅说。

“我们倒想放，可是放一个就得放俩。”齐文贵忽然表示出了无奈。

“为什么？为什么就得放俩？”冷梅不解地问。

“那得问您的妹妹。”包进说，指了指冷竹。

冷梅走过去，并不问，伸手便给冷竹解身上的绳子。

包进和齐文贵慌忙跑过来，拦住了冷梅：“不能松！不能松！一给她松绑，她立刻就给丁德强松绑！”

站岗的兵也朝冷梅晃了两下枪托子。

冷梅停住手，问冷竹：“竹儿，是真的？给你松绑你就得给丁德强松绑？”

冷竹是如此地强硬：“要松就一起松，要绑就一起绑。”

冷梅着急：“为什么？竹儿，为什么呀？他是他，你是你，你并没有干违法的事。”

冷竹说：“丁德强也没违法。”

冷梅说：“可是他参与了破坏碉堡。”

冷竹说：“碉堡本来就应该破坏。即使不破坏，几个碉堡就想阻挡解放军？简直做梦！”

包进和齐文贵在一旁：“你看，你看。”

冷梅想问丁德强，但问什么呢？问他是否真的参加破坏了碉堡？还用问吗？冷竹已替他承认了。但是要给冷竹松绑，就必须给丁德强松绑；她了解冷竹，冷竹说得出来便做得出来……竹儿呵，这又何苦呢？

冷梅掉下了眼泪。

停了一会儿，齐文贵悠然地说：“我是个看青的，都知道我是个夜游神……其实，我早就知道他们俩……”

“你别满嘴胡扯！”冷梅喝斥，不让齐文贵说。

但齐文贵还是说了：“山口子旁边不是有个洞？夏天的时候，正好晚上我从洞门口过，听见洞里有人说话，还格格地笑……别看我快五十岁了，可我耳朵灵，一听就听出是您家的二小姐和这个丁德强……可是，这话我一直没好意思说。”

竹儿呵，一直管束你，后来开始怀疑你……再后来索性把丁德强辞了，为的就是避免万一发生什么事。竹儿，你对得起谁？对得起我还是对得起母亲？你知道这事有多特殊？多寒碜？又多丢脸？一个大学生，居然和一个扛长活的相好……

冷梅要再一次给冷竹解绳子，那个兵不许她再靠近，包进和齐文贵也用胳膊横住了她，说：“您别再试；试过了两次了，您的妹妹简直不要命，刚给她解开绳子她就拼命给丁德强解绳子！”

冷梅只好罢手。这时，她忽然想起母亲；母亲在哪儿？母亲怎样了？

冷梅慌忙跑进了屋。母亲不在客厅，在卧室里。

母亲躺在床上，手绢已然哭湿，枕头上也是泪。

冷梅坐到母亲身边，刚要安慰母亲，母亲忽然“啪啪”拍床铺，哭着说：“我上辈子造了什么孽呵，做了什么坏事呵？老天爷报应我，报应我……”

母亲又说：“想不到呵，叹长河，叹长河……曲儿里那事跑到我的家里来了！”

叹长河？什么叹长河？那似乎是个小曲儿，也听人唱过，但唱的什么内容冷梅从未留意。

冷梅安慰母亲，说事已至此，身体要紧；又把母亲扶起来，为母亲擦泪，为母亲揉搓胸口。

冷梅没有提及自己昨晚不回家的事。此时的母亲像有了病又像个被人欺负了的孩子，只将头靠在冷梅的怀里，嗷嗷地哭。

冷梅把母亲重新安顿好，走出了屋。她不想找父亲，找也没有用，父亲当然又去长河边钓鱼；对父亲来说，家里等于什么也没发生。

冷梅来到院子，陈兆宗也正好回来。他看过了被破坏掉的碉堡，便大发其愤怒：“一个连的兵力看不住两个碉堡，废物，全是废物！是国军的耻辱！”

陈兆宗说着，走到丁德强面前，忽然抡起胳膊抽了丁德强一个耳光：“一开始看见你，觉得你还不错。原来你不是个东西！”

冷梅说：“兆宗，不许打人。”

冷竹朝陈兆宗脸上啐了一口：“呸！你才不是个东西！”

陈兆宗又抡起胳膊，似乎要打冷竹；冷梅看着，看他敢不敢打，然而陈兆宗放下了胳膊，他不敢打。

陈兆宗充满了鄙夷、蔑视：“你叫丁德强，对不对？撒泡尿照照，就凭你，嗯？也想吃天鹅肉？”

这话明显刺痛了冷竹，她挣脱，使劲挣脱，但挣脱不开：“陈兆宗！是你想吃天鹅肉，千方百计要让我姐嫁给你这个法西斯狗强盗！”

陈兆宗走开了，不再理会冷竹，任冷竹说什么都只装作没听见。他只对齐文贵和包进说：“还等什么？这种人应该马上枪毙。”

包进和齐文贵一齐说：“不能枪毙，不能枪毙。留着他，让他吐口话儿。”

“吐什么口话！”陈兆宗瞪起了眼，“我在东面山口子和冯连长说了，最迟明天上午，把他枪毙算了。”

齐文贵说：“是包保长不让枪毙。包保长说这属于我们地方的事。”

包进附和着：“对，地方，就是行政，应该由我们地方政府处理。”

“你们包保长呢？”陈兆宗问。

“到上面汇报去了。”

“汇报？汇报个屁！”

包进和齐文贵赶快解释：“陈长官，如果现在枪毙了丁德强，就便宜了他。因为必须让他说出还有谁？哪儿的人？是本村人还是外村人？上次破坏碉堡，是不是他们？其中有没有共党。”

“哦？还有共产党？”陈兆宗疑惑地、半嘲笑地又走到丁德强跟前，“想不到，你个赶毛驴车的还有共党嫌疑？”

丁德强嘴角上的血又已凝成了痂。他点头让陈兆宗走近些，然后很神秘，同时也很正儿八经地对陈兆宗说：“我劝你，赶快投降。不然来不及。”

陈兆宗不怒，反倒饶有兴趣地围丁德强转了一个圈，边转边说：“如果我没有军务在身，倒想留下来亲自审问你。你们是几个，是一群还是一帮，都叫什么名字，为什么要破坏国军的防御工事。”

丁德强愈显得淡定：“你不懂。世上一切先进的总要战胜落后的，腐朽的、反动的东西总要被革命的力量打败，这是历史的规律。”

“你到底是什么人！”陈兆宗不是在问，是在吼。

“一个革命者。”丁德强同样淡定地回答。

“革命者？你也配是革命者？”陈兆宗笑了，笑得很开心、很放纵，“告诉你，推翻满清、打倒军阀、打倒封建统治，为建立一个和平统一而又民主的中国不怕流血牺牲，这样的人才算革命者。”

“你们恰恰是绊脚石。你们就属于封建专制。”丁德强这样说。

“荒谬，无知！”陈兆宗对大家，“我党我军奋斗了几十年，身经百战、牺牲无数，难道还封建专制？”

冷竹接过来代丁德强说话：“可惜，那些仁人志士、民族精英，牺牲的牺牲，蹈海的蹈海，战死的战死，他们的血都白流了，最后让你们窃取了果实。你们是假民主，一切全是假的！你们说的话连你们自己都不相信，只是为了欺骗黎民百姓而已。”

冷竹的这张嘴真厉害，有如她的文风。

而陈兆宗对冷竹也无可奈何，话中只多了些嘲讽：“二妹，你是个文学天才，文章写得那么好，作为你的姐夫，我为你选择了姓丁的这样一个人感到十二万分惋惜。”

“呸！”冷竹又是一口唾沫。

冷梅想笑，但笑不出来。她想笑陈兆宗的一副尴尬相，也笑陈兆宗竟然那样酸，学了一口的酸话。

冷梅推陈兆宗，让他走、离开。

陈兆宗也不可能在这里久留。他还有许多事要办，于是挎子车又突突冒出青烟，眨眼没了影儿。

当兵的换岗了。冷梅看表，已到了中午，家里的仆人已把午饭做好。

齐文贵也说回家吃饭，吃完了饭，再来换包进。

母亲扶着门框、扶着柱子，从屋里出来，冷梅赶快去搀。她们走到冷竹面前，母亲说：“竹儿呵，你要吃饭。”

奇怪的是，母亲又看了一眼丁德强，说：“你也要吃饭。”

冷梅明白，母亲承认了现实，承认了已然发生的事，此事已涂改不了。

这饭怎样吃呢？两人的胳膊都绑着，动也不能动。

冷梅再一次给冷竹解绳子，但一个女教师的手缺乏力度和硬度，怎能解得开？她使劲解，又用牙齿咬，好容易咬开了一个扣，但也刚刚开了这一个扣的时候，冷竹便疯了一般抖动全身，抖出一只胳膊，便用那只胳膊去解丁德强身上的绳子。

"嗨！"包进大喊一声，奔了过来，又和那个新来站岗的兵重新把冷竹绑牢。

冷梅和母亲只好各端了一碗饭，饭里加了菜，母亲喂冷竹，一勺一勺地喂；冷梅则喂丁德强，也一勺一勺地喂。

冷梅喂丁德强很觉不是滋味，你破坏碉堡，还连累了竹儿，而我还要一勺一勺地喂你饭。真是，不知上辈子是该了你的、欠了你的。

两个人都大口大口地吃。吃完了，又各喝了一碗水。

母亲却不想吃饭，一口也不想吃。

冷梅也不想吃。她只觉得累，只想躺下来休息。

但冷梅不能休息，必须打起精神，要和妹妹冷竹好好谈一谈，有许多问题要问，有许多话要向冷竹说。

于是，冷梅和包进商量，包进又和站岗的兵商量，商量的结果是，可以将冷竹带进屋，更可以谈，但绝对不能给冷竹松绑，因为一给她松绑她就会给丁德强松绑；一个女孩家，轻了不成、重了不是，怎么都不好。

冷竹提出了条件：我进屋，丁德强也必须进屋；我坐下，也必须让丁德强坐下。否则我一分一秒也不离开丁德强，任你们绑着，一直绑到天黑、绑到天亮，哪怕绑死！

就这样，冷竹看着丁德强先进客厅，那个兵跟在后面，又等丁德强坐下，冷竹才让包进解开自己身上的绳子。然后，冷竹像个奔赴刑场的壮士般昂首挺胸，随冷梅进了她们一同住的东耳房。

"再见了，我的小屋，再见了，我的桌子。"冷竹进屋后第一句便这样说。

冷梅为妹妹铺好被子，把被子垫得高些，想让妹妹靠着被子说话。但冷竹连床也不坐，只坐在她自己的椅子上。

冷梅心里像刀割一样难受，因为妹妹的双手被反绑，动也不能动，作为姐姐，也不敢把妹妹身上的绳子松一松。

冷梅想了想，便开始问道："你和丁德强到底怎么回事？从什么时候你们两个相好？”

冷竹说：“好二年多了。”

二年多了？冷梅吓了一跳，竹儿，你不但骗了我们，而且还隐瞒得那样严、那样久。

冷梅接着问：“一个小做活儿的，什么地方吸引你？”

冷竹说：“姐，恐怕说了你也不懂。”

“怎个不懂？”

“因为你和我的眼光不一样，站的角度不一样。比如你，就看陈兆宗好，实际呢？陈兆宗是个彻头彻尾的坏蛋。”

“不用说我，只说你。”

“姐，你昨天晚上为什么没回家？”

冷梅一语带过：“哦，有事耽搁了。”

“我本想姐你不回来是件好事，我可以和丁德强一起待很长时间，可以说许多许多的话，也可以很晚很晚回家……”冷竹带了几分高兴，但说到这儿，她流下了眼泪，“可是，没想到，真的没想到。”

“被人家抓了。”冷梅说。

冷竹点头。

冷梅又问：“你们始终在长河边见面？”

冷竹说：“一开始不在长河边，是在山口子。可是后来山口子那儿修了碉堡，又安了电灯，所以我们就改在长河边儿了。”

“又为什么是十点多？晚上十点多，一男青年、一女青年……难免不让人往坏处想。”

“随便，爱怎么就怎么想。顶多和丁德强一起死！”

“胡说！他是他，你是你，谁做的谁当。”

“不，是我连累了他。”

“不，是丁德强连累了你。”

“不，是我连累了他。你想，昨天晚上我不去长河边就好了，或者我提前告诉他，这个星期日晚上我们不会面。”

“你知道昨天晚上他们要行动吗？”

“不知道嘛，知道就好了。”

“你们究竟怎样被抓的？”

冷竹说出细节：“我们始终约好晚上八点左右见面，昨天晚上八点我又去长河边上等，可是左等右等，丁德强总不来，就等到了十点。这时候丁德强来了，从北面跑得气喘吁吁；刚坐下，我们两个还没说上几句话，齐文贵带了几个人从北面追过来，包进带了几个人从南面围，丁德强见跑不掉，也就不跑……”

“可是，那么晚了，又在紧急关头，他为什么不往别处跑，非要来找你？”

“因为他心疼我，知道我在等。”

冷梅心里咯噔一下。那是一种感动，何曾有过这样的感动，与陈兆宗一起有过这样的感动吗？

冷梅愤怒地说：“他们抓的是丁德强，不是你！”

“我能让他们抓？拼死命和他们干。可是我干不过他们，他们只好把我也绑了。”

“就丁德强一个？其他人呢？往哪儿跑去了？”

“不知道。我问丁德强，他不告诉我。”

“西面两个碉堡是不是也是他们破坏的？”

“不知道。”

“真不知道还是假不知道？竹儿，我是你姐。”

“姐，过多的话请你别问。”

不问，冷梅此时又颇觉好笑，笑的是丁德强；丁德强自称是个革命者，却干完了革命行动以后的危急关头来赴约，即便晚了，即便十点多，也要来赴约。这既说明丁德强对冷竹的爱、深深的爱、怕把冷竹一个人冷落在长河边，也同时说明了丁德强是不是还比较稚嫩？说明他很容易被感情控制？

冷竹又在掉眼泪。

冷梅说：“你明白不明白，丁德强明天很可能要被枪毙。”

冷竹说：“明白。”

“那你怎么办？也真的去死？”

“当然。没了丁德强，我活着没了意义，因为我失去了方向，失去了指路明灯。”

“竹儿！”

“我不像你，任人宰割、任人摆布，我有我的理想，如果丁德强不死，我要和他奔向光明、奔向解放区，那里没有剥削没有压迫，人人享有自由平等、人人都有言论、出版、集会、结社的自由，同时我可以尽情发挥我的写作爱好，可以成为一个很好的革命作家。”

“你还要上大学，而且是燕京大学！”

“为了理想，为了丁德强，大学我可以不上，这个家我也可以不要。”

“妈快被你气死了！”

“姐，那就求你，替我多劝劝妈吧。告诉妈，如同没我这个女儿。”

现在，不是冷竹流眼泪，是冷梅流眼泪。冷梅心里七上八下，既为妹妹与丁德强的感情深深触动，又为妹妹如此决心、如此打算感到困惑、迷茫、深深的不理解。

咚咚咚…… 包进敲响了窗子，说冯连长来了。

冷梅只好把妹妹带出了屋，此时，丁德强也出了客厅，两人又同时被绑在槐树上。

冯连长问："你们包保长怎么还不回来？"

包进说："谁知道呢，也许情况复杂，汇报的时间长。"

"不管他回来不回来，"冯连长一指丁德强，"这个人，明天早上一定要枪毙。"

包进问："其他人抓到了？"

冯连长说："你不用管，早晚会抓到。"

冯连长走了以后，又来了两个兵，于是换成了两个兵站岗。

过了一会儿，司务长来了，拿来了一个汽灯。冬天黑得早，才下午四点，院里便有了黑影子，汽灯挂在树上，把院子照得通亮。

包保长不回来，齐文贵也不回来。齐文贵说吃完了饭换包进吃饭，但他却一去不回头。包进便大骂齐文贵。母亲心眼好，把中午吃剩的饭菜让包进吃了。

接着便吃晚饭。晚饭，依旧要喂，也依旧是母亲喂冷竹；冷梅喂丁德强；也依旧一勺一勺地喂，他们也依旧大口大口地吃。

母亲被冷梅劝着、哄着，好歹吃了几口。

冷梅强迫自己，也好歹吃了几口。

吃完了，冷梅觉得，也应该和丁德强谈一谈。谈什么呢？拣主要的谈、拣主要的问。

“小丁，你知道不知道冷竹是个有钱人家的女儿？”

丁德强回答：“当然知道。”

“你作为一个革命者，就不怕影响你的前程？”

“革命队伍是个大家庭，容纳各种各样的人。无论你是什么样的出身、什么样的家庭背景，只要肯一心一意投身革命，就是好同志、好战友。”

“那么以后……以后呢？”

“什么以后？”

“我们学校的钱校长就很担心以后，你就不担心以后吗？”

“革命政权的政策是一贯的，是贯彻始终的，绝不会像国民党政府那样，朝令夕改、或者说了不算，要么口头说、大力宣传，实际做的，满不是那么回事。”

冷梅不想问了，觉得无话可说，最后只说了一句：“希望你对冷竹好。”

然而说了这句，冷梅又觉得荒唐，丁德强明天就枪毙了，还有什么“好”与“不好”？

现在所要担心的，便是丁德强死了冷竹怎么办？劝导、阻止、强迫，甚至把冷竹锁在屋子里，避免她自杀、避免她不知跑到何处去。

院子里的灯虽亮，但天黑以后，越来越冷。冷梅和母亲一同吩咐仆人，为冷竹生了一盆炭火；但炭火刚刚放在冷竹脚下，冷竹一脚踢开。不用问，给她放炭火也必须给丁德强放炭火！

两盆炭火，照着两个人的脸，烘烤着他们全身，这样暖和一些。冷梅和母亲，多想让冷竹进屋、躺下、盖得暖暖的好好睡一觉。但不可能，让冷竹进屋，就必须让丁德强进屋，她睡觉丁德强也必须睡觉！

冷梅无奈，真的很无奈，此时她身心俱疲，折腾了一天，骨头架子都要散了。况且，昨天晚上，她没睡几个小时觉。

现在真想睡呵！但又怎么睡得着？不过辗转反侧想这想那，想冷竹、想丁德强和冷竹，甚至想陈兆宗，想他们的命运，以及他们的品格、品质……

看，那两个人，没事人儿似的，背靠着槐树，还在说着悄悄话儿。

包进毫不客气，又和仆人们一起吃了晚饭。

冷梅披了一件衣服，走出院子，要让自己透口气，让自己的心放松一下。她太累了。

今天晚上没有月亮、只有星斗，月亮躲在乌蒙蒙的云的后面，不肯出来。冷梅看见两个山头上重新修起来的两个碉堡在硕大的电灯泡照耀下显得凝重、巍峨，也显得孤独、冷落，站岗的兵端着刺刀，帽子系到下巴颏，在碉堡前面走动着，不时跺一跺脚。

冷梅忽然想，竹儿和丁德强怎就那般相爱呢？怎就爱到那种程度呢？竹儿说，因为他们有共同的理想和共同的追求，并且他们认为那理想和追求是神圣的、是充满光明和希望的，他们可以为此献身。而陈兆宗和自己，有共同的理想和追求吗？如果说有，也只陈兆宗有，而陈兆宗的所谓理想和追求意味着什么？意味着消失、意味着覆灭，正如钱校长和那个矮而黑的老头儿所说，是异想天开、痴人说梦。

可是，钱校长为什么要走呢？兆宗父亲反而不走；那老头儿不走有不走的道理，因为他对国民党丧失了信心，并极尽挖苦、讽刺，把国民党说成是独守最后的堡垒、说成“厚脸皮”、“嘎头拍子头朝里”……而她冷梅对所有这一切都不曾好好琢磨、思考，不曾好好反省过。不应该呵，冷梅，你是一个知识女性，是一位民国的教师，这之前怎能一味地顺从陈兆宗呢？又怎能只知遵从母命呢？而陈兆宗正在起着变化，不像以前那样质朴、单纯，不但学会了许多江湖话，也学会了花言巧语，甚至装出假象，比如昨晚，陷冷梅于无辜……

不想了，回去吧，总之好了些、心情豁朗了些、思想也清晰了些，似向前跨了一大步。月亮从云层里出来了，露了一下头，似朝她笑；那笑，是嘲笑，还是祝贺地笑？

回到院里，冷竹和丁德强仍在说着悄悄话儿，炭火烘烤着他们。

包进坐在长条凳上打盹儿。两个兵依然如木偶般站岗。

心里感到了轻松，身体便感到要瘫软下来。冷梅实在坚持不住，便回了屋，和衣躺下，就躺在母亲身边。

母亲又开始叨唠；叨唠冷竹、叨唠丁德强……在耳边叨唠，慢慢就成了绵绵细语，就成了催眠，冷梅也就慢慢睡着了。

当一觉醒来，天已蒙蒙亮。冷梅翻身下床，走出屋，赶快去看，看妹妹怎样了。然而，她看到的是什么？

她看到包进仰天躺在长条凳上，皮袄蒙着他的头和上身，和长条板凳绑在了一起。冷竹和丁德强呢？不见了！

两个站岗的兵也不见了！整个院子，只剩下包进自己在那里躺着。

怎么回事？怎么回事？是不是做梦？是不是梦游？或者眼睛看离了？脑子懵了？冷梅大叫了一声："来人！快来人！"

果然，不是做梦，也不是眼睛看离了，是真的。因为仆人们先后跑出来，接着，母亲也出来了。他们对眼前的景象，也俱目瞪口呆。

母亲喊出的第一句话是："竹儿呢？竹儿呢？"双手抓住冷梅。

包进"呜呜"地发着声音，像喘气，也像咳嗽。

冷梅命人为包进解开绳子。包进嘴里还塞着东西，已冻得半死，说话口齿不清："我也不知道……睡着睡着，猛然，就有人绑了我。"

"谁绑了你？"

"哪容看，一下子，就用我自己的皮袄，蒙住了我的头……"仆人把皮袄赶快给包进披上，包进全身打战，说冷、冷、冷得要命，"我、我看不见……也说不了话。"

"看不见，你还听不见吗？听见了什么？"冷梅问。

"我听见有人和您家二小姐说话，还和那个丁德强说话。"

"他们说的什么？"

"声音小，听不清楚。"

"那两个兵呢？"

"也和那两个兵格叻格叻说话。声音更小，更听不清楚。"

"后来呢？"

"后来就什么声音也没有了。"

"他们是怎么进来的？"

"一开始，我盖着皮袄睡着了，谁知道是怎么进来的……"

"他们跑哪儿去了？"

“冷老师，我听也听不见、看也看不见，连动也不能动，把我捆得别提多结实。”

完了，这便是全部的过程。

然而，炭火盆还那样放着，火也依然闪亮；那盏汽灯，也仍然在树上挂着，仍然放射出白色的光。只有捆绑冷竹和丁德强的那两根长绳，静静地散落在槐树下面。

简直出了人间奇迹，简直如神话一般不可琢磨。谁干的？什么人才有这种本事？不光要有这本事，首先要有这种胆子。

包保长溜溜一天没回来，齐文贵说换包进吃午饭也一直没露面，只剩了包进。包进一瘸一拐，走了，回家去了。

母亲号啕大哭、心肝宝贝地哭。

大家一起查看、沿院子周遭查看，发现院门仍然插得很好；再看墙，墙面、墙头也没有踩登或攀爬的痕迹；院内是墁了青砖的，青砖墁地无论怎么看也不可能看出人的脚印儿；回到槐树下，才发现了脚印，因为沿槐树一米周围没墁砖，炭火又把那块地烤得化了冻，脚印乱七八糟、也分不清是几个人的脚印，抑或三个？两个？七八个？均说不准。

有脚印便说明是人干的，而不是神干的，更不是神话传说，但光有脚印儿，又寻不到任何其他踪迹，仍然怪，怪，简直匪夷所思！

最不可理解的是那两个站岗的兵。他们是兵，手里有枪，哪儿去了？难道就那么俯首帖耳、连枪也不放一声？难道就那么当了俘虏？要么，乘机跑掉？好歹捡一条命……

哑巴舅舅，还有睡眼惺忪的父亲以及两个妹妹一个弟弟，对他们来说，如同看戏法儿，只觉得好玩儿。

忽然，冷梅想到了康八爷，也只有康八爷才具备这本领、才具备这胆子，便才能人不知鬼不觉干下这事，干完了又不留下痕迹。再想，又认为不可能，因为康八爷在天津大狱里圈着，虽说后来转到了北平清河监狱，但无论如何康八爷是被挑了脚筋的，路也走不了，死活尚且不知道，怎么可能跑来搭救人呢？可是，除了康八爷还能有谁？谁有这胆子、谁有这本事！

真真让人伤透了脑筋，百思不得其解。

冷梅慢慢静下来，慢慢觉得，也好，甚至很好、很好，否则，丁德强明天就要被枪毙，冷竹也极有可能活不成……走吧，你们走吧，不管是谁搭救了你们，你们总算逃了，有了一条生路。既然搭救了你们，就不会伤害你们，况且，你们不是要实现理想、奔赴光明吗？那么去实现吧、奔赴吧，希望搭救你们的人要带你们去的地方，正好就是你们一心想要去的地方。

竹儿，记住，你还要成为一个作家。不要辜负了姐姐对你的期望。

小丁，记住，你说要对冷竹好，一辈子对她好。你要说话算话。

三十　大惊大喜

冯连长和包保长来了，问冷梅、问母亲；一问三不知。

又问包进；包进还在家躺着，更是一问三不知。

据说冯连长亲自带兵追赶；倒并非为了追赶丁德强和冷竹，主要是为了追赶那两个兵。最后，他们在河汊子里捞上来两条枪，经辨认，果然是那两个站岗的兵的枪；也就证明，昨天夜里那两个兵做了俘虏的同时便乘势开了小差！

接下来，一切归于平静。因为冯连长这一次不愿再声张，也因为包保长又躲了，问过话后又躲了，再不露面。

平静的同时，村里也有了许多传言。有的说，是康八爷的灵魂出窍、飘飘悠悠，来到了冷家，把冷家二小姐和丁德强一起救走了；有的说，康八爷还会法术，遥遥一指，捆绑冷竹和丁德强的绳索便开了、变成了捆绑包进的绳索；又遥遥一指，那俩兵便昏昏沉沉、不由自主、随着众人，开了小差，做了逃兵。究竟怎样，没一个人说得准，也很少有人信，只不过说说而已。

冷梅自然更不信。她只觉得、隐隐觉得，是村里人搭救了丁德强和冷竹；至于为什么，以及是谁、是哪些人出来搭救，尚不清楚，还是个谜。

出事那天是星期一，冷梅不得不一连三天留在家里，安慰和照顾母亲。因为母亲仍然在为冷竹的失踪难受，整日流眼泪饭也不想吃。

星期四了，母亲也好了些，冷梅不能不到学校去了。

星期一早晨回家的时候因挎子车开得太快，没能看清城里乱不乱。此时青龙镇上却比几天前更加乱，有的店铺已经关张、有的店铺门口挤满了人，在抢购东西；也有的从集市上背了粮食慌忙往家跑，也依旧有携家带口的坐上三轮车或排子车，不知是逃还是躲。

看来一场战役即将到来，北平城危在旦夕。

冷梅到了学校，却发现学校秩序井然，与以前没什么两样。看校门的工友照常和她打招呼，学生们依旧朝她鞠躬，叫一声“冷老师”；同事们问她：“你气色不好，是不是病了？看过医生没有？”

冷梅好歹搪塞过去。

冷梅首先想到的当然是钱校长；钱校长决定要走，此时走了吗？走了还是没走？

冷梅直接去了校长室。

校长室的煤火烟囱在朝外冒着烟，说明屋里有人；然而是换了人，还是钱校长没走，抑或暂时还没走？但冷梅很快隔着窗子便看见了钱校长，证明钱校长起码现在还没走。

钱校长见了冷梅反而问：“你怎样了？”把冷梅问得一愣。

原来钱校长关心她家里的事，说：“陈兆宗来了电话，把你家里的事说了。”

冷梅想了想，怎样说呢？细说，时间长，也说不清楚，于是简单地回答：“他们逃走了。”

“哦？逃走了？怎么逃走的？”钱校长显出了惊喜的表情。

冷梅说：“夜间逃走的。”

钱校长问：“你妹妹冷竹也逃走了？”

冷梅点头。

“好，万幸。否则，陈兆宗说一定得把那个姓丁的青年枪毙。”钱校长也频频点头，“只可惜了，冷竹那孩子，文章写得那么好、对文学的兴趣那么高。”

冷梅说：“我想，只要冷竹活着，就不会放弃她对文学的追求。”

钱校长同意："既然是逃走，他们肯定逃往一个光明的地方。那地方我估计是解放区。"

冷梅感到奇怪，钱校长只关心别人，他自己却处之泰然、神情自若，好像他心里什么事也没有。而且热情招呼冷梅，给冷梅倒水，说即使不渴，暖暖手也好。

冷梅试探地问："您决定走，为什么还没走？"

钱校长说出了一句让冷梅大感意外又大为惊喜的话："我不是还没走，是根本不想走了。"

"不想走了？真的？为什么呢？"冷梅迫不及待地问。

钱校长笑而不答。

"可您当初是怎么想的？非要走，不走不行。"冷梅急于想知道原因。

钱校长问："我决定走是哪天？"

冷梅说："您决定要走是星期五，今天是星期四。"

"过去了整整六天……"钱校长一面说一面仰靠在沙发上，"就在这六天里，你家里出了事，我的想法也有了一个大改变。人的思想都是变化的，我也不例外。"

冷梅乐不可支："校长，请告诉我您是怎么改变想法的？"

钱校长直起身："先不说我。现在还是要说你，你怎么样？"

"校长，我和兆宗办了结婚手续。"冷梅低下了头。

"我知道，兆宗来电话的时候也说了。"钱校长捶着自己的脑门儿，"不过后悔呀，现在想起来仍然后悔，越来越后悔……如果你们提前告诉我，我会阻止你们……不，阻止你，不要和陈兆宗办什么手续。"

冷梅说："您别总那么想，我说过了，别那么想。"

"那我该怎么想？"钱校长很自责，"昨天上午陈兆宗又来了一次电话，说他走了、开拔了，让我通知你一声。"

"开拔了？这么快？"

"具体开拔到哪儿，军事秘密，我们也不好问。"

冷梅想说"开拔到长江以南，很快要打回来"，但她已不相信这一套；她也想说"后悔"，不只钱校长后悔，我冷梅也开始后悔……但她都没有说，因为她不想让钱校长为她的事后悔又后悔，加倍后悔。

"再告诉你一个消息。"钱校长满怀了同情,"兆宗的父母也走了,是兆宗母亲昨天下午打来的电话。"

他们也走了?冷梅吃了一惊。陈兆宗开拔如果说无可避免,但他的父母也走却无论如何想不到。因为他们说好的,不走;即便老两口吵、闹,但那个老头儿,又倔又犟,是坚决不走的。不但不走,也不允许兆宗母亲走,让冷梅放心……但怎么忽然又走了呢?

钱校长解释,也在安慰冷梅:"变化,人不都是变化的吗?我不例外,兆宗父亲自然也不例外。"

"说好了的,不走!"冷梅发怒了。

"你想,他们毕竟是反动军官的家属。"钱校长说。

冷梅反问:"这之前他们就不是反动军官家属?"

"大概,也是考虑到以后。"

"又是以后!"

"历史是块面,到一定时候可以捏,怎么捏怎么是,捏什么像什么。"钱校长如是说。

"最不能理解的是兆宗的父亲、那个老头儿,他把话说得那么死,好像天不怕地不怕;又骂国民党,骂得那么难听……可是他说变就变,真是人心难测!"冷梅发泄着心中的怒火,活这么大,还是第一次如此发怒。

"你不懂,许多事你不懂……"钱校长安慰她。

"又是我不懂。可是我现在算什么?算个可怜的没有婆家的寡妇?"冷梅流出了眼泪。

钱校长开始在地上踱步,说:"办了结婚手续只是法律上起作用,实际可以不起作用。"

冷梅有苦说不出,只好不说话,因为她与陈兆宗已经有了实质上的夫妻关系。

钱校长凝望着她,继而疑惑,想到别处去了:"你是不是也打算走?"

冷梅给以斩钉截铁的回答:"即使死,我也死在学校或者死在柳村。"

钱校长拍了两下手:"很好,不走是正确的,充其量你不就是个三青团员嘛,而且是曾经。"

冷梅说："不管是曾经还是现在，这件事我连想也不再想它。"

钱校长使劲儿拍手，变成了鼓掌。冷梅也开颜一笑，笑得眼泪又在眼眶里打转。

钱校长这三天来一直为冷梅代课，而今天上午恰好没有历史课，因此他们才有时间说了这么多的话。但钱校长之所以不走、之所以留下来的具体而准确的原因，钱校长还没有说，冷梅也还没有继续问；思想变化了，是怎样变化的？为什么决心要走、不得不走，又忽然与兆宗父亲相反，忽然留下来、不走了，到底因为什么？

不等冷梅问，钱校长便主动说起："冷梅，你知道国民党有多腐败吗？这几年我客观冷静地观察，发现它越来越腐败。老蒋说要惩治腐败，很早就下决心严惩腐败、挽救国民党，实际呢？却一天比一天腐败！"

关于腐败，冷梅在报纸上也看到了一些，还好，还允许登载一些这方面的消息。

钱校长接着说："其实，兆宗父亲说得一点不过分，现在国民党当局已沦落到独夫民贼的地步，却还执迷不悟，非要把那专政独裁坚持到底不可。你知道，当一个政党把他的一党利益放在国家与民族的利益之上，为了保住一党的长久统治，置国家与民族的前途命运于不顾，就变得非常危险、非常可怕。"

钱校长不走是不是就因为腐败？因为独裁统治？冷梅要问，却又不好打断钱校长，只任钱校长说下去："据说明年要开国民议会，要重新选举总统，但是，无论选上李宗仁、白崇禧还是蒋总统的儿子蒋经国，选上谁都没有用！因为他们总之是国民党；是国民党，做出的事就不会超出为了巩固它一党专政的范围。除非你肯做根本上的改变、彻底放弃一党专政，否则，你顶多做些枝枝叶叶的改变，那也不过是改良；是改良便依旧是头疼医头脚疼医脚，依旧会摁下葫芦浮起瓢，依旧会有许许多多你根本无法祛除的病根儿，最大的病根儿就是官吏们的腐败。你去想吧；这六七天来我一直想、一直琢磨，怎么想、怎么琢磨都是这个道理，没有根本上的改变，你无论拿出什么办法、什么措施，也无论你怎么做，到头来还是没有用……没有用呵。"

冷梅觉得有了答案："所以，您就不走了？"

"不走了。绝对不能再跟着国民党走。"钱校长说，"中国自甲午战争以来，改良得少不少？不少。但哪次改良成功了？谁又成功了？慈禧太后想不想改？也想改，而你一旦触碰了她大清朝的那把交椅，她立刻翻了脸！菜市口干吗的？不是铡了你的六君子？"

冷梅说："听陈兆宗讲，副总统李宗仁好像有希望当总统，又说蒋经国这个人，好像很有正义感。"

"我说了，选上谁都没有用！"钱校长越说越激动，"蒋经国这个人还可以，但是，史书上说得好，为官不难，莫开罪于巨室。"

冷梅问："什么叫巨室？"

钱校长说："巨室就是那些已经获得诸多利益的豪门贵族。这股势力不知有多强大，即便你有正义感，即便你真想彻底整治、彻底改变，怕也敌不过他们想方设法的反对，弄不好还会把你赶下台。"

"有那么严重？"

"咱们走着瞧。"

冷梅想了想，又问："如果共产党来了，您就不怕共产党也实行一党专政？"

钱校长说："不会。"

"您怎么知道不会？"

"我说不会就不会。一会儿，我让你看一件东西。"

"什么东西？"

钱校长指指手表："快吃饭了，下午再说。"

冷梅又笑着问："您也不再担心'以后'了？"

"不担心了。"钱校长说，"我不就那点儿问题？是个国民党员，和蒋孝先接触过，都说清楚了，我想以后也不会再找我的麻烦。"

钱校长不走，冷梅十分高兴。她热情洋溢地说："校长，应该开个庆祝会，为了您的不走，继续做我们的校长。"

钱校长说："吃饭，吃饭。"

中午，冷梅和老师们一起吃了午饭。老师们问她，钱校长都和你谈了些什么？冷梅说，无非问了问身体，问了问家庭情况，有什么困难。老师们说，你真该再休息几天，看你眼圈还是黑的，人也特别瘦。

下午，便有了历史课，但冷梅不忍心再让钱校长替她讲，而钱校长也如老师们的主张，让冷梅回去，再休息两天。

哪能再休息？若再休息，对不起钱校长，对不起全校师生，也有辱她的这份教师职业。

下午一共两堂历史课，初一二班一堂，初一三班一堂。钱校长又代冷梅上课去了，冷梅只好在老师们的办公室里寻些活儿干，诸如扫扫地、打打水、擦擦桌子。

两堂课上完了以后，钱校长站在校长室门口，又点手叫冷梅，让她过来。

进了校长室，冷梅又坐在沙发上。

钱校长说："我上午说让你看一样东西，现在就拿给你。"

钱校长不说，冷梅倒忘了。只见钱校长用钥匙打开了文件柜，从一排文件的后面，取出了一个牛皮纸袋儿；这便是那件东西？牛皮纸袋儿上写着"卷宗"。

钱校长把"卷宗"递到冷梅手里，说："你好好看吧。看完了，你就会明白我究竟为什么不走、为什么要留下。"

钱校长又把钥匙交给了冷梅，嘱咐她，看完了一定封好，放回原来的地方，再锁好柜子。

钱校长如此话语又如此举动，让冷梅料想牛皮纸袋里装的定是很神秘的东西。

钱校长转身出屋，冷梅问："您去哪儿？"

钱校长说："我随便到教室听课。如果老师们有事，就不会到这儿来找我。"

冷梅明白，这是让她一个人静静地、安心地看，免得人来打搅，也免于被人发现。

钱校长走了，冷梅打开牛皮纸袋儿，哦，原来是几张报纸；纸面大小不同，却已有些发黄，说明是旧报纸，大约有七八张。

冷梅先泛泛地翻了报纸，只见每张报纸上不知是谁用钢笔在某一段落的周围都画了圈，标明那里是重点。

她随便拣出其中一张来看。

第一张报纸标明的重点处，写着："他们以为中国实现民主政治，不是今天的事，而是若干年以后的事。他们希望中国人民知识与教育程度提高到欧美资产阶级民主国家那样，再来实现民主政治……"

哦？提到了民主，提到了民主国家，还有"实现"……

再看报纸名称，冷梅吓了一跳，几乎要出冷汗，原来这报纸是《新华日报》！共产党的报纸！

再看日期，是 1939 年 2 月 25 日。很早了，难怪纸面已经发黄，但这一段话却也是共产党很早表明的态度，也是很早对国民党当局发起的舆论进攻。

再翻第二张；第二张报纸的重点处用钢笔画了双圈，说明是重中之重、重点中的重点：

"目前推行民主政治，主要关键在于结束一党治国。因为此问题一日不解决，则国事势必包揽于一党之手；才智之士，无从引进；良好建议，不能实行。因而所谓民主，无论搬出何种花样，只是空有其名而已。"

这话说得真好，几乎与钱校长说得一样，也与兆宗父亲说得一样，都正中当前国民党统治的要害。

看报纸名称……《解放日报》，又一共产党的报纸！而日期是"1941 年 10 月 28 日"，这倒不远，但也在七年前了，说明人家共产党那时便有了这样的真知灼见。

再看下一张报纸，重点处是："限制自由，镇压人民，完全是日、德、意法西斯的一脉真传，无论如何贴金绘彩，也没法让吃过自由果实的人士尝出一点民主的甜味的。"——《新华日报》 1944 年 3 月 5 日

接连看下去：

"共产党要夺取政权，要建立共产党的'一党专政'。这是一种恶意的造谣与诬蔑。共产党反对国民党的'一党专政'，但并不要建立共产党的'一党专政'。"

好呵，钱校长，您可以放心了。人家共产党明明白白地宣布，是不会建立一党专政的！

但这张报纸有些奇怪，只是少半张，报纸的名称以及刊出的年月日也均没有，或者被人撕去了，无法看见，以至这段话出自哪里也无从知晓。

七八张报纸，冷梅索性先看报纸名称和出版的时间，后再看圈出的重点。

《新华日报》，1941 年 6 月 2 日 ："……如何使青年的思想和行动能有正当的发展，可分两种，一种是主张思想统治，就是说，把一定范围以内的思想灌输给青年，对于这种思想是没有怀疑和选择的余地的。另一种主张是思想自由，只有自觉和自愿，才能产生心悦诚服的信仰和惊天动地的创造活动。"

多么尖锐，又多么具体、细致！

又是《新华日报》，但时间很近，只过去了三年——1945 年 3 月 31 日："……统治思想，以求安于一尊 ；钳制言论，莫敢于予毒，这是中国过去专制时代的愚民政策，这是欧洲中古黑暗时代的现象，这是法西斯主义的办法。这是促使文化倒退，绝不适于今日民主的世界，尤不适于必须力求进步的中国。言论出版的自由，是民主政治的基本条件，没有言论出版的自由便不可能有真正的民主，不民主便不能团结统一，不能争取胜利……"

这不是在说慈禧太后吗？不是钱校长还有冷竹，所一向津津乐道的那样的民主自由吗？

《新华日报》1944 年 2 月 2 日 ："……要彻底地、充分地、有效地实行普选制，使人民能在实际上，享有'普通'、'平等'的选举权、被选举权，则必须如中山先生所说，在选举以前，'保障各地方团体及人民有选举之自由，有提出议案及宣传、讨论之自由。'也就是'确保人民有集会、结社、言论、出版的完全自由权。'否则，所谓选举权，仍不过是纸上的权利罢了。"

还是那些民主和自由，不过又多出了个"选举"。真不明白，共产党内部怎那样有人才？又怎那样有先见之明？他们分析得既全面又透彻。

最后的两张报纸所圈出的重点少，分别只有两句话。

一张报纸的话是 ："民主一日不实现，中国学生的爱国运动却是一天也不会停止的。"——《新华日报》1945 年 12 月 9 日

一张报纸的话是 ："愚民政策虽然造成了沙漠，却绝难征服民

心。”——《解放日报》1942 年 4 月 23 日

话虽少，但冷梅对这两句话思考了好半天。

……完了，七八张报纸看完了。冷梅真希望多一些再多一些，她仿佛看不够，如果能看到晚上、看到明天、看很多天，她才觉得更加充实、更加豁亮，也才觉得自己大脑的脑容量在迅速拓展。

当然，这几张报纸不能光有“重点”，还有没标明重点的不少其他文章。但冷梅已无心再去细读，只大概浏览了一下这些文章的标题。譬如报导解放区大搞春耕生产、军民亲如一家、老百姓支援人民子弟兵在前方打了胜仗；譬如“国统区”人民的苦难及其顽强地抗争、社会上的不良风气、贪官污吏盛行和种种丑恶的表演等等……而只从这些标题上，冷梅便可得出一个结论，那便是，国统区的罪孽丛生、贪污腐化，以及所有一切不良风气均与道德丧失、缺乏信仰有关，也俱是顽固坚持一党治国、不实行民主政治的必然结果。

冷梅坐在那里一动不动，琢磨着，琢磨着，琢磨着刚才看过的每一段话、每一行字；字里行间，给人以希望、给人以启迪，显得那么温暖、那么亲切……怪不得，钱校长不走了、留了下来，一幅美丽的前景定是呈现在眼前了。也终于明白，竹儿为什么那样爱恋丁德强，坚定不移地追随丁德强。

但冷梅也忽然想到，钱校长从哪里来的这样的报纸？是他自己搞来的，还是别人送他的？要知道，这是共产党的报纸，在眼下的北平，这样的报纸虽然过了期但也仍然属于反动报纸、被看做是共产党的反动宣传……万一被别人发现了，怎么办？万一被学校的那位训导主任知道了，揭发、检举了钱校长，可怎么办？校长，难道你就不怕招致祸殃、身陷囹圄，以致坐大牢吗？

冷梅这么想着，赶快把报纸装进了“卷宗”，又把“卷宗”收进了文件柜，放在原来的地方，再把文件柜锁好。

钱校长回来了，先隔窗看了看冷梅，然后走进来。

钱校长坐下问：“看完了？”

冷梅说：“看完了。”

“明白了？”

冷梅说："明白了。"随即把文件柜钥匙还给了钱校长。

"但是我们要小心，小心黎明前的黑暗。"

冷梅又吓了一跳。

"李公朴、闻一多是怎么被杀的？他们全是教授，就因为追求民主，反对独裁统治……黎明到来之前，他们什么事都可能做得出来！"

"就因为他们手里有枪。"冷梅说。

"对。"钱校长说，"实在不行，就逮你、圈你，或者糊里糊涂、不明不白，你这个人就没了。"

"校长，我现在觉得您不像个国民党员，倒像是个共产党员。"冷梅笑着说。

"谢谢夸奖，可惜我不够格。"钱校长也笑着说。

钱校长喝了水，也给冷梅倒了水，一面说："我们以前都误会了，比如我，总认为是一朝一代、改朝换代，于是把共产党也看成了改朝换代。错了，其实不是！人家共产党是要实行真正的民主，是要实行两党或多党民主协商制度，然后通过选举，人民群众拥护谁就选谁，也选上谁是谁，选上哪个政党便是哪个政党。"

冷梅说："我读到了，真好。如果让我现在选，我就选共产党。"

"哪个人呢？"

"当然是毛泽东。"冷梅说。

"很对。因为人家不搞一党专政。"钱校长说，"如果搞一党专权，就会形成一个塔；既然是塔，就上头小、下面大，上面的就要压迫下面的，因为上面是权贵，下面是广大的劳苦大众。既然是塔，也就早晚会有被摧倒的一天，而这就是改朝换代，就是政权更替，便会出现杀戮、流血、千千万万人就要丧命，中国几千年来就是通过一场场改朝换代的战争这么过来的。但你实行了两党或多党选举制度就不同了，它很像个枣核儿，而不是塔；枣核儿两头小、中间大，中间是大多数；因为不是塔，就不存在谁压迫谁、谁剥削谁，也就永远没有被摧倒的一天。因为是枣核儿，只能滚动着走，滚动着向前，顶多了，你不满意，游行示威，换了他这一届总统，然后再不满意，又游行示威，再换了他一届总统，然而这只是换了个人，不叫改朝换代、不叫政权更替，也就发生不了战争、发生不了流血、杀戮、不会有千千万万人丧命。你说，别再改朝换代是不是所有中国人的愿望？我估计共产党就是这样想的。”

钱校长这一大段话，把冷梅说得有些晕。

钱校长接着说：“其实，作为独裁统治；如能利用自己的独裁统治结束独裁统治，那是最好，也是最方便、最具有条件的了。全中国的人也会感谢他，因为功德无量，因为可以不必经过折腾，不必经过流血牺牲……中国人再也不愿意折腾，也实在经不起折腾了。”

冷梅等不及，用恳求的语气：“校长，您说的这些我慢慢地再去理解。现在我有个问题，急等着要问您。”

“什么问题，请说。”

“您这报纸从哪儿来的？”

“这个……你就不要问了。”

“为什么？”

“如果告诉你，怕勾起你的不良情绪。”

钱校长越是这样说，冷梅越是产生了浓厚的兴趣以及一种好奇心：“告诉我吧，谁给您的这些报纸？”

钱校长终于说出了一个人名，让冷梅惊呼、几乎怀疑自己听错了。钱校长说的是“冷竹”。

“怎么可能！冷竹哪来的这报纸？”

钱校长又在地上踱步，似在犹豫，告诉不告诉冷梅……最后，钱校长站定：“其实，就是星期六下午的事……”

“星期六下午？六天以前？”

钱校长点头，又问：“你是不是和冷竹说了，我要走？”

冷梅也点头：“说了，就星期六下午说的。”

“星期六下午净了校，只剩了我一个人，因为我还有些工作没做完。结果，冷竹来了；一开始我还奇怪，因为你和我说过冷竹已经考上了燕京大学，她还来学校做什么？”

“做什么？”

“我还以为又是她写的文章或是作文，因为以前她写的文章国文老师看过，我也看过，原来不是；她说，钱校长，我有另一样东西让您看，希望您不要走。”

“就是那报纸？”

“那几张报纸她用一张《民国日报》包着，就交给了我，并且说，‘钱校长，我相信您。’我打开，翻看了一下……我猜想正如你刚才看到那报纸一样，吓了一跳。我问她，你凭什么相信我？她说，因为我了解您，也听过您的演讲；您很提倡民主精神，比如师道尊严，并不是只让学生尊敬老师、不许学生讲话，在课堂上哪个老师讲错了，或者讲得不好，同学们就可以提出意见，让老师得到改正；您还说过一位名人的名言……我问她，什么名言？我倒忘了。她说，‘我虽然不同意你的观点，但我誓死捍卫你讲明观点的权利。’”

冷梅说：“夏天的时候，在一次全校师生会上，您确实讲过这话。”

钱校长的眼眶已经有些湿润：“可惜，她走了，也可算逃亡。燕京大学，燕京大学，很可惜……”

冷梅为自己感到悲哀，又流下了眼泪：“她都没让我看过那报纸，这事连说也没和我说。”

钱校长想了想，说：“你们虽然是姐妹俩，但因陈兆宗的缘故，你们中间有隔阂。”

冷梅说：“其实她让我看了报纸，和我说了这事，我也不会向陈兆宗透露半点儿。”

钱校长说：“那是因为在这六天里，我变化了，你也变化了，如果是现在，冷竹肯定先于我让你看到那报纸。”

冷梅又忽然问：“校长，冷竹的这些报纸又是从哪里来的呢？如果是丁德强，那么丁德强又从哪里搞来的这报纸？还有，上面的那些圈圈，谁画的？谁做出的重点？是不是丁德强上面还有其他人？”

钱校长说：“你问我？我哪清楚？冷竹走了，你见不到她，我也见不到她。不过，有朝一日，我还会碰到冷竹，那时我再把这些报纸还到她手里……想象一下，那是一种什么样的情景？什么样的情景？”

冷梅破涕为笑：“当然是激动人心的情景，因为已经换了新天地。”

钱校长抒情地“呵”了一声：“我们企盼着这一天。”

冷梅沉默了一会儿。钱校长也沉默了一会儿。然后，钱校长又回归了关于民主的主题，说："其实就是一层窗户纸，大家都心知肚明。可是又都害怕、都有顾虑，于是看去很坦白、很认真，实际躲躲闪闪、避重就轻、揣着明白说糊涂，绕来绕去谁也不敢把这层窗户纸捅破。其实他们说的那些问题都不是问题；那些问题都是在大问题解决之后才能解决的问题。"冷梅说："人家共产党不一样，那才叫以天下为公，而且襟怀坦荡、光明磊落，公然宣布绝不实行一党专政。"

钱校长兴奋地说："这是个伟大的承诺，字字珠玑。"

说完了钱校长出其不意地和冷梅击了一下掌。

下午的第三堂课下了，也便到了放学的时间。

钱校长最后说："我喜欢教育事业，愿意把青龙镇中学办得一天比一天好。这也是我留下来不走的另一个原因。"

冷梅不能再谈下去，因为惦记着母亲，必须回家。好在，来日方长，来日方长呵。

冷梅告别了钱校长，一路上，她为今天的两大收获欣喜若狂。一是钱校长没走，不走了，多么值得庆幸；二是在那样的报纸上读到了那样罕见又那样精彩绝伦的论述，以及钱校长那大段大段的感想、感悟。

冷梅决心要把报纸上的那些论述反复回味、反复琢磨、梳理，也要把钱校长的那些感悟反复琢磨、梳理。相比之下，自己的思想水平和知识水平太缺乏了，一定要补充，争取尽快得到提高。

三十一　殇

与钱校长谈话几天以后，便开始放寒假了。

冷梅老老实实待在家里，并真的开始回味、琢磨在报纸上读到的那些论述以及钱校长的那些话。妹妹弟弟也在家老老实实待着……只有冷竹走了，母亲仍然打不起精神，仍然有时不吃饭，甚至连屋子也不出。

日子过得很沉闷，但一天下午，忽然听见了枪声和炮声；枪声是从青龙镇传来，炮声是从更北面传来，断断续续，响了好一阵。

家里的佣人们倒显得比平日活跃了许多。他们毫无顾忌地跑到外面观望，毫无顾忌地进进出出。天黑的时候，冷梅听见后面的土山上也开始放枪了，毫无疑问，是解放军来进攻，是步兵连在凭借着碉堡抵抗。

原以为会抵抗一阵子，却不然，那枪声只响了一小会儿，便不再响。

佣人们说，山上的兵逃跑了！

又有人回来说，整个步兵连都不见了，逃得无影无踪。

其实，这并未出冷梅所料。原说修五个碉堡，实际只修起了两个，便是西面山头那两个，这两个碉堡却也是重修起来的。而山口子那两个碉堡是抢修，但距离被破坏才只隔了六天，抢修，也没能修起来；而南山头打算修的一个碉堡根本还没修，解放军便来了。细想，这碉堡从秋天一直修到腊月底，共修了三个月也只完成了两个，其中的缘由，冷梅自知；她估计村里人也都清楚。

第二天一早，冷梅走出家门，到山上去看，只见山上到处都是人，也都是柳村的乡亲们。

而出了胡同口往北不远便能看到的——西面这两个碉堡，依旧那般神气地立在那里，也依旧相互对峙，像老虎钳子卡住高水湖上那条进村的路，但再细看，碉堡壁上连个弹孔也没有，更没留下什么伤痕或血迹，可见昨晚的所谓抵抗何等敷衍了事，大约不过摆个架势而已。

而此时站在碉堡顶上的，是为胜利欢呼的柳村百姓，也有的站在碉堡周围，在议论，在配合顶上的人指指划划。

他们说，昨天晚上一共来了两路解放军，一路从“一块板儿”方向，一路从颐和园方向，却没有一个解放军从高水湖那条道上来，那两个碉堡等于白修了；从颐和园方向来的解放军越过长河，再绕过南山头，与从“一块板儿”方向来的解放军相汇合，共同攻打西面两个碉堡；只听“啪”的一枪，先把那大灯泡子打碎了，接着“啪啪啪啪”……那几个屌兵哪里经得住打呢？还了几枪便跑了。

他们说，当年给日本鬼子怎样磨洋工来？如今这洋工也没白磨！说完了，哈哈大笑。冷梅没有听说，或没有听准，是哪些人破坏了碉堡，以及谁是头儿，谁出的主意等等。

冷梅听说，步兵连逃跑的情景很惨。山上下来的兵撒丫子往南跑，庙里的兵却早已坐上了汽车，车上装了乱七八糟的东西，汽车没有停，山上下来的兵便追不上，于是又叫又骂，还有人开了枪。

到了下午，冷梅在街上站，又听说，跑吧，跑吧，跑也白跑，四里之外，解放军已经占领了飞机场；跑吧，跑吧，跑到丰台又怎么样？还不是被解放军截住当了俘虏？解放军告诉他们，愿意回家的回家，不愿回家的，参加解放军，做个“解放”战士也可以。

这同样未出冷梅所料。兵败如山倒，这样的军队，没个不倒。

冷梅自己也觉到自己变了，朝着妹妹冷竹的方向在变，从前的温顺、柔弱乃至糊涂，不全是性格问题，而是欠于思考、欠于读书、欠于吸纳诸多的、有益的知识；也很遗憾，她身边缺少了一个如丁德强那样的人。

也就在步兵连逃跑的当天下午，一拨解放军雄赳赳开进了柳村。包保长带领村公所的几个人，还有众多乡亲们，在路两旁形成了夹道欢迎。

这拨解放军头戴长毛帽子，身穿破旧的、几乎看不出是什么颜色的军衣。他们不是从高水湖那条路，也不是从山口子那条路，而是从西面田野中的土道上风尘仆仆地走来。他们不但背着枪、腰里别着手榴弹，每人身上还各挎了一条长长细细的布袋子。冷梅夹在乡亲们当中，听说那布袋里装的是小米，要么就是用小米炒成的干面；他们脚下的鞋，有的开了胶，有的用根细绳把鞋和脚面绑连在一起。

这是一个连还是一个营，暂时没人知道。他们进村以后并不如国军那样住进庙里，而是三三五五，分头住到了老乡家。他们反而把那庙里里外外打扫了一遍，清除了不少步兵连留下的垃圾。他们为老乡挑水、扫院子；把水缸挑得满了又满，把院子打扫得从来没有过的干净、利落。有个解放军的小兵，教村里的孩儿们唱歌，唱的是“向前向前向前……”和“三大纪律八项注意”；老人们说说笑笑，孩子们蹦蹦跳跳。家里的仆人问冷梅，见没见他们身上有虱子？

冷梅又去看了。可能是个班长，正坐在院里的太阳地下，为战士们拿虱子。班长让一个兵脱下衣服，那兵不肯，于是班长和风细雨地劝，你不脱，我没法给你拿虱子，是不是？

班长拿虱子的动作有如一个老妈，用指甲挤，用牙齿咬，在领口处咬出咯吱咯吱的声音。

冷梅只看了两分钟便想掉泪。她悟到，这样的兵必打胜仗，不打胜仗才怪！

就这样，十多天后，北平宣布和平解放，傅作义将军帅部投降接受改编。

柳村的乡亲们喧闹起来，敲锣打鼓，庆祝解放。

冷梅觉得自己不能在家闲待，应该出去，趁着寒假，应该和乡亲们一起为新时代的到来做些事。

她首先来到了村公所，却看到，哑巴舅舅正在这里，不知哑巴舅舅什么时候来的，正和原村公所那个管账的老头儿一起，各握了一杆又粗又大的毛笔，在大写特写标语。他们有的写“解放军是人民子弟兵！”、“军民团结一家人！”有的写“打倒万恶的旧社会！”以及“穷人从此翻身做主人！”包保长手下那几个也在忙，有的研墨、裁纸，有的把标语拿走，去街上贴。冷梅也想插手，却无活儿可干……不过她倒碰上了康栓老汉的二儿子，康保河；康保河似乎是这里的指挥，冷梅和他打招呼，他理也不理。这让冷梅想到，这个康保河，母亲曾那样照顾他，不让他交租子或者少交租子，他却缺少良心。

冷梅走出村公所，来到了街上。

恰巧，冷梅又看见了康栓老汉的三儿子康保永。康保永身背一个长带子挎包儿，像是个公文包，不知里面装的是些什么样的文件。还有两个人，冷梅叫不出名字，但认出来他们都是骆驼康记的人。这两个与康保永一起，走进了一户人家。由此，冷梅判断，他们全是“干部”；国民党里有干部，共产党里当然也需要有干部。

冷梅在这户人家的门口站了一会儿，想等他们出来，问一问他们，干的是什么工作；若是宣传政策条文、提高思想觉悟之类，冷梅觉得她不会比他们差。因为她已学习过、思索过，自觉有了一定水平、一定认识，更不要忘记，她是个文化人。

他们出来了，说笑着，然而只漠然地看了冷梅一眼，那个康保永，却连看也没看，就那么旁若无人地走过去。她明明就站在他们眼前嘛，每个人都有自尊心，冷梅觉得自己的自尊心受到了伤害。

但又怎样？回去吗？不应该。应该有一种韧性，应该尽量争取，争取和乡亲们一起做些事。

冷梅开始低头走路。她索性去了康栓老汉家，康栓老汉家有不少的干部，还有解放军的“锅伙房”，解放军的一位首长也住在那里，据说就住在丁德强曾经住过的那间小屋。

这是有生以来第二次进康栓老汉家的院子。院子依然很大，依然养着骆驼，外院，中间位置，搭起了一座临时席棚，席棚里正在做饭。解放军吃的是高粱米饭，也有小米饭；菜，则是腌萝卜条子，而萝卜条子据说也是乡亲们贡献出来的，但解放军照价付钱。

自己干些什么呢？帮解放军做饭？把那一桶一桶的高粱米饭帮战士们提走？正犹豫之际，康栓老汉的大儿子康保山，带着七八头骆驼回来了，每头骆驼身上驮着成袋的粮食以及一捆一捆的鞋，还有军衣军裤。随在后面来的，是村里二十多个男男女女，他们一拥而上，卸下了粮食、鞋和军衣然后把粮食搬进了席棚，又把鞋和军衣重新整理，整理成一小捆一小捆；他们说，这样好分发到各个排、各个班去。然而，冷梅只是看，插不上手，也没一个人理她。

忽然，康保山站到了她面前：“你在这儿干吗？”

冷梅说：“想帮帮忙。”

“这儿不需要你。”康保山说，那一副刀削斧刻般的脸、鹰似的眼睛，让冷梅不寒而栗。

怏怏的，冷梅只好离开。

时间还早，回去吗？还是不能回去，再到别处看看，看能做点什么。别人越是不欢迎自己，自己越要争取被别人欢迎。

冷梅来到了庙里。庙里有老人、有孩子，看庙的老道也复活了，在菩萨跟前重新燃起了香、敲响了磬。冷梅看到了齐文贵；齐文贵坐在一间庙屋前面的石阶上，那间庙屋紧锁着；齐文贵和冷梅打了招呼，又朝身后一指，说屋里圈着个人。

冷梅问，圈了谁？齐文贵说：“包进。”

包进，据说想跑，想随步兵连一起逃跑。但跑到半路，他觉得不是滋味儿，于是又跑回来，恰好，村里的干部正要抓他，于是抓住了，便圈进了这间庙屋。

包进也算罪有应得。但奇妙的是，负责看管包进的是齐文贵。那么齐文贵该不该抓呢？齐文贵就没有罪恶吗？就不曾干过许多坏事？早晚会轮到他，总有一天会轮到他……

冷梅想，那么自己呢？什么时候轮到自己？自己曾经是个三青团员；虽然是曾经，但毕竟当过，虽然没做过任何事，但毕竟在表格上写了自己的名字；况且，和陈兆宗办了结婚手续，陈兆宗是个国民党军官，虽然很低，毕竟是个军官……

包保长果然心宽量大，抓了他的儿子，好像与他毫不相干，就和没事人一样，该干什么还干什么。他一直躲，一直躲，直到解放军进了村，他才不知从哪儿冒出来，然后便和村里的穷苦人一样，共同欢迎解放军，共同庆祝解放，而且事事张罗，处处跑在前面，依然尽着他的保长之责。

冷梅想，以后呢？你包保长就不考虑考虑以后？难道你就没有罪恶？难道你的罪恶比别人小？

不知怎么，冷梅有些神情恍惚。她出了庙，回到街上。

“不许动！举起手来！”后面突然一声喊，把冷梅吓得一哆嗦。

回头看，原来是几个小孩儿，用扎了红布的木棍儿正对准她。木棍儿上穿了铜钱，孩子们一抖，哗棱棱响。

“红缨枪。”康栓老汉最小的儿子康保存，走过来，对冷梅说了这么一句。同时朝冷梅做出了笑模样，也是今天第一个朝冷梅笑的人。

冷梅受宠若惊了，也笑着说：“这花棍儿就叫红缨枪呵。”

康保存顺手拿起木棍比画：“打花棍儿，打花棍儿，一打打出三里地儿。三里地儿外有元宝，想跑你也跑不了。”

冷梅又一哆嗦，“跑不了”，说的不是她吧？希望说的是“元宝”。

然而康保存又叫了她“冷老师”，说：“以后教我们儿童团识字、学文化，行不行？”

冷梅赶快回答：“怎么不行？太好了，太好了！”

“集合！”康保存吹起了哨子。孩子们集合好了以后，喊着“一二一”，朝村外走去。

冷梅感到欣慰，以后也好，以后也好，希望以后不是其他的事，而是她有了用武之地。

不早了，快晌午了，冷梅回家去，却又在半路上遇到了康栓老汉。

康栓老汉已经有些喘，但依旧推着他的独轮车，在清扫着树叶、清扫着因为村里突然增加了那么多人、无形中在道边积下了许多的垃圾。这些垃圾有土，有废弃物，于是该装车推走的推走，该垫到低洼处的，依旧垫到低洼处……好人，好人到哪里也是好人，好人到什么时候也是好人。

老汉偶撩了一下袄襟，冷梅便看到了那条半紫半红的裤腰带。这条腰带冷梅当然熟悉，老汉系了三年，还在系着，由此冷梅也想到母亲，母亲也是好人。

干些什么呢？索性和老汉一起干些活儿；这叫拣可以干的干、拣允许干的干；也叫你不欢迎我，我便找欢迎我的人一起干，总之为村里做了事便心满意足。

于是冷梅连招呼也不打，便从独轮车上拿下铁锨，帮老汉把垃圾撮到车上。老汉也不说话；冷梅撮，他推，冷梅扫，他用铁锨拍平……如此反复、一来一往，便成了一对搭档，看去很和谐，也很温馨。

冷梅决定寒假里就干这活儿了，每天去找康栓老汉。但就在当天下午，冷梅从街上回到家的时候，却出了事，父亲季宝来死了。这事出的，不早不晚，与当前的喜庆气氛极不符合。

父亲死得很突然，据说掉进了河里。村里的几个乡亲把那僵硬而湿漉漉的尸体抬了回来，父亲的口眼紧闭，脸呈紫青色，全身膨胀得像个大棉球。

父亲在长河边钓鱼，好好的，怎么就掉进河里？怎么就死了？乡亲们说，冬天，父亲是凿开了冰窟窿、将渔竿线放到冰窟窿里钓鱼的。他们又说，那叫“诓鱼”；诓鱼先要在冰上点着一堆火，然后再凿冰窟窿，鱼们感到了水温，才聚过来，这时你便可以挽起袖子，将胳膊伸进冰窟窿里去，一条一条的鱼就能抓上来……这几位乡亲也是偶然从长河边过，便突然看见父亲的身体一歪又一晃，便跌进冰窟窿里去了。他们救人要紧，赶忙跑过去，把冰窟窿凿大，再用棍子伸进水里来回地、反复地翻搅，但没有触到人，只触到了鱼；水在冰面下流动，人呢？哪儿去了？最后，他们在罗锅桥桥墩旁，才发现了被阻挡住的父亲的尸体。

冷梅相信这几个人的话。他们也许对冷家不好，但对父亲不错；父亲对乡亲们也不错，常常把钓回来的鱼随便给人或者给了孩子们。

母亲却另有琢磨，慢慢琢磨出了一些道理。母亲说，父亲的死可能因为血压高！

血压高？冷梅还是第一次听到这样的名词。母亲又说，她曾经去青龙镇上的一个私人诊所向大夫打听过，因为父亲经常头晕，最近有几次险些从床上掉下来，又几次走路险些跌倒……冷梅一想，是了，父亲自从不抽大烟以后身体一天天变得发胖，脸色也一天比一天变得黑红，再加头晕、跌倒，这便是不是“血压高”或者“高血压”的表现？

然而这样一位父亲，这样一位对任何人、任何事都不关心、概不过问的父亲，死了也就死了，冷梅没有生出过度的悲伤。结束吧，你这每天重复从家到长河边、从长河边到家这样一条直线的父亲，结束吧，你这平庸、懒散、毫无作为已经四十六岁的一生。

没有办丧事。母亲不主张办，冷梅也不主张办，因为全村都处在兴高采烈、欢天喜地之中，此时办丧事很不适宜。父亲死后的第二天便草草埋掉，埋在哪儿呢？不能埋到南面那块坟地，因为那里已成了乱葬岗子，就埋在村西的旱地边吧，那里同样是冷家的地。于是村西地边出现了一个坟头，一个小小的坟头，坟头上象征性地插了一纸白幡。

然而，冷竹在哪里？到了什么地方？父亲的死她无从知晓了，想给她写封信，却不知往哪儿寄。

也是怪，父亲死了，那几只猫神秘地失踪了！

更让冷梅踌躇不解的，是母亲一连几天的哀痛……母亲，何至于死？难道生前你对不起他？他一概不管、所有的家事、里里外外、全你一个人承担难道还没有累够？抑或，他对你很好？恐怕也谈不上，你们不过夫妻一场而已。

冷梅依旧坚持和康栓老汉一起干活儿。但她每每看到，母亲坐在床上，眼泪一滴一滴地往下掉，似乎有说不完的痛苦与哀伤。

“梅呀，陪妈坐一会儿。”母亲说，拍拍床。

冷梅坐下了，看着母亲，不知母亲要诉说什么。

母亲说：“你知道，他为什么抽大烟吗？”

抽大烟，难道还有为什么不为什么？不过图舒服罢了、不过上了瘾罢了。自鸦片战争以来中国人就抽大烟，直至今日！

母亲却摇头，反复地摇头，表示否定冷梅的看法。

母亲究竟要说什么呢？

“那时候你们还小，你三岁，竹儿刚生下来，才一岁。”母亲长长叹了口气，开始说了，“记得吗？当然，你不记得……就在给竹儿办满月那天，包镇祥来了，那是他第一次到咱家来。不过那时候不叫保长，叫乡佐，因为段上不叫段，那时候叫乡；段长叫乡董，包镇祥就叫乡佐。”

冷梅为让母亲心里好受些，便顺了母亲的话，说：“那大概是民国十七年，也就是一九二八年。”

母亲不知可否地点头，接着说：“包镇祥来了一面和你父亲喝酒一面聊天儿。包镇祥说他当过北伐军、打过仗，后来又说国民党搁不开共产党，就逮了、杀了好多共产党的人……你父亲听到这儿，特别生气，还拍了桌子。我劝他别发火，他不听，就撂下客人回屋躺着去了。可是那一宿他一会儿也没睡着，翻来覆去，叨叨念念，后来就什么也不说了，再后来就什么都不管了。”

冷梅问：“您是说，他就这么抽起了大烟？”

母亲使劲儿点头。

冷梅说：“那时候国共两党产生分歧，蒋介石要清党。但这和我父亲有什么关系？难道成了他抽大烟的理由？”

“谁知道呢？也许他心里憋屈不好受。”母亲凄苦地说，“其实呵，孙中山去世的时候你父亲就捶胸跺脚，唉声叹气……孙中山，你们都知道吧？”

母亲不熟悉孙中山，以为别人也不熟悉孙中山。冷梅问：“怎么又和孙中山扯上了关系？是不是孙中山去世了他心里又憋屈？又不好受？”

母亲说：“我也这么问他，可是他说和你说了也没有用，因为你不明白，听不懂。那时候呵，他还是个开车的……还没和我结婚。”

趁母亲陷在回忆中，冷梅掐指算……中山先生去世应该是一九二五年春天，母亲那时应该只有十九岁。不过据母亲后来说，那时候母亲已经做了大买卖、发了大财，又怎会和一个开汽车的结了婚呢？而这位父亲，怎么又对中山先生的去世表现出那般痛苦、绝望？这是怎样的一个父亲？

冷梅感到迷惑，但不能打断母亲的思绪，任母亲往下说：

“为抽大烟，我数落他，和他吵，可是我从来没和他大吵过、大闹过，因为我觉着他还是憋屈，心里有话，有好多话，只是不肯说……这个死鬼呀。”

冷梅忽然记起：“他抽了快二十年大烟，后来怎么说不抽就不抽了呢？”

“他说不想抽了。”

“为什么不想抽了？”

“他说高兴。”

“因为高兴就不抽大烟了？”

“那年，好像国军和八路军谈判。”

母亲把“重庆谈判”说成了“国军和八路军谈判”，但这又和父亲季宝来有什么关系？他为此高兴？难道他看到了什么希望？

母亲又点头：“他就是这么说的，有了希望。”

冷梅觉得好笑。不高兴、憋屈，便抽大烟，高兴了，便不抽了，真是一位荒唐、怪诞的父亲。

“他还说过，有一些人相信有天堂。”母亲仰头，望着天花板。

哦？父亲还说过这样的话？天堂……冷梅在心里重复。

“他说要到达那天堂，就必须经过一片血海。这血海就是要千千万万人丧命呵，所以他又钓鱼去了。”

有趣，“天堂”又和钓鱼扯上了关系！

“他说，打仗了。”

冷梅突然领悟，《双十协定》破裂，内战爆发。

看来，父亲的喜与乐与国家的兴衰紧密相连，一同起起伏伏……可惜了，父亲，您也曾读过许多的书，然而却被女儿轻视，甚至蔑视。您远比女儿所想象的要复杂得多、深刻得多，只是，您不该把那些沉重的心事依附在百无聊赖和灰心丧气上，更不该，在一个崭新的时代刚刚开启的时候，您却撒手人寰，请问，您的忧国忧民哪去了？父亲，这个崭新的时代您应该好好品味、好好享受才对，也应该为这个时代的到来大声欢呼，然后再贡献点什么才对，可是，您却毫无顾忌地走了，让人情何以堪？做儿女的又该怎么说您？只能说，您是一个不负责任、时运又很不佳的人！

冷梅只顾自己沉思，母亲又说了一句，她没听清楚。于是母亲重复道：“不管是谁，也不管要达到什么目的，如果必须让无数人丧命，这个心就不是好心，是私心，是野心。”

哦？这话更让冷梅大感惊奇。她问是您说的，还是父亲说的？

母亲回答：“当然是他说的。”

“是不是为此又养了猫？”冷梅几乎要笑，但母亲点头承认。

关于“天堂”与“血海”，冷梅似乎听妹妹冷竹朗读过，不知是哪一位诗人的诗。关于“好心、坏心”以及“让无数人丧命”，冷梅却是第一次听说。但关于“千千万万人丧命”，冷梅在十多天前和钱校长谈话的时候听钱校长说过，不过那说的是“改朝换代”。

对不对呢？倘若为了建立一个真正民主、自由的新中国，即便经过“血海”、让“无数人丧命”，难道不值得？不，不，是值得的，也是出于好心和公心，只要是真正民主的新中国。

母亲似乎把话说完了，躺下来，用手绢擦着眼睛。

冷梅理解母亲，人大半都这样，活着的时候，只看到他的坏处，看不到好处；人死了，又只想起了他的好处，把不好处统统忘记了，于是，母亲才说出父亲那许多的话。总之，父亲是个谜一样的人物，是个很令人费解的父亲，其中的好与不好、优与劣、该褒该贬，怕也只有地下的父亲自己知道，也只有母亲一个人心里知道。现在留给冷梅的，只有感叹，感叹在父亲生前没有好好了解父亲，只看到了表面，没有深入父亲的内心。

然而想不到，冷梅只是自己以为母亲把话说完了，其实母亲没有说完，还有更重要的话要说。一天晚上，吃过了晚饭，母亲主动来到冷梅屋里，未曾开口又掉下眼泪：“梅呀，季宝来不是你的亲生父亲。你的亲生父亲姓吴，叫吴开基。”

天地倾覆，江河倒流。冷梅张大了眼睛、张大了嘴。

“季宝来只是竹儿和你两个妹妹一个弟弟的父亲，你的父亲叫吴开基。”母亲又重复了一遍。

冷梅说：“您有什么话全说出来吧，千万别再保留！”

母亲从头说起。

母亲说，她不是从山东逃难来的，也不是先做小买卖、后做大买卖、发了财、赚了大钱；她就是这柳村人，姓张，是这村里张三爷的亲生闺女。张三爷，西郊有名，八十三村总办，可是他死了，大太太就把他的一连四房小太太卖了。那时候母亲还小，才三岁；母亲的母亲，也就是冷梅的姥姥，是四房太太中最小的一个，卖给了谁呢？就卖给了康栓，康栓老汉那时候大概三十岁左右。

“原来您一直撒谎，一直瞒着，一直说的是假话！”冷梅朝母亲发泄了愤怒。

母亲朝她摆摆手，不让她打断。

母亲继续说：“后来呀，高水湖发了一场大水。那场水，淹死了你的姥姥，就是我的母亲；淹死了康栓一家指靠活命的鸭子，也淹死了康栓老汉的父母……没办法，一点办法也没有，我就一个人跑到城里去了。那时候我的母亲，你的姥姥，又已经生下了两个孩子。那两个孩子你知是谁？”

“我怎么知道是谁？”冷梅没好气。

“他们就是康保山、康保河，康栓老汉的大儿子和二儿子。”

“哦？倒不错，您有两个当干部的兄弟，同母异父。”冷梅想了想，话中带刺。

“另外两个，康保永和康保存，是草原来的那个女人生的。”母亲低了头，默默地说。

冷梅朝母亲吼：“您少说其他，只说我的父亲、我的亲生父亲！”

母亲说：“梅呀，我就是让你明白，我为什么和康栓老汉显得亲近，为什么我要照顾康保山和康保河，也让你明白，为什么让你管一个哑巴男人叫舅舅。还有，你以为那一份家业是我置下的吗？不是，是张三爷留下的；张三爷是我的亲生父亲，是你的亲姥爷。”

“我不听什么姥爷，只听我的父亲！”

“我马上就说你的父亲。梅呀，你的父亲可不是简单的人，是他从简苗的父亲手里买下了这份家产，他又修了河汊，从那以后高水湖不再发大水；他又开了高水湖，种稻子……你的父亲相貌堂堂，看你的个头了吗？很像你的父亲，你的父亲个子就高。”

冷梅问：“您是怎么遇上我父亲的？又怎么和他结了婚？”

“没办法，发了大水，活不下去了。”母亲说，“我跑到城里以后……过了几年，就遇上了他，就结了婚。”

“这么简单？”

“就这么简单。”

“再后来呢？”

“再后来……你的父亲死得很惨。”

“怎么很惨？为什么就死了？”

“被人暗杀死的。”

“暗杀？凭什么暗杀？为什么杀他？”

“不知道。直到现在也不知道。”

“就这么死了？也没有找到凶手？”

“没有。”

“在哪儿暗杀的？又埋在哪儿了？”

“就在锅伙房那地方，从前那里有个六国饭店。你父亲就埋在乱葬岗子。”

“为什么埋乱葬岗子？”

“从前可不叫乱葬岗子。从前那儿有树，松树、柳树全有，挺像样的一块坟地。”

听到这儿，冷梅放声大哭，继而倒在床上，泣不成声。

母亲抚摸着冷梅的头：“我有什么办法呢？带着你……你才一岁多一点儿，我才二十岁，无依无靠，又没个亲人，所以就和季宝来结了婚。”

冷梅只顾哭。

过了好一会儿，母亲说：“梅呀，我想认这门亲。”

“认什么亲？”

“就是康栓老汉哪！他是我的继父，是你的继姥爷，康保山、康保河是你两个舅舅。"

冷梅沉静下来，好好思索了一会儿。

她突然问道："怎么？从前您不认，几十年一直不认，现在为什么想认？"

"梅呀，我早就想认……只是不敢。"

"现在敢了，是不是晚了些？"冷梅刻薄地望着母亲。

"我也觉着，晚了些。"

"那就不要认！"冷梅大声说。

"不不，必须认，晚了也要认。"母亲语气坚定。

冷梅戳穿了母亲："我知道，从前您为什么不敢认。因为您害怕，因为他们穷，怕沾染了咱们家、抓掠咱们家，对不对？"

母亲为自己辩白："我也是为你们好呵，为咱们这个家好呵！"

"谢谢您。"冷梅说，"您的身世，说了谎；您早该认的亲人，您不认。现在换了世道，骆驼康记的人也翻身了，有的还当了干部，于是您才决定认下这门亲！这算怎么一回事？让别人怎么想我们？怎么看我们？这叫势利眼，这叫看风使舵！懂不懂？还有一句话，那叫掀开尾巴瞧肥瘦！"

冷梅一气说了很难听的话。母亲也连声叫道："不是那样的，不是那样的！"

冷梅不肯罢休："这也叫巴结，也叫顺杆儿爬，认了亲，想从中捞点好处。妈，我替您害臊！"

冷梅说完，气冲冲推门，走了出去。

到了外面，去哪儿呢？不管去哪儿，让母亲一个人在房里好好反省，好好检讨一下为人的态度。再说，冷梅不想看到母亲那张显得不真实的脸，起码现在不想看到。

从南面那条街上隐隐传来人声和锣鼓点儿的响声，据说从唐山来了一个影戏班，正在庙里唱皮影戏。

冷梅不想看皮影戏，只在街上徜徉。她忽然想，应该去乱葬岗子，应该去看看亲生父亲的坟；父亲埋在坟地的什么地方？父亲的坟又是什么样子？如果母亲不说，直到现在冷梅也不知道自己有这样一个亲生父亲。母亲多能瞒呵，也多半是怕牵出了许多事。

看影戏的人有的回去，有的刚刚来……冷梅顺着墙边，悄没声地向南走，一直向南走，出了村，便踏上了康栓老汉垫出的那条小道。

眼前便是了，乱葬岗子。看，影影绰绰的树，影影绰绰大大小小、高矮不等的坟头，有的坟头上压着纸，风一吹，沙啦啦地响。

还有夜猫子，在树上咕咕地叫；磷火，悠悠地，自南边天际划了过去。

冷梅不害怕，一点也不害怕，因为她要看的是自己的亲生父亲。

冷梅开始在大大小小、高高矮矮的坟丘中寻找，月色朦胧中，辨认着哪个坟是父亲的坟。

拨开枯干的树棵和已经绵软得如线儿似的荒草，似乎是了，找到了，这便是父亲的坟，因为冷梅猫下腰，借着月光，看到了一块半截的碑，但碑上明晰地刻有“吴开基”三个字。

碑的下半截深深陷进土里，那立碑人以及立石碑的时间、年月日等等俱已无法看到；坟头，也已看不出是个坟头，因为那只不过是突起一抔土。

好了，无论怎样也找到了。父亲，这便是您埋身的地方，我在这里向您鞠躬、致哀，向您献上一个亲生女儿忧伤而又真诚的敬意。

可以想见，您生前是何等的辉煌，是何等的一个风云人物。按道理，我冷梅的身体里应该流淌着您的血液，可是以前我却懦弱得很、柔顺得很，现在我不了，我要让自己果断、要让自己强大起来，我要迎着新的生活、新的时代，迈出属于我自己的坚强步伐。

父亲，有什么话要说吗？如果有，就请闪一下光，或者，让那磷火飞到我面前。

冷梅真的看见了一堆火，那火真的闪着亮光，就在不远处，就在距父亲的坟大约几十米的地方。

是谁？谁燃起了一堆纸火？在干什么？在这静寂的夜晚、在这荒坟野岗，难道也来祭拜？祭拜什么人？谁在祭拜？

不管吧，回家去。但冷梅又好奇纳闷儿，于是壮起胆子，慢慢往过走。

烧纸的人没有看见她，她却看清了烧纸的人。

冷梅叫了一声妈，问：“您怎么在这儿？给谁烧纸？”

母亲被吓了一跳。然后反问冷梅：“梅呀，你怎么来了？”

冷梅没有回答，只见母亲用一根树棍儿拨拉着火纸，火纸很多，火越燃越旺，照亮了人，也照亮了眼前的又一座坟茔。

比较起来，这个坟可算座坟了，圆形，很大，坟表铺着石头或石板。但这个坟也只剩了半个坟，另半个已经倒塌下去，被枯枝败叶掩埋得看不清楚，并且没有碑，或者看不见碑，碑可能被人挖走，当了盖房的基石也说不定。因此这个坟倒反而显得更荒凉、更破败，也显得最为孤单，以至于不知道是什么人的坟。

“姥爷，亲姥爷……”冷梅在心中默默念道。

她想象，姥爷，母亲的父亲，这位曾经赫赫有名的张三爷，定是一个穿长袍长褂的、满清后期的大老头子。

“以前不敢来。现在豁出去，也就来了。”母亲说，拨拉着火纸。

冷梅说：“您应该告诉我一声，和您一起来。”

母亲说：“你来看他，不是也没告诉我？”母亲是指“吴开基”。

冷梅不再说话，陪母亲望着那红红的火苗。

纸火慢慢微弱，又慢慢变成袅袅青烟，升高的时候便踪迹全无。

母亲双膝跪倒，在坟前一连磕了三个头。冷梅冷眼旁观，看母亲下一步动作。

母亲把身子直起来，不再动，就笔直笔直地跪在坟前。跪了一会儿，母亲开始哭；不敢大声哭，只小声地、委屈地哭。一面哭，母亲一面祷告般地、咕咕哝哝地说：“爸，如果您还活着多好，如果您活到现在多好……活到现在，您怕是一百多岁了吧？那时候我太小，不记得您，现在我记得您了，我的爸吔！”

冷梅搀起母亲，要母亲回家。

然而母亲撒泼打滚，声音也大起来：“我的爸吔，我的爸吔，我想您，我想您哪！您长命百岁，您万寿无疆！”

三十二　万一怀了孕怎么办

冷梅突然觉得不好，自己是不是怀孕了？解开衣带，禁不住摸摸自己的小腹。

算来已经是头年了，头年的十二月二十一号这天，在陈兆宗家里，晚上干了那样的事……再算算月经；月经大约还是十二月十四五号来的，而现在到了几号？现在已经是来年的二月六号，中间过去了五十天！上月，也就是一月，一月的十四五号，自己糊里糊涂的没留意，月经没来，现在注意到了，月经依然没来；五十天不来月经，说明了什么？天爷，不是怀孕了是什么？

千万不要怀孕，千万不要怀孕！希望是受了凉、希望是近来自己精神紧张的原因。

但冷梅实在没有把握，迫不得已，骑上自行车去了青龙镇。青龙镇有个私人诊所，大夫给她看过以后，告诉她，五十天没来月经还不能确诊是怀孕，受了寒、上了火，都可能造成月经的不正常。

冷梅问："心情不好、紧张，会不会也是原因？"

大夫说："有可能。那属于上火。"

大夫的话模棱两可、似是而非，令冷梅很不满意。

但大夫还是给她开了药；开的全是汤药，两大兜子。冷梅问那药管什么？大夫说管温补，也能缓解精神，无论你怀孕没怀孕，吃了只有好处、没有坏处。大夫又嘱咐她，吃完了药再来，那时便能确诊你到底怀孕没怀孕。

冷梅想，那时还用找你？两大兜子药吃完了月经还不来，定是怀了孕！

回到家，冷梅把药放到了一个隐秘的地方。现在她不光为怀孕没怀孕发愁，也为怎么吃这药发愁。汤药，需熬了吃，而她又不会熬药、从来没熬过，即便自己熬了，也会弄得满屋满院的药味儿，那时怎么瞒得了母亲？又怎么对母亲说？如果不吃这药，万一是寒、是火、是精神紧张的原因，岂不耽误了大事！

正在不知如何是好的时候，门外有人喊："冷梅！来信啦！"

冷梅跑出去，见是邮差，举着一封信。冷梅忽然想，谁来的？是不是陈兆宗？

把信接过来，才发现，是冷竹！是冷竹有信来了！简直让人做梦也想不到。

冷梅把信交给母亲，母亲把信拆开，又交给冷梅，让冷梅念。

好一笔整齐的斜体字，清丽而舒展，写道：

敬爱的父亲母亲、姐姐：

请原谅我们的不辞而别。

当你们看到这封信的时候，我们当然又在行军的路上了。我们要继续向南挺进，打过长江，解放全中国！

那天我们骑着骆驼，经过两个小时，到达西面的深山里，见到了解放军。然后很快穿上了军装，成为了一名光荣的人民解放军战士。

妈妈，您肯定认为我不是一个好女儿，因为我背叛了您，背叛了这个家庭，但我自己认为我是个好女儿，而且是个出类拔萃的好女儿。妈妈，您应该想一想，我们全家以前过的是一种什么样的生活？怎样坐享其成？怎样一面喝着穷苦人的血、一面笑眯眯自以为得意、自以为合理、自以为天经地义？北平解放了，新的政权马上建立起来，妈妈您一定要好好交待自己的历史、交待自己的过错，然后把房产和土地毫无保留地分给柳村的穷人们。妈妈，这对您绝对是一件好事，从此可以靠自己的劳动养活自己，可以轻轻松松地重新做人，可以光明正大地成为新中国的一位公民了。您说，我是不是一个好女儿？

姐姐，感谢一直以来你对我的关心。但是我对你关心得很少，所以不知不觉中你才滑进了黑暗的深渊。但没关系，即使和陈兆宗登记了、结婚了，还可以毅然绝裂、毅然离婚。只有这样，姐你才会有光明出路，才能重新走上新的生活。

姐，麻烦你，请告诉包进和齐文贵一声；可惜冯连长跑了，否则劳你也告诉冯连长一声，说我感谢他们，是他们让我和丁德强这么快、这么恰到好处地离开了柳村，我们也就更早地实现了自己的愿望，哈哈哈哈……

妈妈、姐姐，你们放心，我很好，丁德强也很好。我们这里是个革命的大家庭，彼此团结友爱，互相帮助。另外，革命队伍里有许多不同的工作，也有女兵，也有文艺兵。我当然还要坚持我在文学写作上的喜爱，百忙中抽出时间还要写我的小说。丁德强继续支持我，我和首长谈了，首长也支持我。（补充一句，我觉得丁德强分析得很对，我父亲简直就是一具僵尸，就是剥削阶级最后走向灭亡的一个缩影。）

时间有限，信只能写到这儿。望你们保重身休，望妹妹和小弟学习好，在毛泽东的旗帜下，快乐成长。

请不要回信。因为回了信我们也收不到。我们马上要出发。

顺寄照片一张，留念。

看完了，也念完了。

字，还是那样的字;语言风格也还是那样的风格，直接，大胆，犀利，不含糊，时而夹杂着冷嘲热讽。

母亲听完了信上那些话目瞪口呆，好半天说不出话。

冷竹在信里并没有提及那天夜里他们是怎样逃走的、是谁搭救了他们，只说，“我们骑着骆驼，经过两个小时，到达西面的深山……”所以，那天夜里的事依然是个谜。

冷梅打开一个折叠的纸包儿，一张冷竹所说的照片显露出来。那是双人照，冷竹和丁德强并排站着，头几乎挨着头；冷竹睁大着长睫毛的、满带笑意的眼睛，镶了红五星的军帽下露出一缕俏皮的海儿发，显得比以前更大气、更活泼，也更显出一种泼辣和豪爽。丁德强则显得很严肃，身体虽单薄了些，但穿上那一身军装，也俨然一个威风凛凛的青年军人。

再看下面，还有几行娟秀的小字，乃丁德强所写：

我的父亲母亲被地主还乡团杀害了。我是个孤儿，从此你们就是我的父母，就是我的姐姐。

请你们放心，我一定对冷竹好，一辈子都对她好。我们永远不会分开。

很想念那三个孩子。

丁德强

一九四九年二月一日

整封信才算完了。冷竹没有签名，最后是丁德强签的名。

丁德强签的日期是“二月一日”。今天是二月六日，说明过去了五天，也说明冷竹和丁德强其实没有走出多远，如果太远，此时的一封信在路上走个十几二十天很正常。

“二月一日”，竹儿呵，你在这一天发出了这封信，但你知道这是个什么日子吗？这一天，不但是北平和平解放的第二天，也是你的父亲季宝来去世的一天……是的，是你的亲生父亲，却不是我的亲生父亲……对不起，我没有办法把你亲生父亲的死讯告知你，因为你说了，给你写信你也收不到。竹儿，此时你出发到了哪儿？到了新的地方吗？抑或在火车上？在汽车上？还是正在急行军？竹儿，你在信里那样说你的父亲是不对的，丁德强就更不对。实际上我们都不明白他，乃至对他抱有极大的误会。

丁德强想念“那三个孩子”当然可以，可能他们有了感情，但他说“从此你们就是我的父母，就是我的姐姐”；这很不好、很不适宜……你们一定要考虑到以后，以后这封信很可能就是个呈堂证据。竹儿，我打算把丁德强所写的一段话裁掉，只保留你写的话。

冷梅把这封信完全交给母亲以后，母亲一个下午，始终抱着冷竹和丁德强的这张照片不放，在脸上贴、在胸口上贴，宝贝儿肉疙瘩叫个没完；她这样叫，当然也包括了丁德强。但是，母亲对冷竹信上所写的话只字未提。

傍晚的时候，又忽然传来一个消息，说村西那条土道上正在过解放军；解放军与村里曾经驻过的解放军没什么不同，而那拨儿解放军已经走了，出发了，如冷竹信上所说的一样，去解放全中国；正在经过的解放军中夹杂着老百姓，其中有抬担架的、有推小车和赶马车的，也向南，也去解放全中国！

冷梅想，经过的队伍中有没有冷竹呢？有没有丁德强呢？有冷竹必有丁德强、有丁德强必有冷竹；母亲说："有没有？有没有？干脆，咱们看看去！"

冷梅和母亲来到了村西那条土道。土道两旁人真多，不光有柳村的，也有其他村的，跳起脚，朝解放军、朝老百姓招手、欢叫，还有让水的、让吃的，把蒸好的窝头、贴好的饼子一个劲儿往战士们的手里塞。

这条土道南北走向，却又向西拐了一个弯，从北面来的队伍与从西面来的队伍在拐弯处汇合，形成了一股巨大的洪流，浩浩荡荡向南，掀起的尘埃，在冬日的旷野升腾开去、弥漫开去。

然而冷竹呢？却不见；丁德强呢？也不见。

母亲睁大了眼睛，冷梅也睁大了眼睛，她们都不放过眼前任何一个女兵，也不放过任何一个穿普通衣服的妇女。如果说冷竹好找，是因为女兵或女人毕竟极少数，但就是找不到。丁德强就更难找了，因为行进的队伍中百分之九十九是男人，也穿着同样的军装、扛着同样的枪。尽管母亲急红了眼，每看到一个妇女模样的人便赶过去，把人家拦住，仔细打量，但，是妇女不错、是个姑娘也不错，只不是冷竹！

明明在信里说要出发的，说看这封信的时候她和丁德强就在路上了，怎会没有呢？怎就看不见呢？冷梅站得脚麻、腿酸，然而母亲却说不累，仍伸着脖子，两眼一刻不肯离开那行进的队伍。冷梅不得不劝母亲，说也许他们两个与这拨队伍两码事；说也许没有走这条路，而另外走了别处的路。

南下大军还在行进，但天黑下来，观看的人差不多都回去了，冷梅失望，母亲也失望。母亲抱怨："我们没看见你，你难道也没看见我们娘俩？死丫头！"

冷梅拉母亲回家。母亲恋恋不舍，三步、五步一回头。

冷梅和母亲回到家洗脸，发现头发里、耳朵里全是土。

母亲仍惦记着："夜里还过不过军队？明儿白天还过不过军队？"

简单吃了饭，然后睡觉。冷梅今晚又和母亲睡在一起。

然而母亲怎么也睡不着，翻来覆去，说："我们要看见竹儿了多好……我们就把她带回来，往村里那么一站；看看，这是谁？一个女解放军！我冷家的女儿。再看这是谁？丁德强，我冷家的女婿！"

冷梅说："您是不是觉得很有面子？身价也提高了？"

母亲睁大着眼睛，大约在想象，想象那美好的情景。

第二天清早起来，母亲又赶快打听，但打听的结果是，部队已经在后半夜过完了。母亲若有所失，说："我问你夜里过不过，你不言语！"

吃完了早饭，母亲在床上注注地坐着。坐了一会儿，母亲突然说："梅呀，我还是想认那门亲。"

已过了好几天，母亲仍没忘了这门亲……

母亲又说："今儿是阴历二十九，明儿就大年三十，咱们在这个当口去认亲最合适。"

冷梅说："我不同意。"

"因为什么？"

"要认，也过一二年再认。您应该知道，很快就要实行土地改革了。"

"所以，这门亲还要尽早地认。"

冷梅说："这更说明您的出发点不好，想占便宜，想受到照顾。"

母亲很执拗："不管怎么说，这门亲必须认。梅呀，你还得和我一同去，我一个人害怕。"

冷梅说："我可不去。几十年不认，现在认了，和您丢不起这个脸，我自己也觉得臊得慌！"

母亲掉下泪来："你变了，怎么这样和你妈说话？"

如今的冷梅，已不是过去的冷梅，甚至不是几天前的冷梅，不再唯母命是从。她狠下心来，任母亲怎么说、怎么劝，就是不肯去。

母亲无可奈何、毫无办法，怀了一肚子委屈，只好决定自己去。

母亲换了换衣服，把自己弄得寒酸了些，兜里自然也带了些钱。临出门，冷梅又叮嘱母亲："把事情的起根儿发尾、来龙去脉说清楚了就好。

不要絮叨，更不要巴结，说完了就走，人家认不认是人家的事。”

冷梅眼看着母亲一个人走出了屋、走出了院子；又见母亲消失在拐弯处。

冷梅回到屋里。

怎么这样静？哑巴舅舅不在，大约在村公所里忙；仆人们也出去了，大约去参加群众会议，只有两个妹妹一个弟弟在他们自己屋老老实实看小人儿书。

冷梅又突然感到乱，六神无主，千头万绪、千头万绪，一齐往上涌。

她努力让自己冷静、再安静……应该好好梳理一下自己的思路，平复一下自己的情绪。

眼下该做些什么呢？是不是该把冷家的所有财产造一个册或列一个表？到时交出去，争取主动；是不是首先把家里的仆人辞了？以减少一些罪状？不，不，这没有用，一概没有用，因为那已是事实，况且存在了许多年，如此做，不是有些投机取巧吗？

现在最主要的，是自己的问题，要关心自己是否真的怀了孕。

真怀孕了可怎么好？孩子是生还是不生？如果不生，哪里有打胎的地方？胎又怎么打？还没听说哪家医院打胎。如果生下来；还不要说生下来，只等肚子大、一天比一天大，那时怎么向母亲交待？又怎么面对村里的乡亲和学校里的同事？孩子是谁的？野种吗？还是陈兆宗的种？他们会怎么看、怎么说？她的脸往哪儿放？母亲的脸往哪儿放？她是活还是死？陈兆宗，陈兆宗，你这个专政独裁的爪牙，此时在哪儿？你的父母又在哪儿？你在所谓的前线吗？在前线的战壕里龟缩着？还是逃得无影无踪？你们一家都逃得无影无踪、或者逃到了海角天涯？陈兆宗，你不是个东西，骗了我，毁了我，毁了我一生！

真希望是受了寒，真希望是心情的原因上了火；药还没有吃，真希望药到病除……

冷梅回到自己屋去了，趴在床上，呜呜地哭起来。

哭了一会儿又怎么样？现实仍是现实，难处仍是难处。

慢慢的，冷梅又想到了钱校长。

钱校长是个好人，是个好校长，他留下来，冷梅高兴、全校师生都高兴。而且，钱校长学识渊博，对社会问题、政治问题有那样精辟而又独到的见解，也希望钱校长不要再顾虑什么“以后”；以后有什么了不起？不过就那样一点问题……是个国民党员，和蒋孝先曾经有过那么点关系，说清楚了，相信以后、以后的以后，也就不再有事。希望钱校长一生平安，留下来，对了。而那个老头儿，陈兆宗的父亲，走，走错了，应该留下来。

那么自己呢？会不会有事？“以后”会不会有事？自己也不过那么点儿问题，曾经是个三青团员，几乎是在诱导下才加入的，同样，说清楚了，今后也不会有事。关键是“孩子”；“孩子”是最要命，也是最难以启齿、最说不明道不明的问题。

忽然，妹妹冷竹的影子浮现在眼前。

竹儿，你好吗？昨天和母亲那样找你、望眼欲穿，却始终没见到你，也没见到丁德强。我和母亲、全家，好想你呵，只见到了你的信、见不到你的人……竹儿，你爱看书、求知欲强、爱独立思考是好的，是值得坚持、值得发扬下去的。但是你的性格，比如你太不讲人情世故，又太大胆、太直接、太不怕得罪人；这种性格促就了你的文风，你的文风比你的性格却更有露骨的表现，你写起文章来毫不顾忌，只认准了你想说的、你想表达的，于是笔笔见血、字字直戳主题。你抨击虚伪、抨击装腔作势和文过饰非，你认为事实是怎样的就应该怎样写，你认为掩盖真相、说假话、只说别人喜欢听的话便等于可耻地泯灭了良知。你平时的作文以及你在报纸上曾发表的文章不都是这样的吗？竹儿，母亲说你“脑后有反骨”，其实不是什么反骨，你就是那样一种性格。

但是，希望你改一改，无论文风还是性格都要好好改一改。你要知道，以前你写的文章和作文是在什么情况下？那是旧中国、旧北平，是在国民党反动派统治下，而现在解放了，将是新的中国、新的北平，而一个全新的中国不会再有你要抨击的丑恶，也不会再有你所谓忍无可忍非要讽刺的现实，永远也不会有。所以，你要改一改，一定要改一改……可是，竹儿，我又怀疑，你改得了吗？真担心你改不了。实在改不了就让丁德强帮你改，丁德强肯定当了干部，水平肯定比你高，思想觉悟也比你高。你不要影响丁德强，而要让丁德强影响你、帮助你进步。

竹儿，姐姐还担心一个事，便是你的出身、你的家庭背景，以后，不要对丁德强造成影响。

你还要明白，我和母亲不光希望你成个作家，更希望，你一生平安、千万不要出事，也希望丁德强一生平安，你们俩都好好的。

冷梅想到这儿，觉得畅快了些。她走出屋去，走出院子，来到了街上。因为她不放心母亲；母亲已经去了快两个小时，却还没有回来，不知母亲那亲认得怎样了，康栓老汉一家到底认还是没认，也不知母亲怎样地说，是不是哭哭啼啼、没完没了？是不是勉强人家认、乞求人家认？

冷梅又想，不会。即便那几个儿子不肯认，康栓老汉绝对要认的。而且，这位继姥爷还会老泪纵横，抱着母亲，你一言我一语，共同诉说那悠悠往事，诉说那离别的痛苦和几十年彼此的想念。如此，康栓老汉的儿子们还有什么不认的？一是有血缘关系；没有血缘关系的，看在康栓老汉的面子上，也会认。

冷梅信步在街上走，一不小心，进了村公所。村公所这名字叫不长了，很快要变成农会。

冷梅看到，哑巴舅舅的确在这里，又和原村公所那个管账的老头儿写着很大的毛笔字。那老头写不过哑巴舅舅，因为哑巴舅舅可以左右手写，而且手中还能握了一个鸡蛋，照写不误，字也写得龙飞凤舞。他们写的是“毛主席万岁！”、“共产党万岁！”

冷梅走出村公所，看到了家家户户贴了春联儿，那字也全是哑巴舅舅和那老头儿写的，今天是二十九，明天就大年三十了。那春联儿也都统一一个格式，词句也全一样。

上联是：翻身感谢共产党。下联是：幸福不忘毛主席。

只横批多了一个字，从传统的四字变成五字。但万变不离其宗，那五个字是“毛主席万岁”。

好呵，江山得来不易，新的生活、新的时代经过千万人的流血牺牲才换得来，真的应该好好感谢、好好庆祝，况且明天就是春节。

也希望乡亲们从今以后不再受穷、不再受苦，孩子们不要夭折，更不要埋在乱葬岗子。

全社会也不要再出现贪污、受贿，不要再自私、堕落，大家都有信仰，都信仰共产主义、社会主义。这里只有民主；真正的民主，而不似国民党统治那样只是口头的民主。这里只有自由，属于公民权利的自由。

冷梅又忽然想起钱校长的那句话：一切问题都不是问题；一切问题都是在大问题解决之后才能解决的问题。

但冷梅又突然打了一个机灵，自己怎么办？万一怀了孕怎么办，是生还是不生？

索性就生下来，别人爱怎么说怎么说、爱怎么看怎么看！大人有罪，孩子是无辜的。

自己也要好好改造，好好提高自己的思想觉悟以及自己的教学水平，争取做一个模范的、起码是合格的人民教师。

冷梅被震撼了，也想高呼一声：毛主席万岁！共产党万岁！

（完）